CHRONIQUES DES CADETS INTERSTELLAIRES

INTERSTELLAIRES

VOLUME 1

MARIE-HELENE LEBEAULT

Traduction : Marie-Hélène Lebeault
Correction et révision : Lilou Baillet
Couverture : Marie-Hélène Lebeault

AU DELÀ DES MONDES

CHAPITRE 1

LE SOLEIL matinal projetait des éclats de lumière dorée sur les surfaces lisses et réfléchissantes de l'Académie Interstellaire. Depuis la terrasse d'observation de la tour est, Alex Rivera pouvait voir l'air vibrant d'activité – des aéroglisseurs filant en arcs précis, leurs moteurs bourdonnant une symphonie de technologie, et des étudiants se déplaçant en flux ordonnés, leurs uniformes impeccables à l'exception des quelques-uns qui, comme Alex, préféraient leur propre forme de rébellion. Des publicités holographiques flottaient dans l'air, vendant tout, des stimulants écoénergétiques aux derniers kits technologiques d'exploration.

Alex se tenait au milieu de cette activité bouillonnante tandis qu'il contemplait les tours imposantes de l'Académie. L'Académie se dressait comme un symbole éclatant des réalisations humaines parmi les étoiles. Chaque fois qu'il marchait de ses quartiers au campus principal, il ressentait une fierté immense pour sa position.

Les cheveux ébouriffés et une lueur rebelle dans ses yeux profondément enfoncés, Alex n'était pas un cadet typique. Son uniforme légèrement de travers contrastait nettement avec l'apparence impeccable de ses pairs. Son esprit, toujours en activité, jonglait avec des idées sur les univers parallèles tandis qu'il traversait les couloirs de l'Académie.

Il arriva bientôt dans un grand amphithéâtre, où ses amis Nia, Jaxon et Yasu étaient assis. Nia leva les yeux de sa tablette et lui adressa un sourire entendu. Ses yeux intelligents le parcoururent, et elle ouvrit la bouche pour dire quelque chose mais se ravisa.

— Encore en retard, Rivera ? dit-elle finalement, son ton oscillant entre l'amusement et l'exaspération.

Alex sourit, enfonçant ses mains dans les poches de sa veste.

— Le retard n'est qu'un état d'esprit.

— Et le tien y est définitivement coincé, répliqua Nia en levant les yeux au ciel, bien qu'un petit sourire étira ses lèvres.

Ils marchèrent ensemble dans les couloirs lustrés de l'Académie, la lueur ambiante des lumières encastrées projetant de douces auréoles sur les murs. Autour d'eux, les cadets se déplaçaient avec détermination, l'air vibrant de l'énergie d'innombrables rêves et ambitions.

Jaxon le ténébreux, le génie technologique du groupe, était assis derrière eux et plongé dans un affichage holographique. Cela ressemblait à quelque chose auquel il ne devrait pas avoir accès, mais Alex ne voulait pas s'en mêler. Tandis que Yasu, toujours stratège, analysait un modèle 3D d'une galaxie. Ces dernières semaines, il s'était mis en tête d'élaborer un plan pour théoriquement prendre le contrôle de la galaxie.

Alex voulait demander le reste de l'emploi du temps de la journée. Un trou était apparu dans son cerveau, emportant quelque chose d'important dans son espace sombre. Il se tourna vers Nia, désolé d'interrompre sa lecture. Derrière elle, il aperçut l'instructrice qui entrait dans la salle et choisit de remettre sa question à plus tard.

L'instructrice monta sur l'estrade et rappela tout le monde à l'ordre sans hésitation. C'était une femme sévère connue pour son approche directe, et tout le monde mit rapidement de côté ses préoccupations précédentes pour lui prêter attention. La salle s'assombrit tandis qu'une projection holographique de la Voie lactée remplissait l'espace au-dessus d'eux, ses étoiles pulsant faiblement comme si elles étaient vivantes.

— Ceci, n'est pas seulement l'étendue de l'espace mais le tissu de la réalité même. En tant que futurs explorateurs, vous devez comprendre qu'il est aussi fragile qu'il est vaste. Une erreur ici, (Elle tapota un nœud lumineux, et l'hologramme ondula vers l'extérieur en lignes dentelées.), peut se propager à travers les dimensions avec des conséquences inimaginables, expliqua la professeure, désignant l'hologramme.

Alex se pencha en avant, sa curiosité piquée. La professeure continua, sa voix calme mais ferme résonnant dans la salle.

— L'univers ne pardonne pas les erreurs. Quand vous manipulez l'espace-temps, vous ne pliez pas un objet; vous remodelez l'existence. En tant que futurs explorateurs du cosmos, vous devez comprendre le tissu de l'espace-temps. Mais souvenez-vous, la théorie est une chose; la pratique en est une autre. L'univers ne pardonne pas les erreurs.

Bien qu'Alex essayât d'écouter sans jugement, il ne pouvait s'empêcher de bouillonner de questions. Il tenta de les griffonner dans la marge de ses notes, mais il devint impatient au fil du temps. Alors que la conférence s'enfonçait dans les complexités de la mécanique quantique, sa main se leva brusquement, une question provocatrice se formant sur ses lèvres.

— Professeure, si nous devions théoriquement manipuler l'espace-temps, ne pourrions-nous pas seulement voyager à travers l'espace mais aussi explorer des univers parallèles ?

La salle était déjà silencieuse, mais un silence plus profond encore s'abattit sur l'assemblée, tous les yeux se tournant vers Alex. La professeure haussa un sourcil, ses lèvres s'étirant en un sourire sans humour. Elle aurait dû s'habituer aux interruptions d'Alex, mais elles la fatiguaient toujours.

— Monsieur Rivera, bien que votre curiosité soit louable, concentrons-nous sur la maîtrise de notre univers avant de penser à en explorer d'autres.

Bien qu'elle semblât amusée, son ton comportait une pointe de mise en garde.

La question d'Alex plana dans l'air même après la reprise du cours. Son esprit, cependant, revint à leur première semaine d'entraînement – un tourbillon de connaissances et d'épuisement.

Il se souvenait du Dr Lin dans le Laboratoire de Mécanique Quantique, démontrant une sphère argentée et élégante qui flottait en l'air, pulsant de lumière.

— Voyez-le comme de l'origami. Sauf qu'au lieu de papier, nous plions la réalité elle-même, avait-elle dit, pliant ses doigts en une petite grue.

Puis il y avait eu les exercices éprouvants en apesanteur. Le premier jour, Alex s'était débattu comme un poisson hors de l'eau, au grand amusement de Jaxon.

— Tu n'es pas censé vraiment perdre le contrôle, Rivera, avait plaisanté Jaxon, tournoyant sans effort dans les airs.

À la fin de la semaine, Alex pouvait manœuvrer les combinaisons à propulsion avec précision.

Même Yasu les avait tous surpris lors des sessions de stratégie, où il avait démantelé leur système de simulation de sécurité extraterrestre en moins de dix minutes.

— Vous pensez tous de façon trop linéaire. La clé, c'est la diversion. Faites regarder l'ennemi à gauche pendant que vous allez à droite, avait-il dit.

Alex revint brusquement au présent alors que la conférence se terminait et que la professeure quittait l'amphithéâtre. Alex et ses amis rassemblèrent leurs affaires, discutant de sa question avec une animation intense et explorant toutes les possibilités du voyage multiversel.

Yasu estimait que s'aventurer dans le multivers rendrait son plan de domination galactique plus difficile.

— Et si, dans le multivers, il y avait une version de moi qui essayait de me combattre pour le poste de souverain suprême ? dit-il en jetant son sac sur son épaule.

Les autres le regardèrent et éclatèrent de rire. Yasu parlait rarement, mais quand il le faisait, il exprimait parfois des idées extravagantes.

Ils sortirent dans l'enceinte de l'académie, impatients de poursuivre la conversation autour d'un repas avant le début de leur prochain cours. Jaxon et Yasu discutaient du destin d'un multivers hanté par un Yasu maléfique tandis que Nia observait calmement, intervenant pour corriger certaines suppositions.

Alex essayait d'écouter, mais ses pensées étaient fixées sur la conférence et la possibilité réelle que quelqu'un puisse voyager à travers le multivers. Il sortit sa tablette de son sac pour vérifier l'une de ses notes précédentes et vit une notification clignoter sur son écran : « Briefing avec le commandant. »

— Voilà ce que j'oubliais, dit-il.

Ses amis le regardèrent. Il leur mit la tablette sous le nez.

— On dirait qu'on a oublié qu'on avait un briefing cet après-midi. On devrait probablement se dépêcher de manger et se rendre à la salle de réunion.

Le groupe parla à peine pendant qu'ils se précipitaient vers la cafétéria, leurs plaisanteries habituelles remplacées par une tension palpable. L'esprit d'Alex bouillonnait de possibilités – avaient-ils fait quelque chose de mal ? Ou s'agissait-il de quelque chose de plus important ? Les mots « Dispositif de Saut Quantique » traversèrent sa mémoire, et son appétit diminua.

— Ce n'est pas une question disciplinaire, n'est-ce pas ? Parce que si c'est le cas, les plans de domination galactique de Yasu en sont totalement responsables, hasarda Jaxon, en plantant sa fourchette dans son repas.

— Très drôle, marmonna Yasu, bien qu'un semblant de sourire parcourut ses lèvres.

Il se tourna vers Alex.

— Tu es silencieux. Qu'en penses-tu ?

Alex hésita, regardant son repas à moitié terminé.

— Je ne sais pas. Mais ça semble... important.

— Peut-être qu'ils ont entendu Yasu parler de conquérir l'univers et veulent nous punir pour l'avoir laissé s'en tirer comme ça, dit Jaxon, la bouche pleine.

Nia plissa le nez.

— Je pense que ça pourrait avoir un rapport avec le Dispositif de Saut Quantique. Mais c'est juste une supposition. J'ai entendu certains hauts gradés en discuter plus tôt.

L'esprit d'Alex s'emballa alors que les mots « Dispositif de Saut Quantique » défilaient sur sa tablette. Il avait épluché sa conception pendant ses recherches nocturnes dans la base de données de l'Académie – une merveille expérimentale censée plier l'espace-temps comme du papier. Mais voir le nom du commandant associé au briefing éveilla quelque chose de plus profond : de l'anticipation et de l'appréhension. Il ne dit rien, mais serra sa fourchette un peu plus fort et mangea un peu plus vite.

Le soleil de l'après-midi projetait de longues ombres à travers la place principale de l'Académie Interstellaire tandis qu'Alex et ses amis se dirigeaient vers la salle de briefing high-tech. Ils entrèrent, se glissant à l'intérieur sans attirer l'attention sur eux. L'air était chargé de murmures concernant une nouvelle mission top-secrète, et les cadets spéculaient sur ce qu'elle pourrait impliquer.

Des officiers de haut rang et quelques cadets sélectionnés étaient assis dans la salle, tous attendant dans un silence tendu. À l'avant se tenait le commandant de mission, une figure distinguée connue pour avoir dirigé certaines des explorations les plus audacieuses de l'histoire de l'Académie. Son maintien était rigide et droit, comme une colonne qui avait résisté à de multiples tempêtes et restait debout.

— Bienvenue, cadets. Vous êtes ici parce que vous représentez l'élite de l'Académie Interstellaire. Aujourd'hui, nous discutons d'une mission sans précédent – un voyage dans l'inconnu, explorant les limites mêmes de notre compréhension scientifique, commença le commandant, sa voix résonnant dans toute la salle.

La salle explosa en chuchotements exaltés et curieux. Alex

échangea un regard intrigué avec Nia, qui haussa les sourcils en réponse.

Le commandant poursuivit :

— Nous avons développé une technologie expérimentale qui, si elle réussit, pourrait nous permettre d'explorer des univers parallèles. Ce Dispositif de Saut Quantique est l'aboutissement d'années de recherche.

Un affichage holographique illumina la salle, montrant un vaisseau spatial élégant. Il avait la forme d'une longue balle argentée, mais équipé de propulseurs sur les côtés. Le commandant passa à la vue de l'intérieur du vaisseau, montrant le Dispositif de Saut Quantique. C'était une merveille d'ingénierie astucieuse, complexe et raffinée. Les cadets se penchèrent en avant, absorbant chaque détail brillant.

— Mais jusqu'à présent, nos tests se sont soldés par des échecs.

Il fit un geste et l'écran changea, montrant cinq équipes de vétérans de l'Académie. C'étaient des hommes et des femmes plus âgés que les cadets avaient vus plusieurs fois durant leur séjour dans l'institution.

— Ces hommes et femmes courageux se sont aventurés dans l'immensité de l'univers au nom de la recherche, mais leurs efforts se sont avérés vains.

L'affichage montrait les détails de la mission, énumérant les problèmes qu'ils avaient rencontrés : saignements de nez violents, vomissements, étourdissements, fractures osseuses, perte de dentition, cécité, et pour deux des hommes les plus âgés, la mort. Les voyages se terminaient brusquement, les voyageurs remarquant les effets et revenant immédiatement. À leur retour, les scientifiques de l'Académie découvraient d'autres effets comme l'altération de leur ADN, les rendant infirmes et incapables de contribuer à l'Académie comme auparavant.

— Nous avons remarqué une tendance. La percée vers un nouvel univers prend un tribut plus lourd sur les voyageurs plus âgés. Le plus jeune de nos voyageurs était Casper Reynolds, un jeune homme brillant de trente ans. Il a ressenti le moins d'effets du voyage, revenant avec des gencives saignantes et des genoux faibles. Malgré ces défis, nous sommes déterminés à poursuivre notre exploration. Des recherches supplémentaires nous ont amenés à croire que des voyageurs plus jeunes pourraient être mieux équipés pour le voyage. Leur jeunesse leur donnera un avantage pour affronter les dangers des sauts à travers le tissu de l'espace et du temps.

Il marqua une pause, faisant monter la tension avant de reprendre :

— Par conséquent, nous avons besoin d'une équipe de cadets exceptionnels pour entreprendre cette mission. Votre séjour dans cette prestigieuse institution vous aura préparés à des incursions en territoire inconnu. Cependant, cette mission sera différente de tout ce que vous avez rencontré jusqu'à présent. Pour cette raison, vous suivrez une formation pour naviguer dans le multivers, pour faire face à des défis qui dépassent notre compréhension actuelle, déclara le commandant, son regard balayant la salle.

L'excitation, comme une décharge électrique, parcourut Alex. C'était l'aventure dont il avait toujours rêvé, une chance de transformer ses théories en réalité. Mais il la réprima du mieux qu'il put. Ils pouvaient choisir n'importe qui pour cette mission. Il regarda les autres cadets autour de la salle; certains plus jeunes avec des intellects brillants, d'autres plus âgés avec des années d'expérience.

Le regard du commandant se posa sur Alex et ses amis.

— Après de nombreuses délibérations, Alex Rivera, Nia Chen, Jaxon Brooks et Yasu Garcia – nous vous avons sélectionnés pour cette mission. Vos compétences, vos perspectives uniques, et vos capacités physiques et intellectuelles font de vous les candidats idéaux. Durant son séjour à l'Académie, Alex a fait preuve d'un esprit novateur, d'une vision et de qualités de leadership qui font de lui le candidat parfait pour diriger la mission. À leur tour, ses amis ont démontré une grande intelligence dans la navigation des tâches, des exercices et des missions. Nia Chen est habile à analyser de grandes quantités de données et à déterminer la meilleure marche à suivre.

Yasu Garcia est un stratège expert, qui impressionne souvent les supérieurs. Et Jaxon Brooks, bien qu'un peu chapardeur, est incroyablement doué pour manipuler des technologies d'origines diverses.

Des applaudissements épars emplirent la salle, les autres cadets les regardant avec une envie non dissimulée.

Alex échangea des regards avec ses amis, remarquant les expressions de choc sur leurs visages, et imaginant qu'elles reflétaient la sienne. Il avait osé espérer, mais maintenant que c'était arrivé, cela semblait irréel, comme s'il flottait dans un rêve.

Le briefing se termina, et les officiels et les autres cadets leur serrèrent la main et leur offrirent des félicitations et des encouragements en quittant la salle. Maintenant, seuls avec le commandant et quelques instructeurs et officiels de haut rang, les cadets absorbaient la réalité de leur position. Ils restèrent assis pendant que l'instructeur principal, un homme à la moustache touffue et aux cheveux non peignés, leur donnait un aperçu de la logistique de la mission et de la formation rigoureuse qui les attendait.

Des heures s'écoulèrent avant qu'ils ne quittent la salle. Bien que leurs corps et leurs têtes leur fassent mal, ils avaient quelque chose de nouveau à attendre avec impatience, et cela maintenait des sourires permanents plaqués sur leurs visages.

Dehors, le soleil se couchait, déversant une lueur chaude sur l'Académie. Alex leva les yeux vers les étoiles, qui scintillaient maintenant dans le ciel du soir. Elles semblaient plus proches, plus réelles que jamais. Il se tourna vers ses amis, souriant d'une oreille à l'autre.

— Nous sommes sur le point d'entrer dans l'histoire. Montrons-leur ce dont nous sommes capables.

La détermination imprégnait chacun de ses mots.

Ensemble, ils retournèrent à leurs quartiers, leurs esprits bouillonnant de possibilités quant à ce qui les attendait.

L'entraînement vint d'abord. Ce furent dix semaines d'activité éprouvante pendant lesquelles les plus brillants physiciens quantiques et ingénieurs leur communiquèrent des informations complexes sur leur voyage. Ils avaient suivi l'entraînement de base que l'Académie fournissait à tous ses cadets, et cela constituait le fondement de leur formation. Ils ont développé leurs connaissances fondamentales avec des sessions épuisantes dirigées par des spécialistes. En astrophysique, ils simulaient la navigation dans des puits gravitationnels, Jaxon maîtrisant les calculs plus rapidement que quiconque. Pendant les exercices de mécanique quantique, Nia excellait, son esprit vif repérant des incohérences dans des équations qui avaient déconcerté les autres. Mais c'est l'entraînement tactique qui les a mis le plus à l'épreuve.

Un exercice particulièrement difficile impliquait une embuscade simulée. Alors que leurs instructeurs tiraient des projectiles virtuels, Alex aboyait des ordres, dirigeant Nia pour qu'elle trouve un abri tandis que Yasu improvisait une diversion en utilisant un brouilleur de signal. La réflexion rapide de Jaxon désactiva les drones « ennemis », leur valant de rares éloges de leur instructrice habituellement stoïque.

— Bon travail d'équipe. Mais rappelez-vous, un faux pas là-bas et c'est terminé, dit-elle.

Ils se levaient avec le soleil et ne quittaient pas le centre d'entraînement avant tard dans la nuit.

L'équipe s'est épuisée durant cette période, mais chaque fois que la fatigue menaçait de les affaiblir, ils se rappelaient le voyage qui les attendait. Ils étaient sur le point de faire quelque chose que personne d'autre dans l'histoire de l'Académie n'avait fait, et cela les poussait en avant.

Pendant les repas, ils s'encourageaient mutuellement, déclarant comment ils aimeraient être rappelés dans les livres d'histoire. Ils maintenaient vivante la plaisanterie du règne de Yasu sur la galaxie, le saluant comme Yasu le Maître Suprême . Les repas étaient réglementés et spécialement préparés, leur fournissant la nourriture nécessaire pour enrichir leurs corps et leurs esprits. Bien que nourrissante, la nourriture était fade, préparée par nécessité plutôt que pour le goût. La seule personne qui semblait l'apprécier était Jaxon, nettoyant complètement son plateau à chaque repas. Les autres utilisaient leurs conversations pour garder leur esprit éloigné de l'insipidité de chaque bouchée.

Le soir, en se dirigeant vers leurs quartiers, ils révisaient tout ce qu'ils avaient appris, se lançant des questions les uns aux autres. Alex s'assurait qu'ils exploraient les points faibles de chacun. Il était important pour lui qu'ils restent à leur meilleur niveau.

Finalement, le moment de leur voyage arriva.

La nuit était claire et étoilée lorsqu'Alex, Nia, Jaxon et Yasu se dirigèrent vers la zone de lancement. L'énergie nerveuse les parcourait, les maintenant en équilibre sur la pointe des pieds, mais l'excitation qui les avait soutenus au cours des dernières semaines demeurait. Devant eux se dressait le vaisseau spatial équipé du Dispositif de Saut Quantique, sa surface métallique lustrée brillant sous le clair de lune.

L'équipe technique s'affairait autour du vaisseau, effectuant des vérifications de dernière minute. Le commandant de mission s'approcha de l'équipe; son expression était solennelle mais encourageante.

Il serra fermement la main de chaque cadet.

— Souvenez-vous, vous êtes des pionniers à la frontière d'un nouveau territoire. Bien que d'autres soient partis avant vous et aient échoué, votre succès dans cette mission serait monumental pour l'avancement scientifique de l'humanité. Restez concentrés, restez vigilants et faites confiance à votre formation.

Les cadets acquiescèrent, chacun de leurs visages affichant un masque de détermination. Ils enfilèrent leurs combinaisons spécialisées, conçues pour les protéger et les maintenir en vie pendant le saut quantique. Les ingénieurs avaient fabriqué des combinaisons sur mesure pour chacun d'entre eux, et elles épousaient leur corps comme une seconde peau scintillante. En montant à bord du vaisseau spatial, chaque cadet prit un moment pour regarder en arrière le monde qu'ils connaissaient, se demandant ce qui les attendait dans les royaumes inexplorés du multivers.

Ils entrèrent dans le vaisseau spatial et prirent leurs positions, serrant leurs ceintures de sécurité et ajustant leurs sièges pour un confort maximal. L'atmosphère était tendue mais concentrée. Alex prit sa position à la console de navigation, ses doigts parcourant les commandes avec une aisance acquise. Nia, Jaxon et Yasu vérifièrent leurs systèmes, s'assurant que tout était en ordre pour le saut.

— Le Dispositif de Saut Quantique est en cours d'activation, annonça Alex, sa voix assurée.

Le vaisseau spatial s'anima, le cœur du dispositif brillant d'une lumière surnaturelle.

— Séquence d'initialisation dans trois, deux, un..., décompta Jaxon.

Une soudaine vague d'énergie traversa le vaisseau spatial alors qu'il s'élançait dans le ciel nocturne. Les cadets se préparèrent, gardant leurs yeux fixés sur leurs systèmes pour détecter toute anomalie à temps. Mais ils n'étaient pas préparés à la nouveauté de ce voyage. La réalité semblait se déformer et se plier autour d'eux. Un kaléidoscope de couleurs et de lumières enveloppa le vaisseau, les transportant à travers le tissu même de l'espace et du temps.

La sensation était incomparable à tout ce qu'ils avaient jamais vécu – un voyage vertigineux et exaltant à travers l'inconnu. Ils regardèrent avec émerveillement les étoiles et les galaxies défiler devant eux, chacune étant une porte d'entrée vers un univers différent.

Et puis, aussi soudainement que cela avait commencé, le voyage tumultueux prit fin brutalement. Le vaisseau spatial trembla, les alarmes retentissant, alors qu'il s'écrasait sur une planète inconnue. La force propulsa les cadets vers l'avant, les projetant presque contre les consoles devant eux. Mais leurs ceintures de sécurité tinrent bon, les maintenant fermement contre leurs sièges.

Alors que la poussière retombait, ils reprirent lentement leurs esprits. Alex fut le premier à revenir à lui, les yeux écarquillés par le choc. Il quitta son siège et se dirigea vers les autres, les aidant à se relever. Ensemble, ils se frayèrent un chemin jusqu'à l'écoutille du vaisseau.

Avec une profonde inspiration, Alex ouvrit l'écoutille, révélant un monde comme ils n'en avaient jamais vu. Le ciel était d'une nuance violette vibrante, et deux lunes pendaient bas à l'horizon. Au loin, des structures imposantes et des lumières brillantes suggéraient une civilisation avancée.

Ils avaient réussi. Ils avaient voyagé vers un univers parallèle.

Les cadets sortirent sur le terrain extraterrestre, leurs cœurs battant à tout rompre avec la réalisation que leur aventure ne faisait que commencer. Un nouveau monde les attendait, plein de mystères à démêler et de découvertes à faire.

En levant les yeux vers ce ciel inconnu, ils savaient une chose avec certitude – leurs vies ne seraient plus jamais les mêmes.

CHAPITRE 2

L'AUBE SE LEVA LENTEMENT, déversant sa lumière à travers un ciel teinté de violet où deux lunes flottaient bas sur l'horizon, leurs pâles orbes projetant des ombres fantomatiques sur le paysage en contre-bas. Les cadets sortirent en titubant de leur vaisseau spatial, sa coque élégante maintenant défigurée par des entailles et du métal calciné. Alex sentit le sol irrégulier se déformer sous ses bottes – une surface qui semblait molle, presque spongieuse, mais suffisamment ferme pour supporter leur poids.

Il regarda autour de lui, le cœur battant tandis que ses yeux s'imprégnaient du terrain alien. Des structures translucides et imposantes s'élevaient au loin, leurs surfaces réfractant la lumière comme des prismes. Une étrange flore parsemait le paysage – des plantes aux pétales effilés qui miroitaient d'une teinte irisée, leurs tiges émettant de faibles vibrations mélodieuses. L'air transportait une saveur inconnue, âcre et légèrement métallique.

— Ce... n'est pas la Terre, murmura Nia, sa voix teintée d'émerveillement et d'inquiétude.

Elle resserra les joints de sa combinaison, son regard fixé sur les lunes jumelles au-dessus d'eux.

— Sans blague, lança Jaxon, bien que sa bravade habituelle fût mêlée d'une nervosité palpable. Il s'accroupit à côté d'un groupe de plantes, ses doigts planant au-dessus des feuilles sans oser les toucher.

— C'est quoi cet endroit, au juste ?

Yasu, toujours stratège, scrutait les environs d'un œil calculateur.

— Concentrez-vous. D'abord, nous sécurisons la zone. Ensuite, nous évaluons les dégâts du vaisseau, dit-il d'une voix ferme.

Le crash les avait laissés étourdis mais, miraculeusement, indemnes. Ils se retrouvaient à la périphérie d'une métropole tentaculaire, dont l'architecture formait un mélange harmonieux de nature et de technologie avancée.

Alex s'imprégna de la vision d'un ciel comme il n'en avait jamais vu. La teinte violette du ciel s'estompait vers un bleu pâle, révélant une ville qui pulsait comme si elle était vivante. Des gratte-ciels de verre et de métal s'élançaient vers le ciel, entrelacés de verdure luxuriante qui cascadait le long de leurs flancs.

— Tout le monde va bien ? appela-t-il, sa voix résonnant légèrement dans l'air immobile du matin.

Un par un, Nia, Jaxon et Yasu répondirent, chacun surmontant la désorientation de leur arrivée brutale. Ils rassemblèrent leurs esprits, leur entraînement prenant le dessus tandis qu'ils évaluaient la situation.

— On n'est définitivement plus au Kansas, plaisanta Jaxon, essayant d'alléger l'atmosphère tout en examinant l'horizon alien.

Les cadets vérifièrent rapidement les dégâts du vaisseau. Il était hors service, et le Dispositif de Saut Quantique visiblement endommagé. À l'intérieur, des étincelles crépitaient et sifflaient depuis les câblages exposés. Le Dispositif de Saut Quantique trônait au centre des débris, son cœur terne et sans vie. Alex s'accroupit à côté, sa mâchoire se crispant tandis qu'il passait une main dans ses cheveux déjà ébouriffés.

— Il ne répond pas. Je... je ne sais même pas par où commencer, dit Jaxon, la frustration perçant dans sa voix tandis qu'il tapait furieusement sur le panneau de contrôle.

— Tu es censé être l'expert en technologie. À quoi servait notre formation si tu ne peux pas réparer ça ? lança sèchement Yasu, son calme habituel se fissurant sous le poids de leur situation.

Jaxon se hérissa, se levant pour lui faire face.

— Tu crois que dix semaines suffisent pour devenir expert sur une machine qui réécrit la réalité ? Tu aurais peut-être dû intervenir, génie.

— Ça suffit !

La voix d'Alex trancha leur dispute qui s'intensifiait, nette et autoritaire. Il se redressa de toute sa hauteur, son regard ferme.

— Se blâmer les uns les autres ne va rien arranger. Jaxon, continue d'y travailler. Yasu, aide-le.

Nia posa une main apaisante sur l'épaule de Yasu.

— On va trouver une solution. Mais d'abord, nous devons comprendre où nous sommes – et s'il est sûr de rester ici, dit-elle, son ton apaisant mais ferme.

Ils attribuèrent une partie de cela à la nouveauté du voyage. Bien que les scientifiques aient émis l'hypothèse que le voyage n'aurait pas le même effet sur les jeunes membres de l'Académie, rien ne garantissait qu'ils seraient indemnes.

— Nous devons découvrir où nous sommes et s'il existe un moyen de communiquer avec l'académie.

Les rouages tournaient déjà dans la tête de Nia, cherchant la solution la plus rapide pour sortir de ce pétrin. Elle pensa aux autres fournitures qu'ils avaient dans le vaisseau mais décida de ne pas les emporter.

— J'aimerais qu'on puisse retirer nos combinaisons. Je me sens plutôt mal à l'aise.

Jaxon leva les bras de haut en bas.

Les autres aussi, mais ils savaient que garder leurs combinaisons était une mesure de protection au cas où l'atmosphère ne leur conviendrait pas.

L'équipe s'aventura hors de l'épave, s'engageant dans les rues de la ville. Ils furent accueillis par les regards curieux des passants – des êtres incontestablement humains, mais vêtus de styles si inhabituels qu'ils ressemblaient à des créatures d'une race inconnue. Beaucoup arboraient des vêtements volumineux faits de tissus brillants, leurs bras couverts d'un matériau qui ressemblait à de l'herbe. D'autres portaient des couvre-chefs qui ressemblaient à des cornes, des museaux, et de grands yeux au sommet de leurs têtes.

La ville était une merveille de contradictions – un lieu où nature et technologie existaient non seulement en harmonie, mais comme des extensions l'une de l'autre. Des lianes bioluminescentes s'enroulaient autour de gratte-ciels imposants, leur lumière pulsant en rythme avec le léger bourdonnement du réseau énergétique de la ville. Des véhicules glissaient silencieusement le long de voies surélevées, leurs designs élégants et organiques, comme s'ils avaient poussé plutôt qu'été construits.

Les cadets attiraient les regards curieux des passants – des êtres humanoïdes dont les traits reflétaient les leurs, mais avec de subtiles différences. Certains avaient des membres allongés; d'autres portaient sur leur peau des motifs complexes qui scintillaient comme des tatouages vivants. Les habitants portaient des vêtements qui semblaient changer et s'adapter à leur environnement, le tissu se fondant parfaitement avec les couleurs vibrantes de la ville.

— Regardez droit devant. Nous nous démarquons déjà suffisamment, marmonna Yasu, d'un ton bas mais ferme.

— Difficile de ne pas fixer, répondit Jaxon à voix basse, son regard s'attardant sur un étal de marché flottant où des marchands exposaient des produits qui défiaient toute explication – des fruits qui brillaient faiblement, des artefacts cristallins qui émettaient de douces mélodies, et des liquides qui semblaient défier la gravité, tourbillonnant dans les airs.

Des affichages holographiques flottaient à côté de cascades naturelles, luxuriantes de verdure. Les véhicules glissaient silencieusement bien au-dessus de tout cela, ne laissant aucune trace de pollution. C'était différent de leur univers, où la nature existait en petits groupes de petits arbres dans de petits parcs, entourés de structures de métal et de béton.

En d'autres temps, dans des circonstances différentes, ils auraient pu rester immergés dans ces paysages pour toujours. Mais ici et maintenant, leur émerveillement était teinté d'urgence. Ils devaient en apprendre davantage sur cet endroit pour trouver un moyen de retourner dans leur univers. D'abord, ils devaient comprendre les règles de ce monde pour se fondre dans la masse sans attirer l'attention indésirable.

En marchant, Yasu remarqua un groupe d'individus qui les observaient avec un vif intérêt. Il en informa ses amis, et quand le groupe s'approcha, les cadets se préparèrent, incertains de l'accueil qu'ils allaient recevoir.

— Bienvenue chers visiteurs. On ne voit pas souvent de nouveaux visages ici. D'où venez-vous ? Demanda l'un d'eux, un sourire amical aux lèvres.

Les cadets échangèrent des regards, réalisant que leur voyage venait de prendre un tournant inattendu. Ils étaient sur le point d'interagir avec les habitants de cette Terre alternative, une première étape cruciale dans la mission. Ils avaient besoin de prudence et de beaucoup de tact, ou ils pourraient tout perdre.

Le leader, un homme au comportement aimable, se présenta comme Kael, un guide local. Sa curiosité envers les cadets était évidente, mais il les observait avec une méfiance manifeste.

— Nous sommes... des explorateurs d'un endroit lointain, répondit Alex avec prudence, conscient du besoin de discrétion.

Les yeux de Kael brillèrent d'intrigue.

— Des explorateurs, dites-vous ? Eh bien, vous êtes certainement venus dans la bonne ville. Suivez-moi, je vais vous faire visiter.

En traversant la ville, les cadets restaient stupéfaits par l'harmonie entre la technologie avancée et la nature. Les bâtiments étaient de hautes structures de verre et de métal couvertes d'une végétation luxuriante, et l'air était frais, exempt de pollution. Ils passèrent devant une immense serre pleine de plantes et de fleurs aux feuilles violettes, roses et orange et aux pétales de la taille d'une tête. Nia posa des questions sur le bâtiment, et Kael dit qu'il appartenait au Ministère de la Recherche Écologique.

— Ce sont des plantes nouvellement développées. Et la structure en verre sert d'environnement contrôlé pour aider leur croissance.

Les personnes qu'ils croisaient semblaient satisfaites, un contraste frappant avec la vie souvent trépidante sur leur Terre. Chez eux, tout le monde se déplaçait si rapidement. C'était particulièrement le cas dans leur Académie, où chacun se précipitait comme si la prochaine destination était la plus importante de leur vie.

La visite les conduisit vers un parc serein rempli de plantes exotiques. Celles-ci présentaient des similitudes avec les plantes de la serre, mais les couleurs des feuilles et des pétales étaient plus pâles. Nia s'avança vers un joli buisson à feuilles bleues, avec des fleurs au petites pétales en forme d'aiguilles. Elle se pencha pour inhaler le doux parfum qui s'en dégageait.

— Je ne ferais pas ça si j'étais vous. C'est plutôt toxique, dit une voix.

Nia leva les yeux et eut le souffle coupé. L'interlocutrice recula, haletant aussi. La fille était son portrait craché. Les seules diffé-rences résidaient dans son maquillage, ses cheveux et ses vêtements. Là où Nia gardait ses cheveux hors de son visage dans un chignon serré, les cheveux de la fille tombaient sur son visage. Ses paupières étaient également saupoudrées de poudre dorée, tout comme ses lèvres.

Nia pivota pour attirer l'attention des autres, mais il semblait qu'ils avaient aussi rencontré leurs sosies et les étudiaient avec autant de curiosité.

L'Alex alternatif conservait le même air débraillé que l'Alex de son monde, arborant un uniforme non repassé aux manches retrous-sées et une cravate défaite.

L'alter ego de Yasu avait les cheveux décolorés et des lentilles de contact rouges, contrairement au Yasu qu'elle connaissait qui gardait ses cheveux d'un noir de jais et ses yeux d'un brun ordinaire.

Les plus similaires de tous étaient les Jaxons. Ils marchèrent l'un vers l'autre, reflétant mutuellement leurs mouvements tandis qu'ils observaient les similitudes dans leurs tenues et leurs comportements.

Pendant un instant, le temps semblait s'effondrer autour d'eux.

Alex fixait son alter ego.

— Ce... n'est pas possible, murmura-t-il, sa voix à peine audible.

— Est-ce une sorte de plaisanterie ? demanda l'alter ego de Yasu, brisant le silence.

— Aucune plaisanterie. Nous venons... d'une autre version de la Terre. D'un autre univers, répondit Yasu, tout aussi déconcerté.

Cette révélation déclencha une rafale de questions et d'explications. Au début, ils parlaient tous en même temps, chacun désireux d'intervenir, mais ils laissèrent bientôt Alex prendre les devants. Il parla de leur voyage à travers le temps et l'espace, détaillant à quel point c'était rapide et stimulant. Les alter egos étaient fascinés par l'histoire du saut quantique et l'existence d'un univers parallèle. Leur Alex expliqua que leur Terre faisait partie d'une vaste Fédération Spatiale, une coalition de planètes ayant atteint la paix et l'avancement technologique.

Kael interrompit à ce moment, confus par les mots qu'ils utilisaient, mais très intéressé par la compensation des soucis que le groupe venait de lui causer. L'alter ego d'Alex plongea la main dans sa poche, en sortit une poignée de pièces et les lui tendit. Kael grommela un moment, mais quand l'autre Alex menaça de le dénoncer aux autorités pour extorsion illégale, il s'éloigna d'un pas nonchalant, ses sbires à sa suite.

Alex et son alter ego prirent en charge le reste de la conversation, leur énergie euphorique rebondissant l'un sur l'autre. Les autres cadets observaient, fascinés. C'était une chose de voir le seul Alex qu'ils connaissaient en action, son esprit explosant d'idées fascinantes. Mais le regarder interagir avec lui-même était exaltant, ne laissant aux autres aucune chance de se joindre à la conversation.

Au cours de leur échange, les cadets apprirent davantage sur la structure sociale, les avancées technologiques et la dynamique politique de cette Terre alternative. Ils furent particulièrement intrigués par la mention de la Clé Quantique, un dispositif capable de naviguer dans le multivers, étroitement gardé en raison de sa puissance.

La rencontre avec leurs alter egos fut un moment crucial. Elle fournit aux cadets des informations précieuses sur cet univers et un allié potentiel dans leur quête pour rentrer chez eux. Cependant, elle souleva également des questions éthiques sur leur présence dans ce monde alternatif et l'impact qu'ils pourraient avoir.

Leurs alter egos les conduisirent vers une structure imposante qui s'équilibrait sur quatre colonnes solitaires, oscillant comme des lianes dans le vent. Sa conception magnifique témoignait de l'avancement architectural de cet univers. À l'intérieur, ils trouvèrent des écrans interactifs et des expériences de réalité virtuelle qui offraient une compréhension plus profonde de l'histoire, de la culture et des réalisations technologiques de la Fédération.

En parcourant l'installation, les cadets apprirent davantage sur la structure gouvernementale de la Fédération, son engagement envers la paix et la durabilité, et ses efforts d'exploration à travers la galaxie. Ils furent particulièrement fascinés par les avancées dans les voyages spatiaux et l'intégration de diverses technologies extraterrestres.

Les voyages spatiaux étaient accessibles à tous ici, contrairement à leur monde où ils étaient réservés aux très riches ou aux chercheurs et étudiants dans des institutions aux programmes spatiaux avancés. Les résidents ordinaires de ce monde pouvaient faire un court voyage vers les planètes des systèmes les plus proches de la Terre.

C'est durant cette visite que les cadets en apprirent davantage sur la Clé Quantique. Leurs alter ego expliquèrent que la Clé était un secret étroitement gardé, conservé dans une installation de haute sécurité en raison de son potentiel à perturber le tissu de l'univers.

— Mais si elle est si dangereuse, pourquoi n'a-t-elle pas été détruite ? demanda Nia en fronçant les sourcils.

Son alter ego secoua la tête.

— Parce qu'elle représente plus qu'une technologie. C'est une relique d'une époque plus sombre – une arme que l'Empire maniait pour imposer sa volonté. Certains y voient un avertissement; d'autres la considèrent comme un dernier recours, au cas où la Fédération s'effondrerait.

— Et que crois-tu ? demanda Alex.

— Je crois qu'elle est mieux enfermée. Un pouvoir comme celui-là ne peut pas être manié de façon responsable. Pas éternellement, dit son alter ego

Les cadets échangèrent des regards inquiets. La Clé Quantique était leur seul espoir de rentrer chez eux, mais ses implications pesaient lourdement sur eux. Qu'est-ce que cela signifierait de prendre un tel outil à cet univers, laissant ses habitants vulnérables ?

Les deux Jaxons ne se souciaient pas beaucoup des implications éthiques. L'idée de manipuler un outil aussi puissant semblait les mettre en orbite. L'alter ego de Jaxon avait tellement lu sur la Clé Quantique et son fonctionnement, apprenant que la technologie qui la faisait fonctionner était intuitive, permettant même à la personne la moins compétente en technologie de l'utiliser.

— C'est pourquoi ils doivent la garder si cachée. Entre de mauvaises mains, elle pourrait littéralement déchirer le tissu de l'espace et du temps, dit-il.

Nia secoua la tête.

— Il semble que vous soyez tous les deux de mauvaises mains. Je ne peux pas vous faire confiance pour savoir l'utiliser en toute sécurité. Correctement, peut-être. Mais vous pourriez faire test sur test, et nous nous retrouverions avec un trou géant qui aspirerait toute la vie et l'énergie du monde.

L'autre Nia rit, acquiesçant avec enthousiasme.

Les Jaxon leur lancèrent des regards noirs.

Alex intervint alors, en riant :

— Peu importe ce que nous pensons de cet outil, il pourrait nous aider dans notre voyage de retour. Cela ira probablement à l'encontre de notre mission de bricoler avec une technologie aussi expérimentale, mais nous avons besoin d'un moyen de rentrer chez nous. Puisque nous ne pouvons pas réparer le Dispositif de Saut Quantique, c'est probablement notre meilleure option. À moins que nous ne trouvions autre chose.

Le coucher du soleil arriva un peu trop vite. Les cadets observèrent le ciel s'assombrir à nouveau vers le violet et se rappelèrent qu'ils étaient loin de chez eux, avec seulement l'ombre d'une idée pour leur retour.

L'alter ego d'Alex remarqua leur attitude et leur offrit un endroit pour passer la nuit.

— Vous pouvez passer la nuit dans une maison d'hôtes que nous connaissons. Nous viendrons vous chercher demain matin, dit-il, regardant chacun de leurs visages.

— Est-ce que ce ne serait pas trop demander ?

Alex était reconnaissant mais méfiant à l'idée d'accepter cette aide. Ils pouvaient toujours retourner au vaisseau spatial pour la nuit.

Il ajouta :

— Nous n'avons pas les moyens de payer.

Son alter ego balaya d'un geste la préoccupation d'Alex.

— Considérez cela comme un geste de bonne volonté de la part de vos sosies.

Fatigués mais moins inquiets maintenant qu'ils avaient des amis, les cadets marchaient avec plus d'assurance. Les rues étaient animées de personnes et d'êtres venus de diverses planètes, chacun contribuant à la tapisserie vibrante de la Fédération. Les marchés exposaient des marchandises de toute la galaxie, et des écrans holographiques présentaient des nouvelles de mondes lointains. Les cadets s'émerveillaient, absorbant chaque détail de cette société spatiale florissante.

— Ce monde... c'est incroyable, dit Nia, sa voix emplie d'émerveillement.

Elle ajouta soudain :

— Mais nous ne pouvons pas oublier pourquoi nous sommes ici. Bien que nous étions censés explorer les limites mêmes de la compréhension scientifique, nous devons encore trouver un moyen de retourner dans notre univers. Je n'aime toujours pas l'idée de compter entièrement sur la Clé Quantique, nous devrions donc envisager d'autres options.

Les autres acquiescèrent.

Alex se gratta le menton, son cerveau tissant une toile de possibilités.

— Quelqu'un a-t-il des idées concrètes ?

— Nous pouvons essayer de comprendre comment réparer le Dispositif de Saut Quantique. Nous avons deux Jaxons maintenant, dit Yasu.

Leur Jaxon ressemblait à un animal pris au piège, ses yeux s'écarquillant.

— J'ai un peu honte d'admettre que je ne suis pas arrivé au point de bien comprendre le fonctionnement de ce dispositif. Notre formation était si rigoureuse, je n'ai pas pu trouver beaucoup de temps pour bricoler avec.

Son alter ego le regardait, secouant la tête avec une désapprobation feinte.

— Nous avons encore un peu de temps, je crois. Nous pouvons faire plus de recherches à ce sujet et voir ce que nous pouvons trouver pour vous aider à faire votre voyage de retour. Nous travaillerons ensemble pour vous ramener chez vous sains et saufs, dit l'alter ego d'Alex.

Les alter egos hochèrent la tête en guise d'approbation, ils discutèrent encore un peu de potentielles stratégies qu'ils pourraient mettre en œuvre afin d'atteindre la Clé Quantique, bien conscients des épreuves à venir.

La soirée se termina avec les cadets et leurs alter egos solidifiant leur nouvelle alliance. Ils étaient déterminés à naviguer ensemble dans les complexités de cet univers, chaque pas les rapprochant de leur objectif ultime – rentrer chez eux.

CHAPITRE 3

LE MATIN ARRIVA, le soleil déversant sa chaleur sur les éco-structures de la ville. Alex, Nia, Jaxon et Yasu, ayant passé la nuit dans la maison d'hôtes suggérée par le double d'Alex, se levèrent tôt. Ils se rassemblèrent à la fenêtre de la grande pièce, observant le soleil répandre ses rayons sur le paysage urbain.

— Cet endroit est vraiment magnifique, dit Nia, regardant attentivement pour mémoriser chaque détail pour l'avenir.

C'était une vision à laquelle leur monde pourrait aspirer.

Leurs doubles arrivèrent peu après, apportant autant de nourriture qu'ils pouvaient porter. Ils s'assirent tous sur le sol de la pièce pour discuter de leurs plans pour la journée tout en grignotant du pain, du bacon et des œufs brouillés. La nourriture les surprit car elle était similaire à la leur, mais avait un goût différent; plus savoureux et délicieux.

Après avoir terminé leur repas, ils accompagnèrent leurs doubles respectifs pour entreprendre une exploration complète de la capitale de la Fédération.

Leur mission : recueillir des informations et des ressources pour leur quête d'accès à la Clé Quantique et tout autre outil pouvant les aider dans leur voyage de retour.

La ville se dévoilait comme une tapisserie vivante, ses rues vibrantes entremêlant technologie, culture et nature. Des éco-structures imposantes dominaient l'horizon, leurs façades de verre scintillant de cellules solaires intégrées. Une végétation luxuriante cascadait le long de leurs flancs, l'air autour d'elles animé par le doux bourdonnement des drones de pollinisation.

Des représentants d'innombrables planètes se mêlaient sur les places de la ville – des humanoïdes à la peau iridescente, des créatures aux motifs bioluminescents qui pulsaient au rythme de leur parole, et des êtres qui défiaient la taxonomie limitée de la vie connue des cadets. Nia s'arrêta, fascinée par un groupe de marchands exposant des tissus qui changeaient de couleur selon l'humeur de celui qui les portait.

— Je suis fascinée par tant de diversité. Tant d'harmonie. Chez nous, nous apprenons encore à partager une table. Ici, ils partagent des galaxies, dit-elle, sa voix empreinte d'émerveillement.

Yasu étudia un kiosque d'information à proximité, son affichage holographique défilant à travers des annonces sur les prochains sommets intergalactiques et les routes commerciales.

— Il y a une efficacité dans tout cela. Aucun mouvement n'est gaspillé. Même leurs bureaucraties semblent... élégantes, nota-t-il.

Leurs doubles complétaient les détails. La Fédération était gouvernée par un conseil rotatif, chaque planète membre contribuant avec des représentants. Les décisions nécessitaient un consensus, qui était appliqué par un médiateur IA universel qui analysait les résultats potentiels et assurait l'équité.

— Ce n'est pas parfait. Mais nous avons appris que le pouvoir est plus sûr lorsqu'il est distribué. L'Empire nous l'a appris à la dure, admit le double de Nia.

Leur première étape fut le Conseil Galactique, un bâtiment grandiose où les dirigeants de toute la galaxie se réunissaient. Une foule de citoyens affluait par les trois grandes portes, et les cadets et leurs doubles se joignirent à eux. Tout le monde se déplaçait en ordre, parlant poliment tout en consultant le programme du jour sur leurs appareils portatifs. Les cadets et leurs doubles trouvèrent des sièges dans les parties supérieures de la chambre et se préparèrent à prêter attention à chaque détail.

Ici, ils assistèrent à une session du conseil en cours, observant le processus démocratique qui gouvernait la Fédération. La discussion portait sur une nouvelle mission exploratoire vers un système stellaire lointain, soulignant l'engagement continu de la Fédération envers la découverte et la coopération.

Nia trouva ce conseil plus passionnant que les autres, se penchant en avant sur son siège et prenant des notes. Dans son monde, elle ne pouvait pas assister aux sessions du conseil gouvernemental. Celles-ci étaient réservées aux politiciens. Elle en discuta avec son double qui, bien qu'également intéressée par la session, trouva son enthousiasme charmant.

Ensuite, ils visitèrent un spatioport animé, où des vaisseaux de toutes formes et tailles étaient amarrés. Les cadets contemplaient, les yeux écarquillés, la variété des vaisseaux spatiaux, des élégants croiseurs personnels aux immenses cargos et aux élégants vaisseaux diplomatiques. Bien que dans leur monde il y ait quelques stations spatiales dispersées autour de leur planète, aucune n'était aussi bien équipée que celle-ci. Leurs doubles expliquèrent les différents types de vaisseaux et leurs fonctions, fournissant des aperçus de la technologie avancée qui les propulsait.

Au cours de leur voyage à travers le spatioport, ils rencontrèrent diverses espèces extraterrestres, chacune avec son apparence et ses coutumes uniques. Les cadets interagirent avec certaines d'entre elles, apprenant sur leurs planètes d'origine et leurs cultures. Ces interactions élargissaient leur compréhension de l'immensité et de la diversité de la galaxie.

Nia tirait le plus de joie de ces interactions. Dans leur monde, il y avait très peu d'espèces extraterrestres vivant sur Terre. Elle n'en avait rencontré que quelques-unes, et la plupart étaient d'importants dignitaires d'autres planètes; trop haut placés pour qu'elle puisse communiquer avec eux. Bien qu'elle ait lu sur la plupart des planètes de la Voie Lactée, elle croyait que rencontrer les gens par soi-même et leur parler donnait des aperçus plus fins de leurs expériences vécues.

La dernière étape fut un centre culturel, un lieu dédié à la préservation et à la célébration des innombrables cultures au sein de la Fédération. Le centre était un kaléidoscope d'art, de musique et de traditions de mondes sans nombre. Les cadets s'immergèrent dans les expositions, acquérant une appréciation plus profonde du riche patrimoine culturel de la Fédération. Nia prit des notes sur la riche tapisserie historique du monde, comparant les informations avec tout ce qu'elle savait du leur. Elle avait hâte d'avoir une discussion approfondie avec son double sur tout ce qu'ils avaient appris.

Tout au long de leur exploration, les cadets recueillirent de précieuses informations sur la structure de la Fédération, sa technologie et les localisations potentielles de la Clé Quantique. Ils entendaient occasionnellement ce nom, mais son emplacement était enveloppé de mystère, les gens devenant réticents ou presque hostiles lorsqu'ils l'évoquaient.

Ils ont également collecté divers gadgets et outils qui pourraient les aider dans leur mission, évitant soigneusement d'attirer l'attention sur leurs véritables intentions. Jaxon prenait le plus de plaisir dans la variété des nouveaux gadgets disponibles. Il bricolait tout ce qu'il pouvait, alerte et attentif lorsque son double lui expliquait à quoi servait chaque appareil. Un dispositif de téléportation dans un petit entrepôt l'intéressait particulièrement. Dans leur monde, le dispositif de téléportation était encore un mythe, n'existant que dans la fiction. Ici, ils avaient créé un petit appareil pour transporter des objets non vivants.

— Ils ont essayé avec des êtres vivants, mais ils tous sont morts. Ils ont décidé de le réserver uniquement aux objets inanimés. C'est aussi ridiculement coûteux, expliqua son double

La longue journée touchait lentement à sa fin. Le groupe se dirigea vers un café tranquille, réfléchissant à leurs découvertes. Ils commandèrent des pâtisseries et du thé chaud et parfumé, prenant quelques instants pour s'imprégner de l'ambiance douce du décor. Au bout d'un moment, la conversation revint sur tout ce qu'ils avaient vu au cours de la journée.

— Cette Fédération... C'est incroyable. L'unité, la technologie, la diversité.

Les yeux écarquillés de Jaxon brillaient d'émerveillement.

— Mais n'oubliez pas que nous sommes ici pour une raison. Nous devons rester concentrés sur notre mission, ajouta Nia, ramenant le groupe à la réalité.

Tout le monde acquiesça à l'unisson, et ils sortirent leurs tablettes pour commencer à travailler. Bien que les tablettes des cadets soient différentes des modèles de ce monde, Jaxon et son double les avaient reconfigurées pour leur permettre de continuer à travailler. Ils devaient formuler un plan pour rentrer chez eux, et ils devaient le faire rapidement. Leurs proches les attendaient à la maison, et ils devaient leur faire savoir qu'ils allaient bien.

Les cadets et leurs doubles étaient unis par un objectif commun, se préparant aux défis à venir. Ils savaient que l'accès à la Clé Quantique ne serait pas facile, mais les cadets étaient déterminés à trouver un moyen de retourner dans leur univers.

Plus tard dans la soirée, sous la canopée d'un ciel étoilé, ils se rassemblèrent sur une place publique animée, vibrante de l'énergie de la vie nocturne de la ville. La place était vivante avec des affichages holographiques et des artistes de rue, mettant en valeur la prouesse artistique et technologique de la Fédération.

Un événement inattendu attira leur attention alors qu'ils naviguaient dans la foule. Une série de panneaux d'affichage numériques scintillèrent de façon erratique, affichant des messages incompréhensibles avant de revenir à la normale. La foule murmurait, confuse, choquée par cette vision rare dans une ville où la technologie fonctionnait sans problème.

— Est-ce que c'est nous qui avons causé ça ? chuchota Yasu, l'inquiétude évidente dans sa voix.

Nia fronça les sourcils.

— C'est possible. Notre présence ici pourrait créer des ondulations dans cet univers.

Le groupe se déplaça vers une partie plus calme de la place, discutant des implications de leurs actions. Yasu se rappela leurs leçons sur le tissu délicat du multivers. Il leur rappela comment l'un des formateurs ne cessait de souligner que même de petites perturbations pouvaient avoir des conséquences imprévues. Les autres se regardèrent, déglutissant et réalisant à quel point ils devaient travailler plus vite maintenant.

Un autre phénomène étrange interrompit leur conversation – une averse soudaine et hors saison dans une ville où le temps était précisément contrôlé. Les gens se précipitèrent pour se mettre à l'abri, beaucoup fixant le ciel avec un dégoût non dissimulé.

— Ça ne peut pas être une coïncidence. Notre arrivée ici pourrait avoir plus d'impact que ce que nous pensions, dit Jaxon, regardant le ciel détrempé.

L'inquiétude des cadets grandit alors qu'ils assistaient à plus d'anomalies – une fluctuation temporaire de la gravité dans un parc voisin, provoquant une sensation momentanée d'apesanteur, et une panne de courant spontanée dans une section de la ville.

Avec chaque incident, il devenait plus évident que leur présence dans cet univers provoquait une réaction en chaîne d'événements, perturbant le flux normal de ce monde. Ils comprirent qu'ils devaient agir de manière responsable pour minimiser leur impact.

— Nous devons être plus prudents. Nous ne pouvons pas risquer de causer plus de perturbations. Notre mission pour sortir d'ici est devenue plus compliquée, dit Alex, sa voix teintée d'inquiétude.

Jaxon acquiesça.

— Il semble que nous devions nous en tenir au plan pour obtenir la Clé Quantique. (Il remarqua les yeux de Nia posés sur lui, son expression sombre.) Quoi ? Il n'y a pas d'autre option. Et non, je ne veux pas la Clé juste pour m'amuser avec. Si quelqu'un a un autre plan, je serai heureux de l'entendre.

— Je sais. J'aimerais juste qu'il y ait une autre solution. Manipuler quelque chose d'aussi important est le genre de chose qui pourrait discréditer notre mission, dit Nia.

Le groupe se retira dans un endroit isolé, loin des regards du public. Ils s'assirent en cercle, sous la lueur des lumières de la ville, discutant de leurs prochaines étapes. Il était clair qu'ils devaient trouver rapidement la Clé Quantique et retourner dans leur univers avant que leur présence ne cause plus de perturbations. Ils craignaient que les choses ne s'aggravent et ne mènent à une destruction à grande échelle.

Ils s'éloignèrent davantage de la rue pour rejoindre le jardin sur le toit que l'autre Yasu avait suggéré. Là, haut au-dessus des rues animées, et sous la douce lueur des plantes bioluminescentes, ils se rassemblèrent. L'environnement serein offrait un contraste saisissant avec le chaos dont ils avaient été témoins plus tôt. Ici, ils pouvaient discuter de leur situation sans les regards indiscrets de la ville.

Alex faisait les cent pas. Des théories se bousculaient dans son esprit, et le seul moyen de s'empêcher de s'arracher la peau était de continuer à bouger.

— Nous avons appris l'effet papillon lors de notre formation. De petites actions peuvent avoir des impacts significatifs. Je ne m'attendais pas à ce que nous en soyons témoins si tôt, commença-t-il.

Le formateur avait souligné de ne pas faire d'actions drastiques qui pourraient perturber l'équilibre entre leurs mondes. Mais jusqu'à présent, ils n'avaient rien fait de significatif.

Nia, qui étudiait une carte holographique de la ville, leva les yeux.

— C'est comme si nous étions les papillons dans cet univers. Notre simple présence pourrait causer ces anomalies.

Jaxon leva les yeux de son appareil, où il avait affiché ses notes d'une précédente conférence sur l'effet papillon.

— Si nous considérons le multivers comme une toile interconnectée, notre arrivée ici pourrait être comme une pierre jetée dans un étang, créant des ondulations qui perturbent l'équilibre existant.

Yasu s'appuyait contre la balustrade, regardant le ciel, son front plissé de concentration.

— Donc, chaque pas que nous faisons, chaque décision que nous prenons ici, pourrait potentiellement modifier quelque chose dans ce monde. Nous devons être extrêmement prudents.

Leurs doubles écoutaient attentivement, également préoccupés par les implications.

L'un d'entre eux, le double de Nia, prit la parole :

— Dans nos études du multivers, nous avons théorisé de tels impacts. Mais nous n'avons jamais eu de preuves concrètes jusqu'à maintenant. Votre présence ici pourrait être une étude de cas précieuse.

Le groupe discuta des implications éthiques de leurs actions. Ils convinrent que, bien que leur objectif principal soit de retourner dans leur univers, ils avaient la responsabilité de minimiser leur impact sur celui-ci.

— Nous devons trouver la Clé Quantique aussi discrètement que possible. Pas d'interactions inutiles, pas de perturbations. Nous nous en tenons au plan, et nous restons sous les radars, conclut Alex.

Le groupe a consolidé sa stratégie. Ils poursuivraient leur mission avec plus de prudence, revigorés par un nouvel élan déterminé, conscients que le sort de deux univers pourrait dépendre de leurs actions.

Alors qu'ils quittaient le toit, les lumières de la ville scintillaient en contrebas, leur rappelant l'équilibre délicat qu'ils devaient maintenir. Les cadets savaient que le chemin devant eux serait rempli de défis, mais ils étaient déterminés à le naviguer avec prudence et intégrité.

CHAPITRE 4

LE JOUR SUIVANT, les cadets et leurs alter egos se rendirent à l'antique bibliothèque de la Fédération, un vaste dépôt de connaissances avec des archives couvrant toute la galaxie. La bibliothèque, une structure magnifique de verre et de lumière, abritait des millions de textes numériques et physiques provenant d'innombrables civilisations.

Ils étaient là en quête d'informations pouvant les aider à localiser la Clé Quantique. Alors qu'ils plongeaient dans les archives, leur recherche les conduisit vers une section isolée dédiée aux prophéties et légendes anciennes.

Ce fut l'alter ego de Nia qui découvrit en premier un texte curieux, ses pages usées par le temps.

— Regardez ça, appela-t-elle, sa voix résonnant doucement dans l'immense salle.

Le groupe se rassembla autour d'elle tandis qu'elle se penchait sur le manuscrit ancien.

— La Prophétie d'Orion. Elle parle d'un enfant des Étoiles du Secteur Gaia, né de deux mondes, qui s'élèvera contre une grande tyrannie. Les actions de cet enfant se répercuteront à travers les étoiles, provoquant la chute de l'oppression et inaugurant une ère de paix, lut à voix haute l'alter ego de Nia, sa voix teintée à la fois d'admiration et d'incrédulité.

Yasu tapota un autre passage plus bas sur la page.

— Regardez ici, il mentionne une pierre angulaire. Est-ce que ça pourrait être la Clé Quantique ?

Jaxon se pencha, le front plissé.

— Ça colle. Si la Clé a stabilisé leur univers autrefois, peut-être que sa destruction était prophétisée pour restaurer l'équilibre. Mais cela signifie-t-il que nous sommes destinés à la détruire ?

Un lourd silence s'abattit sur le groupe, chaque cadet aux prises avec le poids de leur découverte.

Nia se pencha davantage, ses doigts effleurant le bord de la page ancienne.

Né de deux mondes. Qu'est-ce que cela signifie ? Deux univers ? murmura-t-elle.

Le front d'Alex se plissa tandis qu'il fixait le texte ancien.

— Né de deux mondes. Ça pourrait nous désigner, non ? Nous venons littéralement d'un autre univers.

— Ou ça pourrait ne rien signifier. Les prophéties sont écrites pour être vagues. C'est probablement juste une coïncidence, contra Yasu, sa voix calme mais teintée d'inquiétude.

— Mais si ce n'en est pas une ? Et si c'était la raison pour laquelle nous sommes ici ? Et si nous étions censés trouver cela ? insista Jaxon, ses doigts traçant l'encre effacée.

Le silence tomba sur le groupe, le poids de cette possibilité s'imposant à eux. Nia finit par le rompre, sa voix à peine plus haute qu'un murmure :

— Si c'est bien nous... que se passe-t-il si nous échouons ?

La question resta en suspens, sans réponse, tandis que les cadets échangeaient des regards inquiets.

L'alter ego de Nia haussa les épaules avec indifférence.

— Nos vies ont été paisibles jusqu'à présent. À moins qu'on ne compte l'Empire.

Elle échangea un regard lourd de sens avec l'alter ego d'Alex.

— L'Empire ? Quel Empire ? demanda Alex.

L'alter ego de Nia leur donna un aperçu rapide de l'Empire. À une époque, il gouvernait tout, empêchant la circulation, l'exploration, et la liberté d'expression et de parole. Une longue guerre avait été nécessaire pour que l'actuelle Fédération prenne l'avantage sur l'Empire. Il existait toujours, bien qu'affaibli, et détenait un pouvoir significatif dans certains secteurs, systèmes et planètes. Il était toujours présent sur Terre, une faction affaiblie maintenant les populations de ces régions sous son influence.

— Serait-il possible que le pouvoir de l'Empire soit en train de croître à nouveau ?

Nia se dirigea vers l'étagère, impatiente de lire tout ce qui était à portée de vue, mais distraite par la pensée d'un empire tyrannique à portée de main. Le concept de gouvernements tyranniques lui déplaisait fortement. Bien qu'elle ait lu à propos de nombreux d'entre eux, l'idée de renverser un peuple et de le subjuguer, de lui retirer ses droits ne lui convenait pas.

— Nous ne savons pas. Mais s'ils le sont, comment les arrêterais-tu ? Nous ne sommes que huit adolescents, dit l'alter ego de Nia.

Le groupe réfléchit aux implications de la prophétie et à sa possible connexion avec eux. L'idée que leur voyage inattendu puisse être entrelacé avec un destin cosmique était à la fois exaltante et intimidante.

Une silhouette ténébreuse observait leur discussion de loin, cachée parmi les hautes étagères. Invisible et silencieuse, la silhouette écoutait attentivement, son intérêt éveillé par les nouveaux venus et la mention de la prophétie.

Les cadets, ignorant cette présence vigilante, poursuivirent leurs recherches. Ils découvrirent davantage sur la prophétie, apprenant l'existence de l'Empire tyrannique qui avait autrefois menacé la paix de la galaxie. Un texte aux pages usées parlait brièvement de la Clé Quantique, et de la façon dont l'Empire l'utilisait pour gouverner. La chute de l'Empire survint à une époque où la Clé s'affaiblissait, perdant la majeure partie de son pouvoir.

— L'Empire... ils pourraient être ceux qui gardent la Clé Quantique. Imaginez être l'empire le plus puissant de l'univers et posséder un outil aussi puissant. Vous ne voudriez pas le perdre de vue, même s'il n'est plus aussi puissant qu'avant. Si cette prophétie nous concerne, alors notre chemin vers la Clé pourrait aussi impliquer de confronter cet Empire, dit doucement Yasu.

Cette révélation ajouta une nouvelle couche de complexité à leur mission. Non seulement ils devaient trouver la Clé, mais ils pourraient aussi devoir jouer un rôle dans un conflit galactique plus vaste.

Bien que Nia ait auparavant soutenu la recherche d'alternatives, l'idée de s'opposer à un gouvernement tyrannique l'enthousiasmait. Ils pourraient toujours obtenir la Clé et la remettre à des personnes plus responsables.

Jaxon trouvait ses opinions sur la question banales et naïves, alors il le garda pour lui-même. Ce qui importait davantage était de récupérer la Clé et de planifier leur retour. Maintenant que tout le monde était d'accord, il était satisfait.

Le soir tombait, et le groupe commença à rassembler ses affaires, leurs esprits aux prises avec les nouvelles informations et tentant d'élaborer le meilleur plan d'action. La mystérieuse silhouette les suivait discrètement à distance, son intérêt pour les cadets et leur mission devenant de plus en plus fort.

Les cadets et leurs doubles sortirent dans l'air frais de la nuit, les étoiles brillant intensément au-dessus d'eux. Ils savaient que leur voyage avait pris un tournant significatif, un tournant qui pourrait changer le cours de cet univers et du leur. Mais ils ne savaient pas comment procéder. D'un côté, ils avaient besoin de la Clé Quantique s'ils voulaient rentrer chez eux. Cependant, si la Clé Quantique était en possession de l'Empire, ils devraient les affronter pour l'obtenir. Et pouvaient-ils, jeunes et inexpérimentés comme ils l'étaient, s'opposer à un Empire disposant d'un pouvoir aussi vaste ?

Sous le voile de la nuit, les cadets et leurs doubles se frayèrent un chemin à travers les rues animées de la ville. Maintenant, les lumières étaient plus tamisées et la ville bourdonnait d'une énergie plus discrète. Leurs esprits étaient encore sous le choc des révélations faites à la bibliothèque, mais ils étaient déterminés à maintenir un profil bas, conscients de la complexité croissante de leur mission.

Alors qu'ils traversaient la place du marché, un centre fourmillant d'activité pendant la journée, maintenant en phase de ralentissement, ils ne pouvaient se défaire de l'impression d'être observés. Les coups d'œil occasionnels par-dessus l'épaule, les ombres furtives juste à la limite de leur champ de vision – c'était suffisant pour les mettre sur le qui-vive.

— Est-ce qu'on nous suit ? chuchota Nia, ses yeux scrutant la foule qui diminuait.

— C'est possible. Compte tenu de tout ce que nous avons appris à la bibliothèque, si nous sommes liés à la prophétie et que plus de personnes sont au courant, alors l'Empire voudrait nous garder à l'œil. Et même si ce n'est pas l'Empire, d'autres parties impliquées dans le conflit pourraient être intéressées par nos progrès, répondit Alex à voix basse.

Le groupe accéléra le pas, se faufilant à travers les ruelles étroites et les chemins moins fréquentés, essayant de semer tout poursuivant potentiel. Mais la sensation d'être poursuivis persistait, un rappel subtil mais constant du danger auquel ils pourraient être exposés.

Leur chemin les mena vers une partie moins aisée de la ville, où les lumières vives et les merveilles technologiques cédaient la place à des rues plus sombres et un malaise palpable. Ici, l'influence de l'Empire était plus évidente – des affiches de propagande ornaient les murs fissurés, et les résidents se déplaçaient avec une prudence qui parlait de peur et d'oppression.

Le contraste entre les zones vibrantes contrôlées par la Fédération et le quartier dominé par l'Empire était saisissant. L'air ici était lourd, presque oppressant, comme si le poids du règne de l'Empire persistait encore dans l'atmosphère. Les affiches de propagande scandaient leurs slogans peints en rouges et noirs agressifs : *L'ordre par la force. Le progrès par l'obéissance.*

Les gens avançaient tête baissée, les épaules voûtées comme s'ils se préparaient à des coups invisibles. Des enfants jouaient silencieusement à l'ombre d'un monument délabré, leurs rires étouffés, craignant d'attirer l'attention.

— Voilà ce que fait l'Empire. Ils ne sont peut-être plus à l'apogée de leur puissance, mais leur ombre plane encore sur de nombreuses vies, murmura la double de Nia, sa voix tendue par la colère.

Elle fit un geste vers les alentours, sa main tremblant légèrement.

Alex serra les poings, son regard balayant la scène.

— Ce n'est pas juste. Comment peuvent-ils simplement... laisser cela se produire ?

— Ce n'est pas si simple. La Fédération essaie de maintenir la paix, mais les racines de l'Empire sont profondes. Ils exploitent la peur, la pauvreté et les vides de pouvoir. Ceci... c'est ce qui se passe quand les gens cessent de se battre, répondit le double de Yasu, son ton assombri.

Les gens dans les rues portaient des expressions semblables à celles de clients en deuil, leurs têtes baissées, et leur posture générale évoquait la soumission. C'était un contraste frappant avec les parties de la ville qu'ils avaient vues auparavant, un rappel des luttes sous-jacentes qui persistaient dans cette société apparemment utopique.

Bien qu'ils aient essayé de naviguer dans la zone furtivement et d'éviter l'arrestation, l'inévitable se produisit – un groupe d'agents de l'Empire, vêtus d'uniformes sombres, les confronta. Les agents étaient sévères, leurs yeux froids et calculateurs.

— Nous surveillons vos activités, annonça l'un des agents en s'avançant.

L'éclat métallique de son armure reflétait la faible lumière, et l'insigne de l'Empire – un soleil noir partiellement éclipsé – brillait sur sa poitrine. Sa voix était froide, mécanique, amplifiée par le modulateur vocal de son casque.

— Vous n'êtes pas d'ici. Expliquez-vous.

Alex fit un pas en avant, son esprit tournant à toute vitesse.

— Nous sommes des voyageurs venus étudier la culture et les avancées de votre grande ville, dit-il, essayant de paraître confiant.

L'agent inclina la tête, le geste étrangement aviaire.

— Des voyageurs ? Sans documentation ? Sans autorisation ?

Sa main planait près de l'arme accrochée à son côté.

Avant qu'Alex ne puisse répondre, une agitation éclata derrière les agents – un groupe de citoyens scandant des slogans et agitant des banderoles.

— À bas l'Empire ! Liberté pour tous ! criaient-ils.

Les agents se retournèrent, momentanément distraits. Nia saisit le bras d'Alex.

— Maintenant, chuchota-t-elle avec urgence.

Tandis que les gardes étaient distraits, tentant de calmer les manifestants, les cadets et leurs doubles s'échappèrent, disparaissant dans un dédale de rues. Alex et son double gardaient la tête du groupe, courant longtemps après avoir semé leurs poursuivants.

Respirant lourdement, ils trouvèrent refuge dans un entrepôt abandonné, le calme de l'espace contrastant fortement avec l'adrénaline de la poursuite.

— C'était trop juste. Nous devons être plus prudents. L'Empire est à nos trousses, dit Yasu, sa voix tendue.

Dans la pénombre de l'entrepôt abandonné, les cadets et leurs doubles se regroupèrent, le poids de leur situation pesant lourdement sur eux. Ils n'étaient plus de simples explorateurs; ils étaient maintenant empêtrés dans les machinations politiques de cet univers. Leur mission de trouver la Clé Quantique était devenue encore plus périlleuse.

Le contraste saisissant entre l'intérieur ombragé et les lumières vibrantes de la ville à l'extérieur reflétait la dualité de leur situation actuelle.

Alors qu'ils discutaient de leur prochaine étape, un léger cliquetis à l'entrée attira leur attention. Ils se retournèrent, prêts à l'affrontement, pour découvrir la silhouette mystérieuse de la bibliothèque qui s'avançait dans la faible lumière.

— Qui êtes-vous ? exigea Alex, s'avançant de manière protectrice.

La silhouette s'avança dans la faible lumière, abaissant sa capuche pour révéler un visage marqué par des années de difficultés.

— Je m'appelle Rael. Chef de la résistance contre l'Empire dans ce secteur, dit-il, d'une voix basse et rocailleuse.

Alex plissa les yeux.

— La résistance ? Comment savoir que vous n'êtes pas juste un autre informateur de l'Empire ?

Rael esquissa un léger sourire, plongeant la main dans son manteau avec une lenteur délibérée.

Il sortit un petit insigne lumineux – un bouclier noir orné d'une épée dorée et d'une bannière.

— Je me doutais que vous seriez méfiants. C'est la marque des Soleils Libres. Nous combattons l'Empire depuis des décennies. Et d'après ce que j'ai vu, vos objectifs pourraient bien s'aligner avec les nôtres.

Les cadets échangèrent des regards méfiants, incertains de ce qu'ils devaient révéler.

C'est l'alter ego de Nia qui prit la parole :

— On ne peut pas simplement vous dire qui nous sommes. Nous ne savons rien de vous.

Rael fit une pause, levant les mains en signe de reddition.

— Vous avez besoin de la Clé Quantique. Ça, je le sais. Je fais partie d'une faction qui s'oppose aux vestiges de l'Empire. Nous cherchons à démanteler leurs structures de pouvoir restantes et à apporter une véritable liberté à la Fédération.

Il s'arrêta, son regard balayant le groupe avant de poursuivre :

— Nous pouvons travailler ensemble.

L'alter ego de Nia se détendit légèrement à cette déclaration.

— J'ai entendu parler de votre faction. Mais comment pouvons-nous être sûrs que vous êtes bien celui que vous prétendez être ?

Rael saisit l'occasion pour plonger la main dans sa poche et en sortir un petit appareil. Il avait un petit écran et un pavé tactile. Il le leur lança et Alex l'attrapa, ignorant l'expression d'alarme sur les visages des autres.

Les autres se rassemblèrent autour, impatients de comprendre ce que cela signifiait.

Jaxon l'avertit sévèrement, gardant un œil vigilant sur Rael.

— Tu ne peux pas simplement attraper un appareil venant d'un inconnu. Ça pourrait être une sorte d'arme.»

Alex acquiesça avec compréhension.

— Heureusement, ce n'en était pas une.

Un insigne se trouvait au dos, un bouclier noir avec une épée dorée et une bannière.

— Je le reconnais. Je l'ai vu aux informations quelques fois, dit l'alter ego d'Alex.

Il tapota le pavé tactile et l'écran s'alluma, montrant le visage de Rael et ses informations. L'appareil servait de moyen d'identification et de communication.

— Ce nom..., dit l'alter ego de Jaxon, la voix teintée de respect.

— Quoi ? Tu le connais ? Il me semble si familier, mais je n'arrive pas à le situer, demanda l'alter ego de Nia.

Jaxon sortit son appareil et commença une recherche rapide sur l'homme. Il trouva un article d'actualité avec une photo d'identité judiciaire de Rael. Il y a quelques années, la Fédération l'avait arrêté pour avoir semé le trouble dans une région pacifique. Il croyait que l'Empire se dirigeait vers cette région pour prendre le contrôle, et avait rejoint une petite faction rebelle pour sensibiliser l'opinion publique. Bien que ses actions aient attiré l'attention du gouvernement de la Fédération sur le sort des habitants, elles ont finalement conduit à son arrestation et à son emprisonnement pour 3 ans. L'article le montrait à sa libération, criant son engagement pour la liberté de tous dans la Fédération.

— Je l'aime bien. Il est audacieux et courageux, dit Nia, les yeux brillants d'admiration.

L'alter ego de Jaxon acquiesça.

— Il est aussi doué avec les armes et les systèmes technologiques. Un homme solide.

— Pensez-vous qu'on puisse lui faire confiance ? Je ne doute pas que rejoindre une faction rebelle serait notre meilleur moyen d'obtenir la Clé. Je crains juste qu'il n'en fasse plus partie, dit Yasu.

— Que veux-tu dire ? demanda Alex.

— Je ne sais pas. Je pense simplement que nous devrions rester un peu sceptiques, continua Yasu en haussant les épaules.

L'alter ego de Nia secoua la tête.

— Il n'est pas ce genre de personne. J'ai beaucoup lu sur lui à l'époque de son arrestation. Il était très engagé dans la cause parce qu'il a perdu la plupart de sa famille à cause de l'Empire, y compris un être aimé et un jeune enfant. Il ne passerait pas si facilement de leur côté.

Les autres alter ego étaient d'accord, l'alter ego d'Alex ajoutant :

— Et son emprisonnement, il aurait pu y échapper. Il avait l'opportunité d'obtenir un arrangement, mais il a refusé de le prendre.

L'alter ego de Jaxon acquiesça vigoureusement.

— Il a dit que cela nuirait à sa crédibilité. Il est loyal envers les rebelles. Je pense qu'on peut lui faire confiance.

— Pourquoi nous aider ? demanda Jaxon, s'adressant à Rael.

Bien qu'il crût qu'une alliance avec une faction rebelle était utile et que les descriptions de l'homme étaient honorables, il s'inquiétait pour leur sécurité. Il craignait d'être poignardé dans le dos par cet homme étrange et de mourir dans ce monde étrange.

— Votre mission s'aligne avec nos objectifs. La chute de l'Empire est attendue depuis longtemps. Vous avez parlé de la prophétie à la bibliothèque, mais je ne sais pas à quel point c'est vrai. Cependant, nos objectifs concordent. Le moment d'agir est proche et nous pouvons travailler ensemble pour obtenir la Clé Quantique et affaiblir définitivement l'Empire, expliqua Rael.

Les cadets réalisèrent la profondeur de leur implication dans les affaires de cet univers. Leur mission avait évolué en quelque chose de bien plus grand qu'ils ne l'avaient anticipé.

— Nous devons accéder à l'installation où se trouve la Clé Quantique. Mais nous ne pouvons pas le faire seuls. Nous avons besoin de votre aide, dit Alex, d'une voix ferme.

Rael acquiesça, son expression résolue.

— Je peux vous fournir des informations et des ressources. Mais ce sera dangereux. L'Empire est peut-être affaibli, mais il reste redoutable.

Le groupe accepta de joindre leurs forces, comprenant les risques et l'impact potentiel de leurs actions. Ils commencèrent à planifier leurs prochaines étapes. Ils décidèrent d'organiser une autre réunion, au cours de laquelle ils élaboreraient une stratégie pour s'infiltrer dans l'installation de haute sécurité où était conservée la Clé Quantique.

Les cadets et leur nouvel allié se tenaient ensemble, unis par une cause commune. Les enjeux étaient plus élevés que jamais, mais leur détermination l'était tout autant. Ils n'étaient plus simplement des explorateurs pris dans une situation extraordinaire; ils étaient maintenant des participants actifs dans une lutte qui pourrait changer le destin de deux univers.

CHAPITRE 5

Aux premières heures du matin, avant que la ville ne s'éveille, les cadets, leurs doubles et Rael, le chef des rebelles, se sont réunis dans une base cachée située en périphérie de la ville. La base des rebelles était dissimulée sous les vastes faubourgs de la cité, accessible uniquement par une série de tunnels camouflés. L'air sentait légèrement le métal et l'ozone, témoignage de l'atmosphère recyclée et du bourdonnement des machines. Des lumières tamisées vacillaient au plafond, projetant de longues ombres sur les murs tapissés de cartes, de plans et de schémas.

Au centre de la pièce, une imposante table holographique projetait le plan des installations de l'Empire. Les rebelles se déplaçaient avec une urgence silencieuse, leurs visages marqués par la détermination et l'épuisement. Certains travaillaient sur des consoles, surveillant des transmissions cryptées, tandis que d'autres assemblaient du matériel dans des ateliers improvisés. Un coin de la base était dédié à une petite infirmerie, où un médecin soignait un combattant blessé.

Alex ne pouvait s'empêcher d'admirer l'ingéniosité dont ils faisaient preuve. C'était un groupe qui fonctionnait avec de l'espoir, de l'ingéniosité et des bouts de ficelle, et pourtant ils se préparaient à défier l'un des vestiges les plus puissants de l'Empire.

Tout le monde s'affairait avec détermination et urgence. Des cartes et des écrans holographiques ornaient les murs, montrant divers emplacements stratégiques dans toute la ville. Une installation était marquée d'un rouge clignotant. Nia et Alex s'en approchèrent pour interroger Rael à ce sujet.

Il leur expliqua que c'était là que l'Empire conservait la Clé Quantique.

— Nous avons découvert qu'elle s'y trouvait après des années de recherche.

Avant que Rael ne puisse poursuivre ses présentations, un rebelle efflanqué s'avança, plissant les yeux en examinant attentivement les cadets.

— Comment savoir si nous pouvons leur faire confiance ? demanda-t-il d'une voix tranchante.

— Ils ne sont pas d'ici, répondit Rael d'un ton égal.

— Exactement. Pour ce que nous en savons, ce sont peut-être des espions. Ou pire, des instruments de l'Empire, rétorqua le rebelle.

Nia fit un pas en avant, son ton calme mais ferme :

— Nous ne sommes pas des espions. Nous sommes des explorateurs d'un autre univers, et nous ne voulons rien avoir à faire avec l'Empire. En fait, nous avons plus de raisons de les arrêter que vous, ils se dressent entre nous et notre foyer.

Le rebelle hésita, l'observant pendant un long moment avant de grommeler :

— D'accord. Mais au moindre faux pas, je m'occuperai de vous personnellement.

Il s'éloigna d'un pas lourd et Rael les entraina plus loin pour poursuivre les présentations.

— Voici Keira. C'est notre experte en technologie. S'il y a une serrure ou un système que vous ne pouvez pas pirater, elle le brisera, dit Rael, désignant une grande femme au crâne rasé avec des implants cybernétiques le long des bras.

Keira fit un bref signe de tête, son regard s'attardant sur Jaxon.

— Vous êtes le cadet aux gadgets, n'est-ce pas ? Espérons que vous êtes aussi bon qu'on le dit.

À côté d'elle, un homme ajusta ses lunettes. Rael le présenta comme Elias, leur spécialiste de l'infiltration.

— Il connaît la ville mieux que quiconque. S'il y a un moyen d'entrer ou de sortir de cette installation, Elias le trouvera.

— Ravi de vous rencontrer, dit Alex, tendant sa main.

Elias hésita un moment avant de la serrer. Sa poigne était ferme, son regard perçant.

Après un bref tour des locaux, Rael les réunit pour leur expliquer l'histoire des rebelles.

— Nous combattons les vestiges de l'Empire depuis des années. La Clé Quantique est plus qu'un simple outil pour naviguer dans le multivers. C'est un symbole de pouvoir que l'Empire a utilisé pour maintenir son contrôle sur certains secteurs. Par le passé, elle pulsait d'une énergie telle que les seigneurs de guerre de l'Empire pouvaient s'en servir pour leurs conquêtes. Bien qu'elle se soit affaiblie au fil des ans, elle leur confère encore une puissance redoutable. S'emparer de la Clé porterait un coup significatif à leur influence. Si on ne les arrête pas maintenant, ils pourraient devenir plus puissants et pénétrer dans d'autres univers pour les subjuguer également.

Les cadets écoutaient attentivement, comprenant les implications plus larges de leur mission. Ils ne cherchaient plus seulement un moyen de rentrer chez eux; ils faisaient maintenant partie d'un combat plus vaste pour la liberté et la justice dans cet univers et, par extension, dans le reste du multivers.

— Êtes-vous le leader ici ? demanda Alex.

Rael rit.

— Non. Non. Je suis simplement le chef de cette mission – le vol de la Clé Quantique. Notre leader est un homme âgé et retraité, de grande renommée. Peu de gens le rencontrent. Il lutte contre l'Empire depuis des années, même maintenant que leurs pouvoirs se sont affaiblis. Il veut les écraser. Comme nous tous.

Il s'approcha de la table, les entraînant avec lui.

— Ce braquage est fondamental pour les écraser définitivement. La Clé Quantique est la source de leur pouvoir, fournissant de l'énergie à leurs installations et donnant à leurs forces l'audace de dominer.

— Si vous la prenez, vous les affaiblissez, dit Nia.

— Exactement.

— Pourquoi maintenant ? voulut savoir Alex.

— Ils ont récemment tenté une expérience risquée. Elle a échoué. La Clé est actuellement à son point le plus faible, tout comme l'alimentation de leur installation. C'est le meilleur moment pour la voler.

— Et quand nous l'aurons, à qui revient ce pouvoir ?

Cette fois, c'était Yasu. Les autres lui lancèrent des regards entendus. Il les regarda en retour, haussant les sourcils.

— À personne, répondit Rael.

Il répondit à leurs regards interrogateurs par un regard perçant et poursuivit :

— Nous la détruirons. C'est un outil trop puissant. Si nous la laissons, elle finira certainement par tomber entre de mauvaises mains à nouveau. Et si vous êtes inquiets, ne le soyez pas. Nous vous donnerons suffisamment de temps pour retourner dans votre monde avant de la détruire.

Nia appréciait l'idée que personne n'obtienne la Clé, mais la perspective de la détruire ne lui semblait pas juste. Elle prit ses amis à part pour en discuter pendant une brève pause.

— Je ne pense pas qu'il soit juste de détruire quelque chose d'aussi important.

Son double acquiesça, en accord avec elle.

— Je pense que quelque chose d'aussi puissant ne peut pas simplement se retrouver entre les mains de n'importe qui. Cela doit être soumis à des lois strictes et utilisé d'une manière qui puisse servir tout le monde. Mais à qui pouvons-nous la confier ? dit Yasu.

Son double a acquiescé.

— La détruire semble être la seule option pour éviter qu'un futur tyran ne s'élève.

— Ou nous pourrions simplement la ramener chez nous, a dit Jaxon.

Il a levé les mains quand tout le monde lui a lancé des regards sombres.

— Quoi ? Si c'est si important, nous pouvons l'emporter avec nous et l'étudier à l'Académie.

— Pourquoi est-ce que ce serait vous qui la garderiez ? Elle est originaire d'ici. Notre Académie devrait la récupérer, a répliqué son double, arborant un air renfrogné.

Une petite dispute s'ensuivit, et il semblait qu'ils n'arriveraient jamais à un consensus sur la question. Alex les a rappelés à l'ordre, leur rappelant les autres tâches qu'ils devaient accomplir.

— Je pense que la détruire est la seule solution équitable. Tout le monde veut s'approprier cet équipement. Il est aussi tellement puissant qu'il peut endommager l'espace et le temps. Il ne devrait aller à personne. Je pense que les rebelles ont la bonne idée.

Ils ont compris le point de vue d'Alex, et bien qu'ils ne puissent pas approuver totalement tout, cela semblait être la ligne de conduite la plus raisonnable.

La réunion s'est ensuite concentrée sur la planification du vol. Les rebelles ont partagé des plans détaillés de l'installation, qu'ils avaient obtenus lors d'un précédent coup. Les plans mettaient en évidence les systèmes de sécurité, les rotations des gardes et les points d'entrée potentiels. Le plan consistait à infiltrer l'installation à la faveur de la nuit, en combinant discrétion, piratage informatique et coordination précise.

Rael les a également informés qu'ils avaient sécurisé leur vaisseau spatial le jour du crash.

— Nous savons que c'était mal, mais nous devions agir rapidement avant que l'Empire ne s'en aperçoive.

Les cadets ont échangé des regards lourds, mais ils ont compris son point de vue. Au moins, maintenant ils avaient l'appareil et le

Dispositif de Saut Quantique disponibles pour les renvoyer chez eux.

Chaque cadet s'est vu attribuer un rôle spécifique en fonction de ses compétences. Alex et Nia dirigeraient l'équipe d'infiltration car leur réflexion rapide et leurs réflexes leur donnaient un avantage pour éviter d'être capturés. Jaxon et Yasu fourniraient un support technique et logistique depuis la base, en coordonnant avec l'équipe d'infiltration et en assurant une voie d'évacuation claire.

Au fur et à mesure que le plan se consolidait, les cadets se sont dispersés pour se préparer à leurs rôles. Alex s'est retrouvé dans un coin de la base où un technicien rebelle bricolait un ensemble de disrupteurs d'énergie compacts.

— Tu auras besoin de ceci. Il peut désactiver les serrures électroniques pendant environ trente secondes. Mais utilise-le avec parcimonie – il surchauffe facilement, a dit le technicien, tendant à Alex un appareil élégant pas plus grand qu'un canif.

À proximité, Nia étudiait une projection holographique de l'intérieur de l'installation avec Anise, l'experte en technologie des rebelles.

— Ce couloir est un goulot d'étranglement. Des gardes y seront probablement postés. Si tu prends cette route alternative, tu peux les contourner complètement, a dit Anise, en mettant en évidence un passage étroit.

— Compris, a répondu Nia, son ton concentré mais son esprit en ébullition.

Elle a jeté un coup d'œil à Alex de l'autre côté de la pièce, se demandant s'il ressentait le même poids silencieux qui pesait sur sa poitrine.

Jaxon et Yasu étaient regroupés près d'un poste de travail, examinant attentivement un plan des systèmes de sécurité.

— Le réseau électrique ici est centralisé. Si nous pouvons le couper, nous aurons une fenêtre de cinq minutes avant que les systèmes de secours ne s'activent, a dit Yasu, pointant un nœud lumineux sur la carte.

— Cinq minutes, c'est toute une vie. Largement le temps pour

Alex et Nia de faire leur truc, a plaisanté Jaxon, un sourire espiègle sur son visage.

Les rebelles les aideraient en créant des diversions dans toute la ville, attirant les forces de l'Empire loin de l'installation et donnant aux cadets les meilleures chances de réussite.

Le groupe a finalisé ses plans au lever du soleil, projetant sa lueur dorée dans la base. Ils comprenaient les risques encourus, mais les enjeux étaient trop élevés pour reculer maintenant.

— Nous sommes tous ensemble dans cette histoire. Faisons en sorte que ça compte, a dit Alex, regardant les visages déterminés de son équipe et de leurs nouveaux alliés.

Rael a tapé sur l'épaule d'Alex, sa poigne ferme.

— Tu es courageux, petit. Mais le courage ne te mène que jusqu'à un certain point. Le reste, c'est de la préparation et de la chance.

Alex a hoché la tête, la gorge sèche. Il ne se sentait pas particulièrement brave, juste responsable. Il a croisé le regard de Nia à travers la pièce et a vu son propre souci reflété dans ses yeux.

Jaxon a brisé la tension avec un petit rire.

— Alors, pas de pression ? Juste le sort de deux univers qui repose sur notre succès ?

— Ça, et nos vies, a ajouté Yasu avec une rare pointe d'humour, arrachant un rire réticent au groupe.

La voix de Rael a tranché à travers leur moment de légèreté.

— Plaisanteries à part, c'est le moment. Nous n'aurons pas d'autre chance. Quels que soient vos doutes, enterrez-les maintenant.

Les cadets et les rebelles ont vérifié leur équipement et ont revu le plan une dernière fois. Ils savaient que la nuit à venir serait l'une des plus difficiles et des plus cruciales de leur vie.

L'après-midi s'est estompé et le soir approchait. Les ombres s'allongeaient, et le ciel était baigné de teintes orange et violettes. Les cadets, déguisés en tenues locales et maquillés, se sont séparés pour exécuter la première partie du plan avant la tombée de la nuit. Leur mission consistait à rassembler des matériaux et des informations essentiels pour ce coup d'état, se fondant parmi les habitants de la ville pour éviter d'attirer l'attention.

Alex et Nia, accompagnés de leurs doubles, se sont dirigés vers un marché technologique animé, un labyrinthe de stands illuminés au néon vendant divers gadgets et composants. Ils se sont déplacés à travers la foule, scrutant les boutiques à la recherche d'articles spécifiques sur leur liste. Le double d'Alex négociait avec un vendeur pour un ensemble de micro-caméras, d'outils de piratage et de lunettes de vision nocturne tandis que Nia et son double se procuraient un disrupteur d'énergie compact, essentiel pour neutraliser les serrures électroniques.

Pendant ce temps, Jaxon, Yasu et leurs doubles s'aventuraient dans une partie plus industrielle de la ville. Leur tâche était d'acquérir les plans du réseau électrique et du système de sécurité de l'installation. Se faisant passer pour des techniciens, ils ont réussi à accéder à un centre d'utilité locale. Le double de Yasu s'est montré différent de Yasu en déployant un charme irrésistible lorsqu'il parlait aux personnes dans le centre. Yasu se tenait à côté de lui, arborant un sourire identique, et imitant ses actions quand il le pouvait. Les travailleurs semblaient aimer regarder leurs visages et divulguaient rapidement des informations. La conversation du double servait également de distraction lorsque Jaxon et son double devaient pirater un système.

— Pourquoi celui-ci est-il plus charismatique que le nôtre ? a demandé Jaxon à son double, haussant un sourcil.

— Il était aussi silencieux que le vôtre. Mais un jour, il est tombé sur un cours en ligne sur le charisme et a décidé d'en faire son projet personnel : devenir plus amical et charismatique, a dit le double de Jaxon.

Jaxon a passé un bras autour du cou de Yasu.

— Yasu, tu ne penses pas que tu as besoin de ce cours aussi ? Fais-en ton projet personnel au lieu d'essayer de conquérir le monde.

Il a chuchoté la dernière partie pour que les autres ne l'entendent pas.

Yasu a ri mais l'a repoussé.

Tout au long de leur mission, les cadets sont restés en communication constante les uns avec les autres et avec la base rebelle, se tenant mutuellement informés de leurs progrès et restant vigilants face à tout signe de surveillance impériale.

Ils se sont regroupés à un point de rendez-vous prédéterminé, les nerfs à fleur de peau, mais satisfaits de ce qu'ils avaient accompli. Ils avaient réussi à recueillir les renseignements et l'équipement nécessaires, mais la réalité de leur mission imminente pesait lourdement sur eux.

Cependant, leur succès n'avait pas été sans frayeur. Alors qu'ils partageaient leurs réussites, Jaxon a raconté un moment où il pensait qu'ils avaient été repérés par la sécurité impériale. Une réaction rapide et une distraction opportune créée par un résident leur avaient permis de s'échapper sans être remarqués.

— Ça devient concret. Nous avons ce dont nous avons besoin, mais nous sommes aussi de plus en plus sur le radar de l'Empire, a dit Yasu.

Tout le monde a acquiescé.

Avant qu'ils ne retournent à la base, les doubles leur ont fait leurs adieux.

— Je pense qu'il est préférable pour nous de nous arrêter ici, a dit le double d'Alex, arborant une expression grave.

— Vous nous avez été d'une grande aide. Nous vous serons toujours reconnaissants pour votre aide et votre hospitalité, a dit Alex en lui serrant la main. C'était surréaliste d'avoir un contact physique avec lui-même.

— Nous aimerions vraiment pouvoir vous accompagner dans cette mission. Malheureusement, vous êtes les seuls qui en profiterez, a dit le double de Jaxon.

Il a regardé Jaxon avec envie, et Jaxon a ri en réponse.

Les doubles leur ont souhaité bonne chance pour leur voyage de retour et sont partis, laissant les cadets quelque peu vides, mais heureux du temps qu'ils avaient passé ensemble.

Discrètement, les cadets ont regagné la base rebelle, les lumières de la ville se reflétant dans leurs yeux déterminés. La nuit était tombée, apportant plus d'exaltation alors que leur mission finale approchait. Ils savaient que la prochaine phase de leur plan serait la plus dangereuse, mais ils étaient prêts.

Dans le calme avant la tempête, les cadets et la faction rebelle se sont rassemblés dans la base souterraine pour un dernier briefing. L'anticipation planait dans l'air comme une épée de Damoclès. Les murs de la base, tapissés d'écrans et d'équipements, projetaient une lueur presque inquiétante sur le groupe assemblé.

Rael se tenait à l'avant, un modèle holographique de l'installation de haute sécurité tournant lentement à côté de lui.

— C'est le moment. Cette nuit, nous portons un coup à l'Empire et aidons nos amis à retourner dans leur univers. Souvenez-vous, la précision et la discrétion sont essentielles. Nous n'avons qu'une seule chance, a-t-il commencé, sa voix puissante chargée d'émotion.

Les cadets écoutaient, leurs regards fixés sur Rael. Lorsque le briefing s'est terminé, Alex et Nia ont revu la disposition de l'installation, revoyant leurs stratégies d'entrée et de sortie. Jaxon et Yasu ont vérifié une dernière fois leur matériel de communication et de piratage, s'assurant que tout fonctionnait correctement.

Pendant qu'ils travaillaient, les rebelles ont partagé des récits de leurs luttes contre l'Empire, ajoutant une dimension personnelle à la mission. Leurs histoires de perte, de résilience et d'espoir ont trouvé un écho chez les cadets, renforçant le lien entre eux.

Alors que la réunion touchait à sa fin, Alex s'est levé.

— Nous sommes arrivés ici par accident, mais maintenant nous faisons partie de quelque chose de plus grand. Quoi qu'il arrive ce soir, nous sommes reconnaissants pour votre aide. Faisons cela ensemble ! s'exclama-t-il en regardant chaque personne une à une.

Le groupe s'est dispersé pour faire ses derniers préparatifs. L'équipement a été vérifié et revérifié, les déguisements enfilés, et les protocoles de communication confirmés. Tout le monde travaillait avec une énergie nerveuse et une détermination silencieuse.

Dans un moment d'intimité, les cadets se sont regroupés.

— Quoi qu'il se passe là-bas, nous nous en tenons au plan et nous veillons les uns sur les autres, a dit Nia, d'une voix ferme.

— Nous nous sommes entraînés pour ça. Nous pouvons le faire, a ajouté Jaxon, en ajustant son équipement.

Yasu a regardé chacun de ses amis, arborant une expression sérieuse.

— Ramenons cette Clé à la maison.

Les cadets et les rebelles se sont mis en position, le paysage urbain de la Terre alternative s'étendant devant eux. Les étoiles au-dessus d'eux semblaient observer dans une anticipation silencieuse. L'opération de cette nuit serait un moment décisif dans leur voyage, un test de leur courage, de leurs compétences et de la force de leurs nouvelles alliances.

CHAPITRE 6

LA NUIT ENVELOPPAIT la ville d'un manteau d'obscurité, ponctué seulement par les lueurs occasionnelles des lumières émanant des structures imposantes. Dissimulés dans les ombres de la ville tentaculaire, les cadets et leurs alliés rebelles s'approchaient de l'installation de haute sécurité. Le bâtiment s'élevait comme un monolithe contre le ciel nocturne, ses surfaces luisant d'une lumière froide et stérile. Des rangées de tourelles automatisées et de drones de patrouille encerclaient son périmètre, leurs mouvements méthodiques et inflexibles.

Alex ajusta l'oreillette dans son oreille gauche, sa voix basse alors qu'il vérifiait auprès de Jaxon.

— Nous sommes en position. Les caméras sont-elles désactivées ?

— Presque. Donne-moi cinq secondes... et voilà. Vous pouvez avancer, mais restez prudents. Je n'ai mis la vidéo en boucle que pour une minute, répondit Jaxon, son ton concentré.

Nia fit signe à l'équipe d'avancer. Ils se déplaçaient rapidement et silencieusement, leurs bottes ne faisant presque aucun bruit sur le sol poli. Au premier point de contrôle, Alex utilisa le disrupteur d'énergie compact pour désactiver la serrure. Le faible bourdonnement de l'appareil était presque couvert par les battements de son cœur.

— Trente secondes, l'avertissement du technicien résonna dans son esprit tandis que la serrure s'ouvrait dans un sifflement.

Le premier obstacle était la sécurité extérieure de l'installation – caméras de surveillance et détecteurs de mouvement. Nia, avec son disrupteur d'énergie compact, collaborait avec Jaxon et quelques rebelles pour désactiver les caméras et les capteurs. Alex scrutait les environs avec sa micro-caméra, attendant le signal de Yasu indiquant que la zone était dégagée pour se déplacer.

Ils entendirent une petite explosion quelque part de l'autre côté de l'installation, l'une des diversions rebelles.

— Allez-y, dit Yasu.

Ils se glissèrent à l'intérieur, passant par la trappe de ventilation de l'installation. Nia prit la tête, car elle était la plus douée pour mémoriser et se rappeler des directions. Elle les conduisit à leur point de largage.

— Les systèmes de sécurité sont désactivés, dit Jaxon.

Nia sortit la lame laser et découpa un trou suffisamment grand pour qu'ils puissent s'y glisser.

Ils descendirent l'un après l'autre, Alex montant la garde avec quelques autres rebelles.

Ensuite, ils se divisèrent en trois groupes de cinq, les deux autres groupes se rendant à leurs postes pour créer les diversions nécessaires.

Jaxon maintenait la communication avec leur groupe, leur fournissant des informations en temps réel.

— Une patrouille arrive dans votre direction dans trente secondes, chuchota Jaxon à travers l'oreillette.

Rapidement, Alex, Nia et le reste de l'équipe se dissimulèrent dans l'ombre, permettant à la patrouille de passer sans incident. Une fois la voie libre, ils continuèrent leur progression vers le sanctuaire intérieur de l'installation, où la Clé Quantique était supposée être conservée.

Plus ils s'enfonçaient, plus l'installation devenait fortifiée. Ils travaillaient avec Jaxon pour désactiver les verrous de sécurité et les pièges disposés le long du parcours. Yasu restait en contact avec les groupes rebelles, les aidant à neutraliser efficacement les gardes et à éviter le groupe d'Alex et Nia.

Finalement, ils arrivèrent devant une porte hautement sécurisée, au-delà de laquelle se trouvait la chambre contenant la Clé Quantique. Nia déploya une série d'outils de piratage, travaillant rapidement avec Jaxon pour déverrouiller la porte.

La porte s'ouvrit, révélant la chambre à l'intérieur. Nia se tenait debout, haletante, regardant fixement l'espace rempli de capteurs, de pièges et de lumières clignotantes.

— C'est fait ? demanda Alex, se tenant près de son épaule.

— Oui. C'était facile. Presque trop facile.

Elle n'arrivait presque pas à y croire.

Comme en réponse à sa remarque, les alarmes autour de l'installation commencèrent à retentir.

Dans l'oreillette, Jaxon dit :

— Il semble que la chambre ait un verrou piège. Vous avez été détectés. Entrez, et j'essaierai de vous enfermer à l'intérieur.

— Bougez, maintenant ! pressa Alex.

Alex, Nia et le reste de l'équipe d'infiltration se précipitèrent dans la chambre contenant la Clé Quantique. La pièce était un coffre-fort high-tech, illuminé par la douce lueur des lumières de sécurité, avec la Clé exposée en son centre, enfermée dans un champ d'énergie protecteur. Le champ rendait la Clé floue, mais ils pouvaient distinguer le piédestal sur lequel elle reposait, et le boîtier métallique qui l'abritait. Occasionnellement, elle bourdonnait d'énergie avant de revenir à son état de bourdonnement bas.

Ils s'approchèrent de la Clé, la porte derrière eux toujours ouverte. Le bruit de pas lourds derrière eux s'intensifiait, signalant l'arrivée des forces de sécurité de l'installation.

Nia se dépêcha de sortir le disrupteur d'énergie et l'attacha à l'interrupteur de commande sur la base du piédestal de la Clé.

— Jaxon, je l'ai connecté–

Derrière elle, les forces de sécurité se tenaient à la porte. Alex inspira brusquement, reconnaissant que l'homme grand qui se tenait en tête devait être important. Il exsudait le pouvoir, son regard projetant des éclairs de peur à travers le corps d'Alex.

— Alors, les rumeurs sont vraies. Des gamins agaçants, qui se mêlent d'affaires dépassant leur compréhension, dit l'officiel, sa voix résonnant dans la chambre.

Alex fit un pas en avant, son attitude défiante.

— Nous sommes ici pour la Clé Quantique. Nous en avons besoin pour retourner dans notre univers.

L'officiel sourit avec suffisance, une lueur d'amusement dans les yeux.

— La Clé est plus qu'un simple outil de voyage. C'est un symbole de pouvoir, une porte vers le multivers. Pensez-vous vraiment que nous la laisserions tomber entre les mains d'étrangers ?

La tension dans la pièce était palpable tandis que l'officiel continuait, révélant sa connaissance de leurs origines et de leurs aventures des derniers jours. Son ton devint moqueur lorsqu'il aborda la prophétie. Il insinua un lien plus profond entre les cadets et l'Empire, suggérant que leur arrivée n'était pas une simple coïncidence.

Sa voix devenait plus grave à chaque fois qu'il parlait, s'approfondissant d'une rage mal dissimulée.

— Vous, petits chenapans. Vous vous dressez entre nous et l'ascension de notre Empire. Vous menacez tout le progrès que nous avons durement réalisé jusqu'à présent–

Un coup de feu retentit depuis l'arrière, frappant l'un des soldats qui l'accompagnaient à la tête. Cela signala l'arrivée de l'un des deux autres groupes rebelles qui avaient rejoint l'équipe d'infiltration. Le tir déclencha le début d'une brève escarmouche. L'équipe et les cadets déployèrent un bouclier d'énergie et se cachèrent derrière, tirant sur les forces de sécurité.

Nia, protégée par le bouclier et couverte davantage par Alex, recalibra le disrupteur d'énergie, l'adaptant aux paramètres du champ de protection. Alex la couvrait, tirant sur les ennemis qui tentaient d'attaquer pendant qu'elle travaillait. Elle cria de triomphe lorsque le champ s'effondra. Alex se retourna et saisit la boîte métallique contenant la Clé.

La boîte était lourde et chaude, bourdonnant d'énergie rayonnante. Alex hésita momentanément en la saisissant, car elle semblait presque vivante, comme s'il tenait un nourrisson endormi dans ses mains. Mais il ne pouvait pas y réfléchir trop longtemps. Il la poussa dans l'unité de confinement spécialisée attachée à son dos et se retourna pour observer le chaos. Avec la Clé en leur possession et la chambre devenue un champ de bataille, Alex et Nia ne savaient pas comment s'échapper.

Yasu les contacta via l'oreillette, sa voix tendue :

— Jaxon et moi pouvons vous faire sortir. Mais la fenêtre est étroite.

Il semblait être également en communication avec les autres rebelles. Ils créèrent une couverture pour Nia et Alex, leur permettant de s'enfuir en courant par la porte.

Ils imaginaient que le commandant et ses hommes auraient déployé plus de personnel pour les poursuivre, mais ils n'attendirent pas de le découvrir. Leurs jambes s'affaiblissaient, mais ils continuèrent à courir, guidés par les instructions précises de Yasu. Alex prit la tête, la Clé Quantique attachée à son dos. Nia, juste à côté de lui, gardait un œil vigilant sur leurs arrières, s'assurant qu'ils n'étaient pas pris en embuscade. Les deux rebelles restants couvraient leurs flancs, leur familiarité avec l'installation s'avérant inestimable pour naviguer dans le labyrinthe de passages.

En approchant de la sortie, ils rencontrèrent un obstacle redoutable – un point de contrôle de sécurité gardé par des gardes lourdement armés. L'équipe s'arrêta brusquement, évaluant la situation. Une confrontation semblait inévitable.

La voix de Jaxon grésilla dans leurs oreillettes.

— J'ai réussi à pirater le système de sécurité de l'installation. Je peux créer une panne temporaire, mais vous n'aurez que quelques secondes pour passer.

— Fais-le, répondit Alex, se préparant au moment décisif.

Les lumières vacillèrent puis s'éteignirent, plongeant le corridor dans l'obscurité. Utilisant des lunettes de vision nocturne, l'équipe se précipita en avant, contournant les gardes désorientés. Ils se déplacèrent avec précision, chaque membre jouant parfaitement son rôle.

En émergeant de l'installation dans l'air frais de la nuit, ils se retrouvèrent dans une ruelle déserte. Rael les y attendait, flanqué de quelques rebelles armés et équipés. Les sons de la ville semblaient distants, étouffés par l'adrénaline qui coulait encore dans leurs veines.

Mais leur fuite était loin d'être terminée. Le dispositif d'urgence de l'installation avait déclenché une alerte dans toute la ville, et ils pouvaient entendre le bourdonnement distant de drones de sécurité déjà en approche.

— On doit se séparer. Ce sera plus compliqué pour eux de nous traquer. On se regroupe à la deuxième planque, dit Rael, son expression sombre.

L'équipe se divisa rapidement, chaque sous-groupe prenant une route différente pour semer leurs poursuivants. Alex et Nia, transportant la Clé Quantique, se précipitèrent dans une étroite rue latérale, leurs pas résonnant sur les pavés.

En naviguant dans les ruelles de la ville, la réalité de leur situation s'imposait. Ils avaient la Clé Quantique mais étaient désormais des fugitifs dans un monde étranger.

Alex et Nia s'arrêtèrent quelques instants, dissimulés dans l'ombre d'une arche. Ils échangèrent un regard, à la fois triomphant et teinté d'appréhension. La partie la plus dure de leur mission les attendait encore – utiliser la Clé Quantique pour retourner dans leur univers sans déstabiliser celui-ci, plus qu'il ne l'est déjà.

CHAPITRE 7

DANS LES RUELLES faiblement éclairées de la ville, les sens d'Alex et Nia étaient aiguisés par la situation actuelle. La ville, un labyrinthe de lumière et d'ombre, semblait pulser au rythme de leur poursuite.

Le bourdonnement des drones de sécurité au loin leur rappelait constamment le danger imminent. Alex ouvrait la voie, utilisant un scanner portatif pour détecter toute menace approchante, tandis que Nia gardait une surveillance vigilante derrière eux.

En approchant de la périphérie de la ville, le terrain devenait plus accidenté, le paysage urbain cédant la place aux faubourgs. Ici, la couverture était rare, et le risque d'exposition augmentait.

Soudain, le scanner émit un signal d'avertissement – un escadron de drones se rapprochait de leur position.

— Nous devons aller plus vite.

La voix d'Alex était tendue.

Ils se mirent à courir, filant à travers des passages étroits et des champs envahis par la végétation. Les drones, maintenant visibles dans le ciel nocturne, commencèrent à descendre, leurs projecteurs balayant le sol.

Dans un geste désespéré, Nia déclencha une série de fusées leurres qui explosèrent, illuminant le ciel dans un mélange éblouissant de couleurs. Les drones, momentanément confus, dévièrent de leur trajectoire, offrant aux cadets une autre chance d'éviter la capture.

Alors qu'ils approchaient du point de rendez-vous, un bâtiment abandonné à la périphérie de la ville, leurs alliés de la faction rebelle émergèrent des ombres. Rael était là, l'inquiétude et le soulagement voilant ses traits.

— Vous avez réussi. Les autres sont déjà là. Nous devons planifier notre prochaine action, dit-il, les faisant entrer.

À l'intérieur du bâtiment délabré, Alex s'appuya contre le mur, reprenant son souffle. Nia s'affaissa sur le sol à côté de lui, les genoux remontés tandis qu'elle fixait la faible lueur de la Clé Quantique attachée au dos d'Alex.

— Nous sommes si proches. J'espère juste que nous n'avons pas causé trop de dégâts ici, dit-elle, sa voix à peine plus qu'un murmure.

Rael, accroupi à proximité pendant qu'il vérifiait son blaster, leva les yeux.

— Vous avez fait plus pour ce monde que vous ne le réalisez. Si nous réussissons, l'Empire perdra sa plus puissante arme. Vous nous avez donné de l'espoir, dit-il.

Un moment de silence tomba sur la pièce, le poids des paroles de Rael s'installant sur eux. Jaxon le brisa avec un faible rire.

— L'espoir c'est bien beau, mais je me contenterais d'un repas chaud et d'une nuit complète de sommeil.

L'atmosphère était tendue. L'équipe savait que le confinement de l'installation avait mis toute la ville en état d'alerte maximale. Leur évasion avait été un succès, mais ils étaient loin d'être en sécurité.

— Nous ne pouvons pas rester ici longtemps. Les forces de sécurité vont fouiller la ville. Nous devons atteindre le point rapidement et utiliser la Clé, dit Jaxon, vérifiant les flux de communication.

Ce point était l'endroit qu'ils avaient choisi pour la dernière étape de la mission. Le groupe rebelle y gardait le vaisseau spatial, protégé par des rebelles et des pièges énergétiques alimentés par l'énergie solaire.

Le groupe se rassembla autour d'une table improvisée, où était étalée une carte de la ville et de ses environs. Ils discutèrent de diverses routes d'évacuation, chacune présentant ses propres risques et défis.

Ils décidèrent de se diviser en petits groupes, chacun empruntant une route différente pour quitter la ville et éviter d'être détectés. L'objectif final était de se regrouper dans un lieu isolé, où ils tenteraient d'utiliser la Clé Quantique pour retourner dans leur univers.

Alors qu'ils se préparaient à partir, ils devenaient de plus en plus nerveux. Ils avaient la Clé, mais le voyage qui les attendait était chargé d'incertitudes. Le destin de cette galaxie et leur retour chez eux étaient entre leurs mains. Alex se tenait aux côtés de Rael pour la dernière allocution. Il regarda les visages de ses amis et balaya du regard les rebelles présents.

— Nous avons eu des journées difficiles, mais maintenant, c'est sur le point de se terminer. Nous nous sommes battus avec acharnement et devons compléter cette mission en donnant ce dernier effort. Je vous remercie tous pour votre soutien et votre courage. Terminons cette mission ensemble !

Tout le monde applaudit et acclama, étrangement revigorés par ses paroles.

Ils échangèrent de rapides encouragements et s'élancèrent dans la nuit.

Les cadets arrivèrent dans la clairière alors que des volutes orangées s'élevaient dans le ciel à l'est. Bien que leur situation actuelle les remplisse de tension, l'odeur épaisse des pins et la tranquillité des environs contribuaient à les apaiser. Ici, ils se préparaient à faire face aux conséquences imprévues de leur présence dans cet univers.

Alex déballa la Clé Quantique, son design complexe scintillant dans la lumière tachetée du soleil. L'appareil, bien que petit, bourdonnait d'une énergie qui démentait sa taille. Autour de lui, l'équipe s'était rassemblée, affichant des masques identiques d'émerveillement et d'appréhension. Ils emportèrent la Clé dans le vaisseau, la reliant au Dispositif de Saut Quantique endommagé et à une console portable.

— Nous avons causé des perturbations dans cet univers depuis notre arrivée. Nous devons utiliser la Clé pour rectifier ces anomalies avant de tenter de rentrer chez nous, dit Nia.

C'était une tâche pour Jaxon et son expertise technique. Il connecta la Clé à une console portable, lançant une séquence de diagnostic. Comme l'avait dit son alter ego, c'était un outil intuitif avec lequel travailler, s'adaptant facilement aux instructions de la console. Il s'émerveillait de la facilité avec laquelle il comprenait son fonctionnement, ajustant les paramètres et comprenant ce qui venait ensuite.

— La Clé n'est pas seulement un outil de voyage; c'est un stabilisateur pour les anomalies multiverselles. Nous pouvons la recalibrer pour réparer les ondulations que nous avons causées. Je ne pense pas que cela la détruira.

L'équipe travaillait à l'unisson, saisissant des données et effectuant des ajustements à l'appareil avec quelques conseils de Jaxon. Ils recoupèrent les anomalies dont ils avaient été témoins avec les capacités de la Clé, formulant un plan pour restaurer l'équilibre.

— Ici. Ce sont les pires des anomalies. Si nous ne stabilisons pas ces zones, le tissu de cet univers pourrait commencer à s'effilocher, dit Yasu, pointant vers l'écran de la console.

Une carte holographique de la ville apparut, marquée de lignes rouges brillantes là où des perturbations avaient été détectées.

Nia fronça les sourcils, ses doigts planant au-dessus des commandes.

— Qu'est-ce que signifie exactement "s'effilocher" dans ce

contexte ? Des réalités alternatives qui s'effondrent ? Des gens qui disparaissent ?

— Tout ce que tu viens de dire. Mais la fonction de diagnostic de la Clé signale ces zones. Nous devrions pouvoir la recalibrer pour contrer les ondulations, dit Jaxon d'un air sinistre, tapant furieusement.

Alex se pencha par-dessus son épaule.

— Et si ça ne marche pas ?

— Alors nous ajoutons un autre désordre à la pile. Espérons que ça n'en arrivera pas là, répondit Jaxon.

Lorsqu'ils activèrent la Clé, une vague d'énergie pulsa depuis l'appareil, se répandant à travers la zone environnante. L'air scintilla comme si la réalité elle-même était en train d'être réalignée.

— Nous inversons les perturbations. Ça fonctionne. Les anomalies sont en train d'être neutralisées, annonça Yasu, surveillant les relevés de la console.

Le processus était méticuleux, nécessitant des ajustements précis et une surveillance constante. L'équipe travaillait avec un soin délibéré, consciente que toute erreur pourrait aggraver la situation.

Après ce qui semblait être des heures, ils firent les derniers ajustements, et l'impulsion d'énergie de la Clé diminua. La forêt retrouva son état naturel, la seule preuve de leur travail étant le doux bourdonnement de la Clé Quantique désormais en veille.

— Nous avons fait ce que nous pouvions pour réparer les dégâts. Maintenant, nous devons nous concentrer sur notre retour dans notre univers, dit Alex, avec une pointe de soulagement dans sa voix.

L'équipe enfila leurs combinaisons. Ils étaient prêts à s'embarquer dans la dernière étape de leur voyage, leurs actions ayant restauré une mesure d'équilibre à cet univers.

Ils recalibrèrent la Clé Quantique, la reliant avec des informations de leur univers et planète. Ils ajoutèrent des instructions pour que la séquence d'autodestruction suive comme touche finale. Ils la transportèrent hors de leur vaisseau et dans la clairière lorsqu'ils eurent terminé. S'ils allaient créer un portail, ils avaient besoin d'autant d'espace que possible, compte tenu de leur connaissance limitée de la taille du portail. Les rebelles les aidèrent à installer la Clé sur une plateforme improvisée au centre de la clairière. L'un d'eux resta à la console avec Jaxon pour détruire manuellement la Clé si l'un des processus échouait.

Rael et le reste des rebelles montaient la garde, surveillant attentivement les alentours. La tension était palpable; ils connaissaient tous les risques liés à l'activation de la Clé Quantique. Le potentiel de conséquences imprévues était élevé, mais le besoin de rentrer chez eux et de détruire la Clé était primordial.

Pendant qu'ils travaillaient, les cadets réfléchissaient à leur voyage. Ils étaient arrivés dans cet univers par accident, mais leurs expériences les avaient changés. Ils avaient formé des alliances inattendues, affronté des défis redoutables, et se tenaient maintenant au bord de la réalisation de leur objectif.

— Nous avons fait beaucoup de chemin. Quoi qu'il arrive ensuite, je suis fière de ce que nous avons accompli ensemble, dit Nia, sa voix teintée d'émotion.

Les autres acquiescèrent, liés par leur camaraderie partagée.

Les préparatifs terminés, Alex prit une profonde inspiration et s'adressa au groupe.

— C'est le moment. Une fois que nous aurons activé la Clé et mis en place la séquence d'autodestruction, nous devrions pouvoir ouvrir un portail vers notre univers. Mais nous devons être rapides. La montée d'énergie sera détectée, et nous ne pouvons pas risquer que l'Empire se rapproche de nous.

Nia poursuivit :

— De plus, si nous ratons cette chance, nous ne savons pas quand nous en aurons une autre.

L'équipe prit position, prête à initier la séquence. Jaxon, à la console, fit un signe de tête, indiquant qu'ils étaient prêts. Alex tenait la Clé Quantique, la boîte métallique émettant une douce lueur et devenant plus chaude.

— Activation dans trois... deux... un..., compta Jaxon.

Alex activa la Clé, et un faisceau de lumière brillante jaillit vers le ciel. L'air autour d'eux commença à miroiter et à se déformer comme si la réalité se pliait.

Un portail se matérialisa lentement, un vortex tourbillonnant de lumière et d'énergie. Les cadets le contemplèrent avec émerveillement, la passerelle vers leur univers d'origine enfin à portée de main. Le portail tourbillonnait de couleurs qui semblaient défier toute description, les teintes passant du violet profond à l'or aveuglant. L'air autour d'eux crépitait d'électricité, hérissant les poils sur les bras d'Alex.

— C'est... incroyable, souffla Nia, sa voix emplie d'admiration.

— Et instable. Nous avons environ trois minutes avant que le pic d'énergie n'attire tous les drones dans un rayon de seize kilomètres, avertit Jaxon, jetant un coup d'œil à la console.

Alex se tourna vers les rebelles.

— C'est ici que nos chemins se séparent. Merci... pour tout.

Sa voix tremblait, mais il se ressaisit.

Rael s'avança, serrant fermement la main d'Alex.

— Rentrez bien. Et si jamais vous retrouvez le chemin jusqu'ici, nous serons prêts.

— Allons-y, maintenant ! cria Yasu alors qu'ils se dirigeaient tous vers le portail.

Ils se préparèrent à traverser le portail en courant, ajustant leurs combinaisons et vérifiant la console pour détecter d'éventuelles anomalies. Quelque chose attira l'œil de Yasu alors qu'il s'éloignait de la console. Un drone planait à courte distance, braquant son arme sur eux. Un rebelle lui tira dessus, le faisant tomber au sol. Mais cette bataille n'était pas si facilement gagnée. D'autres drones surgirent dans les airs, comme des abeilles d'une ruche dérangée. Rael et ses rebelles se préparèrent, déterminés à défendre la fuite des cadets.

La première vague de drones descendit, leurs armes tirant des rafales aveuglantes de plasma. Rael criait des ordres, sa voix perçant à travers le chaos. Les rebelles combattaient avec férocité, leurs blasters illuminant la clairière.

Alex jeta un coup d'œil en arrière juste au moment où un rebelle s'effondrait, touché par le tir d'un drone. Cette vision le traversa d'un éclair de culpabilité.

— Nous devons nous dépêcher ! cria-t-il à Nia, qui aidait Jaxon à ajuster la puissance de la Clé Quantique.

— J'y suis presque ! hurla Jaxon, ses mains volant au-dessus de la console.

Une deuxième vague de drones apparut, plus imposante et mieux armée. L'un d'eux franchit la ligne des rebelles, visant directement les cadets. Rael abatta le drone d'un tir précis.

— Allez-y ! On s'occupe de ça ! rugit-il.

Un par un, les cadets se précipitèrent dans le portail, leurs silhouettes disparaissant dans la lumière. Rael et son équipe retenaient les forces qui approchaient, s'assurant que leurs nouveaux amis rentrent chez eux sains et saufs.

Alors que les cadets s'évanouissaient dans le portail, la Clé Quantique fut désactivée, fermant le portail et laissant de nouveau la clairière dans le silence. Tout le monde resta silencieux un instant, écoutant et observant la Clé. Puis cela se produisit.

La Clé explosa dans une lumière aveuglante, forçant chacun à se détourner, protégeant leurs yeux. Un sifflement aigu accompagnait cette explosion. Tous tombèrent à genoux, baissant la tête et plaçant leurs mains sur leurs oreilles. Plusieurs minutes s'écoulèrent avant que la lumière et le son ne s'estompent. La clairière retrouva son état habituel.

Tout le monde se releva, étourdi, regardant le boîtier métallique noirci et sans vie où la Clé s'était trouvée. Lentement, les rebelles commencèrent à se réjouir, poussant des cris et des acclamations. Rael restait silencieux alors que les rebelles autour de lui célébraient, son regard fixé sur les restes calcinés de la Clé Quantique. L'air scintillait encore légèrement, rappel persistant de la puissance qui venait de s'éteindre.

— C'est fini, murmura-t-il, bien que son ton fût incertain.

La Clé avait disparu, mais l'ombre de l'Empire demeurait.

Un des rebelles lui donna une tape sur l'épaule, le ramenant au moment présent. — On a réussi, Rael. Les cadets sont rentrés chez eux. L'Empire vient de perdre ses crocs.

Rael hocha la tête, s'autorisant un léger sourire.

Peut-être que l'Empire trouverait un autre moyen de renaître, mais pour le moment, ils venaient de détruire leur principale source de pouvoir et c'était un coup dont l'Empire mettrait de longues années à se relever.

CHAPITRE 8

LES CADETS émergèrent du portail dans l'environnement familier de leur univers, le contraste saisissant immédiatement visible. Ils se retrouvèrent à l'Académie Interstellaire, mais celle-ci n'était plus tout à fait comme ils l'avaient laissée. L'architecture autrefois familière présentait désormais des différences subtiles mais frappantes. Des lianes s'enroulaient autour des colonnes métalliques, leurs feuilles arborant une teinte d'émeraude profonde peu naturelle, comme empruntée à l'univers alternatif. Les allées polies ne reflétaient pas seulement la lumière de l'aube, mais aussi de légères teintes irisées qui miroitaient et se transformaient comme de l'huile sur l'eau.

Alex s'arrêta net, son regard balayant le campus.

— C'est comme si des fragments de leur monde nous avaient suivis, murmura-t-il.

Nia s'agenouilla près d'une touffe d'herbe au pied d'un arbre voisin, ses doigts effleurant les brins éclatants.

— Ça n'était pas là avant. Je crois que nous avons rapporté plus que des souvenirs, dit-elle.

Ils prirent un moment pour respirer, le cœur battant. Les terrains de l'académie étaient calmes, baignés dans la douce lumière du petit matin. Après leur folle aventure, leur foyer semblait différent. Les couleurs étaient plus ternes, et l'air qu'ils respiraient avait un poids inhabituel. Malgré tout, c'était chez eux.

— Nous avons réussi. Nous sommes de retour, dit Alex, sa voix tremblante d'incrédulité et de soulagement.

C'était sa première sortie hors de son monde, et bien que cela ait été épuisant, il ressentait une légère tristesse à l'idée de rentrer chez lui.

Nia regarda autour d'elle, remarquant de plus en plus de différences.

— Mais pas exactement comme avant. Notre voyage a aussi changé les choses ici, même si c'est subtil.

L'équipe traversa l'académie, observant les changements. Les bâtiments étaient plus propres, les surfaces métalliques plus polies. De plus, les écrans diffusaient des actualités sur les possibilités infinies du multivers. En marchant, Alex remarqua des signes subtils, presque imperceptibles, des anomalies. Les bandes magnétiques sur les panneaux de sécurité de l'académie scintillaient irrégulièrement, et les affichages holographiques dysfonctionnaient occasionnellement, montrant des fragments d'images de l'univers alternatif.

— Est-ce que ce sont..., commença Nia, montrant l'écran du doigt.

Alex hocha la tête.

— Des résidus de notre saut, je pense.

Cette idée les troublait – qu'est-ce qui avait pu encore s'infiltrer pendant leur retour ?

Ils rencontrèrent un groupe d'officiels de l'académie en approchant du bâtiment principal. Le commandant de mission marchait en tête. Le groupe s'arrêta en voyant les cadets. Nia remarqua l'expression de surprise sur leurs visages.

Le front du commandant était plissé alors qu'il s'adressait à eux :

— Vous êtes revenus. Et pas sans faire de vagues. Nous avons détecté des anomalies dans le tissu spatio-temporel. Une explication ?

Les cadets s'empressèrent de raconter leur voyage extraordinaire, décrivant l'univers alternatif, la Clé Quantique et l'impact de leurs actions sur les deux univers. Les officiels écoutèrent attentivement, l'étonnement et l'inquiétude se lisant progressivement sur leurs visages. Sans aucun doute, le flot de paroles des cadets s'embrouillait dans leurs têtes, les laissant plus confus.

— Vous vous êtes aventurés en territoire inconnu. Vos actions, bien que non autorisées, ont ouvert nos yeux à de nouvelles possibilités et responsabilités. Nous devrons mener davantage de discussions à ce sujet, dit le commandant après une pause.

Les cadets furent escortés à la salle de briefing, leur avenir incertain mais leur place dans l'histoire de l'académie assurée. Ils étaient revenus en pionniers de l'exploration du multivers, leurs expériences témoignant des possibilités infinies de l'espace et du temps. Mais les expressions sévères sur les visages des officiels leur indiquaient qu'ils n'étaient pas tirés d'affaire.

Dans une salle de briefing austère et utilitaire de l'Académie Interstellaire, les cadets étaient assis face à un panel de hauts responsables, comprenant le commandant de mission et des représentants des diverses divisions scientifiques et exploratoires de l'académie. L'atmosphère était formelle, et la gravité de la situation se reflétait sur les visages sévères des officiels.

Un par un, Alex, Nia, Jaxon et Yasu racontèrent leurs expériences dans l'univers alternatif. Ils parlèrent de la civilisation avancée qu'ils avaient rencontrée, des défis auxquels ils avaient fait face et des dilemmes éthiques qu'ils avaient dû naviguer. Les officiels écoutaient, leurs expressions passant du scepticisme à l'intrigue tandis que les cadets détaillaient leurs interactions avec la Clé Quantique, ses effets sur le multivers, et sa destruction subséquente.

— Nous sommes désolés de l'avoir détruite, mais c'était la seule solution. L'Empire menaçait la paix de cet univers. S'ils avaient pris le dessus, impossible de savoir ce qu'ils auraient fait d'autre, dit Alex, regardant le commandant dans les yeux.

Après un moment de silence contemplatif, le commandant s'adressa à l'équipe :

— Vos actions, bien que téméraires, nous ont fourni des informations inestimables sur la nature du multivers. Cependant, nous ne pouvons ignorer votre ingérence dans la politique d'un autre univers. Notre univers est le nôtre, et le leur est le leur.

La tension monta dans la salle, les cadets échangeant des regards anxieux. Alex brûlait d'envie d'expliquer davantage leur situation difficile, en soulignant l'urgence d'agir à ce moment-là. Un regard rapide de Nia, ses yeux enflammés d'un avertissement tacite, le fit changer d'avis.

Le commandant poursuivit :

— Compte tenu des circonstances extraordinaires et des avantages potentiels de vos découvertes, l'académie a décidé de vous réprimander mais non de vous expulser. Votre mission a été un succès, ce qui est d'une grande importance pour nous. Nous sommes heureux de vous voir rentrer sains et saufs. Vous serez testés pour détecter tout signe d'anomalies physiques, vos expériences seront étudiées de manière approfondie, et vous serez tenus de participer à des recherches et formations supplémentaires.

Le soulagement envahit les cadets. Ils comprenaient les conséquences de leurs actions et l'importance de leurs nouvelles connaissances.

Le briefing se termina avec les officiels soulignant la nécessité de protocoles stricts pour les futures explorations du multivers. Ensuite, ils congédièrent les cadets.

Les cadets quittèrent la salle, chacun nourrissant ses propres réflexions sur la situation. En sortant dans l'enceinte animée de l'académie, ils furent accueillis par des regards curieux et des chuchotements d'autres cadets et membres du corps enseignant. La nouvelle de leur voyage mouvementé s'était répandue, et ils étaient devenus un sujet d'intrigue et de spéculation.

L'équipe se rassembla à leur endroit préféré dans l'enceinte de l'académie. La réplique en laiton du système solaire brillait dans la lumière déclinante, chaque planète tournant lentement sur son axe. Alex traça l'orbite de la Terre avec son doigt, ses pensées dérivant vers la version alternative qu'ils avaient laissée derrière eux.

— C'est étrange. De savoir qu'il existe une autre version de nous là-bas, vivant des vies complètement différentes, dit-il, brisant le silence.

Yasu acquiesça, son regard distant.

— Et de savoir que nous ne les reverrons peut-être jamais. Ou ce qui arrive à leur monde maintenant que nous sommes partis.

Nia sourit faiblement, bien que ses yeux trahirent son flux de pensées.

— Nous leur avons donné une chance de se battre. C'est plus que ce qu'ils n'avaient avant.

— Et nous avons rapporté des connaissances qui pourraient tout changer ici. Si l'académie découvre comment naviguer dans le multivers de manière responsable, imaginez ce que nous pourrions accomplir, dit Jaxon.

Alex les regarda tour à tour.

— Mais nous devons être prudents. Nous avons vu ce qui se passe quand les mauvaises personnes ont trop de pouvoir. Quoi que nous fassions ensuite, nous devons nous assurer que c'est pour les bonnes raisons, dit-il.

Alex, Nia, Jaxon et Yasu s'assirent en cercle dans un silence rempli de pensées non exprimées. Avec ses couloirs animés et ses projets ambitieux, l'académie semblait à la fois familière et différente maintenant.

— C'est étrange, comment un seul voyage peut tout changer — notre façon de voir l'univers, nous-mêmes et notre place en son sein, dit Yasu en rompant le silence.

Son monde s'était élargi avec la connaissance du multivers. Quelque part dans sa tête, il pensa à combien plus difficile serait un plan pour renverser l'univers avec un multivers entier tapi en arrière-plan.

Nia hocha la tête, les yeux fixés sur l'horizon.

— Nous avons franchi des frontières dont nous ignorions même l'existence. Nous avons vu ce qui est possible, les merveilles et les dangers.

Jaxon, toujours l'enthousiaste de la technologie, intervint avec une pointe d'excitation dans la voix.

— Pensez à ce que nous pourrions apprendre, aux progrès que nous pourrions faire avec cette connaissance. Si nous nous développons davantage, peut-être que Yasu deviendra finalement le seigneur suprême qu'il était destiné à être.

Les autres éclatèrent de rire.

Alex, qui avait été étrangement silencieux tout ce temps, s'agita et dit :

— Mais avec cela vient la responsabilité. Nous avons vu les conséquences de nos actions et comment elles se répercutent à travers les univers. Quoi que nous fassions ensuite, nous devons en tenir compte.

La conversation passa à leur avenir à l'académie. Ils spéculèrent sur les nouvelles recherches et formations auxquelles ils participeraient, les missions potentielles et les défis inévitables. L'anticipation les traversait, les laissant à nouveau submergés par une anxiété vibrante. Mais cette fois, ils étaient prêts après avoir traversé le multivers et défié un Empire maléfique pour revenir.

Pendant qu'ils parlaient, le ciel s'assombrit et les premières étoiles du soir commencèrent à apparaître. L'immensité de l'espace semblait les appeler avec ses possibilités infinies.

— On nous a donné une seconde chance. Faisons en sorte qu'elle compte. Explorons, apprenons et peut-être qu'un jour, nous aiderons d'autres à naviguer dans le multivers de manière responsable, dit Alex, son regard fixé sur les étoiles.

Sur ce, les cadets se levèrent, leur lien renforcé par leurs expériences partagées. Ils contemplèrent les étoiles, chacun perdu dans ses propres pensées d'aventure et de découvertes. L'univers, rempli de mystères et de beauté, les attendait. Et ils étaient plus que prêts à les découvrir.

Leur voyage était loin d'être terminé, mais pour la première fois, ils se sentaient prêts à affronter ce qui les attendait.

ÉPILOGUE

Sur la Terre alternative, dans la même cité avancée que les cadets avaient visitée, de subtils changements reflétaient l'impact de leur présence. Le paysage urbain, mélange d'architecture futuriste et de verdure luxuriante, vibrait avec plus de vie et d'énergie.

Dans une place publique animée, où des affichages holographiques présentaient les nouvelles de toute la galaxie, les versions alternatives d'Alex, Nia, Jaxon et Yasu s'étaient rassemblées au bord de la foule, leurs expressions pensives alors qu'ils discutaient des événements récents.

— Ça fait des semaines qu'ils sont partis. Et pourtant, les changements qu'ils ont apportés continuent de se développer, dit Alex Alternatif.

La foule sur la place était plus nombreuse que d'habitude, un mélange de scientifiques, d'étudiants et de citoyens ordinaires venus discuter de la percée sur le multivers annoncée quelques instants plus tôt. Alex Alternatif jeta un coup d'œil autour, remarquant l'énergie vibrante.

— Avant leur visite, le multivers n'était qu'une théorie, un concept trop abstrait pour que la plupart des gens puissent le saisir. Maintenant, ça semble réel.

— Pas seulement réel. Ça semble accessible. Ils nous ont montré que l'exploration ne concerne pas seulement les endroits où nous sommes allés, mais ceux où nous pourrions aller, ajouta Nia Alternative, son regard pensif.

Jaxon Alternatif sourit d'un air narquois.

— Et pourtant, ils ne nous ont pas vraiment laissé de guide, n'est-ce pas ? Juste beaucoup de questions.

— Les questions mènent à la découverte. Et n'est-ce pas là le but ? Trouver les réponses par nous-mêmes, intervint Yasu Alternatif.

Son calme habituel portait une trace d'excitation.

La conversation a dérivé vers les changements qu'ils avaient observés depuis le départ des cadets. Il y avait un sens renouvelé de la curiosité et de l'exploration parmi les gens, un désir plus grand de comprendre le multivers, ses possibilités, et d'autres méthodes pour l'explorer. Dans leur académie, ils étaient devenus des mini-célébrités parmi leurs pairs. Les gens les arrêtaient dans les couloirs pour leur poser des questions sur les cadets venus d'un autre monde.

Pendant qu'ils parlaient, un bulletin d'information apparut sur un écran proche, annonçant une percée dans la recherche sur le multivers, inspirée par les récits du voyage des cadets. Tout le monde se tourna vers l'écran à cette nouvelle, les yeux fixés et les oreilles tendues pour recueillir l'information. Une fois que les informations passèrent à d'autres sujets, les citoyens sur la place explosèrent en conversations.

Les alter ego réfléchissaient à la prophétie qu'ils avaient apprise, s'interrogeant sur ses implications et sur le rôle que les cadets y avaient joué. Maintenant que la Clé était détruite, des parties de l'Empire s'effondraient. Pour eux, cela signifiait que les cadets avaient joué un rôle dans l'accomplissement de la prophétie.

Yasu Alternatif croisa les bras, son regard distant.

— La prophétie ne concernait pas le destin. Elle concernait le choix, comment les bonnes actions au bon moment peuvent changer le cours de l'histoire. Ils ne l'ont pas simplement accomplie; ils l'ont redéfinie.

Nia Alternative acquiesça.

— Et maintenant c'est à nous de jouer. S'ils ont pu tenir tête à l'Empire avec rien d'autre que leur intelligence et leur courage, qu'est-ce qui nous empêche de faire de même ?

Un silence s'abattit sur le groupe alors qu'ils levaient les yeux vers le ciel qui s'assombrissait. Les étoiles, éparpillées comme de la poussière scintillante, semblaient plus proches que jamais.

— Nous ne les reverrons peut-être jamais, mais leur héritage ici durera pour des générations, remarqua Jaxon Alternatif.

Ils quittèrent la place, chacun perdu dans ses pensées sur l'avenir, les possibilités qui s'étendaient au-delà de leur monde. Le voyage des cadets avait laissé une marque indélébile, ouvrant des portes vers de nouveaux horizons et de nouvelles aventures.

De retour à l'Académie Interstellaire dans leur propre univers, les cadets se tenaient ensemble, contemplant la vaste étendue de l'espace depuis la plate-forme d'observation. Les étoiles scintillaient au-dessus d'eux, chacune étant un symbole des aventures infinies qui les attendaient.

L'académie avait changé depuis leur retour. Une excitation et une curiosité régnaient parmi les étudiants et les professeurs, alimentées par le voyage extraordinaire des cadets. Leur expérience avait ouvert de nouvelles voies de recherche et d'exploration, et l'académie bourdonnait de préparatifs pour de futures missions dans le multivers.

Les pas du commandant résonnèrent dans l'observatoire silencieux, attirant l'attention des cadets. Il y avait un poids dans son expression, un mélange de fierté et de responsabilité.

— Cadets, vous avez accompli quelque chose d'extraordinaire. Quelque chose que nous n'aurions pas pu anticiper. Vos actions vous ont non seulement ramenés, mais ont changé la façon dont nous comprenons notre place dans l'univers, commença-t-il, sa voix ferme.

Alex se redressa, sentant la gravité du moment. Nia jeta un coup d'œil à Jaxon, dont le sourire narquois habituel s'était adouci en une réflexion silencieuse.

— Votre voyage nous a ouvert les yeux sur les possibilités liées au multivers. Nous mettons en place un nouveau programme dédié à l'exploration des univers alternatifs de manière responsable. Nous aimerions que vous en fassiez parti, poursuivit le commandant.

Les cadets échangèrent des regards, une surprise enthousiaste brillant dans leurs yeux. C'était l'opportunité qu'ils avaient espérée, une chance de poursuivre leurs aventures et d'appliquer les leçons qu'ils avaient apprises.

— Ce serait un honneur, monsieur. Nous avons vu les risques, mais aussi le potentiel. Nous sommes prêts à relever ce défi, répondit Alex, parlant pour le groupe.

Le commandant acquiesça, leur remettant le dossier.

— Ce n'est que le début. Nous avons beaucoup à apprendre, et vos perspectives seront inestimables. Préparez-vous; vous êtes sur le point de vous embarquer dans un nouveau voyage.

Après le départ du commandant, les cadets ouvrirent le dossier, révélant des plans et des données pour de potentielles missions d'exploration du multivers. Les possibilités étaient infinies, et l'excitation parmi eux était palpable.

Les cadets regardèrent les étoiles une fois de plus, leurs cœurs pleins d'attentes et de résolution. Ils étaient revenus d'une aventure seulement pour se tenir au seuil d'une autre.

Au loin, une étoile filante traversa le ciel, symbolisant les chemins inexplorés et les histoires à venir. Leur voyage leur avait enseigné l'immensité de l'univers, l'importance de la responsabilité et la quête sans fin de la connaissance.

LES OMBRES D'ORION

CHAPITRE 9

C'ÉTAIT une nouvelle journée ensoleillée, et Alex Rivera était en retard pour sa session au laboratoire spatial dans le bâtiment principal de l'Académie Interstellaire. Son esprit était partagé entre arriver à l'heure et les informations qu'il avait découvertes lors de ses recherches nocturnes. Il s'était tellement laissé emporter qu'il n'avait pas réalisé combien de temps s'était écoulé avant d'aller se coucher.

Dans sa profonde concentration, il bouscula quelques autres cadets en courant dans les couloirs pavés. Certains lui lancèrent des regards noirs, des insultes sur le point de jaillir de leurs lèvres, mais il était déjà loin. Il se précipita dans le laboratoire avec une tranche de pain grillé entre les lèvres. Jaxon, son ami, le vit entrer en courant et lui fit signe de s'approcher.

— Ils ont commencé ? demanda Alex, retirant le toast de sa bouche et essayant de reprendre son souffle.

Jaxon rit.

— Non.

Il examina l'apparence d'Alex, ses cheveux ébouriffés et son uniforme négligé.

— Qu'est-ce que tu faisais cette fois-ci ?

— J'ai trop dormi.

Alex possédait beaucoup de qualités de leadership, mais il se plongeait souvent dans son travail, perdant la notion du temps. Et parfois, il dormait trop longtemps aussi.

Nia s'approcha d'eux, tenant sa tablette et arborant une légère moue.

— Tu es en retard. Encore.

Alex tenta un petit sourire, mais Nia n'était pas d'humeur. Elle s'était déjà disputée avec lui à propos de ses retards, ayant renoncé à le faire paraître plus présentable. Il pouvait se permettre d'avoir l'air de sortir d'un sèche-cheveux géant, mais ses retards étaient non négociables. Leur équipe pouvait avoir des problèmes à cause de cela.

— Je m'améliorerais, proposa Alex, mais Nia s'était déjà détournée.

— Le technicien est sorti pour une réunion d'urgence. Il reviendra bientôt.

Alex mourait d'envie de parler au reste du groupe de tout ce qu'il avait appris pendant la nuit. Il y avait tant à explorer dans le multivers et eux, à l'Académie Interstellaire, avaient à peine effleuré la surface. Il avait trouvé des informations intéressantes sur les planètes du Secteur d'Orion et sur l'établissement potentiel de contacts avec d'autres univers. Les documents étaient dans une autre langue, mais il avait passé toute la nuit à les décoder avec un traducteur jusqu'à comprendre ce qu'ils disaient. Ce qui le préoccupait davantage, cependant, c'était la mention d'effets d'onde lors de rencontres avec des alter ego. Le texte décrivait des perturbations localisées – anomalies gravitationnelles, étranges dilatations temporelles et changements dans la stabilité moléculaire. Il ne pouvait s'empêcher de se remémorer leur dernière mission, se demandant quels effets invisibles ils avaient peut-être déjà causés. Si seulement il avait eu l'aptitude naturelle de Nia pour les langues, il aurait pu comprendre plus rapidement, mais il avait néanmoins fait des progrès significatifs. Il y avait des discussions sur les doubles, et d'après ce qu'il avait pu glaner, rencontrer ses doubles pourrait poser problème lors du passage entre univers.

Le technicien revint, parlant rapidement dans son dispositif d'intercom. L'appel terminé, il passa devant tous les autres cadets qui attendaient, se rendit à l'avant du laboratoire où se trouvait son pupitre, et dit :

— Commençons, voulez-vous ?

La session de laboratoire dura toute la matinée et l'après-midi. Ils travaillaient à améliorer leurs capacités spatiales dans un environnement en apesanteur.

Quand la session prit fin, les cadets se dirigèrent vers les vestiaires, parlant de la prochaine expérience sur les voyages dans le multivers. Tout le monde avait entendu dire qu'une mission pourrait se présenter bientôt, mais personne ne savait qui y participerait cette fois.

— Ce sera peut-être les mêmes que la dernière fois. Ils n'ont pas eu d'anomalies cette fois, dit Yasu.

Ils n'avaient pas été en mission depuis leur première et dernière mission vers une Terre alternative. C'était la première fois que l'Académie avait réussi un voyage hors de leur univers. Quelques autres équipes de cadets y étaient allées depuis, revenant avec leurs propres récits d'aventures et d'explorations. Auparavant, l'Académie avait essayé d'envoyer des officiers plus âgés en mission, mais rencontra davantage d'échecs. Leurs scientifiques continuaient de travailler à la résolution de ces anomalies, mais les progrès étaient lents.

Les cadets prirent une douche et se dirigèrent vers la cafétéria pour un déjeuner tardif. Ils empilèrent de généreuses portions de nourriture sur leurs plateaux et s'assirent ensemble.

— J'ai trouvé quelque chose, dit Alex.

Les autres le regardèrent, prêts à découvrir ce qu'il avait appris.

— J'ai le pressentiment de savoir comment arrêter les anomalies. Il semble que faire des voyages dans des univers avec des versions alternatives de nous-mêmes et établir un contact avec ces versions provoque une ondulation dans le tissu de la réalité.

Nia mâcha un morceau de viande, l'expression pensive.

— Comment peux-tu savoir ça ? demanda Yasu.

— J'ai fait quelques recherches.

Alex posa sa tablette sur la table, leur montrant le document original du Secteur d'Orion. Il avait dû faire beaucoup de piratage pour l'obtenir, admit-il, ajoutant que les capacités combinées de Jaxon et Nia auraient peut-être rendu plus facile l'accès à ces informations. Ensuite, il leur montra la version traduite du fichier.

Ils se rapprochèrent, têtes pressées les unes contre les autres, étudiant le document. Une grande partie était du jargon incompréhensible, mais ils pouvaient en saisir l'essentiel. Un programme spatial là-bas avait établi des liens avec d'autres univers, mais le programme s'était finalement effondré parce que les anomalies étaient devenues trop importantes. Cependant, obtenir des informations plus détaillées serait difficile avec le programme fermé.

Les yeux des cadets s'écarquillèrent tandis qu'ils discutaient des implications. Leur nourriture avait refroidi, abandonnée dans la chaleur de leurs découvertes.

Yasu se pencha en avant, regardant à nouveau une section.

— Devrions-nous en parler à quelqu'un ?

— Qui ? demanda Alex.

— Le commandant, peut-être.

Yasu haussa les épaules.

— Que voulez-vous me dire ? tonna la voix du commandant derrière eux.

Les cadets se figèrent, choqués de le trouver là.

Il les regarda, un léger sourire sur le visage. Deux autres hauts responsables se tenaient derrière lui, observant avec des expressions vides et menaçantes.

— Nous avons un briefing ce soir, dit-il, son regard s'attardant sur le visage d'Alex.

Mal à l'aise, les autres se tournèrent vers Alex. Après tout, ses fouilles dans les autres bases de données n'étaient pas autorisées. Peut-être était-il dans le pétrin et, par conséquent, ils l'étaient aussi.

— Vous auriez dû recevoir une note, mais il semble que ce ne soit pas le cas. Peut-être arrivera-t-elle en temps voulu.

Le commandant jeta un coup d'œil à sa montre.

— Vous avez environ une heure. Profitez de votre repas au lieu de bavarder.

Les cadets le regardèrent partir, leurs esprits aux prises avec cette information. Il ne semblait pas qu'ils soient en difficulté, mais c'était difficile à dire. Peut-être étaient-ils destinés à une autre mission ?

Ils terminèrent le reste de leur repas froid en silence, imaginant chacun de leur côté les raisons potentielles de leur convocation. Peu avant qu'ils ne finissent de manger, les notes arrivèrent avec les informations sur le lieu et l'heure.

Ils quittèrent la cafétéria et se dirigèrent vers la salle de briefing au troisième étage du bâtiment principal.

— Jaxon, as-tu bricolé quelque chose auquel tu ne devrais pas avoir accès ? demanda Yasu.

Il y a environ une semaine, il s'était attiré des ennuis pour avoir volé des informations sur de nouvelles armes dans la base de données classifiée de l'Académie. Il était le génie technologique du groupe et aimait découvrir des choses qu'il ne devrait pas trouver. Ses compétences en piratage lui avaient peut-être valu une admission rapide à l'Académie, mais cela ne l'empêchait pas de s'attirer des ennuis pour ses indiscrétions.

Jaxon fronça les sourcils, mais ne dit rien.

Ils arrivèrent tôt, et le seul officiel présent les laissa entrer, leur indiquant les sièges autour de la longue table. Ils s'assirent côte à côte à une extrémité.

Accompagné des deux responsables de laboratoire, de plusieurs autres hauts responsables et d'un groupe de techniciens, le commandant arriva à l'heure précise. À la tête de la table se tenait le commandant, tandis que les officiels et les techniciens s'asseyaient. Lorsque les lumières s'estompèrent, un graphique holographique s'étendit, flottant au-dessus de la table.

Les cadets l'avaient déjà vu. Le graphique représentait la vaste étendue inconnue du multivers. Quelques points y étaient marqués, montrant les univers qu'ils avaient visités, leurs signatures énergétiques et le nom de code choisi pour eux. Si l'on tapait sur l'un des points, cela faisait apparaître plus d'informations sur cet univers; l'équipe qui y avait été déployée et des détails sur la mission.

— Équipe Alpha, votre première mission vous a distingués comme pionniers dans notre exploration du multivers, dit le commandant.

Leur mission avait établi un précédent pour les voyages multiversels. À leur retour, ils avaient subi plusieurs évaluations physiques et médicales, vérifiant si le voyage les avait affectés de manière significative, comme cela avait été le cas pour les officiers plus âgés. Cependant, ils étaient largement indemnes.

L'Académie avait ensuite mis en place un programme d'exploration multiverselle, utilisant les cadets comme principaux voyageurs. Jusqu'à présent, aucun problème physique n'avait été enregistré parmi eux.

Quelqu'un sélectionna le point correspondant à l'univers qu'ils avaient visité, Alt-1. Leurs photos flottaient dans le coin, avec leurs noms en dessous : Alex Rivera, Nia Chen, Yasu Garcia et Jaxon Brooks. L'Académie les avait nommés Équipe Alpha pour avoir été les premiers à s'aventurer hors de leur monde avec succès.

Le résumé de la mission montrait que lors de leur visite dans cet univers, ils avaient rencontré leurs versions alternatives. Il soulignait également leur voyage de retour en utilisant la Clé Quantique, une source d'énergie riche qui donnait accès au multivers, et leur destruction subséquente de la Clé.

Le commandant poursuivit :

— Nous avons fait d'autres avancées dans notre travail pour découvrir davantage sur le multivers, en envoyant d'autres équipes et en enregistrant leurs découvertes. Maintenant, c'est à nouveau votre tour. Nous avons une nouvelle mission, et nous avons choisi votre équipe.

Les cadets bouillonnaient d'excitation. Ils échangèrent des

regards joyeux, ravis d'avoir une autre occasion de contribuer à la recherche à l'Académie. Le cœur d'Alex battait si fort qu'il pensait que les autres personnes dans la pièce pourraient l'entendre. C'était une nouvelle opportunité d'explorer un nouveau monde, et il comptait en tirer le meilleur parti.

CHAPITRE 10

CHAQUE JOUR du mois suivant s'est levé avec la clarté d'esprit qui accompagne un objectif précis. Les cadets avaient désormais un but à atteindre, et ils travaillaient avec diligence.

Leurs journées commençaient tôt, avec des exercices physiques et des entraînements au laboratoire spatial. Les après-midis, ils se retrouvaient dans l'amphithéâtre pour approfondir leurs connaissances sur les découvertes des autres missions. Et ils terminaient chaque journée par des exercices de simulation. Ils avaient l'occasion de s'entraîner au pilotage du vaisseau spatial et à l'utilisation du Dispositif de Saut Quantique mis à jour.

Au cours de leur formation, Alex a parlé de ses découvertes à certains responsables. Ils l'ont réprimandé pour s'être mêlé d'affaires dépassant son champ de compétences, mais ils ont parcouru les documents avec curiosité. Quelques jours plus tard, l'un des techniciens les plus âgés l'a convoqué dans son bureau pour en discuter.

— Nous apprécions votre soif de connaissance, Alex, et nous aimerions approfondir ces recherches, a-t-il dit en joignant les doigts en forme de clocher.

Alex pouvait entendre un « mais... » quelque part dans cette phrase. Il s'est penché en avant, écarquillant les yeux.

Le technicien s'est gratté le menton.

— Pour savoir avec certitude si cette hypothèse pourrait s'avérer exacte, nous aurions besoin d'effectuer plusieurs autres voyages vers d'autres univers. Ce n'est qu'alors que nous pourrons affirmer qu'elle repose sur des bases solides.

Comprenant la situation, Alex a hoché la tête.

— La dernière équipe de cadets n'a rencontré aucune anomalie. Que s'est-il passé là-bas ? a-t-il demandé.

Le technicien a regardé Alex avec un léger sourire.

— Ils n'ont pas rencontré leurs doubles.

Les cadets ont été intrigués par la discussion d'Alex avec le technicien. Il semblait presque trop simple que les anomalies puissent être déclenchées par la rencontre avec son double, mais ils ont décidé qu'ils en apprendraient davantage lors de leurs prochains voyages dans le multivers.

Dans d'autres cours, ils ont découvert certaines des améliorations apportées au Dispositif de Saut Quantique. Les recherches de l'Académie avaient permis de développer des technologies pour combattre les anomalies. Ces technologies n'étaient pas encore totalement au point, mais elles étaient suffisamment efficaces pour prévenir des ondes de choc drastiques comme celles que les cadets avaient rencontrées lors de leur premier voyage.

Le jour du décollage est finalement arrivé. Ils pouvaient à peine manger ce matin-là tant ils débordaient d'anxiété.

Chacun nourrissait de nouvelles inquiétudes quant à la réussite de la mission. Alex craignait qu'ils n'atterrissent sur une planète similaire à la première qu'ils avaient rencontrée, les empêchant d'en apprendre davantage. Nia portait le fardeau de vouloir que la mission soit parfaite.

Lors de leur dernière mission, leurs actions les avaient conduits à détruire un artefact précieux. Bien qu'elle ait soutenu cette destruction, ils étaient revenus pour affronter le jugement des autorités de l'école. Elle ne voulait pas revivre cela, souhaitant un dossier irréprochable à sa sortie de l'école. Jaxon et Yasu n'étaient pas aussi inquiets que les deux autres, mais ils pouvaient sentir leur humeur sombre, et ce sentiment déteignait sur eux.

— Et si on rencontrait enfin la version Seigneur Suprême de Yasu dans ce monde ? a lancé Jaxon, essayant de détendre l'atmosphère.

Mais les rires provoqués par ses paroles ont été de courte durée. Bientôt, ils ont dû se lever et se diriger vers le point de décollage.

Ils ont enfilé leurs combinaisons dans le vestiaire, l'ambiance solennelle. Puis ils se sont dirigés vers la zone de lancement du spatioport pour le briefing final du commandant. Le spatioport était un complexe à plusieurs niveaux à la pointe de la technologie, construit en alliages haute résistance et en composites transparents. Plusieurs vaisseaux y étaient amarrés, allant des petits engins spatiaux à grande vitesse aux colossaux transporteurs de fret. Des drones automatisés flottaient çà et là, effectuant de petites courses et des tâches banales. La zone de lancement se trouvait au milieu de la cour du complexe, le bâtiment de grande hauteur et ses tours de guet observant ce qui se passait sur l'espace en béton.

L'air était vif et frais, et le soleil brillait furieusement sur tout le monde. Le vaisseau spatial se dressait au centre de l'aire d'atterrissage pavée, sa surface brillante reflétant vivement la lumière du soleil.

Le commandant était avec plusieurs techniciens et responsables, ses yeux dissimulés derrière des lunettes de soleil. Il a quitté leur côté pour venir à l'endroit où se tenaient les cadets.

— Vous avez travaillé dur, et vous réussirez cette mission. N'ayez jamais peur et souvenez-vous de votre formation.

Les cadets sont entrés dans le vaisseau spatial, Alex aux commandes. Il a entré les coordonnées de l'univers cible sur le Dispositif de Saut Quantique, ajustant son micro. Au-delà de la vitre, les spectateurs s'agitaient, observant avec des expressions sérieuses.

— Est-ce que vous m'entendez tous ? a dit Alex dans son micro.

Ils ont envoyé leur confirmation.

— Préparation au décollage dans 3, 2, 1...

Le vaisseau spatial a décollé avec facilité. Après leur formation, les cadets maîtrisaient mieux son fonctionnement. Ils ont traversé l'atmosphère terrestre, observant les étoiles devenir plus nettes.

— Initialisation du saut dans 3, 2, 1...

Le vaisseau spatial a tremblé en traversant le tissu même de la réalité vers la suivante. Lumière et sons déformés ont déferlé autour du vaisseau, un kaléidoscope exaltant d'énergie. Les cadets l'avaient déjà vu une fois, mais ils étaient encore stupéfaits de le voir une deuxième fois.

Finalement, ils ont émergé de l'autre côté. Mais quelque chose n'allait pas. Leur arrivée n'était pas comme la précédente. Quelque chose empêchait leur atterrissage.

— Est-ce que quelqu'un d'autre pense que quelque chose ne va pas ? Ou suis-je simplement paranoïaque ? a demandé Jaxon, riant avec une certaine nervosité.

— Tu ne l'es pas. Il semble que l'endroit où nous devrions atterrir soit... bloqué, a répondu Nia.

Alex tentait d'assimiler cette information de son côté. Dans cet univers, un champ de force protégeait fortement la planète et les systèmes environnants. Le Dispositif de Saut Quantique essayait de les rediriger vers un autre système dans un autre secteur.

— Je crois que nous devons aller dans le Secteur d'Orion si nous voulons atterrir, dit-il.

Le Secteur d'Orion était le plus proche du leur, le Secteur Gaia.

— Ou bien retournons-nous à la maison pour faire notre rapport ?

Il ne voulait pas rentrer. Cette redirection était l'opportunité parfaite pour confirmer ses croyances concernant les anomalies dans les voyages multiversels.

Il semblait que les autres partageaient son point de vue.

Jaxon répondit avec enthousiasme :

— Cela semble être une occasion fantastique d'en apprendre davantage sur d'autres planètes du multivers. Peut-être que là-bas, nous pourrons en savoir plus sur notre planète dans cet univers. Et nous aurions un rapport plus détaillé pour les supérieurs.

— Je suis d'accord. Nous ne pouvons pas laisser cette chance nous échapper. Nous n'aurions pas pu planifier le saut vers un autre système dans un autre univers, mais maintenant nous en avons l'autorisation. Ne gâchons pas cette opportunité, dit Nia.

Yasu semblait hésitant.

— Les réserves de carburant... seront-elles suffisantes pour l'aller-retour ?

Alex et Nia effectuèrent des calculs de leur côté. Ils avaient besoin de carburant pour effectuer le saut luminique nécessaire pour atteindre le Secteur d'Orion. Ils auraient également besoin d'un surplus pour leur voyage de retour, sachant que l'appareil ne pourrait pénétrer que dans le Secteur d'Orion de leur univers. Nia termina en premier, demandant à Yasu de vérifier ses conclusions. Il examina les données et confirma qu'ils avaient suffisamment de carburant. Les calculs d'Alex aboutirent au même résultat.

Ils travaillèrent ensemble sur leurs différentes consoles pour ajuster les paramètres de l'appareil afin de lui permettre de passer en saut luminique. Un saut luminique était un moyen de raccourcir les longues distances de voyage spatial, faisant passer le vaisseau à travers un petit trou dans l'espace à plusieurs fois la vitesse de la lumière. Les cadets s'ajustèrent dans leurs sièges et se préparèrent.

Ils émergèrent de l'autre côté, suffisamment près d'un système planétaire à la périphérie du secteur pour atterrir sur l'une de ses planètes. Les cadets acclamèrent. Ils avaient fait diverses simulations d'exécution de sauts luminiques, mais ils n'en avaient jamais fait un véritable. Ils regardèrent la distance parcourue – plusieurs années-lumière – et s'émerveillèrent de la précision du Dispositif de Saut Quantique qui les avait amenés si loin sans accroc.

— Préparation à l'atterrissage, dit Alex.

Ils travaillèrent ensemble à leurs différents postes pour guider le vaisseau spatial vers une planète présentant des signes d'oxygène et de vie. Yasu l'identifia rapidement comme étant Krissia, se souvenant d'elle lorsqu'il planifiait une prise de contrôle universelle. Il ne pouvait se rappeler aucun autre détail au-delà d'une estimation approximative de sa population et du fait qu'il s'agissait d'une planète minière. Le vaisseau spatial s'y dirigea, glissant à travers le vide spatial mais rencontrant des difficultés pour entrer dans l'atmosphère de la planète.

— Quelque chose ne va pas encore, dit Jaxon, essuyant impatiemment la sueur de son front.

Les autres murmurèrent leur accord. La planète était entourée d'un champ de force inquiétant. Il aurait été idéal de remettre le Dispositif de Saut Quantique à ses paramètres d'origine et d'éloigner le vaisseau de cette énergie pour retourner dans leur univers d'origine, mais ils ne pouvaient pas se déplacer assez rapidement. La planète aspira l'appareil à travers son atmosphère brumeuse et vers la surface jusqu'à ce qu'un crash semble inévitable.

Les cadets s'efforcèrent de stabiliser l'appareil, naviguant jusqu'à ce qu'ils en aient suffisamment le contrôle pour effectuer un atterrissage en sécurité. Ils se posèrent sur un plateau au milieu de ce qui semblait être un désert, et restèrent assis pendant plusieurs minutes, calmant leur respiration.

CHAPITRE 11

ALEX FUT le premier à se remettre et vérifia l'état des autres. Personne n'était blessé et, miraculeusement, le vaisseau était intact. Il consulta rapidement la jauge de carburant pour voir s'ils avaient suffisamment pour rentrer, ce qui était le cas. Tant qu'ils ne faisaient pas d'autres détours, ils rentreraient sans problème.

— Qu'est-ce qu'on fait maintenant ? demanda Jaxon.

— Explorer, je suppose.

Nia haussa les épaules.

Ils détachèrent tous leurs ceintures et se déplacèrent dans le vaisseau jusqu'à l'écoutille de sortie. Alex l'ouvrit et sortit le premier, contemplant avec émerveillement un ciel morne de couleur orange rougeâtre.

Un vent soufflait sur le paysage, soulevant la poussière et la terre et apportant une froideur surnaturelle. Peu importe la direction dans laquelle ils regardaient, il n'y avait rien : ni plantes, ni animaux, ni structures. Le plateau n'était qu'une plaine plate de terre, de roches et d'air, laissant le vent la ravager librement.

— Il fait tellement froid. Sans nos combinaisons, nous serions probablement déjà gelés, dit Yasu.

Leurs combinaisons étaient conçues pour résister aux températures extrêmes. Elles les réchauffaient dans les climats froids et les rafraîchissaient dans les climats chauds. Mais cela laissait les parties découvertes exposées au froid.

— On devrait mettre nos masques, dit Alex, sortant le sien de la pochette à sa ceinture qui contenait ses objets essentiels.

Le masque protégerait leurs visages du vent mordant et empêcherait la poussière et la saleté d'entrer dans leurs voies respiratoires. Alex enfila le sien, l'attachant sans effort à son casque et repositionnant son micro et son écouteur dans une position plus confortable.

— Tout le monde est prêt pour une petite marche ? demanda Alex.

Ils hochèrent la tête.

Ils verrouillèrent l'appareil, déployant un petit champ de force autour pour le protéger. Puis ils se mirent en route. Alex et Yasu marchaient devant, Alex avec un scanner thermique pour détecter des signes de vie. Yasu tenait un géo-scanner pour analyser le terrain, cartographiant leurs coordonnées et leur distance. Jaxon et Nia fermaient la marche, tenant des armes et des lunettes.

— Il y a de l'oxygène ici, mais pas de vie, dit Jaxon, avec une pointe de résignation dans la voix.

Nia secoua la tête, contemplant le ciel rouge. Le soleil sur cette planète était distant, suspendu comme une lointaine boule jaune dans le ciel. Quelque chose dans cette planète leur rappelait Mars, avec sa distance du soleil et la rougeur du sol et de l'atmosphère environnante.

— Il doit y avoir de la vie. Nous avons reçu des lectures d'énergie indiquant une population importante quand nous étions dans l'espace. De plus, la planète ne peut pas simplement brouiller nos systèmes de communication comme ça. Elle possède une technologie similaire à la Terre alternative dans cet univers. Ils se protègent en brouillant les signaux des vaisseaux et engins qui viennent s'y poser. Nous trouverons des habitants... tôt ou tard. Je vois quelque chose qui ressemble à une ville devant, mais je pense qu'on la verra mieux en se rapprochant.

Ils continuèrent à marcher tandis que le soleil descendait lentement, se dirigeant vers son sommeil. Le ciel s'assombrissait, la couleur rouge ardente s'adoucissant en un orange brûlé, puis en quelque chose de violacé. Ils arrivèrent à ce qui semblait être le bord du plateau et trouvèrent un sentier parmi des morceaux de roches. Il semblait descendre de la hauteur du plateau vers une plaine en contrebas.

— Est-ce que ça pourrait être..., commença Alex, regardant attentivement.

Le sentier indiquait une vie intelligente, mais son scanner montrait également des signes de chaleur au loin. Comme s'il y avait un amas de créatures vivantes devant eux.

— Oui, je pense que c'est ça, dit Nia, s'approchant de lui.

Elle sortit une paire de jumelles de sa pochette de ceinture et scruta l'obscurité au loin. D'après ce qu'elle pouvait distinguer, une sorte de ville se trouvait là-bas, construite dans et autour des roches dures d'une colline étendue.

— Je crois que je vois aussi ce qui pourrait être une tour de communication... Si je parviens à pirater son système, nous pourrons peut-être en apprendre un peu plus sur les gens d'ici, dit Jaxon, plissant les yeux à travers ses lunettes.

Les autres le regardèrent, hochant la tête en signe d'approbation. Si quelqu'un pouvait pirater une technologie inconnue, c'était bien Jaxon.

Ils poursuivirent leur voyage, avançant avec plus de prudence. Ils n'avaient aucune couverture ici, sachant maintenant qu'il y avait une civilisation devant eux, ils craignaient d'être repérés. Ils pensaient tous à quel point leur mission était devenue périlleuse. Et si les habitants de cette ville étaient hostiles aux étrangers ? Ils se le demandaient tous, mais aucun ne le disait à voix haute. Ils avaient collectivement décidé de venir ici, et ils devaient faire face aux conséquences de cette décision.

Ils descendirent le sentier jusqu'au niveau inférieur et commencèrent à se diriger vers la tour. À chaque pas, la fatigue s'installait, envahissant tous les membres de leurs corps. Ce voyage durait depuis plusieurs heures, et ils aspiraient tous à un moment de repos.

Ils étaient encore à une petite distance de la tour quand Nia s'exclama :

— On dirait qu'ils nous ont repérés. Regardez !

Dans le ciel, à une courte distance d'eux, trois aéronefs planaient, se dirigeant vers eux. Jaxon repéra également des véhicules terrestres fonçant sur le sol, se déplaçant rapidement vers leur position près de la tour. Le temps disponible était trop court pour qu'ils puissent s'échapper.

Les cadets décidèrent qu'il valait mieux rester où ils étaient et ne pas faire de mouvements brusques. Ils restèrent immobiles sous le ciel sombre, avec le vent qui hurlait autour d'eux, observant l'approche des habitants de cette étrange planète.

Plus ils se rapprochaient, mieux ils pouvaient observer leur technologie. Les aéronefs étaient bruyants, leurs hélices propulsées par des moteurs rugissants. Et les véhicules terrestres étaient énormes, se déplaçant avec précaution sur le terrain, mais soulevant poussière et roches dans leur approche. Les designs de tous ces véhicules étaient bruts et sans considération esthétique.

— Leur technologie..., commença Nia.

— ... est plutôt primitive, conclut Alex, observant à travers les jumelles.

Cette découverte l'enthousiasmait. Il pouvait déjà voir des différences significatives entre ce monde et le leur, et il avait hâte de rédiger le rapport qu'il écrirait sur tout cela.

Enfin, les véhicules arrivèrent à leur position. Les engins atterrirent autour de la tour, et les rovers s'approchèrent d'eux, se garant devant eux. Ils attendirent quelques instants pendant que les moteurs s'arrêtaient. Les véhicules avaient des vitres teintées, donc personne ne pouvait voir à l'intérieur.

Finalement, la porte du véhicule de tête s'ouvrit et deux énormes créatures en sortirent. Elles étaient massives avec de longs membres. Leur tenue de prédilection était composée de vêtements amples aux teintes blanches et nuances de gris. Elles s'approchèrent, et les cadets purent mieux observer leur apparence. Leur peau était verdâtre, avec des touches de rouge autour du cou et du nez. Elles avaient enveloppé leurs têtes dans des turbans, donc les cadets ne pouvaient pas voir si elles avaient des cheveux.

Lorsque les autochtones furent assez proches, ils parlèrent. Derrière eux, les autres locaux étaient sortis de leurs véhicules, gardant leurs armes pointées sur les cadets.

Cependant, les cadets ne pouvaient pas comprendre leur langage.

— Qui a le communicateur universel ? demanda Yasu.

Le communicateur universel pouvait traduire les langues en temps réel, les aidant à communiquer adéquatement dans des lieux inconnus. Naturellement, il était limité aux langues dans la base de données du vaisseau, mais il disposait de la plupart des langues des secteurs environnants.

Nia s'avança, levant les mains.

— Je veux juste sortir mon appareil de communication, dit-elle.

Nia avait une connaissance approfondie des langues populaires dans divers secteurs autour de leur région. Elle ne pouvait pas toutes les parler mais pouvait associer les langues aux régions. Les créatures se regardèrent et plissèrent les yeux tandis qu'elle plongeait la main dans sa sacoche et en sortait l'appareil. Elle choisit une langue dans une longue liste de langues du Secteur d'Orion et l'activa.

— Bonjour. Nous sommes des explorateurs d'un autre monde. Nous ne vous voulons aucun mal, dit-elle.

Le traducteur prit une minute pour se recalibrer, puis une voix l'interpréta pour les autochtones.

Ils la regardèrent avec suspicion, et le plus petit des deux dit :

— Bienvenue. Je parle votre langue. Pas besoin de cette chose.

CHAPITRE 12

LES CADETS VOYAGEAIENT avec les autochtones à l'arrière de leurs véhicules tout-terrain. Ils se sont répartis en deux groupes, Jaxon et Nia accompagnant ceux qui leur avaient parlé, et Alex et Yasu partant avec un autre groupe. Les vêtements et les sièges en cuir des véhicules dégageaient une odeur parfumée et épicée, comme si quelqu'un y avait vaporisé du parfum.

Nia discutait avec l'homme de tout à l'heure. Il s'appelait Xev. C'était le chef des forces de sécurité de leur grande ville. Elle a pu comprendre qu'il avait appris leur langue lors de sa formation dans le Secteur Gaia de cet univers. Il lui a expliqué davantage pourquoi ils étaient venus à leur rencontre lourdement armés.

— Nous avons vu un vaisseau venant de l'espace. Nous avions peur que la Fédération d'Orion ne revienne.

— La Fédération d'Orion ?

Nia connaissait peu de choses sur le Secteur Orion, mais elle était certaine de n'avoir jamais entendu parler de la Fédération d'Orion auparavant. Elle se demandait si Yasu en avait entendu parler lors de ses incursions dans l'espace.

— Oui. Ils gouvernent ici. Surveillent tout. Prennent aussi des choses. Ce sont des gens dangereux.

Son comportement s'est refroidi, comme si le sujet lui déplaisait. Nia a décidé de se taire. Elle regardait à travers le pare-brise la ville qui se rapprochait de minute en minute. La cité était éclairée par de douces lumières jaunes. Quelque chose dans son apparence était accueillant, comme une maison familiale qui vous invite à entrer, retirer vos chaussures et savourer un repas chaud.

Cette mission s'avérait déjà différente de la précédente. Ici, ils avaient pris des décisions qui différaient de celles prises lors de leur dernière mission. Ils ne s'étaient pas écrasés, mais ils s'étaient éloignés de leur destination, atteignant une planète dont ils ne savaient pas grand-chose. C'était une occasion d'élargir leur connaissance du multivers et même de leur propre univers, mais les choses pouvaient aussi très mal tourner.

Les véhicules entrèrent dans la ville, parcourant des rues pavées, croisant des autochtones à la peau verte vêtus de blanc, de bleu, d'orange vif, de rouge et de gris. Les maisons étaient éclairées par des orbes jaunes, suspendus aux porches et dans les embrasures des portes. Ils entendaient aussi de la musique, des sons délicats s'échappant des habitations.

Finalement, le véhicule s'arrêta dans la cour de ce qui semblait être une caserne. Les bâtiments bas n'avaient qu'un seul étage. L'éclairage était également différent, plus net et plus sévère. Les cadets sortirent de leurs véhicules, s'imprégnant de l'espace. Rien de comparable à ce qu'ils avaient vu auparavant. Par rapport à leur Académie et au dernier univers qu'ils avaient visité, cet endroit aurait pu dater du Moyen Âge.

— Venez avec moi, dit Xev.

Il les conduisit à un endroit où ils pourraient passer la nuit. C'était une petite pièce qui semblait être réservée aux hauts fonctionnaires en visite. La chambre disposait d'un système de chauffage qui bourdonnait en fonctionnant. Il leur dit que l'heure du repas était passée, mais que s'ils se rendaient à la cafétéria après s'être rafraîchis, ils y trouveraient quelque chose de léger à manger.

Les cadets s'assirent sur les couchettes inférieures, épuisés et affamés.

— C'est toute une aventure, n'est-ce pas ? dit Alex.

Bien qu'il fût fatigué, l'excitation du changement de situation maintenait son sang en ébullition. C'était un endroit qu'il n'aurait jamais imaginé visiter. Dans ses recherches, il avait vu des images de personnes et de lieux du Secteur Orion, et il s'était demandé s'il s'y rendrait un jour. Maintenant qu'il y était, il ne pouvait pas être plus enthousiasmé.

Ils retirèrent leurs combinaisons et enfilèrent les vêtements blancs et gris que Xev et l'autre officier de sécurité avaient préparés pour eux. Sous l'extérieur blanc et gris, ils découvrirent des tuniques en laine à tissage épais, qui gardaient la chaleur près de leurs corps.

Ensuite, ils suivirent les instructions et se rendirent à la cafétéria. L'endroit était chauffé, mais différemment. De longs bâtons énergétiques émettaient de la lumière et de la chaleur à intervalles réguliers dans le plafond. Ils s'assirent sous l'un d'eux, se serrant les uns contre les autres. La nourriture était inhabituelle et servie sur des assiettes en pierre sculptée accompagnées de couverts également en pierre sculptée.

Jaxon se jeta sur la nourriture en premier, réagissant avec enthousiasme.

— C'est bon !

Les autres suivirent, prenant d'abord de petites bouchées, puis avalant tout rapidement. Leur repas terminé, ils restèrent assis, attendant Xev, qui se tenait à l'autre bout de la salle, parlant avec certains membres du personnel. Il s'approcha d'eux peu après, l'expression grave.

— Vous rencontrer le Chef demain. Il veut vous voir.

Quelque chose dans sa façon de parler planta une graine de peur dans leurs cœurs, mais ils la repoussèrent. Ils étaient déjà là sans moyen de s'échapper. Le mieux était de rencontrer le chef et de voir s'ils pouvaient le supplier de retirer la barrière pour qu'ils puissent partir.

Avant de s'endormir, ils discutèrent tranquillement de la situation. Ils n'étaient pas en danger apparent, mais ils pouvaient l'être. Chez eux, dans leur univers, Prime, leurs compatriotes verraient qu'ils étaient allés ailleurs. Enverraient-ils de l'aide ? Aucun d'entre eux n'avait les réponses. Jusqu'à présent, aucun des autres cadets n'avait atterri dans un endroit où ils n'auraient pas dû se trouver.

D'une voix ensommeillée, Yasu dit :

— Nous aurons de gros ennuis quand nous rentrerons.

Les autres acquiescèrent, mais leurs yeux se fermaient déjà.

Le matin se leva avec un soleil rougeâtre inondant la caserne de lumière et d'une chaleur éparse. Les cadets s'étaient levés avant, entendant le système d'alarme de toute la caserne et les mouvements des personnes dans les autres bâtiments. Ils enfilèrent leurs vêtements et sortirent pour voir ce qu'il fallait faire.

Bien que Xev ait dit qu'ils n'étaient pas obligés, ils se joignirent aux exercices matinaux avec les soldats. Cela leur permit de se réchauffer et de dissiper une partie de l'anxiété qu'ils ressentaient.

Vint ensuite l'heure du repas. Le cuisinier servit à tout le monde du porridge chaud dans des bols en pierre, et les cadets s'assirent de nouveau ensemble, choisissant une place sous la lumière. Xev les rejoignit et leur dit ce qui allait suivre.

— Nous allons chez le Chef après manger. Sa maison... en haut de la colline. Nous devons marcher.

Ils acquiescèrent et mangèrent plus vite.

La marche n'était pas si difficile, car ils étaient habitués aux exercices intensifs de l'Académie. Ils empruntèrent des rucs où des habitants allaient et venaient pour leurs affaires quotidiennes. Ils portaient des couleurs simples, certains avec des turbans serrés autour de leur visage.

— Les couleurs que portent les gens..., commença Yasu, essayant de se rappeler s'il avait vu quelque chose en rapport avec cela dans ses recherches.

— Ils semblent être codés selon leur statut, n'est-ce pas ?

Nia observait les vêtements depuis un moment aussi. Tous ceux dans les baraquements portaient du blanc et du gris, mais au-delà des baraquements, les gens portaient d'autres couleurs.

— C'est exact. Le blanc comme base pour tout le monde. Cela montre l'humilité de nos origines. Puis nous ajoutons d'autres couches par-dessus. Rouge pour la royauté. Bleu pour les serviteurs. Gris pour les soldats. Orange pour les colons, confirma Xev avant de tomber dans le silence.

Ils arrivèrent à la demeure du Chef, et les gardes à la porte saluèrent Xev. Il leur rendit leur salut, échangea quelques mots avec eux, et fut autorisé à entrer dans la cour. Il demanda aux cadets de retirer leurs chaussures dans la cour avant de marcher sur le tapis rouge menant à la demeure du dirigeant.

Ils entrèrent en chaussettes, marchant avec précaution. À l'intérieur, ils traversèrent un dédale de couloirs pour arriver à la salle de réunion. Ils s'assirent sur des fauteuils en cuir à dossier haut, attendant l'arrivée du Chef.

Un homme entra peu après, tenant une corne d'animal. Il souffla dedans, et il en sortit un grondement sourd, comme l'appel d'un taureau. Le Chef entra ensuite, flanqué de deux gardes. Sur sa tête se trouvait un turban rouge, noué avec un soin expert et orné d'une chaîne en or.

Les cadets pouvaient voir que le Chef était âgé. Ses mouvements étaient contraints, et il faisait de petits pas. Il les regarda quand il s'assit et ils remarquèrent quelques rides sur son visage, et que les taches rouges sur son visage étaient d'une teinte plus foncée que celles des autres. Il parla brièvement à Xev dans sa langue natale avant de s'adresser à eux.

— Salutations, dit-il d'une voix sifflante.

Il parla, et Xev traduisit.

— J'entends que vous venez des étoiles. Mais pas de nos étoiles. D'autres étoiles, au-delà de notre univers. C'est miraculeux. Comme vous venez à moi, je prends soin de vous. Mais vous pouvez m'aider aussi.

Alex les interrompit alors.

— Vous aider ? Comment ?

Le Chef gloussa, mettant sa main devant sa bouche. Il fit signe à l'un des gardes debout derrière lui d'avancer. L'homme s'approcha de la table et déposa le grand étui noir qu'il portait. C'était en fait un ordinateur. Il ajusta l'écran qui, selon l'estimation des cadets, mesurait environ 30 centimètres sur 45. Puis il l'alluma. L'écran resta noir un moment pendant que l'ordinateur démarrait.

Quand il s'alluma, le garde navigua vers un écran noir avec des lignes de quadrillage vertes. Cela ressemblait à une carte comme celle qu'ils avaient à l'Académie et qui était utilisée pour marquer des points dans l'univers. Cette carte ne concernait que le Secteur d'Orion. Il y avait des noms de planètes écrits dans leur écriture, mais les cadets reconnaissaient vaguement la disposition d'après leur opération d'atterrissage.

— Là. Quelque chose vient de l'espace pour nous détruire, dit Xev, alors que le Chef parlait à nouveau.

Les cadets regardèrent ce que Xev désignait. Quelque part près de leur système, un nuage se rapprochait. Il était détecté sur le radar comme une signature thermique qui ressemblait à une créature vivante.

— Qu'est-ce que c'est ? demandèrent les cadets d'une voix impressionnée.

— Nous ne savons pas. Cela fait quelques mois que nous l'avons repéré. Il approche rapidement. Nous craignons qu'il puisse nous consumer.

Les cadets se levèrent pour l'observer de plus près. Ils ne l'avaient pas remarqué lors de leur atterrissage. Secrètement, ils pensaient tous que s'ils l'avaient vu, ils n'auraient peut-être pas atterri du tout. Cette entité inconnue dépassait largement le cadre de leur formation à l'Académie. Peut-être que davantage de recherches pourraient révéler de quoi il s'agissait, mais échoués ici, avec la technologie primitive de cette planète isolée, il y avait peu de choses qu'ils pouvaient découvrir.

— Est-ce que ça semble familier à quelqu'un ? demanda Alex.

Ils secouèrent tous la tête.

— Qu'attendez-vous de nous ? demanda Alex, regardant droit dans les yeux du Chef.

Il craignait de connaître la réponse mais voulait l'entendre lui-même.

— Nous vous supplions de nous protéger. Comme nous le savons, c'est de l'énergie. Nous savons que nous pouvons créer un champ de force plus puissant pour garder notre planète en sécurité. Ce que nous ne savons pas, c'est comment. (Xev fit une pause tandis que le Chef fixait Alex du regard.) C'est là que vous intervenez, traduisit Xev.

Les cadets absorbèrent l'information, échangeant des regards entre eux. Ils voulaient lui dire qu'ils ne savaient pas comment aider, mais quelque chose dans la façon pleine d'espoir dont il les regardait leur fit comprendre qu'il n'apprécierait pas cela.

Une nouvelle aventure venait de commencer pour eux, et ils n'étaient pas sûrs d'être suffisamment équipés pour y faire face.

CHAPITRE 13

LE CHEF leur a fourni un logement. La chambre possédait de meilleurs aménagements; une laine de qualité supérieure recouvrait les lits, des rideaux de soie bleu foncé protégeaient les fenêtres, et le système de chauffage fonctionnait sans bruit. Ils sont entrés avec leurs maigres possessions, s'émerveillant de l'architecture détaillée de la chambre. Les murs étaient faits de briques avec des lambris de bois sombre couvrant certaines portions. Un plafond élevé reposait sur des colonnes cylindriques ornées de sculptures élaborées. D'après leurs observations, ils pouvaient déduire que le plafond était fait de plâtre, moulé en motifs détaillés et complexes de fruits, d'arbres, d'animaux et de personnes.

Une fois installés, ils se sont réunis pour discuter de leur situation délicate. La seule façon de quitter la planète était d'aider ces gens. Même si ce n'était pas le cas, il ne semblait pas juste de partir sans leur venir en aide. Ce nuage d'énergie en mouvement qui approchait allait probablement anéantir toute vie sur la planète. Ils se trouvaient directement sur sa trajectoire.

— Nous devons les aider, a dit Alex en faisant les cent pas dans la pièce.

Il tentait de comprendre ce qui pourrait provoquer un tel nuage d'énergie sans trouver de réponses.

— Comment, alors ?

Jaxon ne voyait pas comment ils pourraient sauver une planète entière de la destruction. Leur formation à l'Académie leur avait fourni des connaissances approfondies sur l'espace et les voyages interstellaires, mais cela ne faisait pas d'eux des héros. Ils ne pouvaient pas sauver une planète d'une force malveillante, surtout quand ils n'avaient aucune idée précise de ce qu'était cette force.

Jaxon ajouta, lascif :

— Nous aurions plus de chances de détruire leur barrière et de nous échapper. Je dis que c'est ce que nous devrions faire.

— Mais on peut au moins essayer, non ? On ne peut pas simplement abandonner ces gens ici sans aide.

Le regard de Nia passa de Jaxon à Alex.

Jaxon a levé les mains avec exaspération.

— Nous ne pouvons être le sauveur de personne, Nia. Nous ne sommes que des jeunes. Si nous échouons, ce nuage nous trouvera et nous tuera aussi. Nous ne savons pas ce que c'est. Nous devons partir avant d'être piégés.

— Nous devons retourner à notre vaisseau. Nous pourrons mieux surveiller ce phénomène depuis notre appareil, et nous serons en mesure de déterminer ce que c'est et, peut-être, de déduire pourquoi il vient par ici, a dit Alex.

Nia a acquiescé.

— Mais et si nous n'y arrivons pas ? Je suis d'accord avec Jaxon sur le fait qu'il nous faut un Plan B; un plan d'évasion. Ces gens croient seulement que nous pouvons les sauver parce que nous venons du Secteur Gaia. Et le Secteur Gaia a fait des avancées notables dans le développement technologique. Nous ne serons peut-être pas capables de les aider.

Alex voulait quand même essayer. Étant donné la vitesse et la trajectoire de l'entité, ils disposaient d'un peu de temps pour élaborer des plans. Ce n'était pas beaucoup, mais cela pourrait suffire.

— C'est une excellente opportunité d'apprentissage. Les informations que nous recueillerons sur cette chose pourraient aider l'Académie Interstellaire dans ses futures entreprises. Nous pourrions protéger ces gens et rapporter des informations utiles à l'Académie, a-t-il dit, regardant autour de lui.

À contrecœur, les autres ont accepté.

Ils ont parlé à Xev, lui expliquant l'existence de leur vaisseau spatial et les systèmes à bord.

— Nous pourrions obtenir plus d'informations sur cette chose si nous utilisons notre appareil, ont-ils dit.

Xev a accepté de les conduire jusqu'au vaisseau spatial dans l'un de leurs aéronefs. Ils sont partis alors que l'après-midi cédait place au soir. Le ciel était un tableau d'oranges, de violets et de rouges brillants. Le vent hurlait autour d'eux, secouant l'aéronef pendant son voyage à travers la plaine. Mais Xev, habitué à voler dans ces conditions, pilotait avec aisance, arrivant à leur vaisseau en quelques minutes.

Les cadets sont entrés dans le vaisseau spatial et ont vérifié leurs consoles. Sur leur écran, ils pouvaient voir la disposition des planètes dans le système, et tout près, le nuage d'énergie qui se rapprochait. Il ressemblait à une étoile en mouvement, mais les températures étaient beaucoup plus basses. Quelque chose dans ses mouvements indiquait une forme de conscience, comme s'il s'agissait d'une créature vivante, cherchant de la vie à consommer.

— C'est différent de tout ce qu'on a jamais vu. Mais est-ce que ça ne vous rappelle pas quelque chose ? demanda Nia, les yeux grands ouverts.

Alex a froncé les sourcils, faisant défiler les données radar.

— Que veux-tu dire ?

Nia a fait un geste vers les schémas de mouvement erratiques du nuage.

— La façon dont il se déplace, presque comme s'il cherchait quelque chose. C'est trop... délibéré.

Les doigts de Jaxon planaient au-dessus de la console.

— Tu suggères qu'il est doté de conscience ?

— Je suggère qu'il pourrait être lié aux anomalies que nous avons causées. Réfléchissez-y. Chaque saut que nous avons fait, chaque perturbation que nous avons déclenchée... Et si cette chose était une conséquence de nos actions ? a répondu Nia.

— Est-ce que quelque chose comme ça pourrait exister dans notre univers ? a demandé Jaxon.

— Peut-être. Si c'est le cas, ce n'est probablement pas quelque chose qu'on voit dans les secteurs autour de la Terre. C'est peut-être pour ça qu'on n'en a jamais entendu parler avant.

Yasu a haussé les épaules, les sourcils toujours froncés.

— Comment on s'y prend, alors ? a demandé Jaxon.

Il n'aimait pas à quel point les autres semblaient à l'aise de simplement parler de cette entité inconnue et dangereuse. Il pensait que c'était maintenant le meilleur moment pour planifier une évasion s'ils voulaient un jour sortir de là.

Alex observait l'écran pendant que les autres parlaient, essayant de comprendre ce qu'il voyait. Il se souvenait de leur arrivée dans cet univers quelques jours auparavant. Les planètes du Secteur Gaia avaient des anneaux de champs d'énergie tout autour d'elles, suffisamment puissants pour empêcher leur vaisseau d'atterrir.

— Pourrions-nous évacuer tout le monde de la planète ? a demandé Yasu.

Tout le monde le regarda.

— Pour aller où ? Et avec quels vaisseaux ? La population de la planète pourrait se compter en milliards. D'après ce que nous savons jusqu'à présent de leur technologie, ils n'ont probablement pas assez de vaisseaux pour évacuer toute la population, dit Nia.

Yasu inclina la tête.

— Si je me souviens bien, c'est un peu moins d'un milliard. Mais je suis d'accord. Un plan alternatif pourrait être utile. Nous ne savons pas s'ils ont les ressources pour évacuer tout le monde.

— Nous pourrions créer des champs de force autour de la

planète. Le Chef a mentionné quelque chose de similaire quand il nous a parlé. Nous pourrions faire ça à la place, proposa Alex.

Les autres restèrent silencieux un moment après qu'il eut parlé.

— Mais ils ont *déjà* des champs de force. Les tours de communication déploient un champ de force. Nous ne pouvons pas partir à cause d'eux, dit Jaxon.

Alex hocha la tête.

— Je m'en souviens. Peut-être que les forces malveillantes et sensibles de ce type sont courantes dans cet univers, et que les planètes se protègent avec des champs de force. Mais les planètes du Secteur Gaia étaient impénétrables. Nous pourrions avoir besoin de créer des champs de force plus puissants si nous voulons protéger cette planète du nuage qui approche.

— C'est possible. Mais ont-ils la technologie pour ça ? dit lentement Nia, cherchant toujours des failles dans ce raisonnement.

Jaxon se gratta le menton.

— Je pense que nous pourrions exploiter la technologie qu'ils possèdent déjà pour construire un champ plus puissant. Je pourrais utiliser mes connaissances des champs de force de notre vaisseau pour réingéniérer leurs tours.

Alors que les autres se dispersaient pour accomplir leurs tâches, Jaxon rattrapa Nia juste avant qu'elle ne parte.

— Hé, à propos de tout à l'heure...

Sa voix vacilla, inhabituellement hésitante, avant de poursuivre :

— Je ne voulais pas te discréditer.

Nia s'arrêta, son expression s'adoucissant.

— Je sais, Jaxon. Tu t'inquiètes trop. Mais je dois le faire.

Il hocha la tête, enfonçant ses mains dans ses poches.

— Juste... ne prends pas de risques inutiles, d'accord ? On a assez de problèmes sans t'ajouter à la liste.

Un léger sourire se dessina aux coins de ses lèvres.

— Je m'en sortirai.

Jaxon la regarda partir, l'estomac noué d'inquiétude. Pour la première fois, il réalisa à quel point sa détermination l'inspirait – et le terrifiait.

Ils restèrent silencieux pendant quelques instants, mais Xev les interrompit en frappant à l'écoutille. Jaxon alla à sa rencontre.

— Nous sommes convoqués, dit Xev avec une expression impassible.

— Convoqués ? Par le Chef ?

— Non. Par le Grand Chef. Le souverain suprême de notre planète, dit Xev.

Un grand vaisseau reposait dans la zone d'atterrissage des casernes. Sa conception ressemblait à l'aéronef que Xev avait utilisé pour les emmener à leur vaisseau, mais il avait un design plus élancé et aérodynamique, s'effilant jusqu'à former une pointe presque acérée à l'avant. De plus, il avait une peinture blanche plus fraîche et plus récente, et semblait être fait de métaux plus robustes.

— La représentante du Grand Chef vient avec ce vaisseau. Elle se trouve dans le palais de notre Chef. Nous y allons maintenant, dit Xev.

Ils entreprirent la longue montée vers la maison du Chef, le froid du soir s'accrochant à eux. Au-dessus, les étoiles clignotaient joyeusement, et les gens fermaient pour la nuit autour d'eux. Une fois de plus, il y avait de la musique dans l'air. Les cadets entendirent quelqu'un chanter, la mélodie mélancolique.

Au palais du Chef, il y avait aussi de la musique. Ils entrèrent dans sa salle d'audience, où il était assis sur son trône à côté de la représentante, regardant des danseurs évoluer avec élégance. Des serveurs faisaient circuler de la nourriture dans la cour sur des plateaux de pierre : des tubercules rôtis, des pains plats cuits au four, des viandes grillées et des fruits tranchés.

Les yeux de la représentante, soulignés de noir, s'écarquillèrent quand les cadets entrèrent, et elle suivit leurs mouvements jusqu'à ce qu'ils s'asseyent dans un coin.

Quand la musique s'arrêta, le Chef se leva pour parler. Nia installa son communicateur universel car Xev n'était pas là pour leur servir d'interprète.

— Camarades, nous avons parmi nous une invitée estimée. La Conseillère Spéciale de notre Grand Chef, Dame Raya.

Tout le monde dans la salle d'audience acclama. La plupart d'entre eux étaient vêtus de blanc et rouge, bien que quelques vêtements gris et bleus passaient occasionnellement.

Le Chef poursuivit son discours :

— Prenons soin d'elle et assurons-nous qu'elle apprécie son séjour dans notre humble demeure.

La danse et la musique continuèrent. Les cadets regardaient, hypnotisés par la précision et les lourds martèlements de pieds. Ils mangeaient tout en observant, s'imprégnant des saveurs distinctes de la nourriture de la planète. Tout ce qu'ils mangeaient avait une richesse de saveurs qui les apaisait.

Les cadets s'extasiaient en mangeant, les saveurs les surprenant après l'insipidité des repas d'entraînement.

Yasu adorait l'art avec lequel les serveurs présentaient la nourriture. Cela lui rappelait sa maison, son peuple et leur culture de préparation des aliments avec panache.

Jaxon appréciait l'épicé et le savoureux des viandes, prenant la première bouchée de chaque plat de viande avant que les autres ne puissent le faire. Nia aimait les fruits. Il y avait tellement de variété, et ils étaient servis ouverts et tranchés à côté des viandes et des céréales, saupoudrés de poudre épicée. Elle porta un intérêt particulier à un fruit violet acide à la chair ferme. Combiné avec le pain moelleux et ce qu'elle appelait du beurre végétal, il faisait chanter ses sens.

Bientôt, le Chef et Dame Raya se retirèrent dans la salle de réunion, et Xev appela les cadets à les suivre. Ils rencontrèrent Dame

Raya dans la salle de réunion, mangeant un de ces fruits violets acides que Nia aimait tant.

— Voyageurs de Gaia.

Sa voix était comme le tonnerre, grondante et profonde. Ils furent également surpris de l'entendre parler leur langue, mais ils supposèrent qu'elle avait peut-être reçu une éducation dans le Secteur Gaia comme Xev.

Elle poursuivit :

— Vous me rencontrez de bonne humeur.

Les cadets s'inclinèrent en guise de salut, incertains de la façon de répondre. Elle leur fit signe de s'asseoir d'une main couverte de bijoux.

— Nous avons besoin d'aide. Ça va nous tuer. Nous tous, dit-elle une fois assise.

— Savez-vous ce que c'est ? demanda Alex, se penchant en avant.

Dame Raya agita les mains devant son visage, comme pour balayer la question.

— Nous l'avons déjà vu. Il y a très longtemps. Nos livres, nos histoires, en parlent. Il dévore des planètes entières. Tue toute vie. Très mauvais.

Les cadets échangèrent des regards effrayés.

— Comment vous êtes-vous protégés ? demanda Alex.

— À l'époque, il n'était pas grand. Petit, très petit. Ils ont utilisé une certaine force pour le rediriger. Il est allé sur une autre planète et les a tués. Très mauvais. Nous avons eu de la chance. Notre planète était petite. Pas beaucoup d'habitants. Et le démon, il était petit aussi. Il cherchait de grandes vies. Maintenant, nous n'avons pas de chance. Nous essayons les méthodes de redirection et elles ne fonctionnent pas. Notre planète a beaucoup d'habitants maintenant. Le démon est plus grand aussi. Il vient vers nous.

— Donc, nous devrions le rediriger pour vous ?

Les rouages tournaient dans la tête d'Alex, essayant d'imaginer combien d'énergie une telle entreprise coûterait.

Elle secoua la tête.

— Il est proche. Nous avons besoin d'une autre méthode.

— Comme un champ de force énergétique ? demanda Jaxon.

Dame Raya hocha la tête, souriant comme si elle était impressionnée par la réponse.

— Les autres dans la Fédération d'Orion... ils utilisent aussi un champ de force.

La Fédération d'Orion !

Les cadets s'accrochèrent tous à cette information.

— Les autres planètes aussi. En dehors de la Fédération. En dehors du secteur. Il y a beaucoup de choses dans l'espace. Nous avons besoin de protection. Notre champ de force pourrait ne pas tenir contre cette chose, continua la femme.

Nia mordilla sa lèvre inférieure et se redressa.

— Avez-vous demandé de l'aide à la Fédération ?

Si la Fédération se protégeait avec des champs de force, ils pourraient sûrement protéger ces gens aussi.

Les yeux de Dame Raya s'assombrirent, et elle se tourna vers le Chef. Elle lui dit quelque chose dans leur langue, et il répondit de la même façon. Ils semblaient se disputer à propos de quelque chose, mais le communicateur des cadets était éteint, alors ils ne pouvaient pas comprendre l'échange. Xev était assis là, observant avec une expression indéchiffrable.

Bougeant sur son siège, Dame Raya tendit la main vers un autre fruit acide sur la table.

— Le Grand Chef et la Fédération ne se mélangent pas. Ils se sont battus il y a quelques années. Écoutez, je vais vous en parler.

Elle leur parla du gouvernement de la Fédération. Il avait été mis en place il y a des centaines d'années pour répandre la paix, la prospérité et les avancées technologiques dans le Secteur. La Fédération a constitué une force militaire puissante et a fait de grands progrès en agriculture, médecine et science. Initialement saluée comme un phare du progrès, la structure de la Fédération a commencé à se fissurer sous le poids de son expansion. De nombreuses avancées en technologie et en ingénierie utilisées par la Fédération, y compris les systèmes d'énergie et de transport, ont été partagées avec toutes les planètes membres, y compris Krissia, durant les premières années de son existence.

Dame Raya hésita avant de continuer, sa voix teintée à la fois de fierté et de regret.

— Même après notre départ, l'héritage de la technologie de la Fédération persistait dans nos systèmes. Les outils que nous utilisons aujourd'hui, surtout dans la gestion de l'énergie et la construction de champs de force, sont adaptés de ce qu'ils nous ont donné autrefois. Mais sans accès aux dernières mises à jour ou aux matériaux, nous avons été forcés d'innover en utilisant le peu qu'il nous reste. C'est pourquoi nos systèmes semblent similaires, mais peinent à suivre les normes modernes de la Fédération.

Elle fit un geste vers le schéma des champs de force actuels de Krissia affiché sur la table.

— C'est pourquoi nous avons besoin de leurs ingénieurs, de leurs matériaux. Nous avons étiré les vestiges de la conception de la Fédération aussi loin qu'ils peuvent aller, mais sans aide extérieure, nous ne pouvons pas tenir cette chose à distance.

Le dernier président était comme ça. Il régnait d'une main de fer, la cupidité obscurcissant sa vision. Il a changé les lois pour augmenter les prélèvements sur les planètes du Secteur. Le Grand Chef détestait ces conditions et s'est rendu au Conseil pour exiger des prélèvements plus équitables. Son peuple était surmené et les récompenses pour leur obéissance ne s'accompagnaient que de peu ou pas d'avantages. Il s'est tenu devant tous les autres représentants et dirigeants de la Fédération, plaidant pour des taxes plus clémentes.

Le président de la Fédération a refusé de céder. Il était assis sur son siège, une jambe nonchalamment posée sur l'accoudoir, et a dit au Grand Chef qu'il pouvait rompre les liens avec la Fédération s'il le souhaitait. Irrité par l'insolence de l'homme, le Grand Chef a accepté.

— Nous ne faisons plus partie de la Fédération. Mais nous faisons partie du Secteur d'Orion. Donc, nous payons des taxes. Mais elles sont petites, et ne nous donnent pas droit à la protection de la Fédération. Nous avons perdu beaucoup de droits quand nous avons quitté la Fédération. Même notre commerce de minerais et de sources d'énergie s'est mal terminé, conclut Dame Raya.

Les cadets laissèrent échapper de profonds soupirs à l'unisson. L'histoire expliquait pourquoi la planète était si désespérée d'obtenir l'aide d'étrangers.

— Serait-il possible de faire appel à lui une fois de plus ? demanda Nia.

Dame Raya étudia son visage un moment.

— Qui ?

— Le Président. C'est une situation de vie ou de mort. Ça vaut sûrement la peine d'essayer.

Dame Raya soupira, sa voix lourde :

— Le Grand Chef est fier, oui. Mais il porte le poids de la souffrance de notre peuple. Quand il a rompu les liens avec la Fédération, il pensait nous sauver. Chaque perte depuis lors... cela le hante.

Dame Raya rit, renversant sa tête en arrière. Les cadets observèrent en silence. Finalement, elle dit :

— Le Président est mort. Un nouveau a pris sa place. Mais notre Grand Chef, il est fier. Le Grand Chef se sent piégé par ses propres choix. Il craint que rejoindre la Fédération trahirait la mémoire de ceux qui ont lutté pour nous libérer de son emprise. Mais la fierté seule ne peut pas sauver une planète. (Sa voix s'adoucit.) Peut-être pourrez-vous le persuader là où je ne peux pas, conclut Dame Raya.

Mourir ? Et tant de gens avec lui ? Les cadets sentirent un frisson leur parcourir l'échine face à une telle résolution et fierté.

Dame Raya écarta largement les bras.

— Vous comprenez notre position ? Nous faisons appel à vous parce que nous n'avons pas le choix. Mais vous avez aussi à y gagner.

Les oreilles d'Alex tressaillirent à cette révélation.

— Comment ?

— Nous sommes une planète minière. Notre terre est riche en ressources énergétiques. Vous sauvez notre peuple et nous vous donnons beaucoup. Assez pour vous rendre plus riches que toutes les personnes que vous connaissez.

Elle fit signe aux serviteurs qui se tenaient derrière elle. Ils quittèrent la salle de réunion et revinrent avec un coffre entre eux. Ils le déposèrent sur la table, et Dame Raya se pencha en avant pour ouvrir le coffre. À l'intérieur de la boîte se trouvaient trois cylindres remplis d'un liquide jaune lumineux.

Les cadets reconnurent instantanément l'Étoile en Fusion, une riche source d'énergie radioactive pour alimenter des centrales électriques entières. Une telle quantité pourrait alimenter l'Académie pendant des mois.

L'apparition de cette incitation aurait dû changer la donne, mais ce ne fut pas le cas. Dame Raya ne leur avait rien dit sur la possibilité de partir s'ils refusaient d'aider. S'ils ne trouvaient pas rapidement un plan, le démon consumerait la planète, avec le fier Grand Chef, les cadets, et leur cadeau.

CHAPITRE 14

LES CADETS DORMIRENT LONGTEMPS et profondément, se réveillant tard dans la matinée, revigorés. Ils s'assirent autour de leurs lits, discutant de ce qu'ils savaient jusqu'à présent.

— Nous n'avons pas le choix. C'est l'une des pires décisions que nous ayons prises depuis notre entrée à l'Académie. Si nous échouons, nous mourons tous, dit Jaxon, d'une voix inhabituellement dure.

Il passa une main dans ses cheveux, évitant le regard des autres.

— Nous devrions rester ensemble, Nia. Si quoi que ce soit arrive...

L'expression de Nia se durcit.

— Je peux me débrouiller, Jaxon. Tu n'as pas besoin de le répéter comme si j'avais besoin d'être protégée.

La main de Jaxon retomba le long de son corps, les mots bloqués au bord de sa langue. Il voulait en dire plus, expliquer pourquoi son plan le troublait tant, mais il parvint seulement à dire :

— Je sais que tu peux. Ce n'est pas la question.

Le froncement de sourcils d'Alex s'accentua tandis qu'il observait l'échange, percevant un courant sous-jacent qu'il n'avait pas remarqué auparavant. Il décida de garder ses réflexions pour lui pour le moment, se concentrant plutôt sur la logistique de leur mission.

— Ne sois pas si négatif. Je suis sûre qu'Alex a un plan.

Nia jeta un coup d'œil en direction d'Alex. Elle aussi avait peur, nerveuse intérieurement mais cherchant extérieurement une solution simple.

— N'est-ce pas ?

Alex ajusta sa posture sur le lit, ramenant ses jambes plus près de lui.

— Je pense que nous devrions tenter le coup. Nous avons de la technologie sur le vaisseau spatial que nous pouvons exploiter pour créer des champs de force plus puissants, surtout avec les ressources énergétiques dont ils disposent.

— Nous pouvons aussi utiliser les tours, je suppose. Je pense que si je peux en atteindre une, je pourrai bricoler et comprendre comment elle fonctionne, dit Jaxon.

— Et si tout ça ne marche pas ? Et si cette chose est maintenant trop puissante ? Surtout que nous n'avons aucune expérience avec elle ? demanda Yasu.

Il était resté silencieux pendant longtemps, traduisant méticuleusement les rapports sur l'entité datant du passé. Bien que les informations soient organisées de façon inhabituelle, l'obligeant à relire plusieurs fois différentes sections, il pouvait constater qu'ils avaient essayé d'utiliser les mêmes méthodes que par le passé, et que cela n'avait pas fonctionné.

— Je pense que quelqu'un doit aller à la Fédération, dit Nia.

— Quelqu'un ? Alex lui lança un regard perçant.

— Je me porte volontaire. Je peux parler à Xev et Dame Raya, et nous irons ensemble à la Fédération pour les supplier de nous aider. L'enjeu est trop important. Nous ne pouvons pas fonder toutes nos actions sur l'espoir que nous réussissions à mettre en place des champs de force ici. Nous devons prendre d'autres décisions proactives.

Jaxon bougea inconfortablement, les bras fermement croisés sur sa poitrine. Il fixa son regard sur le sol, sa voix plus basse que d'habitude lorsqu'il parla :

— Laisse Yasu y aller à ta place.

Les autres se tournèrent vers lui, surpris. L'assurance habituelle de Jaxon semblait vaciller, son hésitation étant inhabituelle.

Il passa une main dans ses cheveux et ajouta :

— C'est juste plus logique. Yasu a l'expérience des dossiers politiques.

La mâchoire de Nia se crispa. Elle l'étudia un moment avant de répondre :

— Et j'ai la connaissance des coutumes de la Fédération. Tu t'inquiètes pour moi, n'est-ce pas ?

Le regard de Jaxon se leva brièvement, puis s'éloigna.

— Je dis juste que ça n'a pas à être toi.

— Mais c'est moi, Jaxon.

Son ton s'adoucit alors qu'elle poursuivait, bien que sa position restât ferme :

— Il ne s'agit pas simplement de savoir qui y va. Il s'agit de s'assurer que nous faisons tout ce que nous pouvons pour aider ces gens. Tu comprends ça, n'est-ce pas ?

Jaxon hésita un instant, puis fit un petit signe de tête, son expression restant prudente.

Maintenant, les trois autres le regardaient dans une confusion silencieuse.

Nia rompit le silence.

— Je pense que je peux me débrouiller, Jaxon. Je veux y aller, en partie parce que la Fédération pourrait vraiment les aider, mais surtout parce que j'aimerais en apprendre davantage sur le reste de la politique dans ce secteur.

À cela, Jaxon n'eut pas de réponse. Il ne voulait perdre aucun de ses amis, mais la pensée de perdre Nia lui faisait beaucoup plus mal. Elle était la première amie qu'il s'était faite à l'Académie, s'asseyant à côté d'elle dans la salle d'orientation et la suivant à partir de ce moment-là. Bien qu'il souhaitât pouvoir l'empêcher de partir, son indépendance d'esprit et sa curiosité pour les gouvernements étaient ce qu'il aimait le plus chez elle. Il savait qu'elle apprécierait ce voyage et ne devrait pas l'empêcher d'y aller.

Ils se mirent d'accord avant l'après-midi, décidant de faire de leur mieux pour établir les champs de force autour de la planète. Ils convinrent également que Nia devrait faire appel à la Fédération pour obtenir des renforts.

Ils quittèrent la chambre et rencontrèrent un garde à la porte pour obtenir de l'aide. Utilisant le communicateur, ils expliquèrent où ils voulaient aller et qui ils voulaient voir. Les garçons partirent avec un soldat à la recherche de Xev, tandis que Nia alla chercher Dame Raya pour lui expliquer son point de vue.

Leur travail commença sérieusement. Xev les dirigea vers d'autres techniciens et ingénieurs de la ville, expliquant le contexte de ce qui devait être fait. Alex et Jaxon détaillèrent ce qu'ils espéraient réaliser avec les tours et l'énergie provenant de l'abondante ressource d'Étoile en Fusion sur la planète. Yasu ajouta également qu'ils auraient besoin d'un plan pour relocaliser la plupart des gens dans des régions avec plus d'agriculture et de faune. De cette façon, ils pourraient concentrer le champ sur ces zones.

De l'autre côté du palais du Chef, Nia rencontra Dame Raya qui mangeait des fruits dans un jardin improvisé. Les plantes ressemblaient à des cultures désertiques, robustes et habituées à une humidité limitée. Elle expliqua comment elle et le reste des cadets avaient aidé, mais qu'ils avaient aussi besoin de renforts.

— Nous avons une technologie avancée, mais cette force nous est inconnue. Nous pourrions perdre. Je ne veux pas que ce soit le cas. Nous devrions contacter la Fédération maintenant et demander de l'aide, ou nous risquons d'arriver trop tard et de tout perdre.

Dame Raya était d'accord avec elle. Pendant des semaines, elle avait pensé la même chose. Chaque fois qu'elle rencontrait le Grand Chef, il restait inébranlable dans sa conviction qu'ils resteraient sans aucune aide extérieure. Mais elle croyait qu'avec l'ancien Président dans la tombe, la Fédération avait changé à certains égards. C'était un excellent moment pour les approcher et plaider pour des conditions plus justes et une meilleure alliance.

— Nous y allons ensemble, toi et moi.

— Rencontrerez-vous le Grand Chef pour obtenir la permission de partir ? demanda Nia.

Pelant la peau rose pastel d'un autre fruit, Dame Raya rit.

— Non. Les appels n'ont fait aucune différence. Nous partons sans sa bénédiction. Je lui dis que nous allons chercher des fournitures sur Teros, et nous rencontrons le Conseil à la place.

Teros était une planète dans la partie intérieure du Secteur, connue pour ses nombreuses usines et produits d'ingénierie.

— Et si le Grand Chef l'apprend ?

Dame Raya haussa les épaules.

— Il pourrait me tuer. Mais mieux vaut mourir en faisant ce qui est juste que mourir avec toute la planète.

Nia avait d'autres questions.

— Si vous êtes si résolue à mourir, pourquoi avez-vous attendu jusqu'à maintenant pour agir ?

Dame Raya prit une bouchée du fruit qu'elle tenait et regarda Nia.

— Enfant curieuse. J'aurais dû partir depuis longtemps. J'ai attendu le bon moment. Ton apparition ici est le bon moment.

Elle laissa tomber le fruit sur un plateau comme si elle en était dégoûtée.

Insatisfaite mais peu disposée à insister sur la question, Nia laissa tomber. Elle était heureuse d'être incluse dans le voyage.

— Je suis une enfant et une étrangère sur cette planète. Est-ce vraiment correct que je vienne à une affaire aussi importante avec vous ?

Dame Raya ricana.

— Ta présence pourrait m'être bénéfique. La Fédération pourrait penser que tu es une dignitaire importante du Secteur Gaia. Et ils seront plus gentils avec nous, croyant que des étrangers observent.

Ce soir-là, les cadets ont rencontré le Chef, Xev, et quelques autres officiels pour finaliser leurs plans. Les cadets devaient se rendre sur le continent capital avec Xev le lendemain. Une fois là-bas, ils seraient mieux équipés pour atteindre les personnes ayant plus d'influence et recevoir de l'aide.

Les cadets ont remercié le Chef pour son hospitalité, soulignant qu'ils feraient de leur mieux pour protéger la planète avec tout ce qu'ils avaient en eux.

Les étoiles brillaient comme des points de lumière traversant un tissu sombre cette nuit-là. Les cadets étaient assis dehors à les regarder, enveloppés dans des couvertures. Jaxon se pencha vers Alex, brisant le silence confortable.

— Je ne comprends pas comment elle peut être si intrépide. C'est comme si elle ne pensait pas que quelque chose puisse l'atteindre. Ce n'est pas que je ne lui fais pas confiance. Je... je ne veux juste pas la voir se blesser.

Il soupira, passant une main dans ses cheveux.

Alex plaça une main sur son épaule, son regard stable.

— C'est pour ça qu'on est une équipe, Jaxon. On veille les uns sur les autres.

Des constellations inconnues parsemaient le ciel. Ils parlèrent des choses à venir après. Ils étaient inquiets de la séparation qu'ils allaient affronter en chemin, mais ils savaient que c'était inévitable. La mission devait être accomplie, et ils étaient déterminés à l'affronter avec courage et résolution.

CHAPITRE 15

LE MATIN ARRIVA avec un ciel gris sans la moindre trace de soleil. Une bourrasque balayait la ville, envoyant un froid sec qui pénétrait jusqu'aux os malgré leurs couches de vêtements. Les serveurs apportèrent aux cadets des tuniques en cuir doublées de fourrure. Ils s'aspergèrent le visage et les mains d'eau chaude depuis le robinet avant de sortir.

Ils retrouvèrent Xev et le Chef pour leur offrir leurs derniers remerciements et adieux avant de se diriger vers la piste d'atterrissage, où un appareil les attendait pour les emmener vers le continent de la capitale. L'aéronef était plus imposant que les autres sur la piste et arborait une peinture blanche uniforme. Le pilote était nouveau. Il s'adressait à eux dans leur langue, trébuchant sur les mots. Néanmoins, ils comprirent qu'il avait été envoyé depuis la capitale pour les escorter en toute sécurité jusqu'au palais du Grand Chef.

Ils s'installèrent dans des sièges confortables recouverts de cuir et attachèrent leurs ceintures. L'appareil s'éleva avec quelques difficultés à cause de la rudesse des vents environnants. Bientôt, ils furent dans les airs, l'aéronef oscillant légèrement en raison des turbulences.

Le vol dura quelques heures. Ils volaient au-dessus des nuages et ne voyaient rien d'autre que davantage de nuages. Pendant un moment, les cadets passèrent en revue leurs plans, mais finirent par sombrer dans le silence. Yasu poursuivait sa lecture sur la géographie de la planète, réfléchissant toujours au meilleur plan d'action pour l'évacuation. Nia faisait des recherches sur la Fédération, en apprenant davantage sur les planètes impliquées et celles qui détenaient le plus de pouvoir. Jaxon et Alex étudiaient les systèmes énergétiques en place, cherchant comment intégrer leur technologie à celle de ces gens.

Lorsque l'avion descendit à travers les nuages, les cadets collèrent leur nez aux hublots pour observer l'agencement de la Capitale. Elle était différente de la ville d'où ils venaient, bien plus grande et plus développée. Quelques bâtiments se démarquaient, construits en métal et en béton, s'élevant vers le ciel. Mais dans l'ensemble, la ville n'avait pas l'avancement technologique des autres endroits qu'ils avaient visités avant d'atteindre cet univers.

Deux rovers noirs les attendaient sur la piste d'atterrissage. Les chauffeurs et le personnel de sécurité portaient des tuniques en cuir blanc, superposées de laine grise et bleue. Ils s'inclinèrent et les saluèrent dans leur langue puis dans celle des cadets. Les cadets s'entassèrent dans les voitures, offrant leurs remerciements.

Le trajet jusqu'au palais du Grand Chef fut cahoteux, mais ils ne pouvaient pas se plaindre. Ils observaient le monde extérieur, voyant les gens se déplacer d'un pas vif dans les rues. Ils arrivèrent bientôt au palais, prêts à rencontrer ceux qui les aideraient à sauver ce monde.

Nia tripotait l'ourlet de sa robe de cérémonie tandis qu'ils franchissaient les portes, son appréhension grandissant à chaque point de contrôle. Le palais se dressait devant eux, ses hautes flèches projetant de longues ombres à travers la cour. Les procédures pour les faire entrer dans le palais étaient longues, avec la sécurité aux portes effectuant des vérifications et posant beaucoup de questions. Xev les rassura en expliquant qu'il s'agissait de simples protocoles; le Grand Chef était important et ils ne pouvaient pas être négligents concernant son bien-être.

On les conduisit dans la cour du Grand Chef une fois le

dernier point de contrôle passé. C'était une longue salle faite de pierre sombre et de piliers en béton. De hautes fenêtres en vitrail laissaient filtrer la faible lumière du soleil, peignant le sol pavé de jolies couleurs. Ils entrèrent et se dirigèrent vers le pied de son trône.

Le Grand Chef était assis sur le siège ornementé de pierre blanche, voûté par l'âge. À travers des yeux teintés de blanc par la cataracte, il fixait les cadets.

— Maigres. Petits. Enfants, dit-il, prononçant ce mot comme s'il s'agissait de quelque chose de sale.

Dame Raya valsa à leurs côtés, un grand sourire plaqué sur son visage. Elle dit quelque chose dans leur langue, que le communicateur interpréta comme :

— Bien qu'ils soient jeunes, ils sont compétents. Ce sont des génies, parmi les esprits les plus brillants de leur monde. Ils nous aideront au mieux de leurs capacités.

Le Grand Chef se laissa aller contre son trône comme épuisé. Un soupir s'échappa de ses lèvres, résonnant dans toute la salle d'audience.

— Ma bénédiction. Accordée, dit-il en fronçant les sourcils.

Dame Raya sourit largement.

Elle les escorta hors de la salle d'audience vers une salle de réunion au même étage.

— Il donne bénédiction. Nous procédons.

Les cadets acquiescèrent, remplis d'énergie et prêts à commencer.

Dame Raya fixa Nia d'un regard dur.

— Nia, vous venez avec moi. Nous devons commencer notre voyage vers *Teros*. Vos amis restent et travaillent avec nos ingénieurs. Nous avons tous différentes batailles à mener dans cette guerre.

Avant que les cadets ne se dispersent vers leurs différents points d'action, ils se retrouvèrent dans un couloir désert pour parler une dernière fois.

— Serait-ce un adieu ? dit Yasu en se mordant le doigt.

— Jamais ! On peut y arriver. Malgré un empire tyrannique, on est restés en vie. On sortira de cette situation vivants aussi, s'exclama Alex en secouant violemment la tête.

— Assure-toi de revenir saine et sauve, dit Jaxon, tapotant maladroitement l'épaule de Nia.

Elle rit un peu, essayant de dissiper son appréhension persistante, mais celle-ci demeura.

Ils se rassemblèrent pour une accolade collective et se promirent de se retrouver et de faire le voyage de retour en sécurité.

Nia se dirigea vers le vaisseau spatial qui devait l'emmener, avec Dame Raya, deux autres hauts fonctionnaires et un petit équipage, vers la capitale de la Fédération sur la planète Eolu. Dame Raya avait soigneusement sélectionné chaque personne à bord, s'assurant que personne ne parlerait au Grand Chef avant leur départ. Ils montèrent dans le vaisseau, s'attachèrent et se préparèrent au décollage. Nia regardait les étoiles se rapprocher à travers les épaisses fenêtres, un petit nœud d'angoisse logé au creux de son estomac. Mais elle le mit de côté. Cette opportunité d'en apprendre davantage sur la Fédération et les processus de gouvernance impliqués était précieuse, et elle ne pouvait pas la gaspiller.

Le voyage était aussi tranquille que pouvait l'être un vol spatial. Le radar du vaisseau surveillait l'approche de l'entité au loin, et ils discutaient de sa vitesse et de ses mouvements. Elle ressemblait à la fois à un nuage tourbillonnant et à un soleil en déplacement, mais surtout, elle les terrifiait.

Ils dormaient, mangeaient et observaient les étoiles. Ils maintenaient la communication avec leur planète, Krissia, pour se tenir informés de l'avancement des préparatifs. Les choses progressaient lentement, mais elles se développaient. Les ingénieurs krissiens avaient travaillé avec les cadets pour déterminer les meilleurs points de déploiement des champs de force. Ils élaboraient également le mode d'évacuation optimal.

À un moment donné, Dame Raya dut révéler au Grand Chef où ils étaient allés. Leur vaisseau spatial avait déjà dépassé Teros et il leur restait encore du chemin à parcourir avant d'arriver sur Eolu. Le

Grand Chef demandait des rapports d'avancement et elle dut avouer la vérité. Tout le monde dans le vaisseau l'observait depuis leurs différents postes. Nia remarqua à quel point la femme semblait confiante, souhaitant pouvoir un jour grandir pour prendre elle-même des décisions aussi courageuses.

Le Grand Chef était furieux. Il exigea qu'ils reviennent immédiatement, mais Dame Raya lui affirma qu'ils ne le feraient pas.

— Nous devons sauver notre peuple. Et nous ne pouvons pas nous fier à une seule méthode. Nous devons faire la paix avec la Fédération, traduisit le communicateur universel.

De l'autre côté de la ligne, le Grand Chef continua à s'emporter encore un peu. Dame Raya fixait un espace vide avec une expression indéchiffrable. Finalement, lorsqu'elle mit fin à la conversation, elle répondit au regard interrogateur de Nia par un « Succès, oui. »

⎯⎯⎯⎯⎯⎯◆⎯⎯⎯⎯⎯⎯

Nia parla à Alex quelques jours plus tard, sa voix empreinte de frustration.

— La Fédération a toutes les raisons de les aider. Ils savent ce qui est en jeu, mais ils sont trop pris dans leur propre politique pour agir.

La voix d'Alex grésilla à travers le communicateur.

— Et le Grand Chef ne facilite pas les choses. Entre sa fierté et la bureaucratie de la Fédération, j'ai l'impression qu'on essaie d'équilibrer une étoile sur une aiguille.

— Alors nous devons insister davantage. Ils n'agiront pas tant que nous ne leur aurons pas fait comprendre le coût de l'inaction, insista Nia.

Alex hésita avant de répondre.

— Sois juste prudente. Si tu pousses trop fort, tu risques de casser quelque chose au lieu de le faire bouger.

Plus ils s'approchaient d'Eolu, plus la peur de Nia grandissait.

Loin de ses amis, dans ce monde étrange où tout le monde parlait une langue différente, sa confiance diminuait. Elle connaissait beaucoup de choses sur les planètes de la Fédération, leurs coutumes et traditions, mais elle était encore si jeune.

— Et si nous échouons ? demanda-t-elle à Alex.

— Nous n'échouerons pas.

Sa voix était basse, fatiguée par une journée de travail acharné, mais elle gardait une note de confiance. Comme toujours, Alex croyait qu'il pouvait accomplir n'importe quoi avec ses amis.

Il poursuivit, son ton plus déterminé que jamais :

— On ne peut pas. Nous rentrerons tous ensemble et affronterons les conséquences de cette décision, quelles qu'elles soient.

Ils parlèrent davantage des progrès réalisés sur Krissia. Ils avaient trouvé un moyen de reconfigurer les tours pour obtenir un champ de force plus puissant.

— Les mouvements du nuage ne sont pas aléatoires. Il suit l'énergie résiduelle de notre saut. C'est comme s'il suivait nos miettes de pain, dit Jaxon, indiquant une ligne rouge pulsante sur l'écran.

Jaxon était assis en tailleur sur le sol, entouré de projections holographiques des schémas des tours krissiennes. Les voies d'énergie brillaient faiblement, pulsant comme les veines d'une créature extraterrestre. Son front se plissa de concentration tandis qu'il traçait leur flux avec son doigt.

— Si nous redirigeons l'énergie auxiliaire de ces nœuds, nous pourrions stabiliser le champ assez longtemps pour repousser le nuage, murmura-t-il.

Alex s'accroupit à côté de lui, étudiant le schéma.

— Et que se passe-t-il si les nœuds ne peuvent pas supporter la charge ?

Jaxon répondit franchement :

— Ils vont surcharger. Dans le meilleur des cas, les tours courtcircuitent. Dans le pire des cas...

Il s'interrompit, laissant planer les conséquences non dites.

Nia s'appuya contre la console, les bras croisés.

— Dans le pire des cas, nous faisons sauter tout le système et les laissons complètement vulnérables.

Son ton était calme, mais ses yeux trahissaient son inquiétude.

Jaxon lui jeta un regard, sa mâchoire se crispant.

— Nous n'avons pas le choix. Si nous n'essayons pas, cette chose anéantira tout ici – et nous avec.

— La Clé Quantique a fonctionné parce qu'elle stabilisait les anomalies dimensionnelles. Si nous arrivons à reproduire ce principe, nous pourrions amplifier la portée et la puissance des tours, marmonna-t-il.

Alex se pencha par-dessus son épaule, étudiant la projection.

— Mais la Clé n'était pas seulement un stabilisateur. Elle créait un équilibre entre des forces fondamentalement opposées. Penses-tu que les tours puissent supporter ce niveau de stress ?

— Elles n'ont pas à le faire. Nous ne recréons pas la Clé; nous empruntons simplement ses principes. Si nous reconfigurons ces nœuds pour gérer le flux d'énergie, cela devrait tenir – au moins assez longtemps pour protéger la planète, répondit Jaxon, sa voix teintée d'un mélange de confiance et de prudence.

Nia hocha la tête d'un air pensif.

— C'est risqué, mais c'est peut-être notre meilleure chance. Mettons-nous au travail.

Ils devaient déplacer des composants majeurs à travers les continents pour reconstruire les tours, mais ils travaillaient vite.

Alex lui parla aussi de la colère du Grand Chef.

— Il était tellement mécontent de la tromperie de Dame Raya. Nous l'avons rencontré il y a deux jours. Il s'est souvenu que tu étais avec nous avant, et a demandé où tu étais partie. Quand il a appris que tu étais partie avec elle, il a lancé une coupe en pierre contre le mur qui s'est brisée en morceaux. Il dit qu'il prie pour votre échec.

Nia eut un hoquet de surprise.

— C'est extrême.

— Vraiment. Mais sa fierté est en jeu. Je doute que ses prières soient sincères. Il pourrait intérieurement souhaiter votre réussite.

Nia ne savait plus quoi ressentir. Elle avoua à Alex qu'elle avait peur, mais il l'encouragea à croire en la confiance de Dame Raya. Cela l'aida à se calmer.

Ils arrivèrent à un port d'atterrissage sur Eolu. Les travailleurs du spatioport les guidèrent pour atterrir dans la bonne position à l'aide de bâtons lumineux et de panneaux réfléchissants. Ils sortirent du vaisseau, Dame Raya en tête de file, marchant rapidement, comme si elle possédait les lieux. Ils avaient habillé Nia des vêtements cérémonieux de leur planète; un épais brocart blanc avec des couches de soie rouge sang par-dessus. Ils lui avaient noué un turban sur la tête, y glissant ses cheveux, et y avaient attaché de longues chaînes en laiton. À côté de Dame Raya, elle semblait être l'invitée la plus importante.

Tandis que l'appareil traversait les nuages, Dame Raya se tourna vers Nia.

— Le Conseil de la Fédération ne sera pas clément. Ils se souviennent mieux des trahisons que des gentillesses. Ils vont te tester, essayer de nous humilier. Sois prête à rester ferme.

Dame Raya s'adressa aux gens du port dans une autre langue, expliquant qui ils étaient et pourquoi ils étaient là. Les gens regardaient Nia avec confusion, se demandant visiblement pourquoi une native du Secteur Gaia se trouvait dans leur procession. Mais Dame Raya expliqua qu'elle était une princesse d'une famille royale gaïenne intéressée à en apprendre davantage sur leur gouvernement.

Ils embarquèrent à bord d'un aéronef en direction de la capitale d'Eolu, le siège et cœur de la Fédération. L'appareil avait une construction plus élancée que tout ce que Nia avait pu voir sur Krissia. Le métal était d'un gris hautement poli et la carrosserie était façonnée comme une balle. Ils montèrent à bord, s'attachant à leurs sièges.

Alors que l'appareil fendait les nuages, l'appréhension de Nia refit surface. Elle aurait souhaité parler avec les autres, avoir une chance de leur expliquer ses craintes et qu'ils la rassurent en retour, mais c'était impossible. Les canaux de communication hors d'Eolu étaient bien gardés et principalement restreints à ceux autorisés par la Fédération. Nia se concentra donc sur la nouveauté de cette expérience. Elle s'imaginait qu'elle n'assisterait peut-être jamais à une autre session du conseil de la Fédération d'Orion.

D'après ses lectures et ses discussions avec Dame Raya, Nia avait découvert que les sessions pouvaient durer plusieurs jours, abordant diverses questions et les traitant les unes après les autres. Habituellement, les sessions comportaient des pauses de plusieurs heures pour permettre aux officiels et sénateurs de se reposer avant que le problème suivant ne soit présenté.

Nia somnola pendant le vol et se réveilla en sursaut quand Dame Raya secoua son épaule. Elles quittèrent le vaisseau et montèrent dans des véhicules à sustentation qui attendaient le long de la piste d'atterrissage. Le véhicule se déplaça le long de rues goudronnées bordées de bâtiments en béton de deux étages. Occasionnellement, Nia aperçut des structures plus hautes construites avec un mélange de pierre, de béton et d'acier.

Elles arrivèrent à la Maison du Conseil en temps voulu. C'était la structure la plus imposante que Nia avait vue depuis son arrivée dans cet univers : un bâtiment monumental de béton gris, avec une armature en acier et du verre trempé. Dame Raya vérifia son appareil de poche où elle surveillait le programme du conseil, et annonça que leur créneau était toujours à venir. Elles se dépêchèrent d'entrer, gravissant les escaliers de pierre à l'avant, passant les contrôles de sécurité, et suivirent une escorte jusqu'au Théâtre du Conseil.

Ici, Nia retint son souffle d'émerveillement, admirant un théâtre plus grand que tous ceux qu'elle avait vus dans sa vie. La scène et le podium étaient situés en bas, avec plus de douze mille rangées de sièges sur des niveaux qui s'élevaient en s'éloignant. Un homme à la peau rouge avec des cornes et une défense parlait en bas quand elles entrèrent et se dirigèrent vers leur siège assigné. Près de leur siège se trouvait un écran où elles pouvaient sélectionner l'interprétation souhaitée et recevoir une traduction écrite du discours de l'orateur.

Pendant les heures qui suivirent, diverses personnes de différentes planètes vinrent s'exprimer. Des assistants entrèrent, apportant des amuse-gueules et des boissons, et Nia mangea avec enthousiasme, observant les processus et prenant des notes. Quand leur créneau prévu arriva, Dame Raya descendit seule les escaliers jusqu'à la scène.

Elle se tint devant le microphone et salua les spectateurs de toute la Fédération dans plusieurs langues. Dame Raya commença à raconter un conte populaire krissien avec une élégante aisance, et enchaîna en plaidant la cause de leur planète, donnant des détails sur leurs interactions passées avec la Fédération.

Quand elle eut terminé, le modérateur donna la parole aux représentants de la Fédération pour poser des questions. Plusieurs questions furent lancées, chacune avec une intention malveillante, censée la déstabiliser et la déconcerter. Dame Raya expliqua que Krissia était prête à discuter de nouvelles conditions pour une alliance plus favorable. Elle mentionna les cadeaux qu'ils avaient apportés en signe de bonne volonté; un coffre rempli d'Étoile en Fusion et certains minerais métalliques originaires de leur planète.

Un représentant, blanc comme une feuille vierge avec une tête bulbeuse et vêtu de noir, dit :

— Vous nous avez tourné le dos. Maintenant, nous vous tournons le dos. Vous nous avez quittés quand c'était avantageux, et maintenant vous essayez de revenir quand vous êtes sur le point de mourir ?

Son rire croassa dans les haut-parleurs et d'autres représentants se joignirent à lui.

Nia ne put contenir ses pensées. Elle alluma le microphone près de son siège et dit, précipitamment :

— Mais ce n'est pas juste. Votre Fédération protège le Secteur. Vous ne pouvez pas simplement abandonner certaines planètes parce qu'elles ne vous paient pas autant que d'autres.

Elle remarqua l'expression de surprise sur le visage de Dame Raya, mais continua avec désespoir :

— Ces gens vont mourir. Ils ont besoin de votre aide. Ils sont prêts à offrir un cadeau en signe de leur bonne volonté et à payer pour transporter les ingénieurs et les matériaux jusqu'à Krissia. Et pourtant, vous leur crachez au visage.

Pendant un moment, il y eut un silence. Nia éteignit le microphone, son regard croisant l'expression de fierté sur le visage de Dame Raya, avant de baisser les yeux vers le sol. Elle n'était pas une vraie déléguée, et elle venait de faire quelque chose que l'Académie avait formellement interdit aux cadets en voyage de faire – interférer dans la politique étrangère. Peut-être que sa présence au Conseil comptait déjà comme une ingérence, mais elle croyait que tant qu'elle ne posait aucune action, cela ne comptait pas. Maintenant, elle avait clairement franchi une ligne. Mais la pression avait été trop forte; elle n'avait pas pu s'en empêcher. Elle se rassit sur sa chaise, bouillonnant d'indignation face à la désinvolture des délégués des autres planètes.

Des murmures remplirent la salle, les regards se posant occasionnellement sur Nia et le reste de la délégation krissienne. Nia nota également les regards désapprobateurs que les autres membres de leur délégation lui lançaient, visiblement irrités par son interruption. Dame Raya répondit à quelques questions supplémentaires et regagna son siège avant que le vote ne commence.

— Tu t'es immiscée, dit-elle après s'être installée à sa place.

Nia s'apprêtait à s'excuser, mais Dame Raya leva une main, se détournant.

— J'aime ça, dit-elle.

Bien que cet encouragement la rassura, une peur lancinante s'insinua en elle. Elle avait enfreint l'une des directives fondamentales de l'Académie. Quand Alex appellerait plus tard, elle hésiterait à admettre l'ampleur de ses actions, incertaine si la fierté ou la culpabilité pesait plus lourd sur son cœur.

Nia se rassit, rajustant ses vêtements, la fierté gonflant dans son ventre. Elle appréciait Dame Raya; le maintien de cette femme, sa grâce et sa confiance. Si la dame appréciait son interruption, c'était la seule chose dont elle se soucierait.

CHAPITRE 16

Chaque matin durant le mois de leur préparation, les cadets vérifiaient le radar et estimaient le temps qu'il leur restait. Les heures et les jours leur filaient entre les doigts. Dès qu'ils terminaient une tâche et passaient à une autre, de nouvelles apparaissaient. Et chaque jour, lentement mais sûrement, le nuage d'énergie de malheur se rapprochait inexorablement. Il avait déjà englouti deux planètes du système. Mais comme ces planètes n'étaient que des roches sans vie, inhabitées à l'exception de quelques rovers et équipements de recherche, aucun dommage n'avait été causé.

Pendant le voyage de Nia, ils avaient réussi à créer un plan d'évacuation pour les autochtones Krissiens, à repenser la conception des tours pour créer des champs de force plus protecteurs, et avaient commencé les tests.

La barrière de la langue rendait les processus encore plus difficiles. Xev ne pouvait pas travailler partout avec eux. Seule une poignée d'ouvriers parlait leur langue, et ils n'avaient qu'un seul communicateur universel, Nia ayant pris l'autre. Néanmoins, ils s'efforçaient chaque jour de contourner ces limitations et de mettre leurs craintes de côté.

Ils trouvaient de la joie et du divertissement sous diverses formes.

Ils apprenaient quelques bribes de la langue dans leurs interactions avec les autochtones, maîtrisant quelques phrases utiles. Avec cette compréhension minimale, ils pouvaient participer aux jeux populaires et aux danses de leur culture.

Yasu s'intéressait particulièrement à la grande variété de jeux de société présents sur la planète. Quand il ne travaillait pas, il jouait avec un autochtone, perdant et apprenant de ses défaites jusqu'à ce qu'il enregistre sa première victoire.

Jaxon et Alex s'absorbaient dans plus de travail après les heures régulières. Alex lisait sur la Terre dans cet univers, faisant des traductions avec une lenteur méticuleuse et consultant Yasu pour obtenir de l'aide quand nécessaire. Il a appris que la plupart des planètes dans cet univers utilisaient des champs de force pour limiter les visiteurs indésirables, mais qu'ils servaient également de protection contre d'autres phénomènes spatiaux.

Souvent, pendant qu'Alex explorait ces informations, Jaxon travaillait avec des équipements dans le coin de la pièce, les démontant et les reconstruisant pour mieux comprendre leur fonctionnement.

Après l'arrivée de Nia à Eolu, ils n'ont pu la joindre, ni elle ni Dame Raya. Cela a fait naître une crainte dans leurs cœurs. Jaxon a passé deux jours à harceler Alex en disant :

— Et si tout ça n'était qu'un stratagème pour nous piéger ici ? S'ils ont capturé Nia, nous ne pourrons jamais rentrer chez nous. Nous aurions dû simplement pirater les tours de contrôle et nous échapper quand nous le pouvions.

Finalement, accablé par les inquiétudes de Jaxon, Alex a rencontré Xev pour obtenir des réponses. Xev les a assurés que tout allait bien. Eolu avait des politiques strictes contre les communications non autorisées entrant et sortant de la planète. Toutes les communications devaient passer par leurs canaux. Un obstacle supplémentaire à leur facilité de communication était la relation tendue du Grand Chef avec Eolu. Si les deux planètes avaient entretenu une relation cordiale, la communication aurait pu passer facilement par le palais du Grand Chef.

— Nous aurons bientôt de leurs nouvelles. Et nous apprendrons qu'elles ont réussi, a-t-il dit avec confiance, tapotant l'épaule d'Alex.

Le nuage d'énergie se rapprochait, indifférent à leur manque de préparation. Avant le début des activités quotidiennes, les ingénieurs et techniciens principaux surveillaient son approche. Plus il s'approchait, mieux ils pouvaient comprendre sa composition.

Jaxon fronçait les sourcils en regardant les relevés.

— La signature énergétique ici... elle est faible mais familière. Se pourrait-il que ce soit un sous-produit du voyage multiversel ? Et si chaque saut que nous faisons laissait derrière lui des fragments, comme des miettes de pain, que quelque chose là-dehors suit ?

Sa voix tremblait tandis qu'il fixait l'hologramme. Il avait un noyau dense et exerçait une attraction gravitationnelle sur l'environnement. Jusqu'à présent, ils pouvaient également remarquer une brume de roches broyées et de gaz denses tourbillonnant autour.

Ils observaient également les planètes qu'il avait traversées, notant les effets sur les surfaces. Les équipements de recherche laissés sur leurs surfaces étaient endommagés à divers degrés. Certains équipements étaient si gravement abîmés qu'ils ne pouvaient plus communiquer avec eux. D'autres avaient des égratignures et des bosses et fonctionnaient encore pour envoyer quelques signaux vers leur programme spatial. Ils disposaient d'images limitées du passage du nuage, notant seulement que le nuage plongeait les planètes dans une obscurité impénétrable pleine de forces électromagnétiques semblables à celles de l'étoile de leur système.

Une chose sur laquelle ils pouvaient tous s'accorder était que, bien que le nuage se déplaçait comme s'il était vivant, il ne l'était pas. Une entité aussi grande ne pouvait pas naître et exister dans le vide spatial sans oxygène. Personne ne pouvait conclure ce que c'était, mais il y avait un consensus parmi les Krissiens qu'il s'agissait d'un démon.

Dans tout cela, les cadets enregistraient leurs expériences sur cette étrange planète dans cet univers alternatif. D'une part, ils observaient qu'il n'y avait pas d'anomalies, ce qui leur donnait l'espoir que les découvertes d'Alex puissent être vraies. Ils étaient là, parcourant la planète depuis plusieurs semaines, mais le Dispositif de Saut Quantique n'avait enregistré aucune anomalie. D'autre part, ils apprenaient davantage sur la conservation d'énergie auprès des Krissiens. Bien que Krissia soit bénie avec de vastes réserves d'Étoile en Fusion, ils étaient économes dans leur utilisation. Leurs équipements pouvaient être grands et quelque peu dépassés, mais ils étaient efficaces, avec peu de pertes d'énergie.

Les cadets discutaient de leur sort à leur retour chez eux. Aucun des autres cadets n'avait participé à une mission aussi longue. Ils plaisantaient sur certains de leurs techniciens à la maison, imaginant qu'ils pourraient être beaucoup plus âgés et peut-être mariés au moment où ils reviendraient à l'Académie. Mais toutes leurs plaisanteries ne pouvaient chasser l'appréhension des conséquences de leur détour. Venir sur cette planète n'avait pas été une nécessité, mais un voyage né de la curiosité.

— Nous rapportons beaucoup d'informations, a dit Yasu, parcourant ses notes.

Il n'avait jamais pris autant de notes en un seul semestre à l'Académie. Il espérait que, d'une façon ou d'une autre, ces informations seraient suffisantes. Envoyer des cadets explorer le multivers était une entreprise risquée. Par conséquent, ils devaient se montrer inestimables, doués pour l'exploration et la découverte. Il espérait qu'ils avaient suffisamment découvert.

— Et l'Étoile en Fusion. N'oublie pas l'Étoile en Fusion, a ajouté Jaxon avec un sourire hésitant.

— Mais est-ce que ce serait suffisant ? Et si on nous empêchait de faire d'autres voyages dans le multivers ? Ils ne peuvent pas faire ça. Si ?

Yasu regarda chacun d'entre eux, conscient de ce qu'un tel sort signifierait.

Les autres avaient des réponses, mais ne voulaient pas les formuler. Alors, ils restèrent assis en silence devant leur nourriture.

⸺⸺▼⸺⸺

Le soir où les cadets ont enfin réussi à établir un champ de force suffisamment puissant pour dévier les blasters de leur vaisseau spatial, ils ont reçu une convocation du Grand Chef. Le champ de force couvrait la ville près de laquelle ils avaient atterri à leur arrivée. Ils avaient préalablement évacué les habitants vers la région agricole la plus proche, car ces zones étaient prioritaires pour la protection.

Les cadets se sont joints aux ingénieurs, soldats et techniciens pour célébrer. Ils avaient reconfiguré les blasters du vaisseau pour qu'ils correspondent aux signatures énergétiques et aux forces observées depuis le nuage. Ils étaient certains que l'influence du nuage serait différente, mais la connaissance que le champ de force était désormais si puissant était suffisante pour le moment.

Un soldat se précipita vers la tour où ils célébraient, chantant des airs joyeux et dansant en cercle. Il cria dans leur langue, espérant peut-être qu'ils comprendraient, mais ils avaient besoin d'un interprète.

Un ingénieur plus âgé interpréta lentement les paroles du soldat.

— Le Grand Chef. Il veut vous voir.

Le soldat escorta les cadets jusqu'à un aéronef, se déplaçant rapidement. Le vent tourbillonnait autour d'eux, emportant le reste des paroles du soldat dans le ciel. Ils s'attachèrent à leurs sièges, regardant par la fenêtre, leurs cœurs battant à toute vitesse, avec de larges sourires sur leurs visages. À l'extérieur du cuir et du métal de l'appareil, le soleil descendait vers son lit et l'obscurité engloutissait le ciel.

Ils passèrent de l'aéronef au palais du Grand Chef dans l'obscurité, regardant par les fenêtres les rues illuminées et les gens qui s'y trouvaient. Agitant leurs mains en l'air et jouant de la musique, ils

étaient en liesse. Ils semblaient reconnaître l'aéronef comme apparte-
nant au Grand Chef et lui faisaient signe au passage.

Au palais, ils s'assirent dans la salle de réunion pendant quelques
minutes, attendant le Grand Chef. Des serveurs arrivèrent avec des
plateaux de nourriture et de boissons, arborant des sourires radieux et
parlant avec excitation. Leur communicateur traduisait leurs mots
comme des remerciements et des louanges. Ils répondirent avec des
sourires modestes, se demandant si c'était trop.

Le Grand Chef est arrivé, porté dans la salle sur une grande
chaise en bois. Il s'est adossé, observant les cadets essuyer les miettes
et l'huile de leurs lèvres.

— Votre travail... bon, dit-il, fermant les yeux en essayant de se
rappeler la traduction de ce qu'il voulait dire ensuite.

Il sembla renoncer à essayer de parler dans leur langue et se lança
dans un discours dans sa langue sur la façon dont leurs efforts avaient
donné à leur planète une chance de se battre. Pendant un temps, ils
avaient tous paniqué, certains autochtones plus riches fuyant dans
des vaisseaux vers d'autres planètes de la Fédération.

Il leur a fait part de son mécontentement à l'égard de la Fédération, méprisant la façon répugnante dont ils exploitaient leurs
planètes, forçant tout le monde à se plier à tous leurs caprices. Il
détestait que Dame Raya ait dû se présenter à eux avec des cadeaux
et un étranger pour implorer leur aide.

— J'ai donné trop de pouvoir à cette femme.

Alex posa la question qu'il savait que les autres avaient.

— Avez-vous reçu des nouvelles du groupe de Dame Raya ?

Jaxon et Yasu se penchèrent en avant avec des expressions impa-
tientes.

Le Grand Chef ferma les yeux, son visage ridé devenant pensif
alors qu'il écoutait la traduction. Il répondit, parlant avec une lenteur
délibérée, comme pour ajouter un certain drame à ses paroles.

— Ils ont réussi.

Les cadets ont failli bondir de leurs sièges d'excitation. Ils
n'avaient pas imaginé que la soirée pourrait être meilleure, mais

c'était le cas. La mission de leur amie avait été un succès et ils rentreraient tous heureux chez eux.

— Ils reviennent maintenant avec les forces de la Fédération. Quand votre amie sera là, vous pourrez tous retourner dans votre monde avant l'arrivée du nuage. Nous vous remercions pour votre aide. Notre planète ne vous oubliera jamais.

La fierté gonfla le cœur des cadets. La peur de leur retour chez eux subsistait, mais la connaissance qu'ils avaient affronté des responsabilités supplémentaires de front et réussi leur apportait un répit.

CHAPITRE 17

Alors que le vaisseau de Nia et de Dame Raya se rapprochait, les cadets et le peuple de Krissia apportaient les dernières touches aux designs du champ de force. Ils savaient que davantage d'ingénieurs possédant une expertise exceptionnelle en matière de champs de force arrivaient avec la délégation d'Eolu, mais ils voulaient faire bonne impression.

Cependant, plus la délégation se rapprochait, plus leur voyage devenait périlleux. L'approche du nuage avait bloqué leur trajectoire habituelle, les forçant à emprunter une route plus longue de l'autre côté du système. Cette route plus longue augmentait le risque de ne pas pouvoir s'installer à temps avant que le nuage ne balaie Krissia.

Les cadets parlèrent à Nia, s'informant de l'ambiance à bord du vaisseau.

— Tout le monde est plus enthousiaste et joyeux, mais nous craignons aussi de ne pas arriver à temps, dit-elle, rayonnante.

Une autre préoccupation des cadets concernait leur voyage de retour vers leur univers. Si le nuage atteignait Krissia avant l'arrivée du groupe de Nia, ils seraient contraints de rester sur Krissia pendant toute la durée du passage du nuage sur la planète. Et ce passage pourrait durer plusieurs semaines.

— Nous avons accompli beaucoup de choses pendant notre séjour ici. La plupart des choses que nous avons faites sont des choses que nous n'aurions jamais imaginé faire. Notre voyage ne peut pas se terminer ici. Nous allons réussir, sauver ces personnes et rentrer chez nous à temps, dit Alex.

Ce qu'Alex ne disait pas aux autres, c'est qu'il effectuait des calculs chaque nuit, vérifiant à quel point les fenêtres d'atterrissage et de décollage étaient étroites. Selon ses calculs, compte tenu de la vélocité du nuage, de la distance et de la vitesse de la délégation d'Eolu, il n'y avait qu'une petite fenêtre de quelques jours. Ses connaissances lui faisaient croire que quelque chose pourrait mal tourner. Les calculs étaient parfois imparfaits. Chaque nuit, ses résultats différaient et cela pesait sur lui.

Alex mit ses inquiétudes de côté en se plongeant dans le travail. Ils effectuaient quotidiennement des tests sur l'intégrité des champs de force, utilisant les canons de leur vaisseau spatial. Se concentrer sur le travail l'empêchait de rester préoccupé par ses pensées concernant le nuage de destruction et l'arrivée de son amie.

Enfin, la délégation était suffisamment proche pour atterrir. Alex, Jaxon, Yasu et Xev volèrent jusqu'à la capitale de la planète le jour de l'atterrissage, scrutant le ciel, observant les vaisseaux spatiaux descendre dans l'atmosphère de la planète et naviguer vers leurs zones d'atterrissage. Une petite foule s'était rassemblée pour assister à l'atterrissage, avec le Grand Chef parmi eux, assis sur sa chaise en bois et portant une expression mécontente. Tout le monde applaudissait et se réjouissait, heureux de cette arrivée opportune.

Le palais avait préparé une réception de bienvenue avec des musiciens, des danseurs et de la nourriture. Les délégués de la Fédération rechignèrent initialement devant cette réception, mais bientôt, ils dansaient aussi, contaminés par l'énergie débordante des autochtones.

Les autres cadets se précipitèrent vers Nia, leur permettant de voler un moment au milieu du chaos. Jaxon l'enlaça dans une étreinte d'ours, et les autres se blottirent près d'eux, les entourant. Ils la relâchèrent de l'étreinte, mais lui racontèrent les récits de leurs aventures. Jaxon et Yasu n'avaient pas parlé autant à Nia qu'Alex pendant son voyage de retour, alors ils lui dirent tout ce qu'ils avaient voulu lui dire pendant son absence. Bien que Nia ait ses propres histoires, elle resta silencieuse, observant l'énergie et l'animation de ses amis.

Le Grand Chef appela tout le monde à l'ordre, se levant avec l'aide d'un garde et d'un autre membre de la royauté. Il parla des progrès réalisés jusqu'à présent et du travail qu'il restait à faire. Soulignant la présence et les connaissances technologiques des cadets, il évoqua leurs efforts qui avaient apporté une aide indispensable en ces temps difficiles. Il accueillit les agents de la Fédération d'un geste froid, en disant :

— Nous espérons que cette fois-ci, notre alliance sera fructueuse, pacifique et prospère !

Dame Raya applaudit avec tout le monde, mais lorsque le Grand Chef tourna un regard froid vers elle, elle baissa les mains. Nia prit note de plaider pour sa clémence avant leur départ.

La foule explosa en nouvelles acclamations. Les réjouissances se poursuivirent tard dans la nuit, avec de la musique et des boissons coulant en un torrent sans fin.

Rien de tout cela ne pouvait détourner les cadets de leur objectif. Leur mission accomplie, ils devaient rentrer chez eux. Ils se réunirent dans un coin tranquille de la cour du palais pour discuter de leurs plans de départ. Alex révéla alors ses calculs, leur montrant les mathématiques qui l'avaient tourmenté tout ce temps.

— Je crains que si nous ne bougeons pas assez vite, nous risquions d'être pris par l'attraction gravitationnelle du nuage alors que nous tentons de faire un saut luminique. Nous avons assez de carburant pour le voyage de retour, mais pas assez pour activer les propulseurs et nous éloigner du nuage si nous sommes pris par celui-ci.

Les autres, bien que moins approfondis dans leurs calculs, partageaient des inquiétudes similaires. Ils s'assirent pendant quelques minutes, échangeant des idées.

— Pourquoi ne pas aller directement dans le multivers alors ? La force de la rupture à travers le tissu de l'espace-temps sera suffisante pour nous sauver des effets gravitationnels du nuage, proposa Yasu.

Il regardait ses notes, se rappelant leur voyage là-bas.

Les autres acquiescèrent, Nia ajoutant :

— Nous pouvons faire ça et faire un saut de l'autre côté !

Alex réfléchissait, se demandant si c'était une solution viable. Comme s'il lisait dans ses pensées, Jaxon dit :

— Nous aurions besoin de plus de vitesse et de précision que jamais pour ce voyage. Mais je crois que nous pouvons le faire. Nous avons un bon chef. Même s'il nous persuade souvent de nous retrouver dans des situations délicates.

Il donna une tape sur l'épaule d'Alex.

Ils avaient trouvé une solution qui les réconfortait et pouvaient donc profiter du reste des festivités de la nuit.

Les cadets ont eu une dernière rencontre avec le Grand Chef avant d'embarquer dans leur vaisseau spatial. Il était assis dans son fauteuil et les a appelés un par un, plaçant une main sur leur tête en guise de bénédiction. Alors qu'il tenait les mains d'Alex dans ses mains ridées, il les a remerciés une fois de plus pour leur aide. Les techniciens de la Fédération avaient examiné le travail qu'ils avaient effectué avec les Krissiens, notant que leur contribution, bien que pas complètement efficace, avait probablement sauvé une grande partie de la planète de l'anéantissement.

— Voyagez en sécurité et revenez nous voir, a-t-il dit en conclusion.

Les cadets sont montés à bord de leur vaisseau spatial, accompagnés par les acclamations d'une foule krissienne exubérante, et avec l'Étoile en Fusion dans une boîte en plomb placée dans un compartiment sécurisé du vaisseau.

Ils se sont installés à leurs consoles, observant le nuage qui s'approchait à travers les hublots et sa proximité avec leur planète, effectuant des calculs sur le meilleur itinéraire de décollage. Dans l'espace, l'entité ressemblait à un nuage d'orage enragé; une masse turbulente de ténèbres avec un noyau ardent.

— On y est, a annoncé Alex, en voyant les calculs des autres cadets.

Ils pouvaient commencer leur vol.

Ils se sont élancés dans les airs, utilisant les propulseurs pour s'extraire de la zone gravitationnelle de Krissia, et visant loin du nuage. Leur vaisseau spatial oscillait, secoué par les puissantes forces en jeu dans les environs, mais ils ont travaillé ensemble pour initialiser le Dispositif de Saut Quantique.

Alex a fait le décompte, et les cadets se sont préparés, espérant que cela fonctionnerait. Le vaisseau spatial a tressailli, comme tiré par le nuage, mais il a traversé la barrière et s'est propulsé dans le monde entre les mondes, où n'existaient que lumière et son, et l'exaltation pure de faire quelque chose qui aurait été considéré comme de la fiction quelques années auparavant.

Ils ont percé de l'autre côté, réapparaissant près d'une planète qui ressemblait beaucoup à Krissia. Alex a vérifié le Dispositif de Saut Quantique et a poussé un cri de joie. Les autres, entendant son enthousiasme, ont laissé éclater leurs propres cris de victoire.

Leur aventure les avait menés vers des contrées qu'ils n'auraient jamais imaginé visiter, et maintenant ils étaient revenus sains et saufs, dans le monde qui leur était familier. Ils se sont lancés dans la dernière étape de leur voyage, remplis de détermination et d'un désir renouvelé d'explorer.

CHAPITRE 18

LE VAISSEAU spatial pénétra dans l'atmosphère terrestre; les cadets signalèrent leur arrivée aux préposés du quai d'atterrissage. Ces derniers furent stupéfaits de les entendre, demandant à plusieurs reprises :

— L'équipe Alpha ?

Les cadets rirent, devinant l'origine de cette surprise. Ils avaient disparu pendant environ trois mois. Il était logique que l'Académie les ait crus perdus à jamais.

Ils naviguèrent jusqu'à la zone d'atterrissage, manipulant avec aisance les commandes du vaisseau. Après s'être posés, ils restèrent quelques instants dans leurs sièges, savourant la réalisation de ce qu'ils avaient accompli. Ils s'étaient rendus sur une autre planète, dans un autre système, dans un autre univers, et malgré les défis, ils en étaient revenus vivants.

Lorsqu'ils descendirent du vaisseau, ils furent accueillis par les regards stupéfaits des préposés.

— Vous êtes vivants ! Que s'est-il passé ?

L'incrédulité était évidente sur leurs visages.

Malgré leur enthousiasme, les cadets ne pouvaient pas dévoiler leur histoire si rapidement. Ils devaient rencontrer le commandant pour expliquer pourquoi ils étaient allés au-delà de leur mission, et ce qui s'était passé pendant leur voyage.

Ils marchèrent jusqu'au bureau du commandant dans le bâtiment principal, la tête haute, Alex en tête. Les autres cadets et officiels qui les voyaient les regardaient avec une surprise à peine dissimulée. Certains leur lançaient des questions, demandant s'ils étaient des fantômes ou quels problèmes ils avaient rencontrés pendant leur aventure. Mais les cadets, pressés d'affronter les conséquences de leurs actions le plus vite possible, ignorèrent tout le monde.

Alex frappa à la porte, attendant que la voix du commandant les invite à entrer. Quand sa voix résonna, profonde et teintée d'un soupçon de mécontentement, ils tournèrent la poignée et entrèrent.

Le commandant les observa comme s'il s'attendait à moitié à les voir disparaître. Une longue minute s'écoula pendant laquelle ils se dévisagèrent, et un froncement de sourcils apparut sur le visage de l'homme, s'accentuant lentement.

— Vous avez beaucoup d'explications à fournir, Équipe Alpha. Nous avons remarqué que votre vaisseau est rentré dans notre univers il y a quelques jours, mais nous ne pouvions pas croire que c'était possible.

Ils avaient leurs notes prêtes, qu'ils passèrent par-dessus la table, parlant tous en même temps. Ils avaient collectivement décidé d'omettre la partie où Nia avait interrompu une réunion du sénat, la présentant comme une simple spectatrice passive. Finalement, les autres se turent, laissant Alex mener l'interaction. Alex, débordant d'énergie nerveuse, fit la chronique de leur aventure, expliquant pourquoi ils avaient fait un détour pour se rendre sur une autre planète, et donnant un résumé détaillé de ce qu'ils y avaient découvert.

Plusieurs heures s'écoulèrent, et le soir était tombé lorsqu'Alex conclut son récit. Le commandant restait assis, examinant les notes de Nia. Elle avait dessiné les vêtements des habitants, les véhicules, les bâtiments, et même esquissé certains systèmes du Secteur. Il ne répondit pas pendant longtemps, observant ce qu'ils avaient écrit sur les peuples, les cultures, les avancées technologiques, le développement et la politique.

Le commandant grogna, finissant par repousser les notes.

— Vraiment, vos découvertes sont monumentales. Une fois de plus, vous vous êtes distingués comme des génies avides de connaissances.

Il se tut à nouveau avant de reprendre d'un ton plus dur, soutenant le regard d'Alex, les sourcils froncés :

— Cependant, aucune partie de cette mission n'était autorisée. Votre seule mission était d'établir un contact avec la Terre dans cet univers. En constatant que vous ne pouviez pas atteindre la Terre, votre action suivante aurait dû être d'entreprendre un voyage de retour. Pas de vous lancer dans une autre mission.

Les cadets acquiescèrent, baissant les yeux en signe de pénitence.

— Serons-nous sanctionnés ? demanda Alex.

— Naturellement. Vos actions ont des conséquences. Mais étant donné la nature de vos découvertes, vous pourriez constater que la sanction, quelle qu'elle soit, sera légère. Vous avez désobéi aux ordres, mais vous nous avez rapporté un trésor de connaissances. C'est la mission de cette Académie : trouver des connaissances contre vents et marées.

Les cadets quittèrent le bureau du commandant avec un peu plus de légèreté. Le poids qu'ils avaient porté sur leurs épaules tout au long de leur voyage s'était évanoui.

Ils se dirigèrent vers la cafétéria pour découvrir le repas du jour et discuter de tout ce qui concernait l'école pendant qu'ils mangeaient. Ils prirent les plateaux métalliques sur l'étagère, regrettant les plateaux en pierre de Krissia. Le repas consistait en une purée de pommes de terre et quelques légumes verts, et les cadets fixèrent leurs plateaux, nostalgiques de la cuisine krissienne.

— Avez-vous l'impression que plus nous explorons le multivers, moins notre foyer nous semble réel ? remarqua Jaxon, fixant d'un air mécontent l'assiette devant lui.

Les autres rirent doucement, comprenant parfaitement ce sentiment. Ils nourrissaient des pensées sur les autres univers et planètes qu'ils pourraient visiter, et les nouvelles personnes qu'ils pourraient rencontrer. Ces pensées étaient exaltantes, et bien qu'ils craignaient que leur punition ne les empêche de s'aventurer à nouveau dans le multivers dans l'immédiat, ils étaient convaincus qu'ils auraient une autre chance à l'avenir.

ÉPILOGUE

Au LOIN, par-delà les frontières du multivers, les habitants de Krissia contemplaient leur ciel dégagé. Maintenant qu'ils étaient libérés du démon, les Krissiens ressentaient un immense soulagement, qui leur apportait encore plus de bonheur. Ils chantaient avec plus de ferveur, dansaient avec plus d'énergie et mangeaient avec plus d'enthousiasme.

Le Grand Chef et Dame Raya étaient assis dans la salle de réunion du palais.

Après le départ des cadets et le début des travaux des agents de la Fédération sur le champ de force, le Grand Chef avait réprimandé Dame Raya. Pendant un temps, son silence lui avait fait croire qu'il avait pardonné son acte d'insubordination, mais ce n'était pas le cas.

— Si tu n'étais pas mon enfant, je te mettrais aux fers et te ferais enfermer définitivement, dit-il, tremblant sur sa chaise.

Quelque chose dans sa façon de le dire provoqua le rire de Dame Raya. Elle rejeta la tête en arrière et s'esclaffa longuement, jusqu'à ce que son père se joigne à elle avec une certaine réticence.

— Ne recommence jamais ça, l'avertit-il.

— Si je dois le faire, Père, je le referais. Encore et encore. Pour le bien-être du peuple, dit-elle.

Maintenant, ils se remémoraient le séjour des cadets, se rappelant la vigueur avec laquelle les gens avaient travaillé en présence d'étrangers parmi eux.

— Ils étaient jeunes, mais ils étaient intelligents et inspirants, dit le Grand Chef.

Dame Raya ne pouvait qu'être d'accord. Les gens parlaient constamment d'eux, les appelant Gaïens avec révérence, remarquant leur volonté d'aider un peuple avec lequel ils n'avaient eu aucun rapport auparavant. Peu lui importait qu'ils les aient initialement fait chanter. Il ne semblait pas y avoir d'autre moyen de les faire aider. Si les cadets étaient partis, ils auraient été à la merci de la Fédération, poussés à des mesures plus extrêmes pour attirer leur attention.

Elle se souvenait aussi de l'audace de Nia au conseil. Peut-être que la Fédération les aurait aidés même sans Nia, mais les mots de Nia avaient dû toucher profondément le cœur de tous ceux qui étaient présents.

— Te demandes-tu où ils iront ensuite ? demanda le Grand Chef.

— Parfois. Ils se sont décrits comme des voyageurs. Je me demande où leur voyage les mènera maintenant.

Les deux n'avaient pas de réponses à leurs questions. Ils s'adossèrent sur leurs sièges de pierre, écoutant la musique qui se déversait par les fenêtres depuis les rues, convaincus que peu importe où les cadets iraient, ils étaient destinés à réussir.

LES ÉCHOS DU VIDE

CHAPITRE 19

LA PLUIE TOMBAIT en un torrent constant d'un ciel gris ardoise sur les murs luisants de l'Académie Interstellaire. Quatre brillants cadets, l'esprit bouillonnant de pensées sur combien d'autres versions d'eux-mêmes observaient la pluie dans leurs mondes, étaient assis près d'une grande fenêtre à manger des glaces.

— La seule version de Yasu qui a finalement réussi à dominer le monde est en colère parce qu'il voulait organiser une fête aujourd'hui, dit Jaxon Brooks.

Alex et Nia rirent en réponse, mais Yasu n'avait pas l'air amusé.

Il y a quelques mois, Yasu Garcia avait entrepris un projet pour voir comment un méchant pourrait dominer et prendre le contrôle de l'univers. Il l'avait fait pour s'amuser, intéressé par l'exploration de tous les domaines qu'un génie criminel couvrirait pour rendre son plan parfait. Il avait depuis longtemps abandonné ce projet, tournant son attention vers d'autres choses, mais ses amis le mentionnaient occasionnellement pour le taquiner.

Les cadets retombèrent dans le silence, et leurs pensées s'égarèrent.

L'esprit d'Alex Rivera vagabonda vers de multiples endroits

comme toujours. Il s'interrogeait constamment sur le multivers et les possibilités liées à son existence. Lors de leur dernier cours, l'instructrice avait détaillé des phénomènes cosmiques inexpliqués. Ils en avaient expérimenté un lors de leur dernière mission dans un autre univers. C'était un nuage ondulant d'énergie et de poussière, qui errait au-dessus des planètes du Secteur d'Orion, consommant toute vie sur son passage. Ils n'avaient pas pu le détruire, mais ils avaient aidé à protéger la planète de son influence.

Dans son enseignement, leur instructrice avait dit :

— L'univers est sans limites, rempli de tempêtes cosmiques et d'événements célestes dont nous avons peu de connaissances. Au fur et à mesure que nous nous aventurons plus loin, brisant les tissus du multivers, nous découvrons davantage de phénomènes dont nous n'avons pas connaissance.

Alex leva la main pour poser une question, et elle lui lança son regard fatigué habituel. Ses questions, bien qu'intelligentes, interrompaient souvent son flux de travail. Il se référa simplement à leur dernière mission, demandant si de telles anomalies pourraient n'avoir existé que dans d'autres univers. Jusqu'à présent, dans leur univers, ils avaient rencontré des collisions planétaires, des novae et des tempêtes cosmiques.

— Et si d'autres univers avaient l'environnement parfait pour la création d'événements qui diffèrent de ceux du nôtre ?

L'instructrice le fixa du regard, la salle de classe devenant encore plus silencieuse autour d'eux. Un cadet toussa, et, embarrassé, marmonna rapidement des excuses.

— Notre compréhension du multivers est limitée. Nous avons seulement assez de ressources pour effectuer quelques voyages hors du nôtre. Quand le moment viendra et que nous aurons accumulé suffisamment de ressources pour des voyages et des recherches constantes, nous aurons une connaissance plus complète des autres mondes. Mais pour l'instant..., l'instructrice détourna son regard.

Elle arborait un petit sourire, tendu avec un avertissement contre d'autres interruptions.

À présent, Nia Chen laissa échapper un petit hoquet.

— Une note de service. L'un d'entre vous en a-t-il reçu une ?

Elle était souvent celle qui gardait un œil sur leur emploi du temps. Savoir qu'elle aurait pu manquer quelque chose la dérangeait.

Les autres cadets sortirent leurs tablettes – Alex s'extirpant de ses profondes réflexions – et vérifièrent la note de service. Le commandant demandait à les voir dans la salle de briefing à nouveau.

— Quelqu'un a-t-il fait quelque chose de mal ? demanda Nia.

Jaxon affichait une expression de culpabilité, et bien qu'il essayât de la cacher, Nia s'en aperçut.

— Qu'as-tu fait, Jaxon ? demanda-t-elle, son ton ferme.

Jaxon leva les mains comme pour se rendre.

— Je l'ai rendu. Je le promets.

— C'était quoi *ça* ? demandèrent les autres à l'unisson.

— Il y avait un outil électrique dans le laboratoire spatial. Je l'ai vu pendant notre dernière session, et je l'ai emprunté. Mais je l'ai rendu. Je le promets !

Ils laissèrent échapper un léger rire, mais Nia lui lança tout de même un regard assassin. Il s'était attiré des ennuis pour avoir consulté sans autorisation des documents classifiés sur toutes les missions dans le multivers il y a quelques semaines. Il l'avait surtout fait pour prouver un point à Alex, mais cela avait quand même mis tout le groupe dans le pétrin.

Ils ne pouvaient pas se permettre d'autres faux pas. Ils n'avaient pas été en mission depuis des lustres parce qu'ils avaient été sanctionnés pour un voyage non autorisé lors de leur dernière mission. À leur arrivée dans l'autre univers, ils avaient découvert que la Terre et d'autres planètes y étaient couvertes de champs de force protecteurs. Plutôt que de rentrer chez eux, ils avaient décidé à l'unanimité d'explorer d'autres planètes dans cet univers. Bien qu'ils soient revenus avec des informations utiles, le commandant et l'organisme disciplinaire de l'Académie avaient jugé leurs actions insubordonnées et indisciplinées.

— La réunion est dans une heure. Avons-nous besoin de faire autre chose ? demanda Alex.

Ils secouèrent tous la tête.

Libres pour l'heure suivante, ils arrivèrent à la salle de briefing à temps. La pluie s'était atténuée en une légère averse à ce moment-là, et ils marchèrent du bâtiment des cours au bâtiment principal sous une bruine.

Un assistant plus âgé préparait la salle de briefing et arrangeait les documents pour la réunion. Il leur lança un regard entendu en les dirigeant vers leurs sièges et les cadets prirent cela comme un bon signe.

Plusieurs minutes s'écoulèrent, et les cadets s'occupèrent avec leurs appareils, lisant leurs notes de cours et vérifiant les emplois du temps pour le lendemain. Le commandant entra, flanqué de hauts responsables, de techniciens et de physiciens. En observant les expressions des responsables qui entraient, les cadets ressentirent chacun une vague d'excitation.

Cela ressemblait à de bonnes nouvelles.

— J'irai droit au but concernant la raison de notre présence ici. L'équipe Gamma était programmée pour la prochaine sortie. Cependant, Tom s'est cassé le poignet à l'entraînement hier, dit le commandant.

Les cadets connaissaient Tom. Il était plus âgé qu'eux et avait un cerveau qui calculait des équations complexes avec une vitesse ridicule. Il était aussi le chef d'équipe de l'équipe Gamma et était plutôt bon dans son travail. D'après leurs interactions avec son équipe, les cadets pouvaient dire qu'il les maintenait ensemble comme de la colle.

— Leur équipe ne peut pas fonctionner sans un chef. Par conséquent, nous avons besoin d'un remplaçant pour cette mission. Nous avons choisi de vous laisser prendre leur place.

Le commandant soutint momentanément le regard brillant d'Alex comme pour laisser les mots s'imprégner.

Les lumières de la salle s'assombrirent, et le graphique du multivers flotta au-dessus de la table, brillant d'une lueur verte. Il montrait quelques points marqués, indiquant les univers que les cadets de l'Académie avaient explorés. Lorsque quelqu'un sélectionnait un point, celui-ci affichait plus de détails sur la mission et l'équipe de cadets déployée.

— Bien que dans vos missions précédentes, vous ayez pris des décisions drastiques vous éloignant du cadre de la mission, vous avez également fait preuve de qualités que nous, à l'Académie, saluons : la curiosité et la soif de justice.

Ils acquiescèrent, le cœur gonflé de fierté.

Lors de leur dernière interaction avec bon nombre de ces officiels, ils avaient reçu une sévère réprimande. Leur mission avait été exposée et disséquée devant tout le monde, et certains officiels s'étaient montrés cinglants dans leur évaluation. Mais ici, ils entendaient des paroles d'éloge, ce qui leur faisait penser qu'ils contribuaient effectivement à l'essor de l'Académie.

— Pour l'instant, nous ne pouvons pas en découvrir davantage sur d'autres univers depuis ici. Jusqu'à ce que nous atteignions ce niveau d'avancement dans notre domaine, nous vous enverrons dans le multivers. Nous surveillons les signatures énergétiques provenant d'un des univers sur notre radar. Il est proche du nôtre, ou aussi proche que possible quand il s'agit d'univers. Nos découvertes nous portent à croire que cet univers possède des informations intéressantes qui pourraient faire progresser nos connaissances ici à l'Académie.

Le commandant fit une pause pour l'effet tandis que l'univers en question s'affichait. Les cadets purent immédiatement comprendre pourquoi il s'en préoccupait, remarquant les valeurs basses sur les relevés d'énergie. Mais plus que tout, cette révélation leur donnait à nouveau le frisson de l'exploration.

— Comme toujours, votre entraînement commence sérieusement. Vous devez travailler dur et faire honneur à l'Académie.

Les cadets rayonnaient, absorbant la bienveillance de cette opportunité. Voici une autre chance de voir de nouveaux mondes et de
découvrir quelque chose de nouveau sur les phénomènes inexpliqués
du multivers. Ils allaient la saisir avec détermination et en tirer le
meilleur parti.

CHAPITRE 20

LE NOUVEL ENTRAÎNEMENT a duré trois semaines. Les ingénieurs et les physiciens avaient modifié le Dispositif de Saut Quantique, constituant la base du nouvel entraînement des cadets. Ils devaient s'accoutumer aux différentes opérations pour mieux se préparer à leur nouvelle plongée dans le multivers.

Comme d'habitude, leur régime alimentaire avait changé pendant l'entraînement, les faisant passer à des repas riches en nutriments mais souvent fades. Ils mangeaient ensemble, leurs appareils posés à côté d'eux tandis qu'ils passaient en revue les nouvelles informations sur leur prochaine mission.

— Qu'est-ce qui, selon toi, rend cet univers si différent ? a demandé Alex, mâchant un morceau qui aurait pu être du poulet, mais qui n'en avait pas le goût.

— Peut-être que les étoiles sont plus petites ? a suggéré Jaxon.

Il était le seul parmi eux qui semblait apprécier la nourriture, engloutissant des cuillerées dans sa bouche avec peu de respirations entre chaque bouchée.

Alex y réfléchit, son repas abandonné.

De l'autre côté de la cafétéria, le cuisinier s'écria :

— Monsieur Rivera, finissez votre assiette !

— Des étoiles plus petites et des planètes plus petites aussi, a dit Yasu, riant devant l'éclair d'irritation qui traversait le visage d'Alex.

— Pourquoi des planètes plus petites ? a demandé Alex.

— On fait tous des suppositions, non ? Des planètes plus petites, des personnes plus petites, des signatures énergétiques plus petites. C'était juste une intuition.

Yasu a regardé les deux autres en haussant les sourcils.

Nia a avalé un peu de nourriture et s'est jointe à la conversation, adressant un sourire à Yasu.

— Les intuitions sont valables. Je pense simplement qu'un univers aux proportions miniatures ne serait pas si proche du nôtre. Il y a autre chose en jeu ici. Nous le découvrirons assez tôt. Mangeons, même si la nourriture a un goût de chaussettes bouillies.

Les trois semaines sont passées rapidement et le jour de leur départ est arrivé. Ils ont rencontré le commandant et quelques autres officiels pour un dernier briefing. Ils ont reconnu l'un d'entre eux, assis au fond de la salle avec un verre de liquide brun foncé, comme l'homme qui les avait amèrement antagonisés lors de leur audience disciplinaire. Sa présence les a effrayés, mais le regard chaleureux du commandant les a un peu apaisés.

— Le jour de votre voyage est maintenant arrivé, et vous allez effectuer votre troisième excursion dans le multivers. Vous avez subi un entraînement rigoureux, testant vos capacités physiques, mentales et psychologiques, et vous avez reçu une préparation adéquate pour les voyages à venir, a-t-il dit.

Il a regardé autour de la salle alors qu'il faisait une pause, comme s'il réfléchissait à la meilleure façon de dire ce qui devait être dit.

— Néanmoins, vos actions passées nous amènent à croire que votre équipe est capable de beaucoup de bien mais aussi de beaucoup de destruction. Nous ne *voulons pas* que ce soit le cas pour cette mission. Vos ordres stricts sont d'enquêter et de documenter les anomalies que nous avons observées de notre côté. Nous ne voulons pas que vous vous engagiez dans des actions relatives à la politique de la région ou que vous interfériez avec ladite politique.

Alex a levé la main, et le commandant a acquiescé en réponse.

— Et si nous découvrons que la Terre n'est pas disponible pour un atterrissage ? Avons-nous la permission de visiter d'autres planètes et secteurs ?

Le commandant a souri.

— Vous avez la permission de visiter d'autres planètes et secteurs pour cette mission, oui.

Les autres cadets ont échangé des regards excités, mais Alex était fou de joie. S'ils avaient la permission de s'engager dans d'autres secteurs, ils pourraient explorer davantage pendant leur voyage.

La séance d'information s'est terminée avec plus d'avertissements et les officiels leur ont souhaité un bon voyage. Les cadets sont retournés dans leurs chambres, fatigués mais avec une détermination renouvelée et un sens de l'aventure.

Le lendemain matin est arrivé, le soleil brillant faiblement à travers des nuages gonflés. Les cadets se sont rassemblés sur les pistes d'atterrissage, revêtant leurs combinaisons spatiales. Le commandant et d'autres officiels étaient là, observant les préparatifs avec fierté.

Les cadets sont montés dans le vaisseau spatial et ont ajusté leurs sièges à leurs consoles. Une fois de plus, Alex avait le contrôle principal du Dispositif de Saut Quantique.

— Sommes-nous tous en position ? a-t-il demandé, vérifiant les coordonnées sur le Dispositif de Saut Quantique.

Tout le monde a répondu par l'affirmative.

— Très bien !

Il a fait un pouce levé aux techniciens dans la tour de contrôle.

— Préparation au décollage dans 3, 2, 1...

Avec un grondement, les propulseurs ont projeté le vaisseau spatial à travers les nuages. Alex a activé le Dispositif de Saut Quantique en criant :

— Initialisation du saut dans 3, 2, 1...

Le Dispositif de Saut Quantique s'est mis en marche, permettant au vaisseau spatial de traverser vers un nouvel univers. Comme lors des deux premières fois, c'était toujours une expérience exaltante,

propulsant l'appareil dans un nouvel espace. Les cadets se sont accrochés tandis que l'engin déchirait un tunnel de lumière et de son
éblouissants. Finalement, l'énergie tourbillonnant autour d'eux s'est
dissipée et ils ont émergé dans un endroit calme de l'espace.

— Nous y sommes !

Alex a levé un bras en signe de victoire.

— Cet endroit vous paraît-il étrange ? a demandé Nia.

Ils pouvaient voir la version de la Terre de cet univers flottant au
loin, une vision de verts, de bleus et de nuages blancs tourbillonnants.

Au-delà de la Terre cependant, ils pouvaient remarquer quelque
chose d'anormal, quelque chose qui manquait. Le ciel était presque
immaculé, comme si les étoiles avaient pris une pause.

— Ça a l'air incroyablement étrange. Est-ce que cela pourrait être
la raison des faibles signatures énergétiques ? a demandé Jaxon.

— Possiblement, a dit Alex, plissant les yeux.

C'était bien différent de ce à quoi il s'attendait. Il a examiné le
ciel, s'imprégnant de l'absence des constellations familières.

Les cadets ont échangé des regards stupéfaits dans l'habitacle,
certains que cette mission serait le parfait mélange de défi et d'excitation.

CHAPITRE 21

— Nous devrions essayer d'atterrir. On ne peut pas en apprendre beaucoup sur cette *situation* depuis ici. Peut-être pourrons-nous avoir des discussions approfondies avec les habitants de cette planète, dit Nia dans le silence.

Toujours méfiant, Jaxon dit :

— Et si nous ne pouvons pas ? Et si ces gens sont hostiles ?

Les autres lui lancèrent des regards furtifs. Jaxon était souvent le plus pessimiste du groupe. Les autres attribuaient cela à son éducation difficile. Après avoir été ballotté entre plusieurs familles d'accueil, il était entré à l'Académie grâce à un programme de bourses. Il s'y connaissait en machines et en tout ce qui fonctionnait à l'électronique, mais il se méfiait des inconnus.

— Restons positifs, dit Alex.

— La dernière fois qu'on a atterri sur une planète, on a été piégés jusqu'à ce qu'on les aide. Et si la même chose se produisait ici ?

Yasu réfléchit à la question.

— C'est un bon point. On devra simplement rester vigilants lors de l'atterrissage.

Ils déplacèrent le vaisseau spatial et cherchèrent un endroit viable pour atterrir à la surface de la planète. Après en avoir trouvé un, Alex leur fit signe d'initier la procédure d'atterrissage, et ils s'exécutèrent.

Alors qu'ils pénétraient dans l'atmosphère de la planète, des messages clignotèrent sur leurs consoles. Ils apparaissaient dans différentes langues, avec différentes écritures.

— Identifiez-vous, pouvait-on lire dans leur langue.

— Tout le monde voit ça, ou je deviens fou ?dit Jaxon.

Nia éclata de rire.

— Quelqu'un veut savoir qui nous sommes. Je dis qu'on devrait lui dire que nous sommes l'extraordinaire Équipe Alpha, qui a sauvé des planètes de la tyrannie et, eh bien, d'une forme plus subtile de tyrannie.

— Je suppose que ça vient d'une tour de contrôle de leur programme spatial ou quelque chose comme ça. Nous devrions leur faire savoir que nous sommes des voyageurs et que nous venons en paix, dit Alex, ses paroles enrobées de rire.

— Et s'ils sont hostiles ? demanda Nia, et les autres murmurèrent leur accord avec sa question.

— Je crois qu'ils ne le sont pas.

Alex tapa un message au programme, expliquant qui ils étaient. Il disait simplement : *Nous sommes des voyageurs d'un autre monde. Nous sommes venus ici à la recherche de connaissances sur l'espace et l'univers inconnu qui nous entoure.*

Ils attendirent quelques instants et un message revint, leur demandant l'identification de l'appareil et une identification de leur institution. Les autres cherchèrent les documents dans la base de données, et quand ils les trouvèrent, ils les envoyèrent.

Ils attendirent à nouveau, retenant leur souffle.

Dans une partie tranquille et avide d'anarchie du cerveau d'Alex, il souhaitait pouvoir secouer un peu les choses sur la planète et foncer directement pour atterrir. Une bagarre s'ensuivrait, mais il...

Un message arriva, les accueillant comme visiteurs sur la planète, mais indiquant qu'ils devraient suivre les spécifications strictes pour l'atterrissage. Il y avait une longue liste d'instructions à suivre et ils les lurent, intrigués. Ils délibérèrent entre eux, décidant que la meilleure chose à faire était de suivre les instructions.

Ils entamèrent l'atterrissage, trouvant facilement la piste avec ses lumières clignotantes. La ville qui l'entourait devint plus nette à mesure qu'ils descendaient, leur révélant la disposition solide de maisons couleur crème identiques, avec des porches identiques et des jardins identiques à une courte distance de la station spatiale. Il y avait quelque chose de pittoresque et paisible là-dedans.

Alex vérifia l'état des autres cadets après l'atterrissage, s'assurant qu'ils n'étaient pas blessés et ne voyaient pas d'anomalies sur leurs consoles. Tous répondirent par l'affirmative, indiquant leur enthousiasme à explorer la nouvelle planète.

À l'extérieur du vaisseau spatial, quelques personnes s'étaient rassemblées autour de la piste d'atterrissage, observant l'appareil et attendant que les occupants en sortent.

Alex sortit le premier, inspirant profondément l'air vif de la planète. Au-dessus de sa tête, le ciel était sombre et presque sans nuages. Une seule étoile brillait dans l'étendue, scintillant sur tout ce qui se trouvait en dessous, quelque peu solitaire dans son apparence.

— Il y a une beauté surnaturelle là-dedans, remarqua Nia, en regardant vers le ciel.

Les personnes qui se tenaient autour du vaisseau s'approchèrent, arborant des expressions prudentes. L'un d'eux se tenait à l'avant, costaud et sévère.

— Salutations, voyageurs. De quelles contrées venez-vous ? dit-il, sa voix claquant comme un fouet.

Alex fit un pas en avant.

— Nous sommes des voyageurs venant d'un autre univers. Une autre version de votre planète, la Terre.

Des murmures s'élevèrent parmi eux, leurs expressions prudentes se transformant en confusion. L'homme à l'avant leur lança un regard sévère, et tout le monde retomba dans le silence.

— Comment avez-vous réussi cela, ce saut entre univers ? Ça ressemble presque à de la magie.

Un sourire tordu étira les lèvres d'Alex.

— Oui. Mais chaque grande découverte scientifique a, à un moment donné, amené les autres à se demander si c'était réel ou de la magie.

L'homme le fixa du regard, croisant les bras contre sa large poitrine. Il semblait apprécier la réponse d'Alex, car un sourire se répandit sur son visage, adoucissant l'aura menaçante qui lui était attachée.

— Un homme de grands mots. Tu me plais.

Bien qu'il fût plus amical maintenant, l'homme semblait être comme une lame tranchante. Il dit aux cadets que ses compagnons et lui devraient les fouiller, eux et leur appareil, à la recherche d'armes potentielles qui pourraient leur nuire, à eux et à la planète.

— Vous semblez dignes de confiance. Mais on n'est jamais trop prudent. Vous pourriez être des terroristes d'un autre secteur. Nous devons être vigilants, dit-il, prenant le temps de regarder chacun d'eux dans les yeux avec un regard perçant.

Les cadets consentirent à la fouille, laissant l'homme et ses camarades entrer dans le vaisseau spatial avec des capteurs clignotants. Ils posèrent plusieurs questions sur leur univers et sur la raison de leur venue, et les cadets répondirent avec sincérité, leur faisant savoir que leur Académie Interstellaire avait pour mission de percer les mystères de l'univers et d'utiliser ces connaissances pour améliorer leur monde.

— Nous apprenons de nouvelles choses à chaque mission et cela nous aide à en savoir plus sur notre place dans ce monde et le nôtre, dit Alex.

L'homme ne répondit pas, se contentant de grogner et de leur faire signe de le suivre dans l'enceinte.

En marchant, les cadets remarquèrent le retour de son aura menaçante. Il leur présenta l'endroit où ils se trouvaient, expliquant qu'il s'agissait de la Station Spatiale Universelle de la Terre.

— Nous accueillons tous les visiteurs ici. Et nous envoyons également d'autres visiteurs à partir d'ici.

— C'est magnifique. Nous avons vu cette jolie ville à proximité. Elle avait plusieurs maisons identiques disposées en quadrillage, remarqua Nia.

Elle avait trouvé l'agencement de la ville plaisant, lui rappelant les villes qu'elle construisait avec son frère quand elle était enfant.

L'homme grogna à nouveau.

— C'est là que vit le personnel. Mais récemment, nous avons dû apporter des changements.

— Quels changements ? demandèrent Alex et Jaxon à l'unisson.

Ils se regardèrent avec une agréable surprise, mais ils n'obtinrent aucune réponse de l'homme. N'ayant pas d'autre choix, ils décidèrent de laisser tomber, persuadés qu'ils trouveraient la réponse en temps voulu.

Dans un bureau d'un blanc éclatant sous des lumières brillantes, les officiels demandèrent aux cadets de s'asseoir autour d'une table métallique et d'attendre le briefing. Ils attendirent là, discutant entre eux de ce qui pourrait se passer.

— Pourrait-on être arrêtés ? demanda Jaxon, l'inquiétude traversant ses traits.

— Ils semblaient hostiles, mais pas assez hostiles pour nous arrêter. Peut-être vont-ils simplement nous renvoyer. Et nous devrions alors explorer seuls, dit Nia.

Elle plissa le nez et ajouta :

— Comme c'est amusant.

— Il semble qu'il y ait aussi des conflits politiques dans cet univers. Ils sont peut-être méfiants parce qu'ils ont connu des voyageurs venus causer des problèmes. On ne peut pas les blâmer, dit Alex.

Les autres murmurèrent leur accord, décidant qu'ils devraient montrer aux officiels leur ordre de mission lors du briefing.

Quelques personnes entrèrent quelques minutes plus tard,

portant des tableaux à pince et arborant des expressions sévères. Les cadets reconnurent immédiatement l'un d'entre eux comme le–

— Commandant ! s'écrièrent-ils, surpris mais heureux de le voir.

Lui et les autres officiels tressaillirent avant de se ressaisir avec élégance. Ils s'assirent côte à côte, composant leur visage en un masque d'impassibilité sinistre.

Les cadets reconnurent également l'un des autres officiels comme l'homme de leur monde qui les avait antagonisés pendant leur audience, le Colonel Klaus. Ils regardèrent successivement le commandant et le Colonel Klaus, remarquant à quel point ils ressemblaient à leurs doubles de chez eux.

Ils se présentèrent comme des officiels de l'Académie Interstellaire de la Terre, une institution prestigieuse chargée de rechercher l'immensité de l'univers. Ils étaient là pour interroger les cadets, curieux des connaissances qu'ils apportaient de leur monde.

Le double du commandant se présenta :

— Je suis Harold S., le commandant de l'Académie Interstellaire...

Les cadets haletèrent à nouveau.

Il haussa un sourcil, les observant avec un apparent manque d'amusement.

— Qu'y a-t-il de si choquant ?

— Notre commandant à notre Académie Interstellaire s'appelle aussi Harold. Vous êtes son double, dit Alex, les yeux brillants.

Le commandant et les autres officiels absorbèrent cette information. Le Colonel Klaus bougea sur son siège, tendant le cou pour observer les expressions sur les visages des autres officiels.

— Nous ne pouvons certainement pas croire ces *enfants*.

— Un instant, Colonel. Nous avons des recherches prouvant l'existence potentielle d'autres univers. Cela pourrait être notre premier contact avec un autre monde. Je suis sûr que nous pouvons en apprendre davantage sur eux, dit le commandant.

Il demanda un moyen d'identification, et ils lui remirent leur ordre de mission, signé par leur commandant. Il le fixa pendant plusieurs minutes, ses sourcils se fronçant de plus en plus, tandis que les autres officiels se regardaient les uns les autres.

Finalement, il passa le document à l'officiel à côté de lui avec un soupir.

— Ils ne mentent pas. Ils viennent d'un autre univers. Un univers où *je* suis leur commandant et les ai envoyés en mission, dit-il, sa voix teintée d'émerveillement.

⟨ ◆ ⟩

Les cadets se rendirent à l'Académie Interstellaire avec les officiels. Ils montèrent dans une voiture volante aux designs très similaires à celles de leur planète d'origine et voyagèrent à côté de gardes silencieux. Ils tentèrent de poser quelques questions sur la planète, l'absence d'étoiles, mais ils n'obtinrent rien. Les gardes leur demandèrent d'attendre jusqu'au lendemain pour le briefing avec le commandant le matin.

On leur attribua des chambres dans une section inoccupée du dortoir de l'Académie. En passant devant les autres cadets de l'Académie, ils remarquèrent les regards émerveillés qu'ils recevaient et s'interrogèrent à ce sujet.

— Pourraient-ils connaître nos versions dans ce monde ? demanda Jaxon quand ils entrèrent dans leur chambre attribuée.

Alex haussa les épaules.

— C'est possible.

— Ou peut-être que ce sont juste nos combinaisons ? Je vous avais dit qu'elles étaient bizarres. Mais elles ont aussi l'air plutôt étranges, dit Jaxon, commençant à défaire les attaches velcro sur la sienne.

Alex lui lança un regard fatigué.

— Nous devrions tous dormir un peu. Demain pourrait être une longue journée. Nous avons un briefing avec le commandant, et nous savons tous combien ces réunions sont riches en informations.

Les cadets n'avaient pas besoin qu'on le leur répète. Ils retirèrent leurs combinaisons en silence, enfilèrent les pyjamas trouvés dans le casier et allèrent se coucher.

L'aube arriva avec la pluie, tombant en rideau aveuglant contre la vitre. Ils regardèrent ensemble par la fenêtre.

— Je n'arrive pas à croire que la pluie nous ait suivis jusqu'ici, dit Nia.

Yasu eut un petit rire.

— Je pense que c'est plutôt que le climat sur les deux planètes est similaire.

Nia plissa le nez en s'éloignant de la fenêtre.

— Je préfère ma version.

Ils enfilèrent les uniformes de cadet fournis dans le casier et se rendirent à la cafétéria pour manger. Ils prirent leurs plateaux jusqu'à la zone de service en utilisant les laissez-passer provisoires du commandant. Tous les autres cadets dans la salle suivaient leurs mouvements des yeux, murmurant entre eux.

Yasu se tortilla inconfortablement sur son siège lorsqu'il s'assit.

— Tous ces yeux sur nous...

— Je suis mal à l'aise aussi. J'ai envie de manger, mais je me sens gêné avec tout le monde qui nous regarde, dit Jaxon.

— Mange comme tu le fais d'habitude. Tu manges bien quand nous sommes chez nous, dit Nia.

— Je ne connais pas ces gens !

— Juste–

— Yasu !

Une fille se tenait à côté de leur table, sa peau olivâtre teintée d'une rougeur peu naturelle et ses cheveux noirs cascadant jusqu'à sa taille. Son regard se posait uniquement sur Yasu, portant une intensité qui fit s'arrêter les quatre cadets. Ses lèvres tremblaient, ses yeux se remplissant d'eau, puis elle se jeta sur lui, enroulant ses bras autour de son cou.

— J'ai craint de ne jamais te revoir. Tout le monde pensait que tu étais mort, mais j'ai continué à espérer que ce n'était pas vrai.

Elle recula, écartant les cheveux de son front.

Puis, comme se souvenant soudain que les autres étaient là, elle les regarda, soudainement gênée.

— Nous pensions que vous étiez morts aussi. C'est si bon de vous revoir.

CHAPITRE 22

Leurs doubles étaient morts !

L'information s'imprima lentement dans leurs esprits, s'ajoutant à toutes les autres réactions qu'ils avaient observées depuis leur rencontre avec les officiels de l'Académie. Ces derniers avaient dû les prendre pour des revenants, surgis de la tombe pour les hanter.

Les cadets voulaient poser plus de questions à la fille, mais un officiel au visage impassible vint la chercher. Il revint ensuite pour dire aux cadets de se dépêcher de finir leur repas et resta posté à côté d'eux : un moyen de dissuader les autres cadets de s'approcher.

Ils mangèrent aussi vite que possible, pressés par les informations potentielles qu'ils avaient à découvrir. Bien qu'ils souhaitent parler davantage entre eux, la présence de l'officiel interdisait toute conversation.

L'officiel les escorta jusqu'à la salle de briefing à la fin du repas. Un petit groupe était assis autour de la table, leurs expressions parfaitement composées.

— Une fille s'est jetée sur Yasu à la cafétéria. Elle a dit que vous pensiez tous que nous étions morts. Nous supposons qu'il s'agit de nos doubles, dit Alex.

Le commandant acquiesça, un sourire grave sur le visage.

— Eh bien, dire qu'ils sont morts est très définitif, et rien de ce que nous savons n'est définitif. Nous avons l'intuition qu'ils pourraient encore revenir.

Les cadets ne comprenaient pas et échangèrent des regards confus.

— Je sais que vous devez avoir beaucoup de questions, et nous y répondrons en temps voulu. Leur vaisseau a été pris par quelque chose que nous appelons le Néant. C'est une obscurité totale qui présente des similitudes avec un trou noir. Il absorbe la lumière, la vie, les étoiles et les planètes, se déplaçant à travers les secteurs et les planètes, poursuivit le commandant, en se grattant le menton à travers sa barbe poivre et sel.

Il fit un geste, et quelqu'un baissa les lumières. Au-dessus de la table apparut une image holographique en 3D de l'univers en rotation. Contrairement à la version que les cadets avaient vue dans leur monde, celle-ci était dépourvue de nombreuses étoiles; des systèmes entiers avaient disparu !

— Incroyable, murmura Alex.

— Vraiment incroyable. Mais aussi vraiment dangereux. L'Académie et la Commission de Protection Universelle se sont engagées à découvrir ce que c'est et à l'arrêter. Sinon, nous risquons de perdre notre univers entier face à ce fléau, dit le commandant.

Il leur expliqua davantage les progrès de leurs recherches sur le Néant. Ils avaient dû suspendre d'autres programmes de recherche pour se concentrer sur le Néant, envoyant des cadets et des officiers dans les secteurs où le Néant avait pris des étoiles et des systèmes, pour découvrir ce que les gens savaient à ce sujet. Cependant, leurs connaissances restaient limitées, bien que quelques années se soient écoulées.

— Nous avons envoyé *nos* Alex, Nia, Yasu et Jaxon dans l'un de ces secteurs, et nous avons découvert que le Néant pourrait avoir ses origines dans le Secteur Lyra. (Quelqu'un zooma sur le Secteur Lyra.) Jusqu'à présent, c'est l'un des sept secteurs où rien n'a été prélevé. Mais ce n'est pas tout. Nous avons analysé des images du secteur datant de plusieurs années et trouvé des traces du Néant. Il semble que ce soit également le premier endroit où le Néant est apparu, il y a plusieurs millénaires.

— C'est suspect, dit Nia.

— En effet. Nous pensons que le Secteur Lyra pourrait détenir des connaissances sur les origines du Néant. Nous envoyons une équipe là-bas pour enquêter davantage et découvrir plus de secrets sur le Néant.

Des pensées flottaient dans l'esprit des cadets alors qu'ils quittaient la salle de briefing. L'idée d'un néant absorbant la matière et l'énergie dans l'immensité de l'univers était à la fois effrayante et exaltante. Alex, en particulier, trouvait cela intéressant. Ici, encore une fois, dans un autre univers, il rencontrait quelque chose d'inexpliqué et différent de tout ce qui existait dans son monde.

— Nous devrions demander à faire partie de cette mission, dit Alex quand ils retournèrent dans leur chambre.

Jaxon arborait une expression méfiante.

— Quoi ? On vient tout juste d'affronter un nuage spatial maléfique et on a à peine survécu. Maintenant tu veux qu'on parte en mission à propos d'un trou noir qui disparaît et réapparaît ?

Alex se tourna vers lui avec un regard excité.

— Ce sera une fantastique opportunité d'apprentissage.

— Oui. Mais aussi une opportunité de mourir. Nos doubles dans cet univers sont peut-être morts.

— Mais en rejoignant la mission, nous pourrions aussi avoir une chance de les sauver. Le commandant ne l'a pas dit, mais ils croient très probablement que détruire le Néant pourrait ramener tout ce qu'il a emporté.

Jaxon leva les mains.

— Si c'était une mission pour combattre un méchant à la moustache en guidon, j'aurais peut-être sauté sur l'occasion. Les humains sont faciles à combattre parce qu'ils *meurent*. Comment combats-tu quelque chose d'aussi amorphe que personne ne sait ce que c'est ? Au lieu de sauver ces types, ça pourrait être notre dernière mission.

Je n'inventerai jamais rien de cool. Yasu ne dirigera jamais l'univers...

Yasu s'écria :

— Je ne veux pas diriger l'univers !

— Et Nia ne découvrira jamais la planète avec un gouvernement parfaitement diplomatique.

— Ce n'est pas ce que je veux, dit Nia.

Contrarié par le manque d'enthousiasme de Jaxon, Alex se tourna vers les deux autres.

Yasu leva immédiatement les mains.

— Je crains d'être du côté de Jaxon sur ce coup.

La mission était trop écrasante pour lui. D'habitude, il adorait découvrir de nouvelles choses, mais cela le sortait de sa zone de confort tranquille. Ils avaient à peine survécu à leur dernière épreuve.

Nia se frotta les bras, regardant par la fenêtre les nuages gonflés.

— Je suis partagée. D'un côté, je veux en savoir plus sur ce *néant*. Mais de l'autre, j'ai peur que ce soit bien plus grand que nous.

Les épaules d'Alex s'affaissèrent.

— Alors nous sommes venus jusqu'ici pour rien ?

Les autres n'eurent pas le temps de dire autre chose. On frappa à la porte, et ils s'interrompirent, pivotant vers elle.

Alex ouvrit la porte, révélant la fille de la cafétéria et Tom. Ou plutôt le double de Tom.

— Tom ?

Les cadets le fixèrent avec incrédulité, remarquant à quel point il avait l'air en parfaite santé. Contrairement au chef d'équipe de leur monde qui portait un plâtre au poignet.

Le garçon plissa les yeux et entra dans la pièce avec la fille.

— Donc, je suppose que j'existe aussi dans votre monde, dit-il en croisant ses énormes bras sur sa poitrine.

— Oui, c'est le cas, dit Alex.

La jeune fille fit un signe de la main.

— Et je suppose que dans votre monde, je n'existe pas. Et je ne sors pas avec Yasu. Je m'appelle Safira. Et je suis désolée de t'être tombée dessus ce matin. Je ne pensais simplement jamais te revoir.

Elle grimaça en voyant l'expression gênée sur le visage de Yasu.

Yasu marmonna une réponse.

Faisant un pas en avant et redressant les épaules, Tom dit :

— Allons droit au but. Nous voulons que vous participiez à notre mission.

— Pourquoi ? demanda Jaxon, les sourcils froncés.

Tom lui lança un regard assassin. Les cadets trouvèrent cela à la fois drôle et surprenant. Dans leur monde, il aimait aussi faire ça. Il semblait toujours prêt à se battre, et il réservait ses regards les plus noirs à Alex. Au-delà des apparences, lui et Alex entretenaient une relation cordiale, échangeant des informations quand c'était nécessaire et s'ignorant le reste du temps.

— Parce que l'Alex, la Nia, le Yasu et le Jaxon que nous connaissions étaient intelligents, courageux et curieux du monde qui les entourait. Nous supposons que vous l'êtes aussi. Et nous avons besoin des esprits les plus vifs pour cette mission. Vous n'auriez pas été sélectionnés pour le voyage multiversel si vous ne faisiez pas partie des esprits les plus brillants de votre Académie.

Safira acquiesça à côté de lui, ses yeux noirs étincelants.

— Nous savons que c'est très soudain, mais le sort de notre monde est en jeu. Nous pourrions tout perdre. Nous devons nous rendre dans le Secteur Lyra et découvrir ce que nous pouvons aussi rapidement que possible. Et nous aurions besoin de toute l'aide possible.

— Mais pourquoi nous ? Nous sommes des étrangers. Nous pourrions être dangereux, demanda Jaxon, ignorant les regards de mise en garde que les trois autres lui lancèrent.

Les deux nouveaux venus échangèrent un regard, communiquant silencieusement.

— Nous vous faisons confiance. C'est certainement ridicule, mais j'ai regardé Yasu dans les yeux, et j'ai su que je pouvais lui faire confiance. Même si j'étais une étrangère, il n'avait aucune malveillance. Je suis bon juge de caractère, dit finalement Safira.

Jaxon n'aimait pas cette réponse. Il alla à sa couchette et se laissa tomber sur le matelas. Bien qu'il appréciât ces voyages dans le multivers, il détestait chaque partie où il devait affronter quelque chose de potentiellement mortel. Il semblait que chaque nouveau pas l'amenait face à quelque chose de plus grand et plus habile à lui ôter la vie.

Tom prit la relève de Safira.

— Nous croyons aussi que mettre fin au Néant peut tout réinitialiser. Nous n'avons aucune preuve que tout ce qui y est entré est complètement perdu pour de bon. Quelques jours après que nos amis ont été emportés, nous avons reçu des signaux de leur vaisseau. C'était de courte durée, mais cela nous a donné l'espoir qu'ils sont toujours en vie.

— Nous voulons les sauver, et nous avons besoin de votre aide. Nous vous laissons du temps pour réfléchir, mais nous avons besoin d'une réponse d'ici demain, dit finalement Safira, arborant un mince sourire.

Comme personne ne parlait, ils quittèrent la pièce.

Alex ferma la porte derrière eux et resta dos à celle-ci.

— Alors, qu'est-ce que vous pensez que nous devrions faire maintenant ?

Nia semblait pensive.

— Ça vaut le coup d'essayer. Ça pourrait être risqué, mais si nous pouvons potentiellement sauver tout ce qui a été pris dans ce monde et nos doubles aussi, nous devrions tenter notre chance.

— Je suis d'accord. La seule alternative est de rentrer chez nous..., dit Yasu.

— Ce que nous devrions faire ! Pourquoi personne ne voit que c'est la meilleure solution ? cria Jaxon.

— D'accord, Jaxon, si c'est ce que tu veux faire, vas-y. Nous te laisserons ici avec le Dispositif de Saut Quantique et notre vaisseau spatial. Si nous sommes pris par le Néant, tu rentreras chez toi et tu leur diras ce qui s'est passé, dit Alex, d'un ton tendu.

Jaxon se leva du lit, les sourcils froncés.

— Tu sais que ce n'est pas juste. Nous devons rester ensemble.

— Alors reste avec nous, dit Alex, s'approchant.

Nia lui tapota le bras essayant de le calmer.

— Nous nous en sommes sortis deux fois déjà. Nous pouvons le refaire. J'ai un bon pressentiment à ce sujet, insista Alex.

Jaxon savait que la plupart des bons pressentiments d'Alex sur n'importe quoi étaient liés à sa curiosité. S'il était curieux à propos de quelque chose, il avait toujours un bon pressentiment à l'idée d'y tremper les orteils. Bien que Jaxon fût terrifié, il était également curieux. Il décida de croire en la conviction d'Alex.

— Très bien. Je marche.

CHAPITRE 23

TOM ET SAFIRA étaient ravis d'apprendre que les cadets désiraient participer à la mission. Ils en ont informé le commandant, expliquant comment l'aide extérieure de cadets qualifiés pourrait leur apporter une perspective nouvelle et un élan supplémentaire vers la réussite.

Le commandant y a réfléchi. Safira et Tom avaient été choisis pour la mission parce que Safira avait des liens ancestraux avec le Secteur Lyra, et Tom était plus âgé et plus expérimenté dans les voyages spatiaux. Deux autres membres faisaient partie de la mission, et ils étaient plus âgés et plus expérimentés. Le commandant n'était pas sûr que l'envoi des cadets à leurs côtés soit un bon plan, d'autant plus que la dernière fois qu'ils avaient envoyé Alex, Nia, Yasu et Jaxon, ils n'étaient pas revenus.

Il a discuté de ses opinions avec les autres responsables, expliquant les avantages et les inconvénients d'envoyer des voyageurs d'un autre monde pour cette mission. Les autres responsables ont délibéré pendant plus d'une heure. Le Colonel Klaus y était particulièrement opposé, citant la disparition des derniers cadets qu'ils avaient envoyés pour cette mission.

— Nous avons besoin de personnes plus expérimentées pour

cela. Nous sommes tous d'accord pour dire que les cadets sont intelligents, brillants et physiquement supérieurs en raison de leur éducation, mais nous ne pouvons pas continuer à les jeter dans des missions difficiles. Certains de nos pilotes et combattants plus âgés peuvent y aller aussi. Si nous tuons tous les jeunes, qui accomplira les missions importantes à l'avenir ? a déclaré le Colonel Klaus.

Leur Académie avait l'habitude d'envoyer des cadets en mission. Ils avaient remarqué que les cadets étaient plus désireux de s'engager, curieux et avaient des courbes d'apprentissage plus rapides. Naturellement, les cadets étaient aussi enclins à prendre des décisions imprudentes. Néanmoins, leurs succès dans les missions précédentes en faisaient des candidats idéaux pour chaque nouvelle mission.

— J'ai le pressentiment que cette fois-ci, nous réussirons. Leur Académie les a chargés d'un voyage à travers le tissu de l'espace pour venir dans notre monde. Ils doivent sûrement figurer parmi les esprits les plus brillants de leur monde, a réitéré le commandant.

Les responsables étaient divisés, beaucoup soutenant la vision du commandant, et encore beaucoup d'autres prenant le parti du Colonel Klaus. Ils ont finalement opté pour la voie de la démocratie, procédant à un vote pour décider.

Avec une marge claire de dix voix, la position du commandant l'a emporté.

Il a rapidement envoyé un message aux cadets leur demandant de le rencontrer dans son bureau.

Ils sont arrivés juste au moment où il revenait de la réunion. Il a regardé leurs visages, se rappelant les visages des versions d'eux qu'il connaissait.

— Nous avons choisi de vous autoriser à participer à cette mission avec les autres cadets et vétérans. Ce sera une mission périlleuse, face à quelque chose dont nous avons une connaissance limitée, mais je crois que vous êtes équipés pour y faire face. Nous avons étudié le Néant et cartographié son schéma de fonctionnement, faisant une prédiction approximative de l'endroit où il sera. D'après nos prédictions, votre chemin vers le Secteur Lyra est dégagé.

Les cadets ont acquiescé, prenant conscience du sérieux de la mission.

Les préparatifs sont venus ensuite, tout se déroulant à la hâte. Ils devaient participer à un entraînement rigoureux, décomposant le fonctionnement du vaisseau spatial et les protocoles impliqués dans le voyage. Ils ont rencontré les autres membres de la mission, Mario et Lucille. Ils étaient beaucoup plus âgés et avaient effectué de multiples voyages dans l'espace tout au long de leur service à l'Académie. Ils avaient tous les deux l'air très familiers, indiquant qu'ils existaient également dans le monde d'où venaient les cadets.

Mario et Lucille avaient également perdu des amis à cause du Néant. Trois de leurs amis étaient sur le vaisseau qui transportait les versions alternatives d'Alex, Nia, Yasu et Jaxon.

Bien que Mario semblait légèrement grincheux, Lucille était heureuse de les avoir à bord.

— J'ai toujours su que vos alter ego étaient parmi les cadets les plus intelligents de l'Académie. Travaillons ensemble et ramenons nos amis à la maison.

Dans leurs discussions avec Mario, Lucille et les autres responsables, Alex a suggéré d'emporter leur vaisseau spatial avec eux sur le navire. Le navire était assez grand pour accueillir des engins plus petits pour des missions plus modestes.

— Nous pourrions également découvrir que le Dispositif de Saut Quantique pourrait être utile à un moment crucial de la mission.

Le commandant s'est caressé le menton, plongé dans ses pensées.

— Quel moment crucial ?

Alex a haussé les épaules.

— Quelque chose concernant la disparition et la réapparition du Néant me fait penser qu'il pourrait passer d'un univers à l'autre. À un moment donné, nous pourrions découvrir où il va, et cela pourrait nous rapprocher de la résolution du mystère.

Les responsables ont discuté un peu plus de la proposition d'Alex lors d'une réunion privée. Ils disposaient d'un guide détaillé du fonctionnement et des capacités du Dispositif. La réunion s'est conclue par une décision unanime selon laquelle le Dispositif pourrait être utile pour la mission.

Le jour du décollage est arrivé. Les cadets étaient en combinaison et se sont rendus au vaisseau avec leurs camarades. Safira arborait un sourire crispé, les yeux fixés sur le ciel. Tom lui a demandé si elle allait bien tandis qu'ils montaient à bord du vaisseau.

— J'ai peur. Je fais des rêves où j'entends le Néant me parler, me disant qu'il viendra me chercher comme il est venu chercher Yasu, a-t-elle dit.

Tom lui a tapoté le dos et lui a offert un sourire rassurant.

— Nous ne le laisserons pas te prendre. Ne t'inquiète pas.

Les cadets étaient habitués à tout gérer seuls sur leur vaisseau, mais cette fois-ci, ils avaient des rôles moins importants. Mario était le chef du vaisseau et donnait toutes les instructions, déléguant les tâches selon leur expertise. Alex était son copilote, étant donné ses compétences exceptionnelles dans le pilotage d'engins spatiaux plus petits. Tom, Nia et Yasu travaillaient sur la navigation, sélectionnant les meilleures routes à travers les systèmes et calculant les bons endroits pour effectuer des sauts luminiques. Safira, Jaxon et Lucille s'occupaient du support technique.

Ils décollèrent en douceur, s'élançant dans l'abîme le cœur serré, et planifièrent un voyage vers le Secteur de Lyra, choisissant l'itinéraire le plus rapide. Ils passèrent à l'action, effectuant leur premier saut luminique et émergeant dans l'espace plus près de leur destination. Comme il était difficile de faire plus d'un saut luminique à la fois, ils mirent le vaisseau en pilote automatique, lui permettant d'avancer à vitesse constante vers le secteur.

— Nous devons rester vigilants à tout moment. Le Néant est rusé, des filaments apparaissent dans divers secteurs, dévorant planètes et étoiles. Dès que nous voyons quelque chose de ce genre, nous devons faire un saut aussi rapidement que possible pour l'éviter, dit Mario.

— Cela ne va-t-il pas mettre le vaisseau à rude épreuve ? Je sais que se faire prendre par le Néant est la pire chose qui puisse nous arriver. Mais se faire découper en plein saut l'est tout autant, dit Nia.

— Cela ne le mettra pas à rude épreuve. Le vaisseau peut gérer deux sauts consécutifs d'un coup. On évite simplement de le faire parce qu'il pourrait y avoir une urgence de l'autre côté. Tu veux toujours avoir la puissance pour un saut supplémentaire en réserve.

Jaxon avait étudié toutes les façons connues d'échapper à l'emprise du Néant.

Il n'y avait pas grand-chose à faire dans le vaisseau à part surveiller les consoles de navigation, contrôler le niveau de carburant et l'intégrité des pièces du vaisseau, et diriger celui-ci autour des grands obstacles flottants. Pendant leurs temps morts, Yasu leur apprit le jeu qu'il avait découvert lors de leur voyage dans le Secteur d'Orion. Ils n'avaient pas le jeu qu'ils avaient utilisé pendant ce voyage, alors il se débrouilla avec des morceaux de papier marqués.

Un jour, alors qu'elle était de quart à la navigation, Nia entendit Safira suffoquer dans l'espace commun. Elle alla vers elle, lui tapotant le dos et essayant de la calmer, mais la jeune fille se retourna, lui saisissant le poignet d'une poigne d'acier. Ses yeux s'étaient révulsés, ne montrant qu'un blanc uniforme. Sa voix résonna, claire avec une légère rugosité.

— Le monde va tomber. Le monde *doit* tomber.

Nia était terrifiée, horrifiée par l'emprise de plus en plus serrée de la jeune fille et la haine manifeste dans ses traits. Elle se tortilla, essayant de se dégager, mais ne voulant pas faire trop de bruit pour ne pas attirer davantage l'attention sur la situation.

Lucille sembla cependant entendre. Elle vint vers elles, détachant les mains de Safira, et la secoua fermement.

— Reprends-toi !

La jeune fille ne réagissait pas, répétant inlassablement son sinistre avertissement. Elle ne s'arrêta que lorsque Lucille lui gifla le visage.

Safira, revenue à elle, se tint le visage et pleura silencieusement. Elle marmonna des excuses, tête baissée.

Mario convoqua plus tard une réunion pour aborder la situation.

Il s'assit au bord, l'air plus grincheux que d'habitude, jambes croisées et bras repliés.

— Expliquez-vous.

Safira leur raconta qu'elle avait eu d'étranges rêves où le Néant l'appelait. Elle dit qu'ils s'étaient aggravés à mesure qu'elle planifiait le voyage, et maintenant, pendant le voyage, ils cherchaient à la submerger.

— Nous aurions dû vous laisser à l'Académie. Une partie de votre ascendance est liée au Secteur de Lyra, n'est-ce pas ? Et votre *petit ami* était aussi sur la dernière mission. Peut-être êtes-vous trop proche de la mission, dit Mario.

Alex n'aimait pas le mépris dans le ton de l'homme.

— Vous ne pouvez pas affirmer cela avec certitude. Elle a peut-être peur, mais elle a bien fait son travail jusqu'à présent.

— Comme elle le devrait. Mais elle devient une nuisance. Elle ne peut pas continuer à entrer dans cet étrange état de transe. Si elle fait cela au mauvais moment, elle pourrait compromettre la mission.

— Je comprends ce que vous voulez dire, mais...

Mario lui lança un regard sinistre.

— Mais rien du tout, faux Alex. Nous menons une mission à hauts risques ici. Le conseil tout entier est peut-être dupé par vos succès dans les missions précédentes, mais je vous vois tous tels que vous êtes : des enfants. Vous devez tous vous ressaisir. Et elle aussi, sinon je la maîtriserai moi-même...

— Je veillerai sur elle, dit Yasu.

Il bougea, mal à l'aise. Il s'était senti inconfortable près d'elle depuis leur première rencontre, mais il ressentait une certaine responsabilité personnelle de s'occuper d'elle. Il avait la conviction que son alter ego dans ce monde aurait voulu qu'il fasse cela.

Mario lui lança un regard mauvais et sortit de l'espace commun.

Quand Yasu la regarda, toujours méfiant, elle lui adressa un sourire faible mais reconnaissant.

Ils firent deux sauts luminiques supplémentaires avant d'arriver au Secteur. Un saut suivit immédiatement l'autre, après avoir aperçu des filaments du Néant le long de leur trajectoire. Les cadets regardèrent par les vitres du vaisseau l'obscurité qui absorbait toute lumière devant eux. Elle dérivait, mais ils savaient qu'elle pouvait se déplacer rapidement, rattrapant le vaisseau et les engloutissant entièrement.

Ils accélérèrent les calculs, trouvant la meilleure trajectoire pour le saut et initiant la séquence.

Ils émergèrent du saut dans le Secteur de Lyra, indemnes et à l'abri du Néant.

— Nous nous dirigeons vers la planète Gilrai dans l'anneau extérieur du secteur, les informa Mario.

Il l'avait sélectionnée après avoir délibéré avec Nia, Yasu, et Tom. La planète était l'endroit le plus proche pour commencer quelques investigations et récupérer avant d'entamer un autre voyage.

— Pourquoi Gilrai ? Nous n'y trouverons rien. D'après mes souvenirs, c'est une petite planète agricole et principalement déserte, dit Safira.

— Nous pourrions y trouver des informations utiles quand même. Reposez-vous. Avec notre vélocité, nous devrions pouvoir atterrir dans les quarante-huit prochaines heures., dit Mario

Les cadets effectuèrent les vérifications nécessaires au cours des heures suivantes pour préparer leur atterrissage. Pendant ce temps, Safira se comporta de façon exemplaire, ne dormant que quelques heures à la fois, et se levant tôt. Yasu essaya de lui parler, lui faisant savoir qu'il ne laisserait pas Mario lui faire du mal, mais elle l'écarta, l'assurant qu'elle allait bien.

Ils atterrirent sans encombre dans un vaste champ dans la partie la plus densément peuplée de la planète. Une ville était proche. Elle n'était pas aussi développée que n'importe quelle ville sur leur planète, mais elle semblait être le meilleur endroit pour trouver des réponses.

Ils se rendirent à la ville, toujours vêtus de leurs combinaisons spatiales. Ils marchèrent à travers des rues semi-désertes, ne rencontrant que des personnes qui s'enfuyaient dès qu'ils tentaient de leur parler. Ces gens avaient une peau rougeâtre et écailleuse, de grands yeux noirs, et de petites cornes qui dépassaient de leur front.

— Comment allons-nous jamais obtenir des informations de ces gens ? se plaignit Jaxon.

Un soleil éclatant les accablait et, coincé dans sa combinaison, il était trempé de sueur.

— On va continuer d'essayer. On va probablement rencontrer les forces de sécurité bientôt, dit Nia, en lui donnant une tape rassurante.

Elle avait raison. Ils tournèrent à un coin, et dix agents de sécurité les attendaient là. Ils portaient des tenues gris foncé et tenaient des pistolets laser. Celui qui était devant semblait les injurier.

— Des humains !

Ce qui suivit fut un tas de mots indéchiffrables, mais ils purent en comprendre une partie grâce au communicateur universel. L'essentiel était qu'ils avaient vécu paisiblement tout ce temps et ne voulaient aucune perturbation de la part d'étrangers.

Les agents de sécurité autochtones se tenaient là, brandissant leurs armes. Nia tenta de leur parler dans leur langue et échoua. Impatient et réalisant qu'elle n'y arriverait pas de sitôt, Mario s'avança avec le communicateur.

— L'univers entier est en danger. Nos recherches nous ont menés ici, dans votre secteur, pour découvrir ce que nous pouvons sur la fin de ce monde tel que nous le connaissons, dit-il.

— Partez ! Le monde finit, le monde finit, dirent-ils.

Mario fit des efforts pour essayer à nouveau, mais cette fois, ils étaient plus intransigeants. Yasu et Tom, qui fermaient la marche, alertèrent Mario à propos d'autres agents qui les observaient depuis les fenêtres des bâtiments environnants.

— Si nous ne partons pas maintenant, ils vont nous tuer. Et notre voyage s'arrêtera là, dit Yasu.

Mario, à contrecœur, ordonna la retraite. Ils dirent aux habitants qu'ils s'en allaient, et ils retournèrent au vaisseau, vaincus.

CHAPITRE 24

— Où pouvons-nous aller d'autre ? demanda Mario, regardant par-dessus l'épaule de Nia et Tom vers la console de navigation.

— L'Andorg, dit Safira derrière lui.

Mario se retourna pour la regarder.

— Quoi ?

— C'est là où je voulais qu'on aille avant. L'Andorg.

— Qu'est-ce que c'est ?

— D'après ce que je lis ici, c'est une planète sur l'anneau intérieur du Secteur Lyra. Une religion ancienne de cette région la considérait comme le siège ancestral de leur dieu, dit Nia.

Tom l'appuya et lut un bref passage du *Guide de poche pour visiter la galaxie* qui indiquait que la planète était largement occupée par des prêtres et d'autres croyants de la foi Angoo. La planète était autrefois le centre du secteur à l'apogée de l'influence de cette religion, avec de nombreux dirigeants du conseil planétaire baptisés et ordonnés par cette foi.

— Chaque pas que nous faisons dans toute cette histoire me fatigue davantage. Maintenant nous devons faire des recherches dans un temple ? grogna Jaxon.

Nia haussa un sourcil vers lui.

— Qu'est-ce qui ne va pas avec un temple ? Les religions sont peut-être largement passées de mode dans notre partie de l'univers, mais dans beaucoup d'autres endroits, elles ont été l'épine dorsale de leur essor technologique. Les temples peuvent encore être un guide utile en fournissant des informations et du savoir.

Mario lisait plus d'informations sur l'Andorg par-dessus son épaule.

— Et je suppose que tu la connais parce que tu y es déjà allée, c'est ça ? demanda-t-il à Safira.

— Non. J'en ai entendu parler quand je suis allée sur ma planète d'origine lointaine, Ixis. Elle est de l'autre côté du secteur, dans l'anneau du milieu, répondit Safira.

Mario souffla.

— Mettez donc le cap sur l'Andorg. Nous n'avons pas d'autres pistes. Espérons que cela nous mènera où nous devons aller.

Nia et Tom travaillèrent à établir un itinéraire vers leur destination, et Alex ajusta les paramètres du vaisseau pour faciliter leur arrivée.

Le temps passait lentement sur le vaisseau et ils se divertissaient en jouant aux jeux que Yasu leur avait appris et en partageant des histoires sur leurs collègues perdus. Les cadets racontaient également des récits sur leur monde et leurs voyages vers d'autres mondes. Leurs camarades s'interrogeaient sur les anomalies.

— Donc tu dis que si *ton* Tom était venu pour cette mission à ta place, il y aurait eu des anomalies ici ? demanda Tom, fronçant les sourcils avec incrédulité.

— Ce n'est encore qu'une hypothèse. Nous n'avons pas fait assez de voyages dans d'autres mondes pour savoir si rencontrer nos doubles provoque toujours des anomalies, dit Alex.

Bien que les scientifiques de l'Académie travaillaient avec cette hypothèse, encourageant leurs voyageurs à éviter leurs doubles, il n'y avait pas de conclusion concrète sur sa véracité.

— Mais si c'est le cas, cela signifie que *ton* Tom aurait provoqué des anomalies avec le nôtre. Ce n'est pas une bonne chose, dit Lucille, fascinée.

Jaxon prit Alex à part avant qu'ils n'arrivent sur la planète.

— Et si nous ne trouvons rien là-bas ? Et si nous avons fait tout ce voyage pour rien ? demanda-t-il.

— Tu sembles plus négatif que d'habitude. Tu n'étais pas aussi pessimiste même quand nous avons affronté le *démon* spatial, remarqua Alex, arborant un mince sourire.

— C'était différent. C'était un nuage.

Alex fronça les sourcils en le regardant.

— Et ceci est un Néant.

— Exactement. C'est plus effrayant.

Alex se plia en deux de rire, mais quand il s'arrêta, il rassura Jaxon en lui disant qu'il avait un bon pressentiment à propos de la mission.

— Je crois que nous apprendrons beaucoup sur cette nouvelle planète. Et tu seras content d'être venu.

Ils atterrirent sur Andorg en temps voulu. Depuis l'espace, ils pouvaient voir une planète pleine de verdure et de bâtiments en pierre de couleur jaune et brune. Safira n'avait pas assez d'informations sur la planète pour leur donner des indications solides, alors ils atterrirent sur une dalle surélevée dans une partie de la planète où ils sentaient que vivait le plus grand nombre de personnes.

Du ciel, ils virent que la dalle était proche d'une ville, construite selon un motif circulaire concentrique autour de ce qu'ils croyaient être le Temple du Grand Dieu Tarrhus. Leur vue aérienne correspondait aux images qu'ils avaient vues dans les guides.

Leur atterrissage attira un groupe de personnes, qui se rassemblèrent autour de la dalle avec des expressions d'émerveillement. Ils étaient d'espèces différentes; certains ressemblaient à des humains, d'autres avaient la peau verte comme ceux du Secteur Orion, et d'autres ressemblaient à ceux qu'ils avaient rencontrés à Gilrai.

Les voyageurs se tenaient à l'extérieur du vaisseau, regardant les indigènes qui les observaient. Un par un, les autochtones pointaient du doigt, scandant dans leur langue :

— Harga, Harga.

Le communicateur universel capta ce mot et l'interpréta comme « déesse ».

— À qui font-ils référence ? demanda Alex, rendant leur regard respectueux avec une pointe de crainte.

— Peut-être à Nia, parce qu'elle a l'air d'un autre monde, suggéra Jaxon.

Nia lui lança un regard appuyé.

— Je pense que ça pourrait être Safira.

Comme en réponse, Safira fit un pas en avant, son cœur battant dans sa poitrine. Elle dit quelque chose aux autochtones dans leur langue; les mots coulant de sa bouche comme si elle avait parlé cette langue toute sa vie.

Le communicateur capta son monologue.

— Amis, la fin du monde approche. Mes camarades et moi cherchons des réponses. Notre quête nous a menés ici, chez vous, pour trouver les origines de ce fléau qui menace le destin de nos mondes. Guidez-nous. Aidez-nous. S'il vous plaît.

Les gens pointèrent une longue route. Elle traversait la ville jusqu'à son cœur, où se dressait l'énorme temple, dominant tous les autres bâtiments.

— Vous trouverez des réponses là-bas. Le temple garde des secrets depuis des millénaires. Cherchez bien, déesse, dit l'un des hommes plus âgés.

Safira s'inclina et les gens s'inclinèrent aussi, leurs têtes touchant le sol.

Ne voulant pas perdre de temps, elle fit signe à ses amis et ils se précipitèrent dans la ville, descendant la rue que les habitants leur avaient indiquée.

— Comment connaissais-tu cette langue, Safira ? demanda Mario.

— Je ne sais pas. Peut-être que ma mère me la parlait quand j'étais bébé ? Entendre leurs chants a déverrouillé un souvenir enfoui. Cet endroit me semble plus familier. Je crois que nous sommes proches des réponses maintenant, dit-elle.

—▼—

Ils avançaient rapidement, bien que le soleil les réchauffât à travers leurs combinaisons.

Ils découvrirent que le temple était désert, des mauvaises herbes poussant sur les dalles et les murs. À l'entrée se dressait une grande statue de bronze représentant un homme à trois têtes et six bras. L'un de ses visages affichait un regard furieux, le second un sourire, et le dernier une expression passive.

— Le grand dieu, Tarrhus, dit Safira, contemplant la figure au regard furieux.

— Nous devrions nous dépêcher. Je reçois des informations de la base. C'est flou sur cet appareil, mais je pense que nous pouvons explorer les lieux, et quand nous serons de retour au vaisseau, nous vérifierons ça, dit Mario.

— Et si c'était urgent ? demanda Lucille.

— Rien n'est plus urgent que d'obtenir les réponses dont nous avons besoin, dit Mario, rangeant son appareil dans sa poche.

Les portes du temple étaient imposantes, sans aucun moyen évident de les déverrouiller. Elles étaient également en bronze et couvertes de gravures complexes. Ils manipulèrent les barres en bois pendant un moment, déplaçant des pièces de façon désordonnée jusqu'à ce que Jaxon et Lucille comprennent le mécanisme. C'était une énigme impliquant quatre parties mobiles.

Jaxon et Lucille distribuèrent les instructions, assignant à chacun un rôle. L'équipe lutta avec le lourd mécanisme, le son du métal grinçant résonnant dans la caverne. Alors que les portes s'ouvraient en gémissant, elles révélèrent des rangées de colonnes mémorielles scintillant faiblement dans la pénombre. Ces dispositifs anciens, couverts d'inscriptions et pulsant légèrement d'énergie, semblaient contenir les réponses qu'ils cherchaient – des réponses qui pourraient expliquer les origines du Néant et son lien avec leur multivers. Maintenant à l'intérieur, ils poussèrent collectivement un profond soupir. L'endroit sentait le figé dans le temps, l'humidité et l'ancien. Ils allumèrent leurs torches, projetant de vifs rayons sur les plantes qui avaient envahi les lieux.

— Nous devrions nous séparer. Cet endroit est immense. Nous couvrirons plus de terrain si nous nous divisons. Rendez-vous ici dans une heure, dit Mario.

Mario partit avec Yasu, Safira et Jaxon, tandis que Lucille emmena Alex, Nia et Tom.

Le groupe de Lucille se dirigea vers les niveaux supérieurs, balayant les alentours de leurs lampes. Les escaliers s'effritaient par endroits, mais ils supportaient encore leur poids. Une histoire était racontée sur les murs, illustrée par une fresque aux couleurs vives. Des personnes en poursuivaient d'autres, brandissant des armes tranchantes. Certaines se rassemblaient autour d'un trou dans le sol rempli d'un liquide vert. Des mains tenaient un bébé nu vers le ciel.

— Regardez ça ! N'est-ce pas le Néant ? s'exclama Nia, fixant intensément l'un des murs.

Les autres se regroupèrent autour d'elle, observant la peinture qu'elle désignait. Trois hommes nus se tenaient devant une obscurité, leurs corps anormalement lumineux par contraste.

— Qu'est-ce que ça signifie à ton avis ? demanda Tom.

— Aucune idée. Mais ça nous dit une chose : nous sommes plus proches de la vérité. Cet endroit *possède* bien des souvenirs et des informations sur les débuts du Néant, dit Nia, avançant pour observer certains des détails plus fins.

Ils atteignirent le deuxième niveau et trouvèrent une pièce froide remplie de rangées et de rangées d'étagères chargées de livres, de parchemins et de–

— Qu'est-ce que c'est ? demanda Tom, tenant l'un des gros cylindres dans sa main.

À l'intérieur se trouvait un cylindre plus mince dans un liquide visqueux.

— Des colonnes mémorielles, dit Nia, sans hésiter.

Lucille s'approcha, prenant celle que Tom tenait.

— J'ai entendu parler de ces objets. Je ne pensais pas en voir un jour de ma vie. Elles sont passées de mode il y a des siècles.

Tom se dirigea vers une autre étagère qui en était remplie.

— Comment allons-nous lire les informations qu'elles contiennent ?

Alex regarda autour de lui, se tenant près d'une étagère empilée avec admiration.

— Il devrait y avoir un lecteur de mémoire quelque part à proximité. Je vois un grand système avec un moniteur.

Lucille suivit son regard, ses yeux se posant sur le système auquel il faisait référence. Il était de la taille d'une vache, construit en métal et entouré de pierre grise froide. Elle n'avait rien vu de tel depuis qu'elle était enfant et avait reçu son premier livre sur l'histoire des ordinateurs.

— Oui. C'est vraiment ancien. Mais je pense que je peux comprendre son fonctionnement.

Tom examina l'un des conteneurs qu'il tenait, le reniflant.

— Mais la langue ?

Il y avait une étiquette sur cette colonne, mais la langue était incompréhensible.

— Je peux essayer de la scanner avec le communicateur universel, proposa Nia.

Elle se précipita à ses côtés et sortit le communicateur. Cela prit un certain temps pour le faire fonctionner, car il avait du mal à se connecter à la base de données linguistiques du vaisseau depuis cette distance, mais finalement, elle y parvint.

— L'incendie de l'arbre rouge. Ça ne nous aide pas beaucoup. Cherchons-en d'autres, dit-elle, la confusion évidente sur son visage.

Après de nombreuses recherches, ils tenaient plusieurs colonnes portant des étiquettes comme *destruction de la mort, le feu à la fin du monde, l'origine de dieu, la grande guerre de Ludwik,* et *créer l'apo-calypse.*

Pendant tout ce temps, Lucille avait bricolé le système, essayant de le faire démarrer. Elle réussit finalement, des gouttes de sueur perlant sur son front. Rien sur le système n'était dans une langue qu'elle connaissait, ajoutant à sa frustration.

— Tout cela nous mène à une impasse. Nous devrions vérifier les niveaux supérieurs puis aller au point de rendez-vous. L'heure est presque écoulée, dit-elle, essuyant la sueur de son front.

Nia était réticente à la suivre. Elle montra un livre sur lequel elle était tombée portant le titre *La Naissance des Fins.*

— Je suis vraiment curieuse de savoir ce qui pourrait se trouver à l'intérieur. Les traductions prendront du temps, mais je veux le parcourir et voir ce que je pourrais trouver sur le Néant, dit-elle.

Lucille n'y voyait pas d'inconvénient. Elle demanda à Alex de rester avec Nia, pour l'aider avec les traductions et lui fournir toute autre assistance dont elle pourrait avoir besoin.

Ils étaient assis en tailleur sur le sol, Nia se mettant au travail. Le livre était grand, avec des pages faites d'un matériau semblable au lin. Bien que l'encre aurait dû s'estomper, les conditions hermétiques de la chambre avaient préservé les livres. De nombreuses illustrations parsemaient les pages, montrant des guerriers s'équipant pour la bataille, des détails sur leurs armes et armures, ainsi que des descriptions de leur planète d'origine.

Nia traduisit un court passage.

— Ixis. C'est de là que viennent les ancêtres de Safira, non ?

Alex se rappela le nom de leur conversation précédente.

— Oui. Je crois bien.

— Ces guerriers viennent de cette planète. Ils détenaient une force considérable dans la région, utilisant des ordinateurs organiques pour augmenter leurs capacités.

Alex haussa un sourcil.

— Des ordinateurs organiques ?

Le nom lui semblait familier, mais Nia ne pouvait identifier quand ou où elle l'avait entendu pour la première fois.

— Il semble que ce soient des ordinateurs fabriqués avec des organismes.

Elle feuilleta jusqu'à la fin du livre où se trouvait l'index et chercha les ordinateurs organiques. Quelques autres pages y faisaient référence. Elle en choisit une au hasard, déconcertant Alex par sa rapidité.

— Une pensée très étrange m'est venue à l'esprit. Et si le Néant était un ordinateur organique corrompu ? dit-elle.

Alex y réfléchit.

— Mais il fonctionne comme un trou noir. Du moins, c'est ce que tout le monde a dit à son sujet.

— Peut-être. Mais si c'était le cas ? demanda-t-elle en haussant les épaules.

Nia travaillait avec une efficacité qu'Alex avait du mal à suivre. Les vingt minutes qu'ils passèrent avec le livre pendant que Lucille et Tom exploraient l'étage semblaient durer plus d'une heure. Elle feuilletait les pages, indiquant à Alex ce qu'il devait noter par endroits, parcourait les images, recueillant des informations sur la tribu guerrière ixienne, la religion Angoo, et les troubles civils dans le Secteur de Lyra survenus il y a quelques millénaires.

Au moment où Lucille et Tom revinrent des niveaux supérieurs, Nia avait le pressentiment de connaître la cause du Néant. Alex avait également l'impression de savoir, mais ils avaient besoin d'approfondir leurs recherches. Ils bouillonnaient d'excitation, impatients de partager leurs découvertes.

Pendant ce temps, le groupe de Mario explorait les sous-sols du temple. Eux aussi découvrirent une chambre froide remplie de rangées et de rangées de mémoires de stockage. Jaxon se précipita vers les colonnes de mémoire, constatant que beaucoup étaient plus longues que son bras et avaient des circonférences plus grandes que sa tête.

— Incroyable. Je pensais que ces choses n'existaient plus, s'écria-t-il.

Yasu lui sourit, contemplant l'étendue de connaissances posée sur les étagères.

— Nia adorerait se plonger là-dedans.

Jaxon acquiesça, faisant le tour des étagères pour en examiner davantage.

— Que pouvons-nous faire avec ce que nous avons ici ? dit Mario avec une pointe d'irritation.

— Calme-toi, Mario, dit Jaxon.

— Me calmer ? Notre monde est sur le point de disparaître !

Safira déambulait dans la chambre, examinant les systèmes installés dans divers recoins. C'était probablement leur seul moyen de découvrir les informations contenues dans les colonnes de mémoire.

Quelque chose dans cet endroit lui semblait familier, mais elle n'arrivait pas à mettre le doigt dessus. Elle arriva au fond de la chambre et trouva une grande porte avec un petit plateau de pierre en son milieu. Il y avait une gravure d'un démon sur la porte, des pierres précieuses rouges marquant l'emplacement où ses cinq yeux auraient dû se trouver sur son visage.

Elle fixait le visage de la créature et sentit sa conscience s'évanouir. Un éclair de reconnaissance la frappa tandis que le Néant se profilait dans sa vision, ses vrilles noires tourbillonnantes entrelacées de faibles traces d'énergie lumineuse. Elle réalisa que les motifs reflétaient les distorsions qu'ils avaient vues après chaque saut multivers. Son cœur battait la chamade alors qu'une pensée glaciale émergeait – le Néant était-il une conséquence de leur ingérence ? La voix désincarnée résonna à nouveau, son ton résolu mais hanté, comme si ce n'était pas simplement un avertissement mais un verdict. Le Néant se dressait devant elle à nouveau, une voix désincarnée en émanant, disant, dans la langue de ces gens : « La fin viendra. Le monde doit finir. » Cette vision s'estompa, et un souvenir l'inonda, comblant un vide dont elle ignorait l'existence. Le souvenir était fragmenté mais vivace. Elle aperçut des bribes d'un ciel en flammes et des formes tordues rampant hors du Néant, leurs formes changeantes et instables. Une voix – profonde, résonnante et étrangement familière – parlait dans son esprit : « *Ce n'est pas la première fois. Le Néant a toujours attendu, devenant plus fort à chaque brèche.* » Elle chancela, écrasée par le poids de la révélation. Elle avait dû haleter bruyamment car Yasu fut à ses côtés en un instant.

— Ça va ? demanda-t-il, lui tenant le bras.

— Oui, dit-elle, bien que sa voix fût tendue.

Ses yeux s'attardèrent sur la porte un moment de plus, son esprit bouillonnant de pensées fragmentées sur le Néant et son message cryptique. Elle suivit Yasu pour rejoindre les autres. Jaxon luttait pour allumer le système, utilisant des connaissances intuitives sur la façon dont il pensait que de tels appareils fonctionnaient. L'écran s'alluma bientôt, un message s'affichant en lettres blanches sur fond sombre.

— Safira, peux-tu comprendre ceci ? appela Jaxon.

Elle s'approcha, fixant les mots.

— Il semble être verrouillé. « Seuls ceux qui ont l'autorité peuvent y accéder », dit-elle, lentement.

Mario jura à voix basse.

— Quelle autorité ? Pourquoi chaque partie de cette mission est-elle impossible à pénétrer ?

Safira s'avança, poussant ses paumes contre le clavier, déverrouillant l'appareil.

— Comment as-tu su faire ça ? demanda Jaxon, bouche bée.

Safira recula, le cœur battant.

— Aucune idée.

Yasu toucha le bas de son dos.

— Ça va ?

Elle le regarda, les yeux pleins de culpabilité.

— Oui. Ça va. Juste un peu surprise. Ça semblait intuitif. Je suppose que Jaxon aurait pu résoudre ce mystère sans mon aide.

Jaxon était déjà occupé sur le système. L'écran affichait une sélection de langues détaillée, et bien qu'il ne comprît pas la langue par défaut, il reconnaissait une fenêtre de sélection de langue quand il en voyait une. Il trouva leur langue quelque part au milieu de la liste et la sélectionna.

Bienvenue ! s'affichait à l'écran en lettres lumineuses.

— Nous y sommes ! Gloire à moi ! Et à la déesse, Safira, dit Jaxon en poussant un cri de joie.

Mario se retourna vers elle, son regard s'assombrissant.

— Qu'est-ce qu'ils entendaient exactement par là ?

— Quoi ?

Les yeux de Safira s'écarquillèrent.

— Qu'est-ce qu'ils entendaient par "déesse" ?

Jaxon prit l'un des cylindres et l'inséra dans le trou vacant sur le côté du système. Une fenêtre apparut à l'écran, demandant ce qu'il fallait faire ensuite. Jaxon sélectionna « lire la mémoire », et le système commença à bourdonner, épargnant à Safira le fardeau de répondre à la question pointue de Mario.

— Quel est ce bruit ? demanda Mario en s'approchant de Jaxon.

— Il lit le cylindre de mémoire, répondit Jaxon d'un ton neutre.

Une vidéo commença à se jouer, montrant la construction du temple. La narration était dans une langue différente, et Jaxon gémit.

— Y a-t-il un moyen d'avoir des sous-titres sur ce truc ?

Il bricolait les paramètres, maudissant la nature antique de la technologie présente.

Safira apparut à nouveau près de son épaule pour le guider, trouvant facilement un fichier de sous-titres et le convertissant dans leur langue. Jaxon la regarda avec admiration, impressionné par la facilité avec laquelle elle naviguait dans cette technologie.

— Nous devrions commencer à retourner au point de rendez-vous, dit Mario.

Il fixait son appareil de poche, incapable de se concentrer davantage.

— Mais nous avons à peine vu quoi que ce soit, protesta Jaxon.

— Nous pourrons revenir plus tard. Pour l'instant, nous devons aller au vaisseau. Allez !

Ils quittèrent la chambre en file indienne, se dirigeant vers le point de rendez-vous. Safira traînait, ses yeux scrutant la chambre et retrouvant la porte scellée au fond. Elle attendit que les autres soient hors de vue et retourna dans la chambre, fermant la porte derrière elle et courant vers la porte mystérieuse.

Ils retrouvèrent les autres près de la porte d'entrée, Alex, Nia et Tom se tenant là avec quelques cylindres à la main.

— Vous êtes en retard, remarqua Lucille.

— Il y a un problème à la maison, dit Mario.

Le visage de Lucille devint livide, sa respiration devenant courte et saccadée.

Mario arborait une expression lugubre, passant une main tremblante sur son visage.

— Un message est arrivé sur l'appareil. Il semble que le Néant soit réapparu dans notre secteur, dans un système proche du nôtre. Ce n'est qu'une question de temps avant qu'il n'atteigne notre planète.

Lucille laissa échapper un cri à glacer le sang.

Safira s'entailla le doigt, laissant le sang s'écouler. Se préparant mentalement, elle posa son doigt sur le plateau de pierre, appuyant pour que le sang puisse couler dans le réceptacle. La porte gémit, les yeux de pierre précieuse de la créature s'illuminant.

Les autres regardaient dans un silence tendu, leur malaise grandissant à chaque seconde qui passait. Jaxon se pencha vers Alex, sa voix basse mais tranchante.

— Comment peut-elle savoir quoi faire ? Tout ça semble trop facile.

Alex fronça les sourcils mais ne répondit pas, ses yeux fixés sur

Safira. Elle se tourna pour leur faire face, son expression indé-chiffrable.

— Je ne sais pas comment je sais. Mais si vous ne me faites pas confiance maintenant, alors pourquoi sommes-nous ici ? dit-elle, sa voix ferme mais portant une pointe de défensive.

Yasu s'avança, posant une main sur l'épaule de Jaxon.

— Laisse-la finir. Si ça marche, nous aurons nos réponses. Sinon... nous gérerons ça à ce moment-là.

Puis, avec un son fort et grinçant, la porte commença à s'ouvrir, de la brume s'échappant de la chambre à l'intérieur.

CHAPITRE 25

UNE DISPUTE ÉCLATA.

Oubliant son enthousiasme précédent à la découverte d'une technologie si ancienne, Jaxon se retourna vers Alex pour l'attaquer.

— *Tu* nous as dit que tout s'arrangerait. Quelle partie de tout cela est en train de s'arranger ?

Alex essaya de le calmer, lui tenant l'épaule.

— Nous n'avons pas terminé ici. Il y a tant à apprendre dans ces...

— Colonnes mémorielles ! Ils utilisent des colonnes mémorielles. Nous ne pouvons apprendre qu'un certain nombre de choses en si peu de temps. Maintenant, cette chose va *dévorer* notre foyer alternatif. Et nous ne pourrons pas retourner à notre vrai foyer, s'écria Jaxon.

Alex s'approcha de lui, l'implorant d'être patient.

Mario, quant à lui, faisait des plans pour retourner au vaisseau avec Tom. Il voulait tenter de contacter la Terre et obtenir une vision plus globale de la situation là-bas.

— Le reste d'entre vous peut rester ici, examiner les conteneurs ou les cylindres, et trouver ce que vous pouvez. Nous serons de retour en un rien de temps.

— Où sont Yasu et Safira ?

Jaxon semblait doublement bouleversé.

— Ne me dis pas qu'avec tout ce qui se passe ici, ces deux-là...

Il ne put terminer sa pensée. Il poussa un grand cri, le son se répercutant dans toute la pièce.

— Ils sont peut-être au sous-sol. Ils avaient peut-être une piste. Safira est douée avec les ordinateurs.

Yasu remarqua que Safira ralentissait son allure et quittait le groupe. Il suivit le reste de son équipe jusqu'au point de rendez-vous mais n'y resta que jusqu'à ce qu'il entende l'annonce de Mario. Il retourna au sous-sol et dans la chambre où ils s'étaient trouvés, juste à temps pour voir Safira ouvrir la porte et entrer dans une autre chambre secrète.

Ne voulant pas la surprendre, il se faufila derrière elle, se déplaçant avec une discrétion exercée. Une brume glaciale s'échappait de la chambre, s'accumulant sur le sol autour de la porte.

Il atteignit la porte et trouva Safira debout devant un grand organisme. Il avait la forme d'un chou-fleur ou d'un chou, bulbeux et couleur chair. Des lianes sortaient du bas et tout autour, entourant la pièce. Le nom de cet organisme existait quelque part dans son esprit, mais il n'arrivait pas à y accéder.

Safira était proche de la chose, touchant son corps avec une main ensanglantée. Il voulait se précipiter vers elle, mais quelque chose dans ce moment semblait privé, intime.

L'organisme s'anima lentement à son contact, étendant ses lianes autour de la pièce, se connectant à sa tête, ses membres et son torse.

Le souvenir de ce qu'était cet organisme lui revint. Il ne pouvait pas se rappeler son nom, mais il se souvenait de sa fonction comme réservoir de mémoire des temps anciens. Ils s'étaient éteints parce que le stockage se corrompait facilement, corrompant à leur tour les utilisateurs.

À ce moment-là, Yasu était terrifié, mais il ne pouvait toujours pas entrer. Il pensait : *Et si ce processus était comme le chargement d'un dispositif de mémoire ? Et si je la touchais et que je corrompais quelque chose ?*

Il observa pendant plusieurs minutes, qui semblèrent des heures. Les lianes soulevaient Safira, la maintenant en place en l'air, immobile. Le temps s'étirait autour de lui, et alors qu'il envisageait de courir vers elle, les autres arrivèrent, appelant leurs noms.

L'organisme frissonna, les lianes relâchant et laissant tomber Safira sur le sol dur de pierre. Yasu grimaça et se précipita à ses côtés.

Elle cligna des yeux, son regard perdu.

— Yasu.

Ses doigts effleurèrent sa pommette droite.

—Ne me déteste pas pour ce que je dois faire. Supporte-moi juste un peu plus longtemps. Je nous sauverai tous, mais ne me déteste pas, dit-elle.

La voix de Jaxon était la plus forte. Il se précipita dans la chambre intérieure, attiré par la brume qui s'en échappait.

— Qu'est-ce que cet endroit ? Est-ce que c'est ce qui...

Il pointa du doigt le grand organisme maintenant en dormance.

Safira se releva avec l'aide de Yasu.

— Je sais comment arrêter le Néant.

Les autres s'étaient regroupés autour de la porte et la regardaient avec inquiétude et surprise. Elle semblait pâle et instable.

Elle les dépassa.

— Nous devons nous dépêcher. Chaque minute que nous perdons est une minute pendant laquelle le Néant se rapproche de la destruction de tout. Nous pourrons discuter plus en détail sur le vaisseau.

Alors qu'elle parlait, des souvenirs fragmentés surgissaient dans son esprit – la voix de sa mère tissant des récits d'anciens guerriers qui combattaient contre une ombre dévorante, de vies sacrifiées pour tenir les ténèbres à distance. Safira trébucha, se tenant la tête alors qu'une vision s'emparait d'elle : un grand temple englouti dans une noirceur tourbillonnante, et une voix – profonde et résonnante – murmurant son nom. Elle se stabilisa, les échos s'estompant mais laissant derrière eux une certitude glaçante.

— Ce n'est pas la première fois. Le Néant a toujours été là, à attendre, murmura-t-elle.

Ils se précipitèrent hors de la chambre et montèrent au niveau supérieur. Sur leur chemin, ils rencontrèrent Mario et Tom qui revenaient du vaisseau. L'habituel air grognon de Mario avait disparu; il portait maintenant un masque d'angoisse.

— Ce message datait d'il y a quelques jours. Je ne sais pas comment nous ne l'avons pas reçu pendant tout ce temps. Mais il n'y a eu aucune communication supplémentaire, dit-il, serrant son appareil de poche.

Un silence troublé s'installa parmi eux alors qu'ils réfléchissaient aux implications de l'absence de communication. Tout le monde pourrait aller bien, mais la présence du Néant les avait fait se précipiter pour faire des préparatifs et ils avaient négligé d'envoyer un autre message. Ou bien il se pourrait qu'il ait déjà pris le système de la Terre, avec toutes ses planètes et son étoile.

— Il n'est pas trop tard. Il est encore temps de nous sauver et je sais comment, dit Safira, sa voix résonnant petite et tremblante.

— Comment ? J'ai le sentiment tenace que tu fais partie de toute cette histoire.

Les yeux de Mario brillaient d'une lueur proche de la haine.

Safira recula comme si elle avait été frappée. Elle en faisait partie, mais pas de la façon dont il le pensait. Mais alors, comment pouvait-elle expliquer cela ?

— Il n'y a pas de temps pour les explications. Nous devons nous dépêcher.

— Tu dois au moins essayer de nous donner une explication. Tout ce que nous connaissons s'effondre rapidement. Nous n'avons pas le luxe de simplement te faire confiance, dit Jaxon.

Les autres murmurèrent leur accord.

Bien qu'Alex et Nia auraient adoré parcourir chaque tome et cylindre de mémoire dans les voûtes, il était plus important d'agir rapidement. Mais ils avaient besoin d'une raison pour se déplacer si vite. Ils ne connaissaient pas bien cette fille et ce qu'ils savaient d'elle la liait à une tribu qui avait peut-être été responsable du Néant. Pour ce qu'ils en savaient, elle pourrait être en train de renouer avec ses racines et de gagner du temps jusqu'à ce que le Néant emporte tout.

Yasu avait des pensées similaires mais était plus enclin à lui faire aveuglément confiance. C'était peut-être une intuition basée sur le fait que son alter ego lui avait suffisamment fait confiance pour sortir avec elle, mais il croyait qu'elle avait à cœur l'intérêt du groupe.

Jaxon et Tom voulaient simplement rentrer chez eux sains et saufs. La plupart de leurs découvertes sur cette planète-temple n'avaient mené nulle part, mais ils pouvaient rester ici aussi longtemps que nécessaire pour trouver une solution.

Tom connaissait Safira depuis ses premiers jours à l'Académie, et il lui faisait plus confiance que les autres. Il savait que sa mère descendait d'une longue lignée de guerriers d'Ixis, ici dans le Secteur Lyra, mais c'est là que s'arrêtaient ses connaissances sur son histoire. Si effectivement elle savait quelque chose sur comment arrêter le Néant et que le Néant *avait* pris naissance dans ce secteur, il croyait qu'elle devait dire la vérité.

Safira prit une profonde inspiration, sachant qu'elle devait dire la vérité maintenant.

— Nous connaissons tous mes origines, n'est-ce pas ?

Tout le monde échangea des regards.

— Que tu viens du Secteur Lyra ? Nous savons cela, mais rien d'autre, dit Mario en s'avançant.

— Ma mère venait de la planète Ixis. La tribu Gante, composée d'une longue lignée de guerriers. Ils protégeaient les systèmes de leur région, utilisant des vaisseaux et des armes complexes qui fonctionnaient principalement avec de la technologie organique. Ils étaient *doués* dans ce qu'ils faisaient. Si doués que les prêtres sur l'Andorg ont eu peur qu'ils ne les renversent.

Nia et Alex échangèrent un regard. Ils avaient vu quelque chose à ce sujet dans le livre. L'auteur détaillait les troubles civils dans ce qui était connu sous le nom de Confédération de Myrass. La querelle concernait la propriété des territoires avec des organismes porteurs de ressources organiques utiles. Les prêtres Angoo avaient pris parti dans la querelle, tandis que les guerriers de la tribu Gante avaient pris l'autre.

— Le plan était-il de les détruire ? La tribu Gante, je veux dire. Voulaient-ils détruire les prêtres ? demanda Nia.

Safira secoua la tête, ses cheveux volant autour d'elle.

— Non. Du moins, pas exclusivement. C'était une guerre. Et tout le monde veut gagner la guerre. La tribu Gante avait peut-être des années d'expérience guerrière de leur côté, mais les prêtres Angoo avaient le nombre. La plupart des gens étaient fidèles aux prêtres et à leur dieu. Et donc, ils ont rejoint les prêtres et combattu à leurs côtés. Ils se sont battus pendant quelques centaines d'années, détruisant des armes organiques et corrompant des ordinateurs. C'était terrible des deux côtés. Beaucoup de gens ont fui la région, allant dans des secteurs voisins comme Gaia, Eos, et occasionnellement Orion. Mes ancêtres ont fui aussi. C'était une famille mixte, en partie Gante et en partie natifs de l'Andorg. Ils se sont d'abord déplacés vers le Secteur Eos, puis vers le Secteur Gaia.

Il y eut un moment de silence, et dans son impatience, Mario le rompit :

— Comment cela est-il lié à tout le reste ?

— Cela explique comment je peux accéder aux informations sur l'ordinateur géant dans le sous-sol. Je ne suis pas seulement apparentée du côté de ma mère. La famille de mon père descendait aussi de l'Andorg. Mon sang a ouvert la porte du sous-sol. Le sang de personne d'autre n'aurait pu le faire. J'ai aussi pu déverrouiller l'ordinateur dans la chambre souterraine. Le message disait que seuls les élus étaient autorisés à entrer, seulement ceux dont la sueur détenait la clé. J'ai essayé, et ça a marché.

Elle jeta un regard chargé d'excuses à Jaxon.

Jaxon semblait fatigué.

— Mais comment cela nous aide-t-il ?

Les respirations de Safira devenaient rapides.

— J'y arrive ! Je me suis connectée à l'ordinateur parce que j'ai été choisie. Je suis une descendante des prêtres Andorg du côté de mon père. J'ai également eu accès à l'ordinateur derrière la porte. J'ai vu ce qui s'est passé à la fin de la guerre. C'est comme si les mémoires dans l'ordinateur étaient des souvenirs placés là à partir des esprits de tous ceux qui y ont participé. Les prêtres Angoo voulaient une solution rapide. Ils ont cherché à mener une expérience sur un superordinateur organique qui pourrait anéantir la tribu Gante simultanément. Le plan était de lier leurs données génétiques et de les absorber un par un. Mais ils ont sous-estimé les pouvoirs des ordinateurs organiques.

Elle jeta un regard à son groupe, puis poursuivit :

— Ils ont expérimenté sur une planète presque déserte et ont exploité les énergies du soleil et du noyau en fusion de la planète. L'ordinateur était trop puissant. Ils n'avaient pas les capacités techniques pour l'éteindre. Il est devenu incontrôlable, créant un petit portail noir avec une attraction gravitationnelle importante et effondrant le noyau de la planète. Tout y entrait, et ils ont essayé, encore et encore, de l'éteindre. Mais il faisait de son mieux pour prendre ce qu'il voulait aussi. Finalement, il leur a semblé qu'ils avaient réussi. Le portail a disparu avec l'ordinateur. Ils sont rentrés chez eux, à l'Andorg, et ont découvert qu'ils avaient gagné la guerre. Les derniers membres de la tribu Gante avaient été aspirés dans de grands portails noirs. Les prêtres Angoo, peu désireux de divulguer les secrets de leur victoire, ont scellé les histoires dans cet ordinateur.

— Donc, le Néant est l'orifice d'un superordinateur organique ? demanda Nia, son ton sceptique.

— Oui. C'est ça.

Jaxon laissa échapper un rire dur.

— Encore une fois, *comment* cela nous aide-t-il ?

— Votre Dispositif de Saut Quantique. Le superordinateur a disparu de ce plan, mais j'ai le pressentiment qu'il est allé dans un univers alternatif qu'il a créé. Si nous pouvons le trouver..., dit-elle, regardant Yasu parce qu'il semblait le plus sûr.

Alex hocha la tête, se rappelant sa proposition antérieure au commandant. Une autre de ses intuitions s'était avérée juste.

Jaxon toussa.

— Je dis qu'il faut se dépêcher. Le temps est précieux. Si le Néant est cet être géant, auto-suffisant, alors il pourrait avoir une certaine conscience.

— Et pourrait nous sentir fouiner dans son lieu de naissance, dit Nia en frissonnant.

— Oui ! dit Jaxon.

Mario réfléchissait à l'histoire, sa main sur son menton. Il semblait las du monde, portant le poids de toutes ces informations sur ses épaules.

— Nous n'avons pas vraiment le choix maintenant, n'est-ce pas ? Dis-nous où nous devons aller, Safira, dit-il finalement, avec un profond soupir.

CHAPITRE 26

LEUR DESTINATION finale était le lieu de naissance du Néant, Uz, une planète abandonnée à la lisière du secteur. C'était dans un système désert avec plusieurs planètes gazeuses environnantes. Safira les a aidés à la localiser sur la console de navigation, et elle a assisté Tom et Yasu pour établir le trajet le plus rapide jusque-là.

Yasu l'a retrouvée en privé alors qu'ils s'embarquaient dans la dernière étape du voyage.

— As-tu peur ?

Elle a affiché un mince sourire.

— Étrangement, non. Il semble que ce soit mon destin. J'avais ces rêves étranges avant notre arrivée ici, mais maintenant, je me sens en paix.

Il lui a tapoté le bras et s'est retiré rapidement en voyant la surprise sur son visage.

Pendant leur voyage, ils ont travaillé sur le Dispositif de Saut Quantique pour trouver des univers alternatifs potentiels où le Néant pourrait se trouver. S'il s'agissait d'un univers créé par le Néant, il pourrait avoir des signatures énergétiques similaires aux leurs.

Ils ont trouvé quelques autres univers avec des signatures énergétiques similaires : anormalement basses. Alex, Jaxon et Tom y travaillaient ensemble, leurs visages affichant des expressions similaires de confusion.

— Nous devons y arriver. Nous sommes si près. Si nous avions su cela avant, nous aurions pu faire le plein et explorer toutes les planètes voisines, a dit Tom.

Mais ce n'était pas le cas. Ils se rapprochaient d'Uz, essayant toujours de rentrer chez eux sans y parvenir. Lucille avait un regard éteint la plupart du temps, fixant l'extérieur par la fenêtre avec un appareil à la main. Ils cherchaient à lui offrir tout le réconfort possible, mais finalement, ils ont réalisé que le seul réconfort viendrait de la destruction du Néant.

Ils sont arrivés sur Uz en temps voulu.

La planète ressemblait à ce qu'elle était : le foyer désert d'une expérience ratée. C'était un amas de grosses roches flottant ensemble, maintenues par leur attraction gravitationnelle mutuelle. Depuis l'espace, ils ont observé les ruines de la planète et cherché à trouver où l'expérience aurait pu avoir lieu.

— Là. Ça ressemble à un endroit potentiel, a dit Nia alors que leurs recherches duraient depuis plusieurs heures.

Ils ont observé l'image sur le télescope, identifiant la carcasse carbonisée d'une ville industrielle. Mario a confirmé que ça pourrait être l'emplacement.

— Ça ne coûte rien d'atterrir et de vérifier, a-t-il dit.

Ils sont descendus sur la planète, observant une fine atmosphère l'entourant. Ils se sont équipés en silence, attachant leurs écouteurs et leurs embouts buccaux pour la communication et complétant avec l'approvisionnement en oxygène.

Ils ont ouvert l'écoutille et sont sortis du vaisseau, se dirigeant vers la terre ferme.

— Il fait si froid, a dit Jaxon.

— Tu te plains quand il fait froid. Tu te plains quand il fait chaud. Quand es-tu jamais satisfait ? a dit Nia, levant les yeux au ciel.

— Quand la température est parfaite, a rétorqué Jaxon.

Mario les a fait taire.

— C'est le bon moment pour être silencieux, vous deux. Nous devons recueillir des informations qui pourraient nous relier à l'hôte superordinateur du Néant. Moins de paroles, plus d'action.

Ils ont sauté à travers la surface brisée de la planète, se dirigeant vers un grand bâtiment au loin. Le ciel n'était qu'un néant noir au-dessus d'eux, moins d'étoiles ornant l'étendue dans ces régions.

Safira a sauté devant tout le monde, élargissant soudainement l'écart.

— Safira, tu vas vite. Tu veux bien expliquer ? a dit Mario.

— Cet endroit, je l'ai déjà vu. Dans les souvenirs que j'ai découverts. Ce bâtiment est là où c'est arrivé, a-t-elle dit.

Les autres se sont précipités derrière elle sans hésitation. Ils sont arrivés au bâtiment, la sueur coulant dans leur dos et sur leurs visages. La porte géante s'est ouverte sans grande résistance quand ils l'ont poussée. Ils ont hoqueté de suprise quand ils ont vu l'énorme portail de pierre à l'intérieur. Des vignes l'entouraient, encore vertes et luxuriantes malgré l'absence de support atmosphérique.

— Tout dans cet endroit m'étonne, a dit Jaxon, sa voix remplie d'admiration.

Les autres ne pouvaient rien dire, comprenant exactement ce qu'il ressentait.

La voix de Safira est sortie de nulle part.

— Voici comment nous allons procéder. Nous devons réveiller le superordinateur. Il montrera un signal menant à son hôte à travers le portail. Quelqu'un doit relier les signaux aux fréquences énergétiques de l'autre univers. Et nous pourrons retrouver le chemin de la maison.

— Et ensuite ? a demandé Alex.

— J'irai là-bas, a-t-elle dit.

— Quoi ? s'exclamèrent-ils en coeur.

Safira tournait le dos à la plupart d'entre eux, donc ils ne pouvaient pas voir l'expression angoissée sur son visage.

— Si j'obtiens la signature énergétique de l'un d'entre vous, je peux la synchroniser avec l'ordinateur ici et créer un portail.

— De quoi parles-tu, Safira ? Que veux-tu dire par 'j'irai là-bas' ? a demandé Yasu, son cœur battant rapidement.

Il se rappelait sa tristesse quand elle était tombée des vignes dans l'Andorg.

Elle leur a fait face, son expression résolue.

— Je dois le faire seule. Je suis la seule ici qui est choisie. Je suis la seule qui peut l'arrêter. Je suis celle qui doit faire ça.

— Non. Non. Nous pouvons le faire avec toi, Safira, a dit Yasu, s'avançant vers elle.

— J'ai laissé une lettre pour Yasu. J'y ai détaillé tout pour son bénéfice. Mais vous pouvez la lire aussi. C'est la seule façon. Si je détruis le superordinateur, le monde qu'il a créé pourrait disparaître aussi. Je ne peux pas laisser quelqu'un d'autre s'y faire piéger. J'accéderai à l'ordinateur et arrêterai tout, a-t-elle dit, doucement.

Un silence tendu a suivi, chacun considérant le poids de la proposition de Safira. C'était risqué et ils devraient la sacrifier, mais cela semblait être la seule voie. Mario s'est avancé et lui a serré la main, la félicitant pour son courage.

— J'ai été dur avec toi tout ce temps. Mais tu as fait tes preuves. Faisons cette dernière poussée et assurons-nous la victoire.

Safira a dit rapidement au revoir à tout le monde, les embrassant tour à tour. Yasu lui a donné une étreinte silencieuse, ressentant la petitesse de son corps. Il se sentait envieux de son double, d'avoir rencontré et aimé une femme avec son esprit. Mais derrière l'envie se cachait une parcelle de honte. Il l'avait rencontrée et il avait été incapable de la sauver.

Le groupe s'est séparé avec détermination dans leurs pas. Safira, Mario, Tom et Yasu sont restés au portail tandis que les autres retournaient au vaisseau.

Safira a sorti un échantillon de sang et l'a versé dans une petite fente à la base de la vigne. La lumière s'est répandue depuis le périmètre du portail, imprégnant la zone d'une chaleur artificielle.

— Avez-vous obtenu un signal ? a demandé Safira.

Assis à côté de l'Appareil de Saut Quantique, Alex et Nia observaient les relevés sur l'écran. Ils recevaient beaucoup de signaux brouillés, mais rien n'était clair. On aurait dit que l'ordinateur essayait de leur échapper, sachant qu'il allait être arrêté.

— Jaxon, appela Alex. Un petit coup de main par ici.

Jaxon se dirigea vers eux, fixant les chiffres embrouillés sur l'Appareil de Saut Quantique. Il s'assit à côté de Nia et commença à bidouiller quelques paramètres.

— Serait-il possible d'obtenir un scan génétique rapide des lianes ? demanda-t-il finalement.

— Bien sûr. Bien sûr ? répondit Yasu d'un air distrait.

Il regarda Safira.

Safira acquiesça et s'approcha d'une des lianes, la coupant avec une petite lame. Elle déposa l'échantillon sur le scanner portable de Yasu qui transmit l'information aux autres.

— D'accord. Je l'ai, dit Jaxon, le cœur battant à toute vitesse.

Les derniers moments où Safira était avec eux étaient chargés d'émotion profonde. Yasu l'observait depuis son côté du portail, le cœur dans la gorge.

— Elle semblait presque éthérée en traversant le portail. J'étais tellement dévasté de la voir partir, raconta-t-il plus tard.

Les autres ne pouvaient pas se moquer de lui pour ressentir cela.

Quand elle disparut, l'air semblait un peu plus froid, et les lumières entourant le portail s'éteignirent aussi. Yasu, Mario et Tom restèrent là pendant quelques minutes, regardant les minutes s'écouler. Ils n'avaient aucun moyen de savoir si leur mission avait réussi. Pour autant qu'ils sachent, ils auraient pu perdre–

Avec un bruit assourdissant, les lianes commencèrent à durcir et à se fissurer. Depuis le vaisseau, les autres écoutaient dans un état de panique, sachant seulement que leurs amis fuyaient ce monument qui s'effondrait.

Ils se précipitèrent hors du bâtiment, leur sang circulant beaucoup plus vite.

— Est-ce que ça pourrait être ça ? demanda Jaxon à personne en particulier.

— Peut-être. Il n'y a qu'une seule façon de le savoir. On attend et on voit si on a des nouvelles de chez nous, rétorqua Mario.

Ils reçurent des nouvelles de la Terre quelques jours plus tard. Ils voyageaient vers Andorg. Ils pensaient que même s'ils avaient échoué, ils pourraient en apprendre davantage en traduisant les livres disponibles là-bas. Mais c'était inutile.

Le commandant leur parla ce jour-là.

— Nous avons reçu un signal du vaisseau avec vos doubles. Ils sont vivants. Assez mécontents, mais vivants, dit-il.

La nouvelle provoqua des cris de joie dans tout le vaisseau. Pendant quelques minutes, ils s'autorisèrent à exulter de leur succès, mettant de côté le chagrin du prix qu'ils avaient dû payer pour cette victoire. C'était la vie d'une personne contre celles d'innombrables autres, et bien que le sacrifice ait été grand, les récompenses l'emportaient largement.

Ils firent une petite cérémonie commémorative pour Safira ce jour-là. Tom raconta des histoires à son sujet qui déclencha des fous rires chez tout le monde, et ils burent du jus de fruit des réserves du vaisseau.

— Et maintenant ? demanda Yasu, qui avait déjà hâte de rentrer chez lui pour échapper à la mélancolie.

— On rentre chez nous, je suppose. Si nous retournons sur leur Terre, nous risquons de croiser nos doubles et de déclencher les anomalies.

Nia haussa les épaules.

Alex acquiesça.

— Nous devons partir tant que nous le pouvons. Bien sûr, cela nous donne un sacré voyage pour atteindre notre Terre, mais on ne peut pas faire autrement.

Ils parlèrent de leurs plans aux autres, expliquant pourquoi il était pertinent de partir dès que possible. Lucille se détourna, comme si elle voulait pleurer. Les yeux de Tom se remplirent de larmes, mais il l'accepta avec grâce. Mario, toujours grognon, se contenta de grogner.

Ils choisirent un jour pour leur décollage, communiquant au préalable avec le commandant. Il accueillit la nouvelle avec tristesse, ayant espéré les présenter à leurs doubles et enquêter sur les anomalies avec eux.

— Nous sommes tristes de vous voir partir, mais nous vous sommes éternellement reconnaissants pour votre aide. Cette mission aurait été impossible sans votre contribution. Merci, dit-il.

Les cadets préparèrent leur retour chez eux. Ils ajustèrent les paramètres de l'Appareil de Saut Quantique et commencèrent à préparer leurs rapports pour leur commandant. Les autres les aidèrent là où ils le pouvaient, ravitaillant leur vaisseau et les approvisionnant en nourriture pour le long voyage de retour.

Quand le jour de leur départ arriva, il y eut des larmes des deux côtés. Ils échangèrent de nombreux remerciements pour l'aide qu'ils avaient trouvée de l'autre côté.

— Nos voyages nous ont amenés à découvrir beaucoup de choses que nous n'aurions pas pu trouver autrement. Et nous pensons que chaque voyage nous apprendra encore plus de choses, dit Alex à Mario.

— Est-ce que tu as déjà peur ? demanda Mario.

— Jaxon oui. Mais qui pourrait lui en vouloir ? dit Alex avec un sourire.

Jaxon lui lança une balle et tout le monde éclata de rire.

Les cadets enfilèrent leurs combinaisons et montèrent à bord du vaisseau spatial. Ils se préparèrent au décollage, ajustant les relevés sur leurs consoles respectives. Ils envoyèrent un dernier message à leurs nouveaux amis, leur faisant savoir qu'ils étaient reconnaissants pour cette expérience.

Puis ils partirent, retournant vers leur monde pour partager cette nouvelle expérience avec leurs amis chez eux.

ÉPILOGUE

L'ALTER ego de Yasu contemplait le ciel étoilé d'un regard mélancolique. Safira lui manquait de tout son être. Avant de partir dans l'autre dimension pour éteindre l'ordinateur, elle avait laissé une lettre à son alter ego. Il l'avait lue plusieurs fois, notant ses craintes et sa conviction qu'elle ferait tout de travers et échouerait.

Un passage disait :

J'ai cessé de rêver de la voix du Néant me disant qu'il doit tout détruire. Maintenant, je ne rêve que d'aller dans l'autre univers et d'échouer. L'échec signifierait la fin de tout : ton alter ego et ses amis qui ont traversé l'espace et le temps pour trouver notre monde, nos amis et nos proches. Et toi, arraché à moi si tôt. Quand je pense à ce que signifie l'échec, je me sens plus forte. Je ne peux pas me permettre de te décevoir. Tu dois revenir. Même si ce n'est pas vers moi, tu dois revenir.

Mais qu'en est-il de toi ? Pourquoi ne pourrais-tu pas revenir aussi ? voulait-il demander.

Il regardait le ciel, essayant de comprendre comment il avait pu se retrouver avec quelqu'un comme elle. Les récits de son origine l'avaient convaincu de la nature du destin, de comment une guerre dans un système lointain avait poussé des familles vers son secteur. Sans cette guerre, il ne l'aurait peut-être jamais rencontrée.

Il réfléchissait aussi au concept des univers parallèles. L'apparition des cadets d'un autre univers suggérait qu'il existait peut-être un monde où ils étaient ensemble, heureux et à l'abri des bizarreries spatiales qui rôdaient. Ou peut-être pas ? Il l'ignorait.

Il retourna dans sa chambre, où ses amis partageaient des histoires de leurs aventures. Le reste du multivers restait encore un mystère, mais peut-être qu'un jour, ils le dévoileraient. Alors il pourrait essayer à nouveau de la retrouver et de s'assurer qu'elle vit libre et heureuse dans un monde magnifique.

AU CŒUR DE LA NÉBULEUSE

CHAPITRE 27

Alex Rivera était assis dans un coin ombragé du jardin de l'Académie, en train de terminer un devoir de physique quantique à rendre cet après-midi. Le professeur avait précisé que ce travail comptait pour 10 % de leur note finale, et Alex voulait le faire parfaitement. Il bloquait les sons des autres étudiants et officiers qui se promenaient sur le campus de l'Académie Interstellaire en discutant des dernières découvertes en matière de voyage interstellaire et des recherches sur le multivers.

— Alex ! cria une voix.

Alex sursauta en entendant son nom, reconnaissant la voix de son ami Jaxon Brooks.

Jaxon bondit en haut d'un petit escalier jusqu'à la partie pavée, où Alex était assis sur un banc en bois sous un bouleau. Il tenait fermement dans sa main un étrange appareil.

— Qu'est-ce que c'est ? demanda Alex, mettant sa tablette de côté.

Jaxon s'assit à côté de lui sur le banc. Il bricolait l'objet, qui émit un bourdonnement.

— C'est quelque chose sur lequel je travaille – un outil à décharge. Mais j'essaie de le connecter aux terminaisons nerveuses de ta main, pour qu'il te suffise d'un simple mouvement pour déployer un courant désorientant. Ce n'est pas encore parfait, dit-il en haussant les épaules et en le glissant dans sa manche.

— Pourquoi es-tu là ? Je voulais faire ce devoir sans distraction. C'est pour ça que je suis venu ici, demanda Alex.

— Deux choses. Premièrement, j'ai piraté quelque chose que je n'aurais pas dû, dit Jaxon, ignorant sa remarque précédente.

— Quoi ?

Jaxon ignora la question.

— Et j'ai découvert qu'ils progressent sur ce qui cause les effets secondaires chez les officiers quand ils voyagent vers d'autres univers.

Le cœur d'Alex battait la chamade. Si de tels progrès avaient été réalisés avec les officiers plus âgés, ils pourraient commencer à retirer les cadets du programme de recherche multiverselle. Ce programme était la plus grande source d'excitation dans son monde. S'il en était écarté, il devrait suivre les cours et les activités régulières comme tous les autres cadets.

— Deuxièmement, qu'est-ce qui se passe entre Nia et ce joueur de hockey ces temps-ci ?

Alex fronça les sourcils.

— Nia ?

Nia Chen était leur autre amie et la mère poule de leur petit groupe.

— Elle passe beaucoup de temps avec lui. Je ne connais pas son nom. Il est grand, blond et a un fort accent.

Jaxon fit mine de se curer les ongles.

Alex savait de qui il parlait, mais ne comprenait pas pourquoi c'était important.

— Ce qui compte maintenant, c'est qu'il pourrait bientôt être sûr pour les officiers de voyager.

Jaxon hocha la tête.

— Oui. Et alors ?

— On va être mis à l'écart.

Pendant un moment, Alex hésita. Il avait passé une grande partie de sa vie à s'imaginer indispensable au programme, et voilà que surgissait la possibilité angoissante d'être laissé de côté. Ce n'était pas seulement l'excitation de l'exploration qu'il craignait de perdre, mais aussi le sens que cela donnait à sa vie.

Jaxon ne voyait pas le problème. Bien qu'il appréciât les aventures et l'exposition aux diverses technologies dans d'autres mondes, il voulait faire une pause dans l'adrénaline. Ils étaient toujours en train de fuir quelque chose, de combattre quelque chose, et de détruire quelque chose chaque fois qu'ils passaient dans un nouveau monde. Il voulait exister comme un cadet ordinaire à l'Académie, apprenant au même rythme que ses pairs et ne rencontrant rien de potentiellement mortel.

Lors de leur dernier voyage dans le multivers, ils avaient combattu un Néant orchestré par un superordinateur organique renégat. Ils avaient failli tout perdre, mais l'un des membres de l'équipage, une fille de cet univers nommée Safira, s'était sacrifiée pour les sauver.

Ils n'avaient pas été appelés pour une autre mission au cours des dernières semaines, et Jaxon s'en accommodait très bien. Ils participaient à divers exercices, allant dans l'espace avec des engins plus petits et exécutant des simulations du Dispositif de Saut Quantique. C'était bien suffisant pour lui. Mais il connaissait son ami. Alex aimait l'excitation de pénétrer dans un nouveau monde et d'affronter les choses les plus folles qui existaient dans l'immensité de l'espace.

Alex se renversa sur le banc, se couvrant le visage des mains.

— Tu es intelligent. Je doute qu'ils te mettent à l'écart. Tu es indispensable au programme. Ils te garderaient, dit Jaxon.

Alex n'était pas convaincu.

— Nous devons trouver les autres.

Il se leva, rassemblant ses affaires dans son sac, oubliant son devoir. Il pensa que Nia et Yasu auraient les réactions appropriées et sauraient quelles étaient leurs chances d'être retirés du programme.

Il se dirigea vers la patinoire de hockey, sachant qu'il y trouverait Nia. À côté de lui, Jaxon marchait en parlant de Nia.

— Elle a été injoignable dernièrement, n'est-ce pas ? D'habitude, elle étudie en classe, mais maintenant...

Ils rencontrèrent Nia à l'extérieur de la patinoire, parlant avec le joueur de hockey. Il avait un an de plus qu'eux, donc c'était un cadet « normal ». Il suivait tous les cours habituels et avait assez de temps pour des activités extrascolaires comme le hockey. Lui et Nia étaient tellement plongés dans leur conversation qu'ils ne remarquèrent pas quand Alex et Jaxon s'approchèrent d'eux.

— Nia. Nous avons un problème, dit Alex, annonçant sa présence à côté de son épaule.

Il jeta un coup d'œil au joueur de hockey, s'attendant à ce qu'il comprenne et les laisse seuls.

— Nous voulons lui parler en privé, dit Jaxon, en faisant des gestes de la main pour le chasser.

Les mots de Jaxon ramenèrent Alex à toutes ces fois où ils s'étaient retrouvés dans des situations similaires - d'abord sur Krissia, puis dans les recoins ombragés d'Orion. Chaque fois, ils avaient affronté l'inconnu ensemble, et pourtant il sentait maintenant le poids de ces souvenirs plus lourd que jamais.

— Mais nous étions déjà en train de parler avant que vous n'interrompiez, dit le joueur, sa voix profonde résonnant.

— C'est bon, Kel. On se voit plus tard.

Nia lui fit un signe timide de la main tandis qu'il s'éloignait.

— Il a toujours eu cette voix, ou bien il a traversé une puberté tardive ? demanda Jaxon, les yeux écarquillés tandis qu'il regardait la silhouette du garçon plus âgé s'éloigner.

Nia voulut contrer l'affirmation de Jaxon mais se ravisa.

— J'allais justement vous chercher. Il semble que nous pourrions avoir une nouvelle mission bientôt. Plus tôt dans la journée, pendant que Kel et moi...

— Oh. Alors, maintenant c'est 'Kel et moi' ? demanda Jaxon, levant les mains en feignant la stupéfaction.

Nia et Alex le regardaient avec une légère confusion.

— Qu'est-ce qui ne va pas chez toi aujourd'hui ? demanda Alex, tenté de le frapper avec son sac.

— Je suis désolé. Je vous en prie, continuez, dit Jaxon, baissant le regard en signe de pénitence.

— Plus tôt dans la journée, Kel et moi sommes passés devant l'une des salles de briefing. Il semble qu'ils parlaient de nous. J'ai clairement entendu dire « équipe Alpha » en rapport avec une nouvelle mission. Il semblerait qu'ils détectent une sorte d'anomalie dans un autre univers et qu'ils envoient une équipe pour l'examiner.

Alex recula.

— Vraiment ?

À côté de lui, Jaxon s'était dégonflé, mais il ne pouvait pas le remarquer à cause de son excitation.

Nia haussa les épaules.

— C'est tout ce que j'ai entendu. Pourquoi voulais-tu me rencontrer ?

— Jaxon a encore fait des recherches non autorisées, dit-il, pointant la tête baissée de Jaxon.

En réponse, Nia ricana :

— Et il a découvert qu'ils font de grands progrès avec les officiers plus âgés. Bientôt, ils pourraient voyager à travers le multivers.

Le visage de Nia s'illumina d'un large sourire.

— C'est une excellente nouvelle ! Pourquoi avez-vous l'air si abattus ?

L'expression d'Alex se transforma en horreur.

— Parce que s'ils y parviennent, nous pourrions devoir quitter le programme.

Leurs appareils bipèrent à l'unisson, interrompant la conversation. Nia sortit sa tablette pour vérifier, disant :

— Tu crois ? Peut-être qu'ils engageront des officiers plus âgés pour certaines missions, mais ils ne nous écarteront pas complètement. Du moins...

Elle s'arrêta, regardant l'écran de sa tablette.

— Nous avons une réunion avec le commandant demain matin.

Alex fut obsédé par l'idée de cette réunion pour le reste de la journée. Il se précipita pour terminer son devoir, le préparant pour le cours suivant, mais son esprit continuait à divaguer. Si c'était effectivement un briefing de mission, ils devaient faire de leur mieux pour prouver qu'ils étaient indispensables au programme. Ils ne pouvaient pas se permettre d'être écartés. *Il* ne pouvait pas se permettre d'être écarté. Il pensait à tout ce qu'ils avaient enduré – l'ombre de l'Empire, le superordinateur renégat, et maintenant cette anomalie. Chaque mission les avait rapprochés de quelque chose de plus grand, quelque chose qui ressemblait à la frontière même de la découverte. Il n'était pas prêt à abandonner cette voie maintenant.

D'après ses interactions avec les autres, il avait compris que l'exploration du multivers n'était pas aussi importante pour eux qu'elle l'était pour lui. Ils aimaient l'aventure, mais se contentaient relativement de ce qu'ils rencontraient dans leur univers. Il serait le plus durement touché si le programme leur était retiré.

Il pouvait à peine manger ce soir-là. Pendant que les autres bavardaient, Jaxon faisant des remarques sarcastiques sur Kel et Nia, il réfléchissait à la meilleure façon d'assurer son avenir. Il devait montrer qu'il était un leader puissant, mais même s'il ne pouvait pas diriger une équipe, il se contentait d'être un simple membre dans l'équipe de quelqu'un d'autre.

Cette nuit-là, il se tournait et se retournait dans son lit, agaçant le garçon dans la couchette au-dessus de la sienne. Le garçon frappa du pied sur le lit, disant :

— Si tu n'arrives pas à dormir, tu devrais peut-être quitter la chambre pour que je puisse dormir.

Alex s'excusa et se força à rester immobile. Finalement, quand il s'endormit, il rêva du superordinateur qui s'effondrait lors de sa dernière mission. Il vit Safira, et ils parlèrent de combien le monde les comprenait peu, eux et leurs désirs.

La sueur couvrait chaque centimètre de son corps quand il bondit hors du lit.

Il jeta un coup d'œil à sa montre et, réalisant qu'il était déjà en retard, enfila son uniforme et se précipita en désordre vers le lieu de la réunion.

Les autres étaient assis et attendaient quand il entra. Jaxon et Nia ne se parlaient délibérément pas, assis avec un Yasu mal à l'aise entre eux. Yasu Garcia, le membre le plus silencieux de leur petit groupe, se retrouvait parfois pris dans les désaccords entre les membres du groupe. Alex s'assit à côté de Nia et baissa la tête pour demander pardon.

— Ton retard fait autant partie de toi que tes cheveux sont bruns. Je doute de pouvoir changer ça. Heureusement pour toi, ils ne sont pas encore arrivés. Ils ont été retenus dans une autre réunion.

Essayant de changer de sujet, Alex demanda pourquoi Nia et Jaxon ne se parlaient pas. Yasu lui fit signe de laisser tomber, mais Alex était désespéré de détourner l'attention de lui-même.

— Dis à Jaxon que nous ne sommes plus des enfants. Son immaturité n'est pas très attachante, dit Nia, lançant un regard noir dans sa direction.

— Ah, vraiment ? Eh bien, dis à Nia qu'elle ne peut pas simplement abandonner son équipe pour un étranger, dit Jaxon, fronçant les sourcils.

Nia haleta d'irritation.

— Je n'ai pas abandonné...

À ce moment-là, le commandant entra. Yasu remercia silencieusement la divinité en charge des sauvetages de dernière minute. Le commandant était accompagné de quelques officiels dont les visages étaient devenus familiers aux cadets. Tout le monde se salua, et les lumières de la salle s'estompèrent.

— Une fois de plus, nous avons une autre mission pour vous, cadets. Nous avons longuement délibéré sur quelle équipe envoyer, et compte tenu de votre aptitude à résoudre des problèmes, votre curiosité et votre vivacité d'esprit, nous avons décidé que votre équipe était la mieux adaptée pour cette mission.

La grille multiverselle apparut à nouveau au-dessus de la table. Quelques points supplémentaires avaient été ajoutés depuis leur dernière visite dans la salle de briefing, montrant les nouveaux univers visités par les voyageurs de l'Académie.

Le commandant pointa vers un nouveau point, marqué par une lumière rouge clignotante, qui s'agrandit en une nouvelle fenêtre. Il y avait quelques informations de base, notamment la date à laquelle ils l'avaient localisé pour la première fois et ses signatures énergétiques.

— Cet univers a récemment attiré notre attention. Lors de votre dernière mission, vous avez visité un autre univers avec des signatures énergétiques beaucoup plus faibles. Ici, cependant, nous avons enregistré un pic inhabituel. Nous avons pu identifier des pics occasionnels dans sa signature grâce à nos recherches, et nous voulions l'investiguer, dit le commandant.

Alex se pencha en avant, reconnaissant pour cette opportunité. Il ne remarqua pas les regards inquiets sur les visages de ses camarades. Sa seule pensée était que c'était l'occasion de prouver sa valeur et de se montrer indispensable au programme de recherche multiverselle de l'Académie.

CHAPITRE 28

LEUR ENTRAÎNEMENT A COMMENCÉ le jour suivant. Ils avaient de nouveaux instructeurs et un nouveau régime alimentaire révisé qui, par miracle, avait un goût encore pire que le précédent. Ils mangeaient à la cafétéria avec des yeux fatigués, formulant des hypothèses sur la mission pour maintenir leur enthousiasme.

— La dernière fois, le Néant aspirait toute l'énergie dans un pseudo-univers de sa création. Peut-être que cette fois, un autre Néant y déverse de l'énergie, a dit Jaxon en piquant avec sa fourchette une masse étrange sur son assiette.

Alex a secoué la tête.

— Ça n'a pas de sens.

Jaxon a haussé les épaules.

— Je ne suis ni Yasu ni Nia. Je ne fais pas les suppositions les plus éclairées.

De l'autre côté de la table, Nia a levé les yeux au ciel.

— Les supérieurs disent que ça pourrait aussi être le résultat d'une expérience non autorisée. Quelque chose de catastrophique aurait pu se produire dans leur monde, entraînant d'importantes fluctuations d'énergie.

— J'aimerais qu'on ait un aperçu de ce qui se passe avant d'y aller, a dit Yasu en regardant son assiette presque pleine de morceaux étranges de nutriments compactés.

Le cuisinier est passé devant eux avec un air renfrogné, et il s'est rapidement mis à faire semblant de prendre une bouchée.

— D'une certaine façon, j'aime ne pas savoir. C'est comme déballer un cadeau. Même si le contenu pourrait être lié à la Grande Faucheuse, a dit Nia en avalant avec difficulté.

Alex leur a fait signe de finir leur repas. Ils avaient un exercice au laboratoire spatial dans quelques minutes. Il était déterminé à être à l'heure et prêt pour chaque activité cette fois-ci.

Lorsque le jour du décollage est enfin arrivé, ils ont procédé avec une certaine appréhension. Alex maintenait le moral en leur rappelant leur désir d'entrer dans l'histoire de l'Académie.

— Quand d'autres jeunes viendront ici et rêveront d'aller loin, ils regarderont nos photos et nos histoires dans leurs livres d'histoire et seront inspirés à travailler plus dur.

Les autres échangeaient des regards derrière lui, légèrement agacés par son enthousiasme mais encouragés à faire des efforts pour lui.

Un nuage s'était installé au-dessus de l'Académie, et un vent violent soufflait de la poussière et une pluie glacée tout autour. Les cadets marchaient vers la piste en plissant les yeux face aux éclaboussures d'eau. En entrant dans l'appareil, ils ont remarqué que les supérieurs les observaient depuis les sièges de la tour de contrôle voisine.

— Cette pluie semble être un présage. Une obscurité répandue sur notre chemin, a dit Nia, gardant un ton léger.

— Je suis d'accord. Est-il trop tard pour annuler ? demande Jaxon.

Alex s'est retourné sur son siège pour le regarder. L'expression gravée sur son visage disait :

— Pas question !

Après avoir confirmé que tout le monde était attaché, Alex a commencé le processus d'initialisation pour le décollage. Les autres surveillaient leurs consoles, s'assurant que toutes les conditions étaient réunies. Le vaisseau spatial s'est élancé dans le ciel pluvieux, le bruit de l'eau contre la surface métallique extérieure se mêlant aux bips et grincements des divers équipements à bord.

Une fois sortis de l'atmosphère terrestre, Alex a démarré le Dispositif de Saut Quantique et a donné la commande. Ensemble, lui et Jaxon ont travaillé pour le synchroniser avec le bon univers, et ils ont initié le saut. Le vaisseau spatial a filé à travers le son et la lumière, se dirigeant vers leur destination. L'appareil a tremblé, et les cadets ont observé avec émerveillement les changements de couleurs et les flux d'énergie.

Ils ont émergé de l'autre côté, heureux d'avoir réussi un autre voyage.

— Tout semble en ordre, a dit Nia, en regardant sa console.

Le ciel était normalement peuplé d'étoiles et de systèmes. Ce qui pouvait causer les lectures d'énergie anormales qu'ils avaient enregistrées chez eux n'était pas immédiatement identifiable.

— Eh bien, non, a dit doucement Yasu.

Il pouvait voir quelque chose au loin. Après avoir jeté un coup d'œil rapide autour, il a remarqué un vide là où plusieurs systèmes auraient dû se trouver. À leur place, il y avait un immense nuage de poussière et de gaz. Cela ressemblait au démon nuageux qu'ils avaient rencontré sur Krissia, mais c'était plus familier. C'était une nébuleuse.

— Autour du Secteur Eos. Regardez bien, a-t-il dit.

Nia a pris une profonde inspiration et a ajusté sa console pour scanner les régions environnantes. Et elle l'a vu.

— Une nébuleuse ? Ça pourrait être ça ?

— Devrions-nous nous y rendre et l'examiner nous-mêmes ? a demandé Alex, fixant les images de son côté.

— Absolument pas ! Nous allons atterrir sur cette Terre, découvrir ce que nous pouvons sur cette chose, et repartir chez nous. Je pense qu'il est temps de nous rappeler que nous sommes des explorateurs, pas des hérosa crié Jaxon, sortant finalement de son choc initial.

Nia et Yasu étaient d'accord. Enquêter seuls sur ce qui n'allait pas serait palpitant, mais c'était aussi une entreprise à haut risque. Ils ont tous décidé qu'il serait préférable d'atterrir leur engin et d'apprendre ce qu'ils pouvaient des habitants.

— Nous pourrions aussi découvrir si le programme spatial là-bas envoie des officiers pour explorer la nébuleuse. Ensuite, nous pourrons y aller avec eux, a ajouté Alex.

— Bien sûr. Traversons ce pont quand nous y serons, d'accord ? a dit Jaxon.

Ils ont envoyé un signal à la Terre et n'ont rien reçu en retour. Ils ont commencé la séquence d'atterrissage, le cœur dans la gorge alors que la nouvelle phase de leur aventure démarrait.

Alors que leur vaisseau descendait à travers les nuages inconnus de cette nouvelle Terre, ils ont reçu un message des habitants de la planète. Il disait simplement :

— Bienvenue, étrangers. Nous espérons que vous venez en paix.

— Si énigmatique, a remarqué Nia quand Alex l'a lu.

— Je suis d'accord. Nous devrions rester sur nos gardes, a dit Jaxon.

Alex leur a envoyé un message en retour, les informant de leur objectif en tant qu'explorateurs curieux d'apprendre au sujet d'un autre monde.

Ils posèrent l'appareil sur une surface plane goudronnée. Depuis le vaisseau spatial, ils pouvaient apercevoir une petite ville au loin, avec des maisons très similaires à celles de leur planète d'origine. Le soir approchait, le ciel se parant de magnifiques teintes violettes et orangées.

— Je n'aime pas cet endroit, dit Nia. Ça semble vide.

— Vous êtes tous tellement négatifs. Il se pourrait simplement qu'on ait atterri dans une partie de la planète que les habitants ont quittée, soupira Alex, exaspéré.

Leur comportement devenait épuisant.

— Et quelle serait la raison de leur migration, commandant ? Peut-être que l'air sentait terriblement mauvais ? demanda Jaxon d'un ton moqueur.

— Ou que leurs chaussettes disparaissaient de leurs placards pendant la nuit ? Yasu, qu'en penses-tu ? ajouta Nia.

Yasu se contenta de rire, réfléchissant lui aussi aux raisons pour lesquelles leur zone d'atterrissage était déserte. Aucune des explications n'était rassurante. Dans tous les derniers univers qu'ils avaient visités, ils s'étaient posés à cet endroit, et l'Académie se trouvait également à proximité. En surveillant la console, il remarqua quatre véhicules antigravitiques qui fonçaient vers leur vaisseau depuis la ville déserte au loin.

— D'accord. Je comprends, mais nous devrions au moins essayer de découvrir..., dit Alex.

Il s'interrompit, son regard fixé sur les véhicules qui se précipitaient vers eux.

— Des rovers ?

— Oui. Donc, il y a bien des gens ici, mais ça pourrait quand même signifier des ennuis, confirma Yasu.

— Ou pas, insista Alex.

— D'accord, commandant. Quel est le plan ? On ne peut pas simplement monter à bord et espérer que tout se passe bien, dit Jaxon.

— Sortons de l'appareil, déployons notre système de défense et attendons-les. Nous sommes ici uniquement pour une mission de reconnaissance. Nous voulons en savoir plus sur la nébuleuse et son lien avec les pics d'énergie. Peut-être apprendrons-nous quelque chose d'utile après avoir parlé aux habitants.

Ils sortirent du vaisseau spatial et activèrent le champ de force tout autour. Ils venaient juste de terminer cette tâche quand le dernier des véhicules antigravitiques arriva, s'immobilisant sur le goudron à côté des autres. Les cadets se tenaient ensemble, les mains sur leurs pistolets laser accrochés à leurs ceintures. C'était la première fois qu'ils emportaient des armes lors de leurs voyages, mais après beaucoup de persuasion, les supérieurs avaient reconnu que cela pourrait être bénéfique.

Les portières des véhicules s'ouvrirent, et des humains vêtus de noir de la tête aux pieds en sortirent, tenant d'imposants fusils laser. Deux d'entre eux s'avancèrent, et l'un retira son masque, révélant une touffe de cheveux bleus et un visage familier.

— Kel ? Jaxon jura à voix basse, brûlant d'envie de tirer sur l'individu, même s'il savait que cela les placerait dans une position précaire.

— Étrangers, dit le jeune homme qui ressemblait à Kel.

Il avait la même carrure élancée, mais son attitude et son aura étaient différentes. Ils pouvaient déduire de sa posture que cette personne était plus arrogante que le Kel qu'ils connaissaient.

— Vous venez sur notre planète. Et nous espérons que vous venez en paix parce que nous sommes prêts à vous affronter.

Il brandit son arme, un sourire narquois déformant ses traits

Les cadets échangèrent des regards tendus. La mission commençait déjà sur les chapeaux de roue, et ils n'étaient pas vraiment enthousiastes quant à leur trajectoire.

CHAPITRE 29

CE KEL ne connaissait pas leurs versions alternatives. Il ne montra aucun signe de reconnaissance lorsqu'il ordonna à ses hommes de les fouiller et de prendre leurs armes.

— Précaution nécessaire. Nous ne pouvons pas vous laisser tenter d'emmener notre suzerain, n'est-ce pas ? dit-il, arborant toujours son énorme sourire.

— Suzerain ? Donc, vous n'êtes pas le chef ? demanda Jaxon.

Kel s'approcha de lui, sa tête dominant largement la sienne. De cette hauteur, il baissa les yeux vers Jaxon, son regard devenant plus intense.

— Non. Juste le chef de cette unité.

Une fois que ses hommes eurent terminé la fouille, il fit un geste vers les voitures.

— Dépêchons-nous. Nous avons des personnes à rencontrer.

Alex essaya de poser des questions mais fut accueilli par des grognements sonores et des chuts. Finalement, il se tut, assis silencieusement à côté de Nia dans la voiture où ils se trouvaient. Nia tenta de lui signaler que les choses pourraient bien se passer. Elle essaya d'articuler sans bruit :

— Nous devons juste rester calmes, rencontrer le supérieur hiérarchique, et demander l'autorisation de rentrer chez nous.

Le conducteur l'aperçut dans le rétroviseur et menaça de la bâillonner. Choquée par la brutalité de ses paroles, elle ravala le reste de ses pensées.

Les deux autres voyageaient dans une voiture différente avec des conducteurs tout aussi silencieux. Yasu observa le jour s'assombrir vers la nuit, réfléchissant à toutes les façons d'échapper à cette situation. Il pensait que leur équipe avait un don pour s'attirer des ennuis. D'après les autres rapports qu'il avait lus, la plupart des autres équipes avaient rencontré leurs doubles alternatifs et découvert de nouvelles cultures dominant l'Académie. Pour une raison quelconque, ils étaient les seuls à se retrouver face à des autochtones hostiles.

Jaxon ruminait ce retournement de situation. Il détestait que l'alter ego de Kel soit là, paraissant plus confiant et peut-être même plus magnifique qu'il ne l'avait été dans leur monde. Sa seule consolation était qu'ils n'avaient pas pris le prototype de son outil à décharge électrique. Ce n'était pas encore parfait, mais ça ressemblait à un morceau de plastique pour l'œil non averti. Et c'est ce qu'il leur avait dit.

Ils traversèrent la ville qui, comme ils s'y attendaient, était déserte. Certains bâtiments avaient des extérieurs noircis, indiquant les vestiges du ravage d'un incendie, tandis que d'autres étaient démolis comme si un missile les avait frappés. Bien que les cadets souhaitaient poser des questions, ils savaient qu'ils n'obtiendraient aucune réponse. Ils gardèrent leurs questions pour plus tard, lorsqu'ils rencontreraient à nouveau l'alter ego de Kel. Les voitures volantes serpentaient à travers les rues désertes jusqu'à ce qu'ils arrivent à un grand complexe entouré de hauts murs avec des fils électriques.

Les grandes portes noires s'ouvrirent avec un léger grincement, des lumières clignotant au sommet des tours et depuis la tour de contrôle sur le côté. À l'intérieur des murs, un bâtiment gris de dix étages se dressait, entouré de voitures volantes stationnées et d'autres véhicules en mouvement. Les cadets sortirent des voitures, se regroupant et regardant le bâtiment.

— Notre éminent et très bienveillant chef nous a honorés de sa présence. Nous allons demander une audience avec lui, et il nous recevra en temps voulu, annonça Kel, écartant les bras vers le bâtiment.

— Qui est ce chef ? demanda Alex.

Kel se tourna vers eux avec un demi-sourire.

— Le sauveur de notre royaume. Celui qui règne sur toutes choses.

Ils ne comprenaient pas ce que cela signifiait, mais ils n'étaient pas en position de poser plus de questions. Ils suivirent la file de gardes vêtus de noir, observant les autres soldats qui flânaient dans l'enceinte du complexe. Ils entrèrent dans le bâtiment par un escalier et de grandes portes en bois. Au-delà des portes se trouvait un hall avec un sol en damier noir et blanc. Un comptoir de réception, équipé d'un bureau et d'une étagère en bois sombre, était installé dans un coin. L'alter ego de Kel s'avança vers lui pour parler à la femme blonde au visage de renard qui se tenait derrière.

— Bonjour. Des invités pour son éminence, dit-il, s'appuyant contre la table avec un sourire sensuel.

La femme jeta un regard acéré aux cadets, puis se retourna pour passer un appel.

— Asseyez-vous. Je vous ferai savoir quand entrer, dit-elle quand l'appel fut terminé.

L'alter ego de Kel leur fit signe de s'installer dans un groupe de chaises d'attente métalliques de l'autre côté de la pièce.

— Maintenant, nous attendons.

Ils restèrent assis quelques instants, écoutant la musique légère provenant de haut-parleurs cachés.

— Je m'appelle Dorian, dit-il.

Une fois de plus, le sourire apparut.

— Pas Kel ? demanda Jaxon.

Une expression étrange traversa le visage de Dorian, mais Jaxon ne la remarqua pas, trop occupé par la douleur causée par Nia qui lui enfonçait le coude dans les côtes.

— Pas Kel. Dorian. Je suis chef d'équipe. Un des combattants préférés du Chef. Je protège ces régions contre les maraudeurs, dit-il.

— Nous ne sommes pas des maraudeurs. Nous sommes de simples explorateurs d'un autre monde, dit Alex.

Dorian hocha la tête et croisa les jambes, en balançant l'une sur l'autre.

— Oui. Vous l'avez dit. Très intéressant, tout ça.

Son sourire disparut, presque comme une lumière s'éteignant dans la pièce.

— Quoi ? demanda Alex, ignorant le frisson qui lui parcourait l'échine.

— Cette traversée des mondes. Traversée des univers. On pourrait penser que c'est pure fiction.

Dorian se détourna sans ajouter un mot. Et bien qu'Alex eût d'autres questions, il hésita à les poser, ne voulant pas irriter l'homme. Il poussa légèrement Nia du coude, mais elle secoua la tête.

Pour le reste du temps, ils restèrent assis en silence. Yasu observa la disposition du bâtiment, cartographiant mentalement les itinéraires d'évacuation potentiels. L'endroit était une forteresse, nota-t-il. Si les choses tournaient mal, ils n'auraient aucune chance de s'en sortir vivants. Ils pourraient essayer de s'enfuir, mais avec tous les hommes en noir entourant le périmètre, ils devraient perdre une partie de leur corporalité pour échapper aux tirs des lasers.

La femme au bureau leur fit signe.

— Il veut vous voir maintenant.

— Parfait ! Venez avec moi, dit Dorian, se levant avec aisance.

Seuls deux des autres hommes vêtus de noir les suivirent jusqu'à l'ascenseur. Ils s'entassèrent à l'intérieur, regardant leurs reflets sur la surface argentée des murs, leurs cœurs battant avec une légère panique. La porte s'ouvrit silencieusement, révélant un couloir vide.

Dorian avança d'un pas régulier, les conduisant à la porte au fond du couloir. Il frappa deux fois, puis une fois, puis deux fois encore. À l'intérieur de la pièce, quelqu'un toussa et dit :

— Entrez.

Les cadets entrèrent avec Dorian et les derniers hommes vêtus de noir. À l'intérieur, un mur avait des fenêtres du sol au plafond montrant le ciel nocturne paisible. Les cadets respirèrent, pensant à l'aspect lugubre de l'extérieur sans aucune lumière.

Dans la pièce se trouvait une longue table de réunion avec des chaises réparties autour. À la tête de la table, flanqué de deux autres hommes habillés en noir, se tenait un homme en costume blanc.

Les cadets regardèrent son visage, se sentant à nouveau démoralisés. Ils le reconnaissaient.

Le Colonel Klaus. Dans leur monde, il était l'un des hauts responsables qui les contrariait chaque fois qu'ils rencontraient des problèmes lors de leurs missions. Ils auraient voulu dire qu'il les détestait, mais ils pensaient plutôt qu'il ne les jugeait pas encore compétents.

— Cette journée ne pourrait pas être pire, marmonna Jaxon.

— Voyageurs. Notre Bienveillant Suzerain, Lord Kedron, dit Dorian avec emphase.

Jaxon inclina la tête, et maladroitement, les autres l'imitèrent.

L'alter ego du Colonel Klaus, Lord Kedron, arborait un sourire pincé.

— Enfants. De quelles contrées nous êtes-vous venus ? demanda-t-il, sa voix empreinte d'un soupçon de dédain.

Alex s'apprêta à parler, essayant de réciter leur phrase habituelle sur leur venue en explorateurs d'un autre monde, mais Dorian s'avança pour l'interrompre.

— Ils viennent d'une planète très, très lointaine. Ils ont voyagé jusqu'ici, mon seigneur, pour contempler par eux-mêmes votre glorieux visage. Pour voir ce que tant d'autres ont vu et dont ils sont tombés amoureux.

Lord Kedron sourit, ses yeux se rétrécissant en fentes remplies de gaieté.

Il se pencha en arrière dans son fauteuil et applaudit.

— Tu as toujours eu le don des mots, Dorian. Que nos invités s'assoient.

Les cadets, partageant leur confusion par des regards écarquillés, s'assirent côte à côte d'un côté de la table. Dorian et les deux gardes s'assirent en face d'eux. Le sourire de Dorian se transforma progressivement en une expression de prudence, semblable à celle d'un chasseur traquant prudemment sa proie à travers un champ.

— Vous arrivez au bon moment. Je suis venu ici pour rendre visite et voir comment se portent mes gens dans ces régions. Et vous voilà aussi, voyageurs de bon augure. J'adore cette nouveauté, dit le Seigneur, souriant.

Ne sachant pas comment répondre, les cadets restèrent silencieux. Ils le regardèrent continuer à parler. Il s'exprimait avec beaucoup de bravade, agitant ses mains avec extravagance. De son discours, ils apprirent la guerre qui avait déchiré la région. Il fit référence à un gouvernement tyrannique qui avait pris racine, soumettant la plupart des parties de l'univers à une dictature stricte. Finalement, il gravit les échelons et s'empara du pouvoir.

— J'ai protégé mon peuple. J'ai protégé cette région. Ils me doivent tout, dit-il, en se tapotant la poitrine.

Les gardes et Dorian l'acclamèrent tandis qu'il parlait, et les cadets auraient pu jurer qu'ils remarquaient sa tête devenir de plus en plus grosse et rouge.

Alex leva la main.

— Pouvons-nous poser une question ?

Les autres se penchèrent en avant, impatients de savoir ce qu'il avait en tête. Aucun d'entre eux n'avait prévu que les choses se déroulent ainsi. Le Leader semblait assez amical, mais quelque chose dans le comportement des gardes et les sautes d'humeur de Dorian les mettait en alerte. Ils n'étaient pas en sécurité.

Alex cherchait la meilleure façon de présenter la question.

— Nous avons remarqué un brillant nuage de poussière et de gaz sur notre chemin. Il paraissait éblouissant, s'étendant à perte de vue. Et nous nous demandions ce que c'était.

Lord Kedron le regarda en silence pendant un moment. Les autres gardes regardaient aussi, leurs visages cachés derrière leurs masques. Puis le chef éclata de rire, renversant sa tête en arrière comme s'il était submergé de plaisir. Les gardes se joignirent à lui, bien que leurs rires semblaient forcés et peu sincères.

— Eh bien, c'est la conséquence de notre influence. Et le début de notre domination, dit-il, essuyant une larme égarée au coin de son œil.

CHAPITRE 30

Dorian escorta les cadets jusqu'à une chambre où ils pourraient passer la nuit. Il demanda à plusieurs reprises si Nia préférerait une chambre séparée, mais ils lui répondirent qu'ils étaient à l'aise de partager avec elle. Jaxon s'irrita la dernière fois qu'il demanda, ses yeux s'enflammant comme s'il cherchait la bagarre. Nia dut intervenir, plaçant une main sur sa poitrine pour le calmer.

— Lorsque nous partons en mission, nous partageons généralement une chambre. Ils sont comme mes frères.

Une fois dans la chambre, avec des vêtements de rechange à disposition, Jaxon se retourna vers elle.

— Tu n'étais pas obligée de dire que nous sommes comme tes frères, dit-il.

Nia le regarda, ses yeux lourds de sommeil.

— Pourquoi pas ? Mais vous êtes comme mes frères. Nous passons tellement de temps ensemble...

Jaxon posa une main sur sa poitrine.

— Comme des frères ?

— Nous avons des problèmes plus urgents, Jaxon. La porte est verrouillée, dit Alex depuis la porte.

Jaxon jeta un dernier regard à Nia, comme pour dire que la

conversation n'était pas terminée, et bondit jusqu'à la porte. Comme Alex l'avait dit, elle était verrouillée.

— Donc, nous sommes piégés ? Nous sommes piégés ? dit Jaxon.

Depuis son lit, Nia dit :

— Au moins, ce n'est pas un autre Néant conscient. Les méchants humains sont légèrement moins terrifiants... n'est-ce pas ? marmonna-t-elle, bien que sa voix tremblât.

— Pas maintenant, Nia.

— Nous devrions aussi faire attention à ce que nous disons. Ils pourraient nous écouter, dit Yasu.

Alex se gratta la tête.

— Nous aurions pu nous diriger directement vers la nébuleuse...

Jaxon frissonna.

— Tu as entendu ce que cet étrange Klaus a dit ? Que c'est leur influence et leur domination. Ça sonnait comme une mauvaise nouvelle de mon point de vue. Peut-être aurions-nous rencontré pire si nous étions allés directement à la nébuleuse.

— Ou peut-être aurions-nous rencontré mieux !

Nia siffla entre ses doigts.

— Il est tard. Nous sommes tous faibles et épuisés. Je suggère que nous allions tous nous coucher et que nous réfléchissions à quoi faire demain, dit-elle dans le silence qui suivit.

Yasu laissa échapper un énorme bâillement et se laissa tomber sur son lit comme sur commande. Il était d'accord avec Nia. Il avait essayé de démêler leur situation toute la journée, mais sans succès. Peut-être que le sommeil aplanirait les rides dans son processus de réflexion.

À contrecœur, Jaxon et Alex se dirigèrent aussi vers leurs lits. Ils se blottirent sous les couettes, écoutant le son du néant à l'extérieur.

— Si le meurtre s'avère être notre porte de sortie, laissez-moi faire tous les honneurs. Pour que je n'aie plus jamais à participer à une de ces missions, dit Jaxon d'une voix endormie.

Les autres rirent, mais ils étaient trop somnolents pour dire quoi que ce soit de plus.

Nia se réveilla en sentant la main de quelqu'un sur sa bouche. Elle paniqua immédiatement, tentant de le repousser, mais elle entendit une voix familière la faire taire.

— C'est moi. Kel, chuchota la personne.

Entendre ce nom affaiblit sa résolution. Elle regarda son visage dans l'obscurité, incertaine de ce qui se passait et pourquoi il utilisait ce nom.

Approchant ses lèvres près de son oreille à nouveau, il dit :

— Vous devez me faire confiance.

Elle ne savait pas quoi penser de tout cela. Le Kel qu'elle connaissait chez elle était différent : calme, déterminé et quelque peu timide. L'idée qu'il s'introduise dans sa chambre pour couvrir sa bouche au milieu de la nuit était étrange. Mais il était là, ou du moins, une version de lui. Et bien que son comportement ait été inhabituel, elle avait confiance qu'il n'était pas une mauvaise personne.

— Nous allons quitter la chambre. J'ai désactivé plusieurs des systèmes de sécurité dans cet endroit, mais vous devez être très silencieuse. Si vous faites un bruit, vous réveillez les autres et alertez tout le monde sur ce qui se passe. Vous ne voulez pas cela, n'est-ce pas ? dit Dorian.

Il rit légèrement.

Elle ne le voulait pas, alors elle secoua la tête. Dorian retira sa main de sa bouche, et elle poussa un profond soupir.

Le cœur battant dans sa poitrine, elle se leva et quitta la chambre avec Dorian. Elle ne savait pas pourquoi elle lui faisait confiance. Peut-être était-ce parce qu'il était l'alter ego de Kel ou parce qu'elle voulait quelque chose de bon au milieu du chaos. Elle serra les poings le long de son corps, se déplaçant furtivement derrière lui.

Ils traversèrent le couloir, et il l'emmena dans une autre pièce. Il y avait un lit simple et une table dans le coin. Nia devina que ce devait être la chambre où il voulait initialement qu'elle reste.

— Que voulez-vous ? demanda-t-elle.

— Je peux vous aider à vous échapper, dit-il.

— Quoi ?

— Oui, je le peux. Je suis peut-être un monstre, mais je suis aussi doué pour aider les gens.

Les yeux de Nia s'écarquillèrent au mot « monstre », un frisson parcourant son échine.

— Un monstre ? répéta-t-elle, le mot flottant lourdement dans l'air entre eux.

Son esprit s'emballait, essayant de concilier la personne devant elle avec la dureté de l'étiquette qu'il s'était lui-même attribuée.

— Pourquoi vous qualifiez-vous ainsi ?

Sa voix mélangeait méfiance et une lueur involontaire de sympathie, scrutant son visage à la recherche d'un indice de l'obscurité qu'il prétendait posséder. Malgré la peur qui enchaînait son cœur, son instinct de compréhension luttait contre son désir de fuir.

— Mais pourquoi feriez-vous cela ?

Quelque chose n'allait pas, et Nia ne savait pas quoi. Elle n'aimait pas cette confusion générale. Autant Jaxon détestait les nuages, les Vides et autres phénomènes étranges, autant elle préférait ceux-ci car c'étaient des choses dont elle pouvait se sortir par la réflexion. Cette situation, avec cette étrange version indéchiffrable de Kel, la déstabilisait.

Dorian s'approcha d'elle, son expression impassible.

— Parce que vous avez quelque chose que je veux.

La mâchoire de Dorian se crispa tandis que des souvenirs défilaient devant ses yeux : les promesses de salut de Kedron qui se transformaient en exigences de loyauté, les missions qui laissaient ses camarades brisés moralement ou morts, et le moment où il réalisa qu'il n'était qu'un simple pion. Il ne pouvait pas laisser ce cycle se répéter, pas avec ces cadets.

Le cœur de Nia battit plus vite.

— Que voulez-vous ?

— Vous êtes venus ici avec quelque chose. Et vous avez traversé les frontières de nos mondes pour nous trouver. Avec quoi êtes-vous venus ?

— En quoi cela importe-t-il ?

— S'il met la main sur le pouvoir au centre de la nébuleuse, tous nos mondes s'effondreront. Tout ce que nous connaissons. Il prendra, prendra et prendra encore. Son sang ne coule que pour le pouvoir. Il a découvert quelque chose, dit Dorian.

À ce moment, Dorian fit un nouveau pas en avant. Trop hypnotisée par le regard ardent dans ses yeux, Nia resta immobile, clouée sur place.

Baissant la voix jusqu'à un murmure haletant, Dorian dit :

— Pendant la guerre, il a traversé vers un autre royaume. Non, pas univers. Royaume. Un royaume d'énergie et de pouvoir supérieurs, où des divinités et des êtres cosmiques errent, partageant le pouvoir entre eux. Il voulait aussi partager ce pouvoir. Croyant qu'il pourrait mettre fin à toute souffrance dans le processus.

— Comment y est-il allé ? demanda Nia, incapable de comprendre.

Pouvaient-ils avoir des appareils capables de sauter entre les univers dans ce monde ?

Dorian secoua la tête, impatient face à son manque de compréhension.

— Un portail s'est formé pendant la guerre. Il y est tombé et en est revenu transformé.

Son discours était confus. Nia avait besoin qu'il ralentisse, bien qu'elle comprenne qu'il parlait probablement vite pour réduire leurs chances d'être surpris.

— Alors, qu'est-ce qui l'empêche d'entrer à nouveau dans le portail ? demanda Nia.

— Il ne peut pas accéder à la nébuleuse. Il n'a pas les outils pour cela. Mais vous, vous les avez.

— Nous les avons ?

— Oui. Vous êtes entrés dans ce monde d'une manière ou d'une autre. Ce qui vous a permis d'entrer vous permettra d'accéder au portail, dit Dorian.

Incertaine, Nia pencha la tête sur le côté. Tout ce qui concernait ce Kel était bizarre. Elle devait encore découvrir comment il connaissait ce nom, mais il fallait rester concentrée. Ce qui importait le plus maintenant était cet Overlord et sa soif de pouvoir.

Dorian s'approcha davantage, se penchant jusqu'à ce que ses lèvres soient près de son oreille.

— Je veux que vous et vos amis l'arrêtiez.

Nia pouvait à peine respirer. Alors qu'il envahissait son espace personnel, elle perçut son odeur, tellement similaire à la version de lui qu'elle connaissait. Ces similitudes étaient troublantes.

Respirant brusquement, elle demanda :

— Et si nous n'y arrivons pas ?

— Oh. Mais vous devez y arriver. Ou vous ne rentrerez jamais chez vous, dit Dorian avec une douceur mortelle.

CHAPITRE 31

Nia dormit mal le reste de la nuit. Elle aurait pu trouver étrange qu'aucun des autres ne se soit réveillé pendant tout le temps de son absence si Dorian ne lui avait pas dit qu'il les avait drogués. Elle voulait savoir comment et avec quoi, mais il la ramenait à sa chambre à ce moment-là, et son comportement avait changé, reflétant son manque d'intérêt pour la conversation.

Les autres se réveillèrent en premier et secouèrent Nia pour la réveiller.

— Ils nous ont apporté le petit-déjeuner. Et c'est de la vraie nourriture, annonça Jaxon d'un ton excité.

Les autres rirent et s'assirent avec leurs plateaux sur leurs lits.

Nia se redressa et fixa son plateau. Des bribes de sa conversation de la nuit précédente lui revenaient en mémoire.

— Est-ce que Dorian est venu ici ce matin ?

Jaxon la regarda avec une certaine irritation.

— Tu ne peux vraiment pas te passer de lui, n'est-ce pas ? Que ce soit dans cet univers ou dans le nôtre.

Ignorant Jaxon, Alex dit :

— Oui. Il est venu avec la personne qui a apporté la nourriture. Fait intéressant, il a demandé si tu étais réveillée.

Nia regarda autour de la pièce, essayant de déterminer si quelqu'un pouvait les écouter. Dorian lui avait dit que la chambre serait à l'abri des oreilles extérieures, mais il n'avait jamais précisé si ses propres oreilles étaient incluses dans le lot.

— Je l'ai rencontré hier soir, dit-elle.

Le visage de Jaxon s'assombrit.

— Quoi ? Que voulait-il ? demanda Alex, sa fourchette s'arrêtant à mi-chemin de sa bouche.

— Il veut que nous l'aidions à renverser Kedron.

Alex posa sa fourchette sur son assiette et se gratta la tête.

— Pourquoi voudrait-il ça ?

Nia haussa les épaules.

— Tous les serviteurs n'apprécient pas leur maître.

Jaxon regarda autour de la pièce.

— Bonjour. Il y a un énorme éléphant dans cette pièce avec nous. Pourquoi rencontrerait-il Nia et pas toi ? Ou même nous tous ensemble ?

— Il s'est présenté sous le nom de Kel. Peut-être qu'il connaît une version de moi dans ce monde. Ou connaissait..., dit-elle en regardant Jaxon.

— T'a-t-il fait du mal ? demanda Alex, son front se plissant d'inquiétude.

Il ne pouvait s'empêcher de se blâmer pour ce mauvais tournant des événements. S'il avait insisté pour qu'ils se dirigent directement vers la nébuleuse, ils auraient peut-être découvert ce qu'ils cherchaient et seraient rentrés sans problème. Maintenant, ils étaient coincés dans un endroit suspect avec des habitants suspects et un dirigeant aux motivations obscures. Et maintenant, l'un d'eux se faufilait dans leur chambre pour parler à Nia. Jaxon croisa les bras, essayant d'étouffer la brûlante irritation dans sa poitrine. Il détestait comment la présence de Dorian – ou Kel, peu importe qui il était – déterrait des émotions qu'il avait pris soin de réprimer. Ce qui le frustrait le plus, c'était cette vérité tacite : il ne ressentait pas seulement du ressentiment envers Dorian pour son audace; il l'enviait. Il n'était pas sûr de comment il réagirait si quelque chose arrivait à l'un de ses camarades.

— Non. Il m'a dit qu'il nous aiderait si nous l'aidions.

Nia secoua la tête. Dorian avait été menaçant, mais une certaine douceur se cachait sous l'apparence brusque. Ou peut-être que son cerveau lui jouait des tours. Après tout, il était l'alter ego de Kel, et Kel avait toujours été doux avec elle.

— Mais comment ?

Jaxon détestait chaque partie de cette situation.

Il détestait cette version aux cheveux bleus de Kel encore plus qu'il ne détestait l'alter ego de Klaus qui avait gagné une étrange guerre universelle. Mais même s'il essayait de se concentrer sur sa priorité – sortir de cette planète – il revenait sans cesse à une image de Nia et de l'alter ego de Kel chuchotant l'un à l'autre dans l'obscurité pendant qu'il dormait. Son appétit avait disparu.

Nia baissa la voix, parlant à son assiette.

— C'est pourquoi j'ai demandé s'il était venu ici. Il a dit que nous nous déguiserions en gardes et retournerions à notre vaisseau.

— Ça signifie que nous partons ce matin ? demanda Alex.

— Je le pense.

Jaxon n'aimait pas à quel point tout le monde faisait confiance à cet arriviste aux cheveux bleus. Imitant Nia, il baissa la voix en un murmure.

— Ralentissons tous la cadence. Comment pouvons-nous lui faire confiance ?

La position dans laquelle Alex se trouvait le laissait à la dérive. Il n'avait aucune idée de comment sortir de ce pétrin sans un allié potentiel. Nia faisait confiance à Dorian, mais il pouvait aussi percevoir que son jugement était peut-être obscurci par sa relation avec son alter ego.

— Yasu, si tu as une meilleure idée, c'est le moment de la partager. Qu'en penses-tu ? lança Alex, le poids de leur situation pesant lourdement dans sa voix.

Si quelqu'un dans la pièce pouvait être objectif, ce serait Yasu.

Yasu n'avait pas de sentiments apparents concernant Kel. Il pourrait évaluer la situation et leur donner la meilleure issue.

L'assiette de Yasu était propre devant lui. Pendant que les autres délibéraient, il s'était attaqué à son repas, nettoyant tous les œufs, le bacon et les toasts de son assiette. Il laissa échapper un rot silencieux et marmonna une excuse avant de poursuivre :

— Nous avons deux options. Rester ici comme des canards assis jusqu'à ce que nous trouvions une autre échappatoire. Ou s'allier avec Dorian et voir où cela nous mène. Cet endroit est une forteresse. Je l'ai analysé depuis notre arrivée. S'en sortir sera presque impossible. Je dis que nous tentons notre chance.

Il tendit les deux mains, chacune représentant un choix.

Alex hocha la tête.

— D'accord. Tout le monde, finissez votre repas. Nous allons travailler avec Dorian.

Dorian revint quinze minutes plus tard, accompagné d'un garde vêtu de noir poussant un chariot couvert. Souriant à la cantonade, Dorian fit un geste vers le chariot et dit :

— Des uniformes. Vous devez les enfiler rapidement.

Les cadets se précipitèrent pour prendre les pantalons noirs, les chemises et les masques du chariot. Pendant ce temps, le garde rassemblait leurs assiettes sales et les plaçait sur le chariot.

Il se tenait à côté de son garde, leur laissant de l'espace pour se changer.

Ne voulant pas lui laisser entrevoir Nia en train de se changer, Jaxon força les autres à tenir une couette pour la protéger. Dorian trouva cela amusant et éclata d'un rire sonore.

Une fois que tout le monde se fut changé, Dorian les conduisit hors de la pièce, demandant à l'autre garde d'emmener le chariot à la cuisine. Le reste du groupe prit l'ascenseur jusqu'au premier étage où un autre garde les attendait. Cette personne se joignit à eux alors qu'ils entraient dans le hall.

Le hall était un endroit différent à la lumière du matin. Il n'avait plus rien de la froideur qu'il dégageait la nuit précédente. La chaude lumière du soleil se déversait par les fenêtres, se répandant joyeusement sur les carreaux noir et blanc.

Une autre femme avait remplacé la dame au visage de renard de la veille. Celle-ci avait également des traits acérés et un regard perçant. Elle observa les cadets et Dorian traverser l'étendue du hall jusqu'à la porte, son regard suivant chacun de leurs mouvements. Dorian l'interpella :

— Eh bien, ma chérie ? Tu es absolument divine aujourd'hui !

Elle lui sourit en retour.

— Où allez-vous ?

— Une inspection du périmètre. Je dois voir à quoi ressemble l'extérieur maintenant que nous avons reçu des invités du monde extérieur.

Ils descendirent les escaliers et entrèrent dans le périmètre extérieur du complexe.

— Mon amie, Laila, va conduire, annonça Dorian, arborant toujours son sourire artificiel.

Dorian lança une paire de clés à leur garde silencieux, adressant un sourire éclatant à un autre qui les observait à distance. À travers ses dents étincelantes, il dit, assez fort pour qu'eux seuls l'entendent :

— Agissez naturellement. Et dépêchez-vous. Lord Kedron avait prévu de vous rencontrer cet après-midi. S'il découvre votre absence, ils nous pourchasseront.

Au garde, il dit :

— Davis, c'est toi ?

Le garde, qui devait être Davis, grogna.

— Vous partez inspecter ?

— Oui, Davis. Je dois m'assurer que la zone est sûre pour Lord Kedron.

Ils s'entassèrent dans les véhicules à sustentation. Dorian insista pour prendre Nia, et Jaxon insista pour les accompagner. Laila emmena les deux autres avec elle dans un autre véhicule.

La voix de Dorian emplit la voiture avec Alex, Yasu et Laila.

— Êtes-vous prêts, les enfants ?

La voiture de Dorian démarra, filant à travers les portes et dans la ville déserte. Laila fit de son mieux pour suivre, manœuvrant le véhicule à sustentation avec fluidité.

— Vous êtes adorables, les enfants. Mais nous devons nous dépêcher, lança la voix de Dorian.

Son ton se fit plus grave en guise d'avertissement :

— Ils ont découvert que vous avez disparu.

Yasu jeta un coup d'œil derrière eux, s'attendant à moitié à voir une flotte de véhicules à leur poursuite, mais il n'y avait rien. Néanmoins, ils devaient se déplacer avec plus d'urgence. Si leurs anciens geôliers les rattrapaient, ils pourraient se retrouver piégés dans une situation pire. Ils risquaient d'être enfermés, et alors l'évasion pourrait devenir encore plus intimidante.

Ils filèrent à toute allure devant les bâtiments calcinés, slalomant le long de virages serrés. Bientôt, ils quittèrent la ville et trouvèrent l'espace où ils avaient atterri la veille au soir. Ils continuèrent d'avancer, Yasu scrutant l'arrière à la recherche de signes de poursuite. Il finit par apercevoir deux voitures qui fonçaient vers eux à pleine vitesse.

— Nous avons de la compagnie.

— Oh non. Mais nous pouvons y arriver ! dit Laila.

Yasu remarqua que les autres véhicules essayaient de leur tirer dessus.

— Avons-nous des armes ? demanda-t-il, l'inquiétude lui nouant la gorge.

— Je ne crois pas, répondit Alex. Il ne pouvait qu'espérer qu'ils arrivent à temps.

En arrivant au vaisseau, ils sautèrent des véhicules encore en sustentation et se précipitèrent vers l'engin spatial. Nia et Yasu désactivèrent le champ de défense, et Alex se rua par l'écoutille jusqu'à son siège.

— Tout le monde, à vos places, dit-il en ajustant son siège et les paramètres sur sa console.

Ils se dépêchèrent de rejoindre leurs sièges, s'attachant rapidement. Il y avait deux sièges supplémentaires, non connectés à des consoles. Nia dirigea Dorian et Laila vers deux d'entre eux, et ils s'y attachèrent promptement.

À l'extérieur du vaisseau, leurs poursuivants étaient arrivés sur les lieux. Alex les surveillait sur sa console tout en lançant le processus de décollage. Il pouvait entendre les lasers frapper l'extérieur du vaisseau, mais celui-ci était trop robuste pour être endommagé. L'engin spatial s'éleva, expulsant un nuage de vapeurs et de fumée tandis qu'il accélérait pour traverser l'atmosphère, emmenant les cadets vers la sécurité.

CHAPITRE 32

LES CADETS LAISSÈRENT ÉCHAPPER des cris de joie. Bien qu'ils aient survécu à plusieurs situations périlleuses, celle-ci avait semblé si près de les tuer. Ils n'arrivaient pas à croire leur chance d'avoir pu s'échapper si rapidement.

— Il ne nous reste qu'une chose à faire maintenant. Rentrer chez nous, dit Alex.

— Pas si vite.

Ils pivotèrent vers la source de la voix de Dorian. Il tenait Nia contre sa poitrine, une main couvrant sa bouche, l'autre pressant une lame d'acier contre sa gorge. Laila se tenait derrière lui, braquant deux pistolets laser sur Yasu et Alex.

Jaxon déglutit, sa vision devenant rouge.

Alex se leva de son siège, tentant une approche diplomatique de la situation.

— Dorian, que faites-vous ?

— Vous voulez revenir sur notre accord. Nous avions un accord.

Son sourire était si troublant, étirant ses lèvres jusqu'aux oreilles dans ce qui ressemblait presque à une grimace.

Alex secoua la tête.

— Non, ce n'est pas vrai.

— J'ai dit à Nia que je vous sauverais si vous acceptiez de me sauver, moi et mon peuple.

— Nous ne pouvons pas sauver vous et votre peuple. Nous sommes des enfants, dit Alex.

— Qui ont traversé les frontières de l'espace ? Vous pensez que je ne connais pas toutes les possibilités de voyage ? J'ai fréquenté cette stupide académie que vous et vos amis fréquentez probablement. La même académie qu'il a fait exploser. Vous quatre, tous morts. Avec plusieurs autres collègues. Je vous ai vus hier, et j'ai su, en un instant, ce qui se passait. Nous ne pouvons pas laisser cet homme faire ce qu'il veut, dit Dorian d'un ton malveillant.

— Mais nous ne sommes pas équipés...

— Arrêtez de dire ça !

Nia tressaillit dans son étreinte, et il se détendit comme s'il craignait de la serrer trop fort. Saisissant l'opportunité, elle se dégagea. Jaxon passa à l'action, déployant son outil paralysant et se précipitant vers Dorian. Laila frappa son bras par-derrière d'un coup de pied rapide.

Les deux autres se précipitèrent dans l'espace, espérant aider à maîtriser Dorian, mais il était trop rapide et trop fort. Il tordit facilement le poignet de Yasu et le repoussa. Il esquiva Alex, le regardant recevoir un coup de poing violent de Laila.

Avec peu d'effort, Laila et Dorian maîtrisèrent les cadets. Dorian attrapa Nia, la tenant à nouveau fermement contre sa poitrine.

— Je ne veux blesser personne, dit-il.

Choqués par leur vitesse, leur précision et leur sang-froid, les autres reprirent leur souffle avec difficulté.

— Nous ne voulons pas vous blesser non plus, dit Nia.

Dorian rit, le son sortant avec une certaine tension.

— Les gars, dit Nia, le cœur battant, coopérons.

— Non ! cria Jaxon.

— Nous n'avons pas le choix. Voyons simplement où cela nous mène. S'il croit tellement en nous...

Jaxon ne voulait pas écouter.

— Tu penses comme ça uniquement parce qu'il est Kel, et que tu es amoureuse de lui.

Nia cligna des yeux. Yasu toussa.

Alex en avait assez de toute cette situation.

— Que voulez-vous que nous fassions ?

— Nous avons perdu du temps. Je veux que vous vous dépêchiez. Nous irons jusqu'aux confins de la nébuleuse, et nous pourrons y accéder. Votre appareil – celui que vous avez utilisé pour sauter – vous devriez pouvoir l'utiliser pour passer de l'autre côté, dit Dorian.

— Quel autre côté ? demanda Alex, les sourcils froncés.

Il ne pouvait nier la pression impérative de la curiosité qui pesait sur lui. Peut-être que s'ils n'avaient pas rencontré les autochtones hostiles de la planète, ils auraient pu voyager jusqu'à cette nébuleuse et trouver ce à quoi Dorian faisait référence.

Dorian était plus calme. Bien que sa prise sur Nia restât la même, son visage s'était détendu dans son sourire habituel et aimable.

— La nébuleuse abrite un portail vers un royaume cosmique renfermant des secrets sur le tissu même de l'univers. J'en ai parlé à Nia hier soir. Elle n'a pas eu le temps de vous en parler.

— Comment savez-vous quels secrets elle renferme ? demanda Yasu.

Il était resté silencieux depuis qu'il soignait son bras blessé.

Utilisant son couteau, Dorian pointa Alex.

— Nous l'avons appris à l'Académie. Je suis presque surpris que vous ne soyez pas au courant. Tu en étais obsédé à l'époque, impatient d'avoir l'occasion de l'explorer. C'était après le premier retour de Lord Kedron.

Jaxon gémit. Voilà. Encore un appât pour Alex. Sachant que si Alex entretenait même la moindre idée qu'ils pourraient rentrer chez eux sans jamais découvrir cet endroit, il serait contraint de l'explorer davantage. Jaxon jeta un coup d'œil à Alex et reconnut le combat que le garçon menait contre sa curiosité ardente et instinctive, sachant que c'était un combat qu'il finirait par perdre.

— Alex. Ne fais pas ça, dit-il d'une voix douce.

Alex lui lança un regard vide et dit, d'une voix très différente de la sienne :

— Nous sommes à l'aube de quelque chose d'important.

Jaxon laissa échapper un cri viscéral.

— Toujours. Toujours !

— Me suis-je déjà trompé ? demanda-t-il en s'approchant de Jaxon.

— On peut s'en sortir autrement. Dis-le-lui, Yasu.

Jaxon pointa du doigt Yasu, qui se tenait là, observant tout.

— Le temps presse. Ils vont rejoindre leurs vaisseaux. Nous avions une longueur d'avance. Ne la gâchons pas, lança Dorian.

Alex ne voulait pas risquer de perdre Nia, et il voulait aussi explorer la nébuleuse. La réponse lui paraissait évidente, mais il avait besoin que les autres soient d'accord. Un voyage aussi lointain prendrait au moins quelques jours. Peut-être qu'en cours de route, ils pourraient maîtriser Dorian et rentrer chez eux en vitesse. Mais pour l'instant...

— Allons-y, dit-il.

Ignorant l'expression sur le visage de Jaxon, il se précipita vers son siège et s'attacha. Avec un soupir réticent, Jaxon et Yasu se dirigèrent vers leurs sièges respectifs. Dorian gardait son bras autour de Nia, et Laila resta en arrière, ses armes prêtes.

Alors qu'Alex s'installait à sa console, il remarqua un objet qui approchait de la Terre.

— Est-ce que l'un d'entre vous peut voir ça ? demanda-t-il.

— Oui. Ils arrivent, dit Nia, avec un léger halètement.

Alex leur expliqua ce qu'ils allaient faire ensuite. Leur vaisseau avait la vitesse comme avantage, mais Alex ne pouvait pas risquer de se faire prendre.

— Nous allons d'abord effectuer un saut léger, dit-il, en ajustant les paramètres du Dispositif de Saut Quantique.

Les commandes du dispositif étaient suffisamment bonnes pour assurer une arrivée précise vers des destinations plus lointaines. Le Dispositif de Saut Quantique fonctionnait en créant des voies temporaires entre les barrières dimensionnelles, un exploit qui nécessitait des calculs précis et d'énormes réserves d'énergie. Cependant, plus ils s'approchaient d'une anomalie à haute énergie comme la nébuleuse, plus son calibrage devenait imprévisible. Il était certain que s'ils prenaient cette route, leur risque d'être capturés serait beaucoup plus faible.

Réticents et épuisés, les trois autres suivirent ses instructions. Un soupir parcourut le vaisseau, comme soulagé par ce changement de direction. Ils s'élancèrent dans le portail temporel, reliant deux points dans l'espace. Leur saut les transporta à travers l'espace, et ils réapparurent à plusieurs années-lumière de distance.

Devant eux, la nébuleuse se dressait. Un nuage de gaz, de poussière et des éclats de lumière. Son apparence était glorieuse, et momentanément, les cadets l'observèrent à travers la vitre, leur regard émerveillé. Le soulagement envahit Alex alors qu'il scrutait la console, les points rouges persistants de leurs poursuivants s'estompant enfin.

— Nous sommes tranquilles, annonça-t-il, mais la tension dans la cabine ne se dissipa pas.

Jaxon s'affaissa dans son siège, le visage pâle.

— Tranquilles pour l'instant, marmonna-t-il.

Nia se pencha en avant, son regard fixé sur la nébuleuse.

— Quoi qu'il y ait là-dedans, nous devons être prêts. Si les forces de Kedron ont pu nous suivre jusqu'ici, qui sait à quoi d'autre nous avons affaire ?

Alex déglutit difficilement, serrant les commandes plus fort.

— Nous avons connu pire, dit-il, bien que sa voix vacillât juste assez pour trahir son incertitude.

— C'était un long saut, dit Jaxon.

Il ne s'attendait pas à ce qu'ils arrivent si près de leur destination si rapidement.

Alex n'arrivait pas à y croire non plus. Le Dispositif de Saut Quantique les aurait rapprochés, mais seulement assez pour voyager encore quelques jours terrestres avant d'arriver aux frontières de la nébuleuse. Soit le dispositif était plus puissant qu'il ne le pensait, soit...

Dorian s'avança, sa subordonnée derrière lui avec les pistolets laser.

— Maintenant, nous entrons.

— Entrer dans quoi ?

— Votre dispositif saura. L'énergie cosmique ici est contrairement à tout autre chose. Elle a appelé votre vaisseau.

Alex le regarda, méfiant.

— L'a appelé ?

— La force cosmique au cœur de la nébuleuse s'accroche à la technologie de votre Dispositif de Saut. Cette force vous a appelés.

— Comment savez-vous tout cela ? Y a-t-il un Dispositif de Saut Quantique de ce côté ? demanda Jaxon.

Dorian secoua la tête.

— Le Seigneur Kedron a essayé d'en créer un. Il savait que pour passer dans le cœur et obtenir le pouvoir qu'il voulait, il avait besoin de relier un dispositif capable de percer le tissu de l'espace.

— Et il n'a pas pu fabriquer ce dispositif ? Alex haussa un sourcil.

— Il était en production avant qu'il ne détruise l'Académie.

Jaxon gesticula avec ses mains.

— Et ?

— Et rien. Il a quelques scientifiques qui travaillent pour lui, et bien qu'ils n'aient pas encore fait de percées significatives, ils pourraient y parvenir un jour.

— D'accord. Je dois revenir en arrière. Qui est ce Kedron, et pourquoi veut-il obtenir ce pouvoir ? dit Jaxon.

— Nia ne vous l'a pas dit ?

Dorian jeta un coup d'œil à Nia, accroupie devant un écran, observant la nébuleuse.

— Nous n'avons pas eu le temps, dit Alex, impatient d'obtenir de Dorian toutes les informations dont il avait besoin sur tout.

— Le Seigneur Kedron était un haut fonctionnaire de l'Académie. Il se faisait appeler Klaus. Il était le cerveau derrière certaines missions pendant la guerre, pour protéger le Secteur Eos et pour infiltrer les défenses ennemies.

— Quelle guerre ? demanda Jaxon, se prenant la tête entre les mains.

Plus ils en apprenaient, plus il y avait à apprendre. Et cet univers était tellement différent des autres. Dans les dernières missions, ils avaient toujours eu assez de temps pour poser des questions et attendre des réponses. Maintenant, ils se précipitaient à travers les décisions et apprenaient des histoires entières en quelques minutes. Il avait besoin d'une longue pause.

Dorian les dévisagea tous, son regard passant d'un visage à l'autre.

— Pas étonnant que vous soyez tous si faibles. Il n'y a pas eu de guerre de votre côté.

Nia le regarda, observant la dureté dans ses yeux, et comprit d'où venait la différence entre le Kel qu'elle connaissait et celui-ci.

— Quelle guerre ?

— La guerre contre l'Empire.

— L'Empire ?

Les cadets dirent en chœur. Ils se souvenaient de l'Empire de leur première mission. Dans cette mission, ils s'étaient écrasés dans un univers où un Empire louche régnait sur certaines parties. Ils avaient dû détruire un artefact essentiel pour paralyser la source de pouvoir de l'Empire.

— Ne me dites pas qu'ils gouvernent de votre côté ?

— Non, mais nous les connaissons, dit Jaxon.

Dorian n'avait pas l'air de comprendre, mais il n'avait pas le temps de s'attarder là-dessus.

— La guerre a brisé le Seigneur Kedron. L'Empire avait des armes étranges et a utilisé une grosse bombe pour détruire des systèmes entiers dans Eos; la force en était incroyable. Elle a déchiré un trou dans le tissu de l'espace, et le Seigneur Kedron et ses hommes ont été pris dedans. Mais seul le Seigneur Kedron en est sorti vivant, seul dans un vaisseau, flottant hors des brillants débris laissés dans Eos. Il est retourné à l'Académie, l'ombre de lui-même. Au début, il parlait simplement d'un autre royaume où résidaient les dieux. Nous l'avons étudié à l'Académie, espérant y aller un jour et découvrir ses secrets en personne. Mais le Seigneur Kedron est devenu de plus en plus déséquilibré. Il a dit qu'il pourrait voler le pouvoir de leurs mains et réparer ce monde. Il serait un dieu, tout-puissant et bienveillant.

— Je suppose que les autres n'étaient pas d'accord, dit doucement Nia.

— En effet. Alors, il a pris le contrôle. Il a forcé un coup d'État et a détruit tous les hommes sur son chemin, se déplaçant si rapidement et si brutalement que personne ne l'a vu venir. Il s'est concentré sur le retour dans l'autre royaume depuis, affirmant qu'il pourrait prendre le pouvoir pour lui-même.

— C'est ridicule, dit Jaxon, s'appuyant contre un mur.

— Tout à fait.

— Non, Dorian. Je veux dire, vous pensez qu'il est capable de le faire. C'est ridicule.

Dorian afficha un regard sévère.

— Nous ne pensions pas non plus qu'il pourrait gagner la guerre, mais c'est fait. Nous ne pouvons pas non plus laisser cela au hasard.

Alex ferma les yeux, réfléchissant à tout ça. Un autre royaume avec des dieux ? Des êtres cosmiques de pouvoir ? C'était au-delà de tout ce qu'il aurait pu imaginer. Il pourrait s'arrêter là, mais il n'en avait pas envie.

— Comment l'arrêtons-nous ? demanda-t-il, les yeux toujours fermés.

Il entendit Dorian pousser un profond soupir.

— J'espérais que vous le sauriez.

CHAPITRE 33

BIEN QUE DORIAN ait insisté pour qu'ils entrent immédiatement dans l'autre royaume, Alex a décidé qu'ils devaient y réfléchir pendant la nuit. Les autres cadets ont élevé la voix en signe de protestation. Nia a fait valoir qu'ils n'avaient pas de plan et qu'ils ne pouvaient pas simplement foncer tête baissée, mais elle a reconnu que cela valait la peine d'essayer. Si la production d'un Dispositif de Saut Quantique était en cours, il était impossible de prévoir à quelle vitesse elle serait achevée.

— Nous pouvons voir cet autre royaume. Je veux voir cet autre royaume, a-t-elle dit.

Jaxon a boudé à ce sujet. Les autres, bien que moins enthousiastes qu'Alex, voulaient tout de même essayer. Il n'aimait pas cette incertitude. Et si, dans ce nouveau monde, ils trouvaient quelque chose de plus périlleux ? Il s'est couché avant les autres, lançant un regard à Laila.

Alex s'est réveillé alors que les autres dormaient encore et s'est dirigé vers la cuisine pour prendre quelque chose à boire. Il y a trouvé Dorian, qui regardait fixement les étoiles lointaines à travers la vitre.

— Vous n'arrivez pas à dormir ? a demandé Dorian sans se retourner.

— J'avais juste soif, a répondu Alex.

— Vous étiez si agité à l'époque. Juste un autre cadet dans une équipe de recherche sur les sauts multiversels. Vous passiez devant les salles de classe, les cheveux en bataille et le nez plongé dans un livre où vous calculiez des anomalies.

Alex n'avait jamais vraiment parlé à Kel auparavant. Il savait qu'il était l'un des rares étudiants de l'Académie qui y était entré grâce à un don important de son père. Il ne l'aurait peut-être jamais remarqué si Jaxon n'avait pas été aussi obsédé par l'amitié de Nia avec lui.

— Donc, vous croyez que je peux le faire parce que mon double était intelligent ?

Dorian s'est tourné pour le regarder, haussant les épaules.

— Bien sûr. Si quelqu'un peut le faire, c'est vous quatre. Bien sûr, il y avait d'autres officiers plus âgés au cerveau brillant, mais nous ne les avons pas maintenant, n'est-ce pas ? Vous pouvez le faire. Et si jamais nous n'y arrivons pas, vous pourrez me laisser mourir là-bas et rentrer chez vous.

Il arborait un sourire triste, un sourire qui portait une lassitude trahissant son âge.

Les paroles de Dorian pesaient sur Alex alors qu'il était allongé dans sa couchette. Il semblait que sa responsabilité s'était accrue et, bien que cela aurait dû être une source d'encouragement, Alex l'a pris comme un défi.

Quand ils se sont réveillés plusieurs heures plus tard, Alex était résolu quant à ce qui allait suivre.

— Nous irons de l'autre côté, a-t-il dit, face à ses camarades.

Le silence qui a suivi les paroles d'Alex était plus lourd que l'air dans la nébuleuse. Jaxon a détourné le regard en premier, sa mâchoire se crispant tandis qu'il murmurait :

— Tu ne sais jamais quand t'arrêter, n'est-ce pas ?

Nia a légèrement touché son bras, son regard ferme.

— Il ne s'agit pas d'abandonner, Jaxon. Il s'agit de finir ce que nous avons commencé.

Yasu s'est levé, croisant les bras.

— Nous sommes venus jusqu'ici. Faire demi-tour maintenant n'effacera pas ce que nous avons vu.

Alex a acquiescé, l'étincelle de détermination dans leurs yeux reflétant la sienne.

— Alors finissons-le ensemble.

— Et si nous ne pouvons pas revenir ? a demandé Jaxon.

— Nous le pourrons.

Jaxon a poussé un soupir exaspéré.

— Quand est-ce que ce sera suffisant pour toi ? À quel moment vas-tu simplement t'arrêter ? (Il a fait volte-face pour regarder les autres.) Vous aussi ! Nous ne pouvons pas continuer à encourager son comportement.

Mais les deux autres partageaient une partie de la curiosité d'Alex. Quelque chose comme ça était effectivement dangereux, mais abandonner la mission à ce stade, après être allés si loin, serait pire. L'idée de rentrer chez eux et de confier la mission à d'autres cadets ou même à des officiers supérieurs était trop difficile à accepter pour eux.

Yasu et Nia étaient néanmoins inquiets. D'après leurs observations, beaucoup de choses pouvaient mal tourner, mais ils étaient déterminés à persévérer, portés par l'optimisme d'Alex.

Alex a distribué des instructions à tout le monde, les envoyant à leurs différents postes. Dorian et son garde silencieux se sont attachés à l'arrière, observant la tension qui se développait.

Comme Dorian l'avait dit, la force cosmique appelait leur vaisseau avec le Dispositif de Saut Quantique. Le Dispositif avait des paramètres inconnus, permettant à Alex de se connecter à un espace dont il n'aurait jamais imaginé l'existence.

— Initialisation du saut dans 3, 2, 1...

Alex a agrippé la console, ses doigts tremblants. Ce n'était pas juste un autre saut — c'était un bond dans l'inconnu, une décision qui pourrait définir leur place dans l'histoire de l'Académie. Les cadets ont échangé des regards, le poids des peurs inavouées évident dans leurs expressions. Jaxon serrait la mâchoire, sa réticence à peine masquée, tandis que les mains de Nia planaient au-dessus de sa console, ses lèvres murmurant une prière silencieuse. Même Yasu, le plus calme d'entre eux, avait les épaules carrées comme s'il se préparait à un impact.

Il a tiré le levier et s'est préparé à l'impact, s'attendant au flux habituel de leur vaisseau spatial à travers diverses couches d'énergie. Au lieu de cela, l'appareil semblait glisser à travers quelque chose comme une pluie de lumières scintillantes, l'éclat presque aveuglant. Les cadets se sont couvert les yeux, espérant que cela passerait. La sensation était familière, leur rappelant leur expérience avec le portail de la Clé Quantique. Quelque part dans l'esprit d'Alex, il se demandait s'ils étaient faits du même matériau, avec une technologie forgée à partir de ce plan bizarre.

Les cadets ont remarqué que les lumières s'estompaient derrière leurs paupières et leurs doigts gantés. Ils ont levé la tête et observé leur environnement.

— Qu'est-ce que c'est ? a demandé Yasu, sa voix pleine d'admiration.

La blancheur autour d'eux semblait s'étendre à l'infini, pesant sur leurs sens par son apesanteur. Alex ne pouvait s'empêcher de sentir qu'ils marchaient à travers les pages d'un mythe, leurs actions étant inscrites dans une sorte de registre universel. Il a regardé ses amis – Jaxon, toujours agrippé à son siège comme s'il pouvait se forcer à rester ancré; Nia, son regard distant, perdue dans des pensées qu'elle n'avait pas encore partagées; et Yasu, son stoïcisme habituel se fissurant tandis qu'il murmurait :

— C'est comme si nous n'étions pas censés être ici.

D'une certaine façon, c'était comme s'il l'avait déjà vu. Son cerveau était divisé, des fragments de souvenirs auxquels il ne devrait pas avoir accès lui revenant. Il a essayé de les mettre de côté, afin de s'imprégner de la vue.

Le monde était blanc autour d'eux, comme si le vaisseau spatial voyageait à l'intérieur de nuages doux. Aucun autre être n'était visible, juste de la blancheur, avec des traînées de lumière vive, et occasionnellement des traînées d'obscurité.

Les autres luttaient aussi contre leurs souvenirs bizarres. Des voix réclamaient leur attention dans leurs têtes, et ils ne pouvaient pas choisir ce qu'ils devaient écouter. Mais derrière le bruit, il y avait une sérénité qui les inondait, remplissant chaque cellule de paix.

— J'ai l'impression que je pourrais dormir ici pour toujours, murmura Alex.

Les autres marmonnèrent leur accord. Cet endroit semblait être la fin de tout, le point où toutes les énergies convergeaient et s'annulaient, et où la paix les trouvait.

— Mais...

Dorian secoua la tête pour chasser le brouillard, un étrange souvenir de Nia lui demandant comment s'étaient passés les cours, de lui disant à son père qu'il n'avait pas besoin de leurs aumônes, et de lui sauvant un enfant d'un ruisseau tumultueux.

— Nous devons nous concentrer.

Ils hochèrent tous la tête.

— Peut-être devrions-nous continuer à faire avancer le vaisseau ? demanda Alex.

Les autres acquiescèrent.

Alex navigua à travers cet étrange terrain. Aucune de leurs consoles ne fonctionnait, ils devaient donc naviguer à l'aveugle. Mais l'engin semblait privilégier une direction, son corps tremblant quand Alex l'inclinait d'un côté. Alors, il suivit la volonté de l'appareil.

Ils voyagèrent dans une direction pendant ce qui aurait pu être plusieurs jours. Ils ne rencontrèrent rien de notable, juste plus de blancheur, et le déluge d'étranges souvenirs.

— Est-ce que quelqu'un d'autre a l'impression que ce pourraient être nos autres vies ? demanda Alex, souhaitant pouvoir effacer l'image de lui-même se battant avec un garçon plus grand sur un campus inconnu, tandis que d'autres garçons les entouraient en scandant.

— Moi oui, dit Jaxon.

Un souvenir particulier le ravissait. Lui et Nia ensemble, regardant la miniature en laiton du système solaire. Il y avait entre eux une tendresse que leur dynamique relationnelle actuelle n'avait pas.

Ils discutèrent de cela pendant que leur engin se déplaçait à travers le vide. Chaque personne mentionna certains des souvenirs les plus marquants pour eux.

Nia parla de son retour à la maison, pour revoir ses parents astronomes. Elle décrivit la fierté sur leurs visages et l'amour qu'ils lui prodiguaient dans les moments qu'ils passaient ensemble.

— Quelque chose ne va pas. Il semble que nous subissions des impacts de quelque chose, dit soudainement Jaxon, interrompant le souvenir de Yasu travaillant pour une compagnie maritime.

— Des impacts ?

Les autres se précipitèrent vers leurs consoles gelées, essayant de capter des images des caméras sur le périmètre de l'engin. Dorian courut à l'arrière du vaisseau spatial et regarda par l'une des fenêtres.

Nia réussit à obtenir des images.

— Nous avons de la compagnie, dit-elle.

Sur son écran se trouvait le grand vaisseau qu'ils avaient vu avant de faire le saut lumineux. Cela n'avait aucun sens qu'ils soient ici. Ils n'étaient pas censés avoir accès à ce royaume, à moins que... Sa tête s'éclaircit immédiatement.

— Il semble qu'ils aient pu perfectionner leur Dispositif de Saut Quantique. Ils sont ici aussi.

CHAPITRE 34

Il n'y avait pas de temps pour réfléchir à la suite. Alex a crié des instructions pour que tout le monde s'attache, et après avoir vérifié qu'ils étaient tous bien sanglés, il a accéléré.

Une course-poursuite effrénée a commencé, le vaisseau plus imposant se déplaçant bien plus rapidement qu'Alex ne l'aurait jamais imaginé. Il aurait préféré que tous les autres souvenirs s'estompent, lui laissant l'esprit clair pour la navigation, mais il voyait des superpositions de lui-même en pleine poursuite. Vaguement, il se demanda si ce n'étaient pas des choses qui s'étaient déjà produites mais plutôt des événements qui se déroulaient simultanément, différentes versions de lui-même pourchassées par différents ennemis.

Il esquiva les tirs provenant du plus grand vaisseau, suivant les instructions de Yasu et Jaxon. Il continuait à se diriger dans la direction que le vaisseau avait toujours voulu prendre, lui permettant de revenir dans cette trajectoire après chaque manœuvre d'évitement.

— Peut-on les semer ? demanda Nia.

Ce n'était pas comme ça qu'elle s'attendait à ce que les choses tournent, mais elle réalisa que d'avoir des attentes était illusoire. Rien dans leurs voyages multiversels n'avait jamais été comme prévu.

— Je vais faire de mon mieux, dit Alex avec un grognement.

Le vaisseau spatial s'élança à travers une brèche, volant dans un nouvel espace. Ici, la blancheur avait disparu, remplacée par une vaste étendue d'eau et d'énormes colonnes robustes s'élevant vers le néant. Les colonnes semblaient être faites de miroirs ou d'une surface réfléchissante similaire. La surface reflétait la lueur étrange qui remplissait l'environnement, l'eau et leur vaisseau.

Ils ont dirigé l'engin vers le centre de l'étendue d'eau, observant à travers leurs fenêtres ce nouveau spectacle merveilleux.

— Où pouvons-nous bien être maintenant ? demanda Jaxon, la bouche légèrement entrouverte.

— Des idées, Dorian ? Nia jeta un coup d'œil dans sa direction.

Il était appuyé contre une fenêtre, regardant à l'extérieur avec une concentration totale.

— Je n'ai jamais été ici auparavant, dit Dorian.

Alex observait l'eau, hésitant à diriger leur vaisseau vers ce qui pourrait être un trou ou un autre portail. Et pourtant, ils avaient des poursuivants. S'ils restaient au mauvais endroit, ils pourraient se faire capturer.

Avant qu'il ne puisse décider, quelque chose émergea de l'eau. Les cadets, Dorian et Laila se précipitèrent vers la fenêtre avant. Devant eux se trouvait une sphère gris foncé, s'élevant de plus en plus haut. La sphère n'avait pas une goutte d'eau sur elle, comme si ce dont elle avait émergé était incapable de laisser des traces d'humidité.

— Qu'est-ce que c'est ?

— Voyageurs, tonna une voix, résonnant dans leurs os, faisant écho dans leurs esprits. Vous êtes à la fin et au commencement. Le point où tout le temps, l'espace et l'énergie convergent. Bienvenue.

Le son de la voix était superposé, comme si une foule parlait à l'unisson. Les voyageurs vacillèrent sous son poids, incapables de comprendre comment elle traversait le brouillard dans leurs esprits.

Le son fractura leurs esprits. Tous se tenaient la tête, essayant de maintenir ensemble les fragments, mais la force était trop puissante.

Ils tournoyaient dans une mer infinie d'images; des gens qui parlaient, marchaient, se battaient, mangeaient, vivaient. Les mondes fusionnaient, se séparaient, sans cesse, tous les sons se heurtant puis se divisant.

Alex pouvait le sentir ; le moment terrifiant où sa raison était sur le point de lui échapper. Des morceaux de sa conscience s'érodaient sous l'influence des forces dominantes. *C'est ça*, pensa-t-il, *le pouvoir que Kedron a vu*. La fin et le commencement de tout ce qui pouvait détruire un esprit.

Vaguement, il s'interrogea sur ses camarades. Si l'un d'entre eux se désagrégeait aussi face à ce qu'ils voyaient. Il ne pouvait pas réfléchir trop longtemps.

Ils traversèrent le brouillard et atterrirent dans une salle vide. Cela ne ressemblait pas immédiatement à une salle. Le sol était fait d'un matériau blanc et lustré, qu'ils trouvaient similaire au marbre. Très haut au-dessus de leurs têtes, presque trop loin pour être visible, se trouvait un plafond gris. Ils ne voyaient aucune colonne à proximité soutenant ce plafond.

Ils se serrèrent les uns contre les autres, observant l'environnement. Leurs vêtements précédents avaient disparu, remplacés par des robes blanches fluides et sans manches. Cette nudité aurait dû leur donner froid, mais la température était parfaite. Ni trop chaude, ni trop froide.

— Où sommes-nous ? demanda Nia, sa voix résonnant étrangement.

— Aucune idée. Le Seigneur Kedron ne m'a jamais parlé de son voyage; où il a atterri ou ce qu'il a vu. Il faisait simplement référence à l'expérience en termes grandioses, évoquant la pureté de l'énergie qui coulait dans ce royaume, dit Dorian.

Dorian pouvait sentir une énergie. Il pouvait percevoir toutes les possibilités de tenir une telle énergie dans ses mains, et il comprenait Kedron. Une énergie de ce type pourrait redresser le monde, rectifier tous les lieux tordus et soulager le fardeau des guerres, des pertes et de la douleur. Pourquoi ces êtres détiendraient-ils un tel pouvoir sans l'utiliser à bon escient ?

Les autres discutaient des prochaines actions. Il n'y avait nulle part où aller, mais ils voulaient essayer. Dans cet endroit, ils n'avaient rien. Ni outils, ni direction.

Leur discussion fut interrompue par un violent fracas sur le côté. Le son se répercuta dans l'espace, et ils se tournèrent vers la source.

Kedron et huit de ses hommes se tenaient là, tentant de retrouver leurs repères. Dans la robe blanche, Kedron semblait moins menaçant qu'auparavant. Mais quand il se tourna vers eux, posant son regard sur leur groupe recroquevillé, son aura terrifiante revint.

— Petits vauriens, dit-il en marchant lourdement dans leur direction.

Les cadets reculèrent instinctivement d'un pas, leur entraînement prenant le dessus malgré les circonstances surréalistes. L'esprit d'Alex s'affolait, chaque pas de Kedron résonnant comme un compte à rebours. L'homme n'était pas armé, mais sa présence remplissait l'espace d'une énergie suffocante, une tempête sombre enroulée en lui. Jaxon changea de position, ses doigts tressaillant vers le prototype caché dans sa manche, tandis que Nia murmurait :

— Restez calmes, bien que sa propre voix trahisse sa panique grandissante.

— Surtout toi, Dorian ! Je t'ai accueilli. Et après tout ça, tu te retournes contre moi avec des étrangers. Et regarde ça ! Tu as amené Laila avec toi.

— Tu es dangereux. Tu es néfaste pour ce monde et tous les autres mondes, dit Dorian, sa voix tremblant légèrement.

Kedron s'arrêta devant eux, redressant les épaules.

— Je suis le salut.

— Tu n'es qu'un homme. Tu ne peux pas maîtriser une puissance de ce calibre.

La voix de Kedron baissa jusqu'à devenir un grondement meurtrier.

— J'ai éliminé tous les autres. Je vous éliminerai aussi. Gardes !

Les cadets pivotèrent pour s'enfuir, espérant gagner une longueur d'avance. Ils ne savaient pas où courir, mais c'était préférable au combat.

La même voix qu'auparavant trancha l'air.

— Silence !

Tout le monde se figea sur place. Les cadets luttaient pour continuer leur mouvement, mais ils ne pouvaient plus bouger.

Ils entendirent des pas résonner dans le hall tandis qu'un être s'approchait. L'être s'arrêta, et ils tournoyèrent tous autour de lui en cercle.

L'être était un voile de noir et de blanc, sans visage, presque sans forme. Comme un drap noir et blanc jeté sur une forme humaine.

— Enfants insolents, dit l'être, sa voix remplissant l'âme de chacun d'une terreur accablante.

La voix n'était plus la même qu'avant. C'était une seule ligne de son cristallin, contrairement aux couches de voix précédentes. Elle poursuivit :

— Vous entrez dans notre demeure et profanez ce lieu avec vos querelles insensées.

Il y avait quelque chose d'illimité dans sa forme, comme si elle s'étirait dans le passé et le futur, existant ici et maintenant, là-bas et alors, tout à la fois. C'était beau d'une façon malsaine, comme si, s'ils le connaissaient pleinement, leurs esprits ne pourraient pas contenir correctement cette information.

Une autre voix appela au loin.

— Ceux-là sont si jeunes. Montrons-leur de la clémence, dit-elle.

C'était un son clair, comme une douce musique s'échappant de la bouche d'un chanteur talentueux.

Une nouvelle voix gronda d'une autre direction, un coup de tonnerre.

— Ils semblent innocents, mais celui-là, celui-là nous le connaissons. L'un de ses fils est source de problèmes.

Les cadets se demandaient à qui ils faisaient référence. La plupart d'entre eux pensaient que cela pourrait être Kedron, alors leurs têtes pivotèrent dans sa direction.

L'être semblait lire dans leurs pensées. Il s'approcha de Yasu, touchant son menton d'une main fantomatique et relevant son visage.

— Sans malice. Libre de blâme et de tache. Et les fils de son destin sont fructueux, annonça-t-il.

Yasu ne comprenait pas. Il essaya de parler, mais n'y parvint pas. Quelque part dans son esprit, il pouvait voir une foule en dessous de lui, des visages impressionnés levant les yeux vers lui avec révérence. Cette vision le troublait, faisant courir une main glacée le long de sa colonne vertébrale.

D'une manière ou d'une autre, de tous ceux présents, Alex retrouva sa voix en premier.

— Qui êtes-vous ?

Des rires tintèrent de différentes parties du hall. L'être ne semblait pas amusé. Il s'éloigna de Yasu et gravita vers Alex.

— Je me souviens de celui-ci. Inquisiteur dans chaque itération. Peu importe s'il creuse la terre pour trouver de la nourriture, ou s'il est né dans le luxe, son cerveau reste brillant du désir de savoir. Un optimisme remplit sa forme, tranchant comme un couteau, et le pousse aux frontières de la folie, dit-il.

Alex luttait pour respirer. Dans la forme de l'être, il vit diverses versions de lui-même reflétées, ses yeux vifs et brillants, son âme débordant de plénitude. Il pouvait aussi voir ses morts; éventré par des lames, des explosions, des trahisons. Une larme roula sur sa joue, et une main fantomatique froide l'essuya.

— Je vais te le dire. En termes simples, nous sommes tout. Le commencement. La fin. Les guides. Les gardiens. La boussole. La justice. Le pouvoir. La création.

Il se pencha sur le visage d'Alex, son souffle d'un froid effrayant.

— Nous avons eu de nombreux noms, mais le concept est le même. Nous sommes dieu. Autrefois, les hommes nous connaissaient. Savaient comment nous atteindre et nous vénéraient, mais maintenant...

Alex déglutit, n'aimant pas le silence qui suivit. Il ne pouvait voir aucun des autres et ne savait pas s'ils regardaient.

— Mais maintenant ? proposa-t-il.

— Ils cherchent à être nous. Mais manier notre pouvoir, c'est se défaire soi-même. Même les êtres les plus puissants ne peuvent contenir l'infini sans se fracturer. La folie de votre Kedron n'est pas l'ambition – c'est l'hubris, poursuivit l'entité.

L'entité changea de position, une ondulation d'énergie se répercutant à travers la pièce alors qu'elle s'exclamait :

— Pourtant, comme des papillons de nuit attirés par la flamme, ils reviennent toujours. Ils ruinent l'ordre des choses, et au lieu de rester satisfaits de les laisser telles qu'elles sont, ils cherchent à les exploiter davantage. Ils rampent dans notre demeure, espérant goûter à notre pouvoir. Espérant devenir nous.

Plus de silence. L'être s'éloigna, balayant le sol. Il n'avait pas de pieds, mais ils entendaient quand même des pas.

— Toujours à se battre. Toujours à détruire. Toujours à vouloir ce qui n'est pas à vous.

— Mais vous auriez pu simplement fermer le portail. Vous auriez pu le fermer et nous sauver des hommes qui prendraient votre pouvoir pour eux-mêmes, dit Dorian.

Il avait retrouvé sa voix aussi, quelque part au fond de son estomac.

— Mais alors, où serait l'amusement dans tout ça ? dit une quatrième voix, paisible comme l'eau coulant sur des rochers lisses dans un agréable ruisseau.

Des rires tintèrent dans toute la pièce, leur son à la fois troublant et drôle.

Les cadets prenaient conscience de la situation, à quel point elle était désespérée et combien leurs chances d'évasion étaient minces.

Jaxon aurait aimé pouvoir regarder Alex dans les yeux une dernière fois, espérant lui communiquer que cette fois, sa curiosité et son optimisme ne les avaient pas sauvés. Ils allaient mourir face à un créateur ou gardien des royaumes. Peut-être que cette rencontre aurait été parfaite si les gens chez eux savaient. Mais leur voyage n'avait laissé aucune trace. Les gens penseraient à lui et se souviendraient seulement qu'il avait disparu lors d'une mission et n'était jamais revenu.

Nia pensait à sa famille et avait envie de pleurer. Ses parents, d'éminents astronomes, lui avaient toujours fait confiance pour prendre les bonnes décisions. Maintenant, elle les avait déçus et allait en mourir. Ici, dans cette autre réalité déconcertante.

La détresse de Yasu était double. Il s'inquiétait des images de l'asservissement d'un monde entier par son autre version. Mais il détestait aussi que cet endroit puisse être sa fin. Il y avait tant de choses qu'il voulait faire. Et maintenant, tout cela se terminerait ici. Il ne pouvait s'empêcher de se blâmer. Peut-être que s'il avait écouté Jaxon et persuadé Alex de changer d'avis, ils auraient pu trouver un moyen de sauver Nia, de maîtriser Dorian et Laila, et de rentrer chez eux.

— Ce sont des enfants, cependant. Donnons-leur une chance, revint la voix chantante.

L'être inclina ce qui pouvait être sa tête, comme s'il réfléchissait.

— Seulement les plus jeunes. Les autres resteront à errer dans cet espace pour toujours, dit-il.

Tous luttaient pour se voir eux-mêmes. Qui étaient les nourrissons ? Et qui étaient ceux destinés à errer éternellement ? Ils n'obtinrent pas de réponse. Le sol s'ouvrit sous leurs pieds, et ils chutèrent, tombant à travers un vide, la voix de l'être résonnant autour d'eux :

— Maintenant, un test.

CHAPITRE 35

ALEX ARRIVA dans une pièce vide. Il portait maintenant une chemise
et un short, similaires à ceux qu'il portait enfant dans la ferme de ses
parents. Il avait fait un long chemin depuis ces humbles origines. Il
ne se souvenait plus de la dernière fois qu'il avait visité la ferme et
respiré les effluves de matière organique, de foin et d'animaux en
sueur. Ça lui manquait.

Il fit le tour de la pièce vide, regardant par les fenêtres. Dans
toutes les directions s'étendait un champ herbeux à perte de vue. Le
ciel était d'un bleu pur, avec de doux nuages qui filaient. Mais il n'y
avait pas de soleil.

Alex s'appuya contre le cadre d'une fenêtre, savourant la brise
fraîche et s'imprégnant de cette vue sereine.

— N'est-ce pas magnifique ?

Une femme se matérialisa et s'approcha de la fenêtre, tenant un
bol vide. Elle avait le visage de sa mère : des yeux bleus saisissants et
une mâchoire forte. Beaucoup de gens dans leur village natal disaient
qu'il lui ressemblait trait pour trait. Il se rappela qu'un voisin lui avait
dit que s'il avait été une fille, il aurait pu être son clone.

Alex ouvrit et ferma la bouche.

— Comment ?

— Je ne suis pas elle. Je suis le Guide. Je vous accompagne dans la quête du Tribunal pour voir si vous êtes digne.

— Digne ?

— De retourner. Vous avez trouvé beaucoup de choses durant votre voyage ici. Vous pourriez avoir été corrompu. Nous ne pouvons pas vous laisser partir si vous avez été corrompu.

Elle arborait un doux sourire.

Alex déglutit et hocha la tête.

— Où sont les autres ?

Il avait besoin de savoir si ses amis étaient en sécurité.

L'être portant le visage de sa mère changea de forme, passant par diverses itérations d'elle-même, représentant peut-être des personnes familières à ses amis.

— Avec moi.

Prenant sa réponse comme signifiant qu'ils étaient en sécurité, Alex dit :

— Quelle est la quête ?

La maison autour de lui disparut et il se retrouva dans le champ ouvert, contemplant le ciel brillant au-dessus de lui. Il sentit l'odeur de la tarte aux pommes de sa mère, et ses nerfs se détendirent quelque peu.

— Voici le champ de bataille. Votre volonté de respecter l'ordre naturel des choses sera testée ici. Ensuite, vous pourrez rentrer chez vous, dit l'être.

Alex ne voyait pas en quoi pourrait consister le test. Il contempla le champ; l'herbe se penchant dans le vent, la lumière sans source, et ressentit une certaine crainte.

— C'est simple, dit l'être.

Il plaça le bol dans ses mains, et Alex ressentit immédiatement la vague de puissance qu'il contenait. Il était chargé de la même énergie cosmique qu'il avait sentie présente au début du voyage.

— Vous ne devez pas utiliser ce pouvoir.

C'est tout ? pensa-t-il.

— Oui. C'est tout.

L'être sourit brillamment.

— Et les autres ? demanda Alex à voix haute, embarrassé qu'il ait entendu ses pensées.

— Le même test.

Alex hocha la tête, prêt.

L'être écarta les cheveux de ses yeux.

— Nous ne sommes pas censés avoir de préférences, mais vous êtes mon favori. J'ai confiance en votre réussite. Il y aura aussi beaucoup de travail à accomplir dans les jours à venir.

L'être s'éloigna de lui et, comme ça, disparut.

Alex resta immobile pendant plusieurs instants dans ce lieu, tenant le bol rempli d'une profonde énergie cosmique. Ses derniers mots le hantaient. *Quel travail ?* pensa-t-il. Mais il savait que ce n'était pas aussi important que la tâche présente. Il pensait appeler quelqu'un, n'importe qui qui observerait, pour demander ce qui allait suivre quand la scène changea.

Il pouvait alors la voir : la ferme. Il entendait les vaches meugler dans leurs enclos, voyait les chiens de garde courir avec leurs langues pendantes, et observait l'un de ses frères pelleter du foin en sifflotant joyeusement. C'était magnifique et serein. Alex voulut aller vers lui, l'interroger sur la ferme et leurs parents, oncles et tantes, mais il craignait d'être invisible, une ombre, un inconnu.

— Alex ! appela son frère.

Alex leva la main pour faire signe. Le bol disparut de son autre main, mais il le sentait toujours planer à proximité, attendant son appel.

— Alfie !

Ils coururent l'un vers l'autre et se jetèrent dans les bras l'un de l'autre. Alfie sentait le soleil, l'herbe et le labeur. C'était une odeur réconfortante, l'odeur du foyer.

— Où sont les autres ? demanda Alex, les joues douloureuses à force de sourire.

Revoir Alfie était émouvant. Il avait manqué la voix forte et la gentillesse de son frère aîné.

Alfie écarta les cheveux du visage d'Alex.

— Tout le monde est à l'intérieur. Maman fait une tarte.

Alex le suivit. Il y rencontra tout le monde : ses parents, ses oncles, ses tantes, ses cousins et d'autres parents. C'était comme s'il n'était jamais parti. Tout le monde l'interrogea sur son séjour à l'Académie.

— Nous t'avons vu aux informations. Tu étais l'un des premiers humains à réussir un voyage entre les mondes, dit un oncle, rayonnant de fierté.

Sa mère le serrait contre elle. Elle sentait la pomme, la cannelle et la muscade.

— Oui. C'est mon garçon !

Ils mangèrent ensemble et rirent à propos de la ferme. Alex ne savait pas quelle occasion avait réuni tout le monde comme cela, mais il voulait croire que c'était tout pour lui. Peut-être avaient-ils appris qu'il revenait de l'Académie Interstellaire et voulaient le revoir.

Alors que le repas touchait à sa fin, le vent se leva à l'extérieur.

— Une tempête arrive, dit l'un de ses oncles en se grattant la tête chauve.

Ils s'affairèrent dans la maison et à l'extérieur, mettant les choses en ordre, rassemblant les animaux dans la grange et se lançant des instructions les uns aux autres. Alex, ne sachant pas comment aider, regardait les événements se dérouler par la fenêtre. Sa mère le rejoignit et lui dit de rester calme.

— Ce n'est qu'une tempête. Elle passera vite.

Sa voix était posée, portant l'assurance de quelqu'un qui avait vu cela se produire à maintes reprises.

Alex resta à l'intérieur, calme comme une eau dormante. Sa mère enveloppa ses épaules d'une couverture, et il resta près de la fenêtre, regardant le ciel s'assombrir et attendant la pluie.

Mais la pluie ne vint jamais.

Au contraire, le vent se leva, soufflant poussière, terre, feuilles et foin dans les airs. La maison tremblait, les jointures grinçant sous l'influence des forces environnantes. Tout le monde devint plus paniqué, s'inquiétant de ce qui se passait.

Alex resta à la fenêtre, observant le ciel maintenant sombre. Il vit un vaisseau se matérialiser en son sein; grand, argenté et noir, en forme de soucoupe. Il descendit jusqu'à planer juste au-dessus de la ferme.

— Des aliens, dit son père, regardant avec stupéfaction.

Alex voulait le corriger. On leur avait appris à l'Académie que le terme « alien » était péjoratif. Le terme acceptable était étrangers ou voyageurs. Cependant, ce n'était pas le moment.

Alex reconnut le symbole sur le vaisseau grâce à un souvenir qu'il savait ne pas être le sien. C'étaient des soldats de l'Empire.

— Nous devons sortir d'ici, cria-t-il.

Mais où iraient-ils ? Le vaisseau était trop grand et trop rapide pour qu'ils puissent s'échapper.

Alex savait que ce serait la fin de sa famille. Son cœur souffrait profondément, se tordant, douloureux. Il essaya de rassembler tout le monde, s'interrogeant sur les systèmes de sécurité de la ferme, mais il n'y avait pas de temps.

Bientôt, les soldats étaient descendus du vaisseau. Ils étaient à la porte, toquant sur le bois, défonçant la porte pour rentrer. Ils étaient vêtus de combinaisons spatiales bleues, argentées et noires, leurs visages cachés derrière des masques respiratoires. Leur chef, un humain aux cheveux poivre et sel, ordonna à tout le monde de se mettre à genoux.

Alex obéit immédiatement, cherchant une issue. Les autres soldats les entourèrent et les menottèrent.

Le chef humain faisait les cent pas devant eux. Il parlait de quelque chose caché dans leur maison, un outil essentiel pour l'Empire.

— Nous savons qu'il est enterré ici. Nous le voulons récupérer.

— Nous n'avons aucune idée de ce dont vous parlez. Nous sommes d'honnêtes gens. Nous n'avons rien de tel dans cette maison, rugit le père d'Alex.

Le temps s'étira tandis que l'humain posait plus de questions. Lassé de ces va-et-vient, il tira le père d'Alex vers l'avant et lui tira une balle dans la tête. Après le tir, il demanda une autre arme. Il sélectionna un autre membre de la famille, une jeune cousine avec des trous édentés à l'avant de sa bouche. Il la tua aussi.

Alex pouvait sentir son corps se refroidir. Il pouvait sentir l'appel du pouvoir dans le bol, un désir d'étirer la réalité vers autre chose, de sauver sa famille. Il pouvait tout faire avec ce pouvoir. Il pouvait tuer ces gens et ressusciter sa famille, mais il savait qu'il ne devait pas y toucher.

Il regarda la lumière quitter les yeux de chaque personne, la sueur le recouvrant d'un éclat brillant.

Sa mère fut la dernière, son visage troublé et la morve coulant de son nez.

— S'il vous plaît, s'il vous plaît. Nous sommes innocents, pleura-t-elle.

Mais cela ne suffisait pas. Bientôt, elle s'effondra sur le tapis, ses yeux vides fixant le néant.

— Pourquoi avez-vous fait ça ? dit Alex, sa voix brisée, son cœur vide.

Il haïssait l'humain avec fureur. Il voulait lui faire mal, arracher ses membres et les parader autour de la ferme. Il voulait que sa famille revienne, entière et vivante, comme avant l'arrivée de ces combattants de l'Empire. Il voulait la paix et la plénitude.

Il savait qu'il pouvait l'avoir. Et pourtant...

L'humain le tira vers l'avant, arborant un léger sourire.

— Tellement insensé, parfois. Tellement, tellement insensé, dit-il, en pressant le canon de son arme contre la tête d'Alex.

Alex entendit un bang, et les lumières s'éteignirent.

CHAPITRE 36

ALEX OUVRIT les yeux et se retrouva dans une salle de classe à l'Académie. Il portait son uniforme de cadet, mais celui-ci était ajusté différemment sur son corps, comme si Nia l'avait arrangé. Il regarda autour de lui, se demandant où étaient les autres.

Jaxon se matérialisa en premier à côté de lui, à quatre pattes, respirant profondément par la bouche. Il se releva lentement et plissa les yeux en regardant Alex.

— Où sont les autres ?

— En chemin, répondit Alex.

Jaxon força un sourire sur ses lèvres.

— Bien sûr. En chemin.

— J'ai dit que tout irait bien, et je ne me suis pas trompé.

Jaxon agita les mains vers l'espace à côté d'eux.

— Évidemment. C'est pourquoi Nia et Yasu sont juste là.

Nia se matérialisa à cet instant près de lui, les yeux écarquillés par le choc. Elle examina la salle de classe, Alex, puis se tourna vers le visage stupéfait de Jaxon. Avec un petit cri, elle se jeta dans les bras de Jaxon, enfouissant son nez dans l'espace entre son cou et son épaule.

— J'ai cru que j'allais tous vous perdre. J'étais terrifiée, dit-elle.

La tension quitta Jaxon, ses épaules se relâchant et s'affaissant. Il serra Nia contre lui, sentant les battements de son cœur, et espérant qu'elle était réelle, vraiment réelle. Après tout ce qu'il avait vu ces dernières heures, la réalité semblait si fragile.

— Oui. J'avais peur aussi, dit-il, la voix brisée.

Ils restèrent ainsi un peu trop longtemps. Alex les observait, réalisant pour la première fois ce que leur relation signifiait vraiment. Il pensait : j'espère que cela marquera la fin de leurs querelles, quand Yasu se matérialisa près du fond de la salle de classe.

Yasu restait silencieux.

Les deux autres se séparèrent, tournant la tête vers lui.

— Hé Yasu, qu'est-ce qui se passe ? lança Jaxon.

Yasu passa une main sous son œil droit et examina l'humidité sur sa paume. Sa poitrine lui faisait mal, un pincement serré et tordu. Il ne savait pas ce que les autres avaient vu, mais ce qu'il avait vu le troublait.

Quel genre de test était-ce ? Qui était cet autre lui-même qu'il avait dû combattre à mort ? Et pourquoi ? Pourquoi était-ce si éprouvant émotionnellement ?

— Ce n'est pas fini, dit Yasu.

— Qu'est-ce qui n'est pas fini ?

Nia s'éloigna de Jaxon, légèrement mal à l'aise maintenant qu'un nouveau problème avait pris la priorité.

— Tout, dit Yasu, sa voix étrangère et mortelle.

— Tu n'as aucun sens, dit Jaxon. Il s'efforça de calmer les battements de son cœur.

Si ce n'était pas fini, cela signifiait-il qu'ils n'étaient pas vraiment à l'Académie ? Étaient-ils encore en transe dans l'autre dimension ?

— On plaisantait sur le fait que je sois un seigneur suprême. Une blague. Une blague très stupide. Mais que diriez-vous si je vous disais que c'est réel ? dit Yasu en marchant vers l'avant de la classe où les autres se tenaient.

Les trois autres le fixèrent bouche bée.

— Un de tes doubles ? demanda Jaxon, un mal de tête se propageant depuis l'arrière de son crâne.

— Oui, dit Yasu, forçant un sourire vacillant.

— Oh non, dit Jaxon.

— Oh non, répéta Nia.

Alex absorba l'information, observant la baisse de moral de ses camarades. Ce moment semblait crucial. Au moins, ils étaient de ce côté-ci pendant qu'ils essayaient de comprendre.

— Allons voir le commandant, dit-il.

— Quoi ? crièrent les trois autres.

Alex haussa les épaules.

— Oui. Faisons ça. Nous sommes jeunes, nous n'avons pas beaucoup d'expérience. Cela ressemble à un travail pour les supérieurs.

Jaxon regarda Alex avec une certaine admiration.

— Tu ne veux pas en savoir plus ?

— Si, mais... nous aurions pu perdre quelqu'un aujourd'hui. Peut-être que ce n'était pas simplement de la chance et que nous sommes vraiment impressionnants pour ces êtres. Mais nous ne pouvons pas laisser de tels événements se reproduire. Portons cette affaire aux autorités compétentes maintenant.

Il pensa également au « travail » que l'être céleste avait mentionné avant le test. Si quelque chose de cette nature pouvait surgir, ils devaient en informer quelqu'un de plus compétent.

Tout le monde acquiesça, d'accord avec la conclusion d'Alex. Ils se rassemblèrent pour un dernier câlin avant de se diriger vers le bureau du commandant. Ils savaient que perdre l'appareil et tomber dans une réalité étrange ne faisait pas partie de la description de poste. Lors de leur première mission, bien qu'ils soient revenus sans leur appareil, ils s'en étaient sortis parce que le Dispositif de Saut Quantique avait échoué, provoquant l'accident. Cette fois, ils étaient plus âgés et avaient fait plus de voyages. Revenir sans leur appareil était grave. Mais ils étaient tous ensemble, et c'était ce qui importait le plus.

ÉPILOGUE

Lorsque Dorian ouvrit les yeux et se retrouva sur Terre avec Laila, des larmes silencieuses coulaient sur ses joues. L'épreuve l'avait poussé à bout, ses mains le démangeant tandis qu'il regardait les soldats traîner ses camarades hors de l'Académie et leur tirer des rafales dans la tête. Il avait crié *Non, non !* d'innombrables fois, mais ses mots s'étaient perdus dans la brume.

Laila est venue vers lui, rampant à quatre pattes dans le sable meuble et la poussière de la ville abandonnée. Elle l'a pris dans ses bras, lui tapotant le dos et caressant ses cheveux bleus.

— Il y a tant de choses qu'on ne peut pas changer. Nous sommes si impuissants. Si fragiles. Et même face au pouvoir, nous ne pouvons pas l'exercer, dit-il d'une voix rauque.

Il comprenait Lord Kedron mieux que jamais. Après avoir perdu tant de personnes dans la guerre, peut-être que les pertes avaient brisé quelque chose dans son esprit. Il avait besoin de récupérer tout le monde, quel qu'en soit le prix, même si cela signifiait briser quelque chose de sacré.

Kedron était parti, il le savait. Il n'y avait aucune chance qu'il ait pu survivre à l'épreuve. Il n'était pas un enfant.

Les cadets étaient partis, eux aussi. Ils lui manquaient.

Il aurait voulu dire à Nia et Jaxon de ne pas rater l'occasion d'être ensemble. Dans son monde, ils avaient tourné autour de leur relation, se chamaillant sans cesse dans chaque salle de classe et à la cafétéria pendant les repas. Mais il se souvenait que Nia avait été celle qui avait versé le plus de larmes quand Jaxon était mort. Il aurait voulu dire à Alex de rester curieux, de garder son esprit constamment à la recherche d'informations et de moyens de trouver de la nouveauté, quelles que soient les chances. Il aurait voulu dire à Yasu qu'il était silencieux, mais qu'il avait tant à dire, et qu'il devrait tout dire.

Mais ils n'étaient plus là.

— Tu crois qu'ils ont réussi ? murmura-t-il contre l'épaule de Laila.

Laila haussa les épaules.

Dorian décida que oui. Ils le devaient. Sinon, la mission ne serait pas complètement réussie, et il ne pourrait pas vivre avec ça.

LE PARADOXE STARBORNE

PROLOGUE

L E G A R Ç O N R E G A R D A I T le ciel gris ardoise, les larmes brouillant sa
vision. Son monde, tel qu'il le connaissait, avait disparu. Quelque
part, dans les décombres de sa maison, les corps de ses parents et de
ses frères et sœurs gisaient maintenant immobiles. Il n'entendrait plus
jamais rire sa mère. Il n'entendrait plus son père raconter la même
blague sur les brocolis et les carottes qui vont au marché. Ses frères et
sœurs ne lui demanderaient plus de les aider à sortir les cerfs-volants.

La pluie commença à tomber. Il resta assis au milieu des rues
désertes, fixant le ciel lugubre.

Quelqu'un gémissait à proximité. Il pensait que c'était peut-être
sa voisine, Mme Yamamoto. La voix lui semblait familière. Une partie
de lui voulait aller vers elle, caresser son dos voûté et lui dire que tout
irait bien.

— Nous ramasserons les décombres, Yamamoto-san. Nous
reconstruirons. Tout ira bien.

Mais il ne pouvait pas bouger. Il voulait s'allonger au milieu de la
route et se laisser emporter par la pluie.

La voix se calma en gémissements à la tombée de la nuit, puis ce
fut le silence. Il se leva, les membres douloureux. Dans sa poitrine,
son cœur avait bondi et s'était enfui, le laissant vide. Il pouvait sentir

la douleur de sa perte, de la dévastation, mais pas comme il l'aurait dû. Un voile se dressait entre lui et toute l'étendue de son chagrin.

Il marcha au loin, passant devant des bâtiments détruits, se demandant comment il avait survécu. Il aurait semblé préférable de partir avec tous les autres. Ses parents n'auraient plus à pleurer, et ses frères et sœurs n'auraient pas à porter le poids d'être ici alors que tous les autres n'y étaient plus. C'était absurde. Il ne devrait pas être là, pensa-t-il.

Il aperçut des lumières au loin et, sans réfléchir, marcha vers elles. Certaines personnes étaient emmitouflées dans des couvertures, leurs visages empreints d'angoisse. D'autres parlaient avec animation au personnel en blouse blanche qui s'occupait d'eux.

Avant qu'il ne puisse bien observer la scène, quelqu'un courut vers lui, saisissant son bras.

— Petit, où sont tes parents ?

La personne devait avoir seize ans, à peine sorti de l'enfance. Une moustache éparse couvrait sa lèvre supérieure, sa mâchoire affichait de la détermination, et ses yeux brillaient intensément.

Le garçon le fixa, momentanément trop stupéfait pour parler, puis, lentement dit :

— Avec les ancêtres. Morts.

Le garçon à la moustache lui tapota maladroitement la tête, remarquant la léthargie du garçon.

— Quel âge as-tu ? demanda-t-il.

Quelque part dans sa tête, le garçon chercha le nombre. Il était niché dans un endroit sombre qu'il essayait déjà d'enfouir, là où tous ses autres souvenirs étaient partis se mettre à l'abri.

— Neuf ans, dit-il finalement, dans un léger soupir.

Le garçon plus âgé hocha la tête.

— Viens avec moi.

Ils se frayèrent un chemin à travers la foule de personnes en détresse, évitant le poids de leurs émotions, et bientôt ils atteignirent l'extrémité. Quelques camions se tenaient là, avec quelques jeunes garçons et filles autour.

— J'en ai ramené un nouveau, dit le garçon à la moustache.

Quelqu'un appela de l'arrière.

— Amène-moi l'enfant.

Les personnes alentour s'écartèrent poliment pour les laisser rencontrer l'interlocuteur inconnu. Tenant le haut du bras du jeune garçon, le garçon à la moustache l'escorta jusque-là. L'homme était assis sur un haut tabouret métallique. Il était beaucoup plus âgé, une barbe poivre et sel couvrait son menton et ses cheveux étaient rasés près du crâne.

Pendant un moment, il observa le garçon tout en essuyant son arme avec un chiffon. Puis, d'un signe de tête, il fit signe au garçon d'approcher.

Le garçon tressaillit lorsque ses mains glacées saisirent son menton et tournèrent son visage d'un côté à l'autre.

— Si jeune. Mais j'aime ses yeux. Ils sont ardents. Comment t'appelles-tu, petit ? dit l'homme, sa voix comme du gravier.

Il relâcha le visage du garçon.

Une fois de plus, le souvenir s'était évanoui. Il glissa plus loin, et le garçon plongea dans son esprit pour le tirer de sa cachette. « Yasu Garcia », voulut dire le garçon, mais c'était trop tard.

L'homme l'avait congédié.

— Peu importe, de toute façon. Vous recevrez tous un numéro de code. C'est votre nouvelle identification à partir de maintenant.

Le numéro du garçon était 10-819. Il n'utilisa plus jamais le nom de Yasu.

CHAPITRE 37

C'était une journée fraîche à l'Académie Interstellaire. Un vent sec balayait le campus, faisant frissonner tous les cadets, officiers et responsables. Le ciel au-dessus était couvert, le soleil perçant occasionnellement à travers les nuages gonflés.

Dans une salle de classe vide du bâtiment principal, quatre cadets se blottissaient ensemble, regardant les nuages sombres par la fenêtre. Leurs livres gisaient, délaissés, devant eux.

— Alors, comment sont ces rêves ? demanda Jaxon Brooks, se penchant en arrière sur sa chaise.

Yasu Garcia haussa les épaules.

— Je ne les appellerais pas des rêves; ils ne se produisent pas la nuit. Ils peuvent survenir en plein milieu de la journée. Je pourrais être en train de marcher dans le couloir vers ma classe et avoir ce flash, comme un souvenir.

Alex Rivera regardait par la fenêtre.

— Ça pourrait être des résidus de ce que nous avons vécu ?

Yasu haussa les épaules.

— Je n'en ai aucune idée. Est-ce que ça vous arrive aussi ?

Tout le monde secoua la tête.

Cela faisait quelques semaines depuis leur dernière mission.

Lors de cette mission, ils s'étaient rendus sur une planète dominée par une étrange nébuleuse. Bientôt, ils avaient découvert que la nébuleuse contenait un portail vers un autre royaume. Leur voyage à travers le portail les avait conduits dans un monde rempli d'êtres célestes ayant accès à tous les univers répandus à travers le multivers.

Pendant qu'ils étaient dans ce royaume, ils avaient eu accès aux souvenirs de leurs autres versions. Comprendre ce qui se passait était difficile, car leurs esprits luttaient pour gérer ces nouvelles informations étranges. Mais rapidement, il était devenu évident qu'ils vivaient les souvenirs de leurs doubles.

Cependant, Yasu n'avait pas cessé de voir ces souvenirs. Les souvenirs d'un double en particulier continuaient à le hanter. Il voyait cette version étrangement puissante et dominatrice de lui-même, qui avait construit un empire et avait pris le contrôle de tout dans son monde.

Yasu voyait tout à travers les yeux de cette version : un monde sinistre et un lourd fardeau sur ses épaules. Chaque fois que les souvenirs s'estompaient, il restait avec un sentiment de terreur, comme si quelque chose de terrible s'approchait.

— Dans tout ce que nous avons rencontré, ceci pourrait être le plus sans précédent. Qui aurait cru que tu aurais ces fardeaux à porter maintenant ? dit Nia Chen.

— Devrions-nous en parler au commandant ? demanda Jaxon.

Ce nouveau tournant des événements lui déplaisait. Il avait pensé que leur dernière mission marquait la fin de leurs aventures pour un temps. Même si cela signifiait que pour les prochaines années, il n'irait sur aucune mission. Il était content de rester à l'Académie, dans leur univers, et de vivre des aventures plus sages.

Après leur retour, ils avaient parlé au commandant des dangers auxquels ils avaient fait face. Il semblait que le commandant et les autres responsables étaient d'accord avec les sentiments de Jaxon. Si des dangers potentiels de ce calibre existaient dans d'autres univers, il était imprudent de continuer à envoyer des cadets en mission. Lors de cette réunion, ils avaient entendu parler de leurs nouvelles avancées pour les officiers plus âgés.

— Peut-être bientôt, ce programme sera bien développé, et nous pourrons associer nos cadets à nos officiers plus expérimentés. De cette façon, il y aura un meilleur flux de connaissances, avait dit le commandant.

Dans le présent, Alex dit :

— Je ne sais pas si nous devrions. Ce n'est peut-être pas si grave.

Jaxon secoua la tête.

— Ça pourrait très bien l'être. Quand Yasu est revenu, il a parlé de comment cette autre version de lui-même était en route. Soudainement, nous avons oublié ça. Peut-être que ces visions qu'il voit sont un signe. Yasu Maléfique pourrait se rapprocher.

Alex rit doucement.

— Yasu Maléfique ? C'est ce qu'on va retenir ? Yasu Maléfique ?

— Tu as un meilleur nom en tête ? Et ce n'est pas le moment d'attendre pour des noms et tout ça. Nous devons être proactifs. Tu l'es habituellement. Que t'arrive-t-il ? demanda Jaxon, haussant un sourcil.

— Je pense simplement que nous ne devrions pas déranger le commandant avec ça, répondit Alex.

Secrètement, il voulait qu'ils comprennent mieux la situation avant de la présenter aux autorités. Maintenant que ses opportunités de voyage avaient été suspendues jusqu'à nouvel ordre, il avait besoin de quelque chose d'autre à quoi se raccrocher. Travailler sur ce problème lui procurait un peu d'excitation. S'ils le présentaient au commandant, il n'y avait aucun moyen de savoir comment lui ou d'autres hauts responsables réagiraient.

— Je pense que nous devrions. Je suis d'accord avec Jaxon. Ça pourrait être sérieux. Mais finalement, le choix t'appartient, Yasu. Que veux-tu faire ? dit Nia.

Yasu se désigna lui-même.

— Moi ?

Nia hocha la tête.

— Je ne sais pas.

Yasu ne voulait pas l'admettre, mais il était terrifié. La sensation menaçante d'être observé s'était accrochée à lui depuis son retour du test à la fin de la mission. Il n'avait pas demandé aux autres comment s'étaient déroulés leurs tests, mais le sien l'avait laissé vide.

Coincé dans une pièce semblable à celle dans laquelle il avait grandi, il avait lutté pour trouver une sortie. Les murs semblaient se refermer sur lui, les posters d'anime sur le mur devenant déformés et grotesques. Le pouvoir qu'il n'était pas censé toucher persistait quelque part, léchant le bord de sa conscience.

Bientôt, une version de lui-même apparut, se tenant plus grande et plus fière que jamais. Son regard était perçant et transperçait l'être même de Yasu.

— Qui es-tu ? avait-il demandé, reculant d'un pas effrayé.

— Je ne peux pas te le dire. Mais... tu ne peux pas quitter cet endroit sans me vaincre, il prit une posture de combat.

Ils se battirent pendant ce qui semblait être des heures. Le test avait peu de sens pour Yasu. Pourquoi devait-il combattre cette version aussi compétente de lui-même pour prouver sa valeur à d'étranges êtres célestes ? Mais bientôt, il comprit. Il détestait être coincé dans une situation qui n'avait pas d'issue. C'était une boucle sans fin, ce combat. Il ne s'en sortirait pas sans utiliser les pouvoirs qu'il ne pouvait pas toucher.

Mais, mais, mais, se rappela-t-il. Je ne dois pas y toucher !

Yasu était certain de ne pas avoir réussi le test. L'attraction de l'orbe de pouvoir que l'être lui avait donné était trop forte. Il l'avait atteint. Et c'est alors que les choses avaient mal tourné.

La pièce s'assombrit, et les yeux de son adversaire se remplirent d'encre.

— Toi, et tes petits amis. Vous avez fourré votre nez là où vous n'auriez pas dû, dit sa voix glaciale.

Yasu essaya de reculer en rampant, mais son adversaire le maintenait cloué au sol en bois de la pièce.

— Qu'est-ce que tu veux dire ? demanda-t-il, la voix tendue par la peur.

— Vous avez détruit ce que vous n'auriez pas dû. Deux fois ! Et vous avez déstabilisé l'équilibre dans mon monde, dit son adversaire.

— De quoi parles-tu ?

L'adversaire pressa fermement ses mains contre le sol.

— Tu le sauras. Bientôt.

— Yasu !

Nia claqua des doigts devant son visage.

Yasu bougea avec un certain malaise.

— Désolé. J'étais perdu dans mes pensées.

Le regard de Nia s'adoucit, et elle lui tapota le bras.

— Je suis désolée d'avoir interrompu tes réflexions. Mais nous aimerions savoir ce que tu veux faire ensuite.

Laissant échapper un léger soupir, Yasu haussa les épaules.

— Je pense qu'on devrait aller en cours.

Les autres regardèrent l'heure, réalisant que leur cours commençait dans quelques minutes. Ils rassemblèrent leurs livres dans leurs sacs et se précipitèrent dans le couloir vers leur amphithéâtre. Beaucoup d'étudiants étaient déjà assis, discutant entre eux à voix basse.

Les cadets trouvèrent des places au milieu de la salle et ajustèrent leurs tablettes pour commencer à travailler dès l'arrivée de l'instructeur.

L'instructeur arriva quelques minutes plus tard, s'essuyant le front avec une serviette. Il laissa tomber ses livres sur le pupitre et attendit que le bourdonnement des conversations se calme.

— Nous avons un sujet très passionnant pour vous aujourd'hui !

Il marcha vers le tableau et griffonna « Calculs Orbitaux Avancés ». Il laissa tomber son marqueur et tapa dans ses mains.

— Bien ! Qui a fait le devoir du dernier cours ?

Le cours commença pour de bon. Tout le monde écoutait avec une attention soutenue, consultant leurs notes et notant la nouvelle formule que l'instructeur inscrivait au tableau.

Yasu était tellement absorbé par la conférence qu'il ne remarqua pas quand sa conscience le quitta.

Il bascula hors de la salle de classe et atterrit dans une nouvelle chambre d'un blanc éclatant. La sensation lui rappela l'autre dimension qu'ils avaient pénétrée lors de leur dernière mission. Une énergie lumineuse bourdonnait dans l'air comme si une autre forme d'énergie y était contenue.

— Yasu, appela une voix.

La chair de poule parcourut le corps de Yasu. Il n'avait pas besoin de se retourner pour savoir qui se tenait derrière lui.

Son double était vêtu tout de noir, une cape descendant jusqu'au sol drapée autour de ses larges épaules. Sous un œil, une cicatrice descendait sur sa joue jusqu'au coin de sa lèvre. Tout dans son allure criait le danger. Étrangement, il semblait aussi beaucoup plus âgé.

Le double s'approcha de lui, les talons de ses bottes noires produisant un claquement terrifiant. Il s'arrêta devant Yasu, son regard le transperçant.

— Je t'ai trouvé. Je serai là très bientôt. Attends-moi simplement, dit-il.

Sidéré par cette révélation, Yasu ne pouvait ni respirer ni accéder à ses pensées. Il resta figé sur place. Quand il revint à lui en classe, sa tête heurta le bureau.

Ses amis le regardèrent, expressions choquées et inquiètes. Nia, assise à côté de lui, lui saisit le bras.

Depuis l'avant de la salle, l'instructeur appela :

— Y a-t-il un problème là-bas ?

— Non. Tout va bien, répondit Nia, entendant le Non gémissant de Yasu.

Mais elle et ses amis ne savaient pas encore à quel point les choses n'allaient pas bien.

CHAPITRE 38

JAXON SERRA sa fourchette d'une main tremblante.

— Nous devons prévenir le commandant.

Yasu restait silencieux dans la cafétéria pendant que ses amis discutaient des prochaines étapes. Son corps était glacé, et son front lui faisait mal là où il s'était cogné. Réfléchir s'avérait difficile. C'était comme si cette dernière vision avait brouillé ses pensées.

— Et s'il était en route pendant qu'on parle ? s'inquiéta Nia, son repas abandonné devant elle.

— C'est fort probable. Nous devrions rencontrer le commandant. Mangeons d'abord, dit Alex.

— Yasu. Mange, la voix de Nia se fit douce.

Yasu la regarda, mais ne la voyait pas vraiment. Son regard se perdait dans le lointain.

— Comment est-ce arrivé, d'ailleurs ? Comment peut-il exister une version maléfique de moi ?

— Je suis sûr qu'il existe des versions maléfiques de chacun d'entre nous. Il existe peut-être une version de moi qui est un génie de la technologie, capable de déchirer des planètes depuis leur noyau, dit Jaxon en haussant les épaules.

— Mais aucune de tes versions ne fait ça. La mienne, si. La

mienne vient ici. On ne sait même pas ce qu'il vient chercher et pourquoi. De plus, quand ils ont parlé de mal dans le Royaume des Dieux, ils n'ont regardé que moi. Pas vous.

Yasu posa son menton sur la table froide.

Jaxon reprit :

— Peut-être que nos versions ne sont pas si maléfiques...

Il se tut en voyant l'expression sur le visage de Yasu.

— Mangeons. Le commandant saura quoi faire, dit Alex.

Alex n'était pas vraiment convaincu que le commandant et les hauts responsables puissent gérer cette situation, mais lui et ses amis non plus. Il pensait qu'il était temps de céder le contrôle à leurs supérieurs, même si cette idée lui déplaisait.

Ils avalèrent rapidement leur repas et quittèrent la cafétéria pour le bureau du commandant. En chemin, ils croisèrent Tom, un cadet plus âgé qui dirigeait une autre équipe de voyage multiversel.

— J'ai entendu, dit-il doucement, les yeux brillants.

Alex haussa un sourcil.

— Tu as entendu quoi ?

Tom s'approcha, jetant des regards furtifs autour de la cafétéria.

— À propos de l'incident de Yasu en classe. Tout le monde en parle.

Alex jeta un rapide coup d'œil autour de la salle où les membres de l'Académie prenaient leurs repas. De nombreux cadets regardaient dans leur direction, avec des expressions de méfiance et d'agacement à peine voilées. La nouvelle de l'arrêt des voyages multiversels s'était répandue comme une traînée de poudre après leur dernière mission. Beaucoup de cadets de l'école ne s'intéressaient pas vraiment au programme, puisqu'ils n'y avaient pas été inclus dès le départ. Mais ceux qui s'y intéressaient nourrissaient du ressentiment envers Alex et ses amis. Après tout, le programme n'avait pris fin qu'après leur dernière mission. De plus, en raison de la nature particulière de leurs découvertes, les responsables avaient classé les informations confidentielles. Personne ne savait ce qu'ils avaient rencontré ni pourquoi ils étaient sanctionnés.

Yasu s'approcha de Tom.

— Ce n'était pas grand-chose.

Tom ricana.

— Ce n'est pas ce que tout le monde raconte. Ils disent que tu t'es cogné la tête contre la table comme un dément.

— C'est beaucoup trop sévère, murmura Nia.

Alex en avait assez. Les ragots pouvaient être nuisibles, mais ils avaient des problèmes plus importants à régler.

— À plus tard, Tom.

Ils quittèrent le bâtiment et traversèrent la cour jusqu'au bâtiment principal, où se trouvait le bureau du commandant. La marche fut tendue et silencieuse, et les cadets réfléchissaient à ce que signifiait leur position ici.

Alex se souvint de quelque chose et tenta de l'étouffer avant d'abandonner.

— Les dieux, ou le dieu, celui qui nous a guidés pendant l'épreuve, commença-t-il alors qu'ils entraient dans l'ascenseur.

Jaxon se rappela son guide d'épreuve. L'être était apparu sous les traits de son professeur de sciences du collège, un homme à la peau foncée avec une moustache et des sourcils touffus. L'être ne lui avait jamais rien dit sur lui-même. Il s'était contenté de lui indiquer ce qu'il devait faire, de murmurer qu'il ne devait pas tant craindre la mort, puis était parti.

— Je m'en souviens, dit Jaxon.

— Eh bien, je me rappelle quelque chose qu'elle m'a dit.

Jaxon se gratta la tête.

— Elle ?

— Le dieu est apparu sous la forme de ma mère.

— Oh.

— Qu'est-ce qu'elle t'a dit ? demanda Nia.

— Elle a dit qu'il restait beaucoup de travail à faire. Ou quelque chose comme ça. Est-ce que ça pourrait être ce travail ? Gérer ce Yasu maléfique ?

Nia réfléchit.

— Le dieu ne m'a rien dit de tel, pourtant.

Yasu et Jaxon haussèrent les épaules en signe d'accord.

— Bon, tant pis.

Ils rencontrèrent le commandant à la sortie de l'ascenseur. Il se tenait là avec un technicien qu'ils connaissaient de leur formation, attendant de prendre l'ascenseur pour descendre.

— Nous venions vous voir, dit Alex.

L'expression du commandant était sombre.

— Vraiment ?

Les cadets acquiescèrent.

— C'est important.

Après avoir donné quelques instructions au technicien, il les conduisit à une salle de conférence au bout du couloir. Il s'assit en bout de table et joignit ses doigts en pyramide.

— J'attends.

— Yasu a des visions, lâcha Alex.

— Quand tu le dis comme ça, tu fais paraître ça moins important que ça ne l'est, dit Jaxon, avec un léger grognement.

Le commandant les observait avec un léger amusement.

— Quelles sont ces visions, Yasu ?

Yasu inspira profondément.

— Lors de notre dernière mission, nous avons découvert un monde entre les mondes. Et nous avons eu accès à des souvenirs – de nos autres vies. Les vies que nos autres versions vivaient. Un souvenir a persisté.

Il fixa le commandant, évaluant comment présenter le reste des informations.

Le commandant haussa les sourcils.

— Persisté ?

— Oui. Persisté. Je reçois ces résidus de sa vie. De ses combats. De ses voyages à travers les galaxies. De ses triomphes, dit Yasu.

— Oui. Je me souviens de ça dans votre rapport de mission. Vous avez mentionné des souvenirs que vous avez tous rencontrés. Mais pourquoi est-ce plus important maintenant ? dit le commandant en hochant la tête.

Faisant un geste vers les autres, Yasu dit :

— Aucun des autres ne voit de souvenirs d'un quelconque alternatif en particulier. En fait, aucun des autres ne se souvient de grand-chose concernant leurs double. »

Le commandant fronça les sourcils.

— Peut-être êtes-vous plus sensible que les autres ?

— Non. Ce n'est pas le problème. Aujourd'hui, j'ai eu un moment d'absence pendant le cours, et j'ai vu mon double. Il a dit qu'il venait pour nous, dit Yasu.

Le commandant se pencha en arrière dans son fauteuil. L'absurdité de la situation semblait l'avoir vidé de son énergie. Son expression était tendue. Pendant un moment, il resta silencieux, fixant un point au plafond.

— Se pourrait-il, Yasu, que vous ayez simplement peur de votre version alternative ?

— Peur ? Comment ça ?

— Eh bien, vous pourriez avoir du mal à accepter les informations que vous avez rencontrées dans l'autre royaume, et maintenant votre esprit invente des choses.

Yasu plissa les yeux.

— En quoi cela a-t-il du sens ?

Jetant un coup d'œil aux autres cadets, le commandant se gratta le menton.

— J'essaie d'explorer d'autres possibilités. Si cette autre version de vous vient, comme vous le dites, que fera-t-il ?

— J'ai écrit à son sujet dans mon rapport.

— Le seigneur de guerre ?

Yasu hocha la tête.

— Mais n'est-il pas comme vous ? Un enfant ?

Alex ne pouvait plus se contenir.

— Monsieur, vous avez envoyé des enfants explorer d'autres

univers. Peut-être que dans certains univers, on couronne des cadets comme empereurs.

Quelque chose était différent chez le commandant, notèrent les cadets. D'habitude, il était plus enjoué. Ce jour-là, il semblait démoralisé. Ils décidèrent qu'il faisait peut-être face à d'autres problèmes dont ils ne savaient rien. Après tout, être l'un des membres les plus importants d'une institution prestigieuse avait aussi ses moments difficiles.

— Ça semble plutôt absurde. Comment communique-t-il avec vous dans vos rêves ? dit le commandant.

Exaspéré, Yasu jeta ses mains en l'air.

— Ce ne sont pas des rêves !

— Qu'est-ce que c'est alors ?

— Des visions ! Ou des souvenirs. Je ne sais pas.

Yasu respirait lourdement. Tout cela épuisait son énergie. Il regrettait celui qu'il était il y a plusieurs semaines. Cette prise de conscience qu'il pourrait être si assoiffé de pouvoir dans une itération et être considéré comme un problème par des êtres célestes le glaçait. Il voulait avoir une conversation sensée avec ce gamin et lui demander pourquoi.

Le commandant rétorqua :

— Également absurde. Cependant, une grande partie de nos missions ont traité de l'absurdité. Donc, je ne peux pas entièrement écarter les affirmations de Yasu pour l'instant. Nous allons nous réunir avec le conseil. Peut-être que nous devrons effectuer d'autres tests—

— Ou renforcer la sécurité, dit Alex, la mâchoire serrée.

Le commandant regarda Alex comme s'il ne l'avait jamais vu auparavant.

— Ou renforcer la sécurité. Oui.

Pour alléger la tension au sein du groupe, Jaxon parla d'autres choses pendant le dîner. Essayant d'adopter un ton décontracté, il demanda à Nia des nouvelles de Kel et quand ils s'étaient vus pour la dernière fois. Nia lui dit que Kel et le reste de l'équipe de hockey étaient partis dans un autre pays pour un tournoi. Quand Nia ne s'extasia pas sur Kel, Jaxon fut soulagé et orienta la conversation dans une autre direction en demandant à chacun quel était son sport préféré.

— J'adorais jouer au foot dans le jardin à la maison avec mes grands frères, dit Alex en riant.

Nia le regarda avec amusement.

— Je n'y ai jamais joué.

— Moi non plus. On jouait au basket et au baseball dans mon école, dit Jaxon.

Il se tourna vers Yasu, silencieux :

— Et toi, mec ?

Yasu était généralement silencieux, mais son expression gardait habituellement une ouverture accueillante. Maintenant, son regard était distant, ses lèvres pressées l'une contre l'autre comme si sa bouche était fermée hermétiquement.

— Je jouais au baseball. Avec mes frères et sœurs. Et les enfants des voisins. Jusqu'à ce que mes parents découvrent que je pourrais être un génie. Alors ils n'ont cessé de me faire sauter des classes. Et la charge de travail a augmenté. (Il fit une pause.) Est-ce que ça aurait pu être ça ? Est-ce que la charge de travail aurait pu faire craquer mon double ? demanda-t-il doucement.

Nia jeta un coup d'œil autour de la table vers Jaxon et Alex.

— Qui pourrait lui en vouloir ? Quand mes parents ont découvert que j'avais cette aptitude naturelle pour les chiffres et les sciences, ils ont voulu me saigner à blanc, eux aussi. Je devais assister à un cours après l'autre.

— Très peu de temps pour dormir et jouer, dit Alex en secouant la tête.

— Si peu. Tu deviens un robot pour eux. Des cours. Des devoirs. Et encore des cours.

— Et puis l'Académie fond sur toi comme un faucon.

Jaxon imita le cri d'un rapace.

Un rire parcourut la table. Même Yasu esquissa un léger sourire.

— On ne peut qu'espérer que le commandant ait peut-être raison, dit finalement Nia, tendant la main à travers la table pour serrer la main glacée de Yasu.

Yasu apprécia la chaleur de son contact.

— Et s'il...

Ils entendirent une forte détonation à l'extérieur. Les bords de leur vision se brouillèrent, comme s'ils avaient tous subi une chute soudaine de tension artérielle. Tous les élèves assis à leurs tables avaient le regard trouble et l'expression déconcertée. Puis, ils se ressaisirent et coururent aux fenêtres pour regarder.

Yasu devint livide.

— Est-ce que ça pourrait être... ?

— J'espère que non. J'espère sincèrement que non, répondit Nia.

Mais au moment où ils se précipitèrent à la fenêtre, ils savaient que ça pouvait l'être. Le ciel s'assombrissant était caché par un grand vaisseau noir. Une voix désincarnée et monocorde s'échappa du vaisseau, frappant l'air comme une surface solide.

— Salutations, membres de cette prestigieuse institution. Nous ne venons pas en paix. Mais vous aurez la paix si c'est ce que vous voulez. Amenez-moi celui qu'on appelle Yasu Garcia, ainsi que ses amis fouineurs. Ou faites face aux conséquences.

CHAPITRE 39

Tous les regards dans la salle se tournèrent vers Yasu et ses amis qui se tenaient derrière un petit groupe de personnes près d'une fenêtre. Jaxon fit un petit signe de la main avec un sourire crispé et murmura :

— Je crois qu'on devrait courir.

Alex répondit :

— Je ne pense pas que ce soit une bonne idée. Ça nous ferait paraître...

— On ne veut pas mourir. Ne devrait-on pas simplement les leur livrer ? lança un élève, sa voix tranchant dans le silence.

— On ne peut pas faire ça. Même si personne ne les aime, rétorqua quelqu'un d'autre.

— N'est-ce pas justement pour ça qu'on devrait le faire ? Parce que personne ne les aime ? Ils disparaîtront, et quand les programmes rouvriront, l'école pourra envoyer des cadets moins avides d'aventures, cria une troisième élève, sa voix aussi stridente qu'un instrument désaccordé.

Nia trouvait toute cette situation déstabilisante. Pourquoi tout le monde agissait-il comme s'ils n'étaient pas juste là ? Elle se rapprocha de Jaxon, lui prit la main, espérant qu'il comprendrait l'inquiétude qu'elle lui transmettait dans son étreinte.

Alex s'irrita. Il était avide d'aventures, mais entendre quelqu'un d'autre le dire à son sujet, surtout alors qu'il se tenait juste là, le mettait hors de lui.

— Depuis quand la curiosité est-elle devenue un crime ?

— La curiosité ? Tu appelles ce que vous faites de la curiosité ?

La fille qui avait parlé fit un pas en avant. Elle avait des traits fins sur un visage pâle et des cheveux blonds qui lui descendaient jusqu'à la taille.

— C'est plus que ce que n'importe qui ici n'a jamais fait, dit Alex, qui cherchait la bagarre.

Si elle n'avait pas été une fille, il aurait marché jusqu'à elle pour la défier.

— Assez ! Quelle est la raison de tout ce vacarme ?

Un officier se tenait à la porte de la salle, le maintien rigide et le regard flamboyant.

Tous les cadets se turent, observant l'officier qui s'approchait, flanqué de deux soldats bien bâtis et lourdement armés.

— Yasu Garcia. Avancez, dit l'officier.

L'épuisement était gravé sur son visage comme s'il avait passé la première partie de la journée à s'entraîner et trouvait ce nouveau tournant des événements terriblement ennuyeux.

Une main glacée parcourut l'échine de Yasu alors qu'il s'avançait. Il pouvait sentir tous les cadets le fixer du regard, leur jugement émanant d'eux par vagues.

— Oui, monsieur, marmonna-t-il.

— Où sont vos amis ?

Yasu se retourna pour regarder ses amis, les invitant à s'avancer d'un geste de la main.

Les trois autres membres de l'Équipe Alpha s'avancèrent. Ils affichaient des expressions identiques de méfiance, un frisson parcourant leur peau.

— Vous n'êtes pas en difficulté. Mais suivez-moi, dit l'officier en croisant ses bras musclés sur sa poitrine.

Il éleva la voix, balayant la salle de son regard perçant.

— Les autres, restez calmes. Nos soldats devraient bientôt commencer le processus d'évacuation. Restez calmes !

Les quatre cadets amis étaient tout sauf calmes alors qu'ils quittaient la cafétéria derrière l'officier et devant les soldats.

— Où allons-nous ? demanda Alex.

— Alex Rivera, c'est bien ça ? Votre réputation vous précède. Toujours le questionneur.

L'officier ne daigna pas se retourner pour lui jeter un regard.

Alex détestait le ton condescendant de cet homme.

— Et sinon ?

— Un tribunal improvisé. L'un ou tous d'entre vous pourriez détenir la clé pour éviter cette crise, dit l'officier.

— De quelle manière ? demanda Nia.

— Nous le découvrirons quand nous y serons, n'est-ce pas ?

Ils retombèrent dans le silence.

Yasu réfléchissait à ce qui allait suivre. Il semblait que son double maléfique avait une vendetta contre lui, mais pourquoi entraînait-il aussi ses amis là-dedans ? Auraient-ils pu lui nuire d'une façon ou d'une autre dans l'autre univers ? Il semblait peu probable que tout cela se produise à cause d'un harcèlement, mais il ne trouvait pas d'autres raisons pour lesquelles son double voudrait impliquer ses amis.

Ils entrèrent dans une pièce à l'étage le plus élevé du bâtiment. Quelques hauts responsables étaient assis en attente, le commandant parmi eux. Ils reconnurent également le Colonel Klaus, cet officiel qui semblait être leur ennemi mortel.

— Je vous en prie, cadets, asseyez-vous.

Les cadets s'assirent près les uns des autres, dévisageant les autres personnes présentes dans la pièce.

— Il semble que j'avais tort et que vous aviez raison. Mais ce n'est pas le moment de discuter de qui avait raison ou tort. Nous devons trouver une issue. Et vite. Que pouvez-vous nous dire sur cette version de vous-même ? demanda le commandant, son expression grave.

Son regard se posa sur le visage de Yasu.

— Pas grand-chose. Et ça n'a pas d'importance, dit Yasu en haussant les épaules.

Le Colonel Klaus grogna de l'autre côté de la table.

— Ces enfants. Rien n'a jamais d'importance pour eux.

Le commandant leva une main pour le faire taire.

— Écoutons au moins pourquoi.

Fermant les yeux et visualisant la foule de partisans qu'il avait aperçue une fois, réclamant l'affection de son double, Yasu réfléchit à qui était son adversaire. Les gens ne semblaient pas opprimés. Ils semblaient avoir une véritable affection pour leur leader.

— Je veux le rencontrer moi-même.

Jaxon leva les mains d'exaspération.

— Oh, mon Dieu ! Toi-même ?

Yasu soutint son regard avec fermeté.

— Oui. Tout seul.

— Et le reste d'entre nous ? Je croyais qu'on formait une équipe ?

Le commandant agita les mains, balayant les paroles de Jaxon.

— Vous formez peut-être une équipe, mais c'est sans importance, il y a...

La voix atone retentit à nouveau.

— Le temps n'est l'ami de personne. Je pourrais être tenté de commencer une recherche par moi-même.

La voix changea alors, prenant la qualité d'un jeune homme mécontent.

— Et si je fais ça, vous ne m'aimerez pas beaucoup.

— Une recherche ? Comment compte-t-il traverser le champ de force protecteur ? dit un officiel.

Le commandant se tourna pour regarder par la fenêtre derrière lui. Il n'y avait rien de remarquable à voir. Le ciel était sombre, et la lumière se déversait, froide et solitaire, des fenêtres ouvertes des bâtiments voisins et des lampadaires du périmètre.

— Je ne pense pas que nous devrions attendre pour le découvrir, dit-il.

Regardant Yasu et ses amis, il demanda :

— Que pensez-vous qu'il veuille de vous ?

— Je ne peux que deviner. Je pense que nous avons détruit quelque chose d'important pour lui.

Les trois autres se tournèrent vers lui avec surprise. C'était la première fois qu'il en parlait. Jusqu'à présent, tout ce qu'ils savaient, c'était qu'il voyait des visions de son alter ego.

— Quelque chose comme quoi ? demanda le commandant.

— Je ne sais pas. Quoi que ce soit, ça a déstabilisé l'équilibre dans son monde. Et il veut se venger.

Pendant un moment, il n'y eut que le silence. Puis le Colonel Klaus regarda le commandant et dit :

— N'ont-ils pas détruit quelques artefacts importants lors de leurs voyages ?

Le commandant passa une main sur la barbe poivre et sel qui recouvrait son visage.

— Définissez 'quelques', Colonel.

— Eh bien, deux. La Clé Quantique et l'ordinateur organique qui a développé un Néant.

Derrière sa cage thoracique, le cœur de Yasu battait violemment. Ça pourrait être ça. Mais comment étaient-ils liés à cette version maléfique de lui-même ? À moins que...

— Mais cela ne signifierait-il pas qu'il est en quelque sorte connecté à ces phénomènes ? Est-ce que ça veut dire qu'il a déjà sauté entre les univers avant maintenant ? demanda Alex, regardant autour de la pièce.

— Est-ce si difficile à croire ? demanda le commandant.

La voix tonna à nouveau, cette fois pleine d'agitation.

— Je vous donne une minute. Je veux ma proie, ou je détruirai tout !

Bien qu'il ait peur, Yasu se leva et se redressa, affichant une expression déterminée.

— Je dois y aller.

— Et si...

— Nous venons avec toi, dit Alex, se levant également.

— Asseyez-vous. C'est beaucoup trop dangereux. Nos tours de guet ont ordre de l'abattre s'il tente quoi que ce soit qu'il ne devrait pas. Et le champ de force devrait tenir, dit le commandant.

— Et quelle garantie avez-vous que vos tours fonctionneront contre lui ? Et si ses armes endommagent le champ de force que vous avez mis en place ? Et s'il est plus fort ? Essayons d'abord la diplomatie.

La voix de Yasu trembla légèrement, et il détesta ça.

Le commandant s'agita, mal à l'aise.

— Vous irez avec quelques gardes, dit-il.

Il désigna l'officier qui les avait amenés.

— Officier Alexeev, vous les accompagnerez. Les tours de guet sont également en alerte. Espérons que ça n'en arrivera pas là.

Les cadets quittèrent la pièce avec deux gardes et rencontrèrent une escorte de six autres devant la porte. Ils se dirigèrent vers l'ascenseur et descendirent au rez-de-chaussée. Les couloirs étaient déserts, des lumières rouges clignotant par intermittence. Ils devinèrent que les autres cadets avaient été conduits vers un endroit plus sûr.

Il faisait froid dehors. Le vent hurlait comme une banshee, fouettant les surfaces métalliques des bâtiments et sifflant à travers les arbres. Le ciel était sombre, mais ils pouvaient voir clairement les contours du vaisseau noir en forme de soucoupe de leur ennemi, un périmètre de lumières blanches brillant sur sa carlingue.

Une fois dans la cour, l'Officier Alexeev prit un microphone des mains d'un garde. Il tapota dessus et entendit le son résonner dans le système de sonorisation de l'Académie.

— Étranger, nous ne voulons pas de combat. Nous avons amené Yasu Garcia comme vous l'avez demandé. Cependant...

— Splendide ! répondit la voix.

Une trappe s'ouvrit au bas du vaisseau, et une lumière brillante en jaillit. La lumière traversait habituellement les champs de force comme si elle rencontrait une surface translucide. Cette lumière tombait dans la cour de l'Académie comme s'il n'y avait rien là. Quoi que ce soit dans la lumière ou l'énergie du vaisseau, cela transperçait les défenses de l'Académie avec une facilité terrifiante.

Ils regardèrent, stupéfaits, une silhouette encapée, entièrement vêtue de noir, descendre. Il atterrit doucement sur le béton de la cour et écarta des mèches de cheveux noir de jais de son visage, un sourire narquois dansant sur ses lèvres. Il ressemblait exactement à Yasu, mais sa présence avait un effet différent, glaçant.

— Pourquoi avez-vous si peur ? Je ne veux faire de mal à personne. Je veux simplement parler, dit-il, inclinant la tête.

Il y avait environ quinze pas entre eux. Pourtant, le jeune homme leur inspirait de la peur.

Yasu se fraya un chemin entre les gardes et s'avança, ignorant les cris de protestation de ses amis.

— De quoi veux-tu parler ?

Un sourire fantomatique effleura les lèvres de l'alter ego.

— De toi et tes amis, bien sûr. Vous vous mêlez de tout. Beaucoup trop !

Le sourire narquois de Dix vacilla, juste un instant.

— Penses-tu que je voulais ça ? Crois-tu que j'ai demandé à porter le poids d'un univers entier ? À jouer à Dieu pendant que mon peuple implorait le salut ? Vous avez brisé le peu d'équilibre qu'il me restait, et maintenant je suis ici pour réparer ça, demanda-t-il, sa voix basse mais emplie d'un courant sous-jacent de rage.

Yasu voulait avoir l'air plus courageux, avoir une réplique plus forte, mais aucun mot ne se formait. Il pouvait sentir les soldats s'approcher pour le tirer en arrière.

Et puis il ne les sentit plus. Ils avaient disparu. La cour de l'Académie avait disparu. Son alter ego. Le vaisseau soucoupe noir et ses lumières clignotantes. Disparus.

Il se tenait dans la salle de leur dernière mission. L'endroit où ils avaient rencontré le gardien voilé lors de leur dernière mission. Le sol était blanc, et le plafond, presque trop haut au-dessus de sa tête pour être vu, était gris.

CHAPITRE 40

MOMENTANÉMENT, Yasu Garcia contempla l'espace, stupéfait. Il crut avoir glissé dans un autre souvenir ou une transe. Mais pourquoi maintenant ? Il n'avait rien à dire à son double, mais partir ainsi le faisait paraître faible.

— Yasu !

C'était la voix de Nia, et elle venait de derrière lui. Les autres étaient avec elle aussi.

— Les gars ! Est-ce que c'est réel ? Est-ce que vous êtes réels ? appela-t-il, légèrement essoufflé.

Ils s'approchèrent de lui, leurs expressions inquiètes.

— Qu'est-ce que tu veux dire ? Bien sûr que nous sommes réels. Et mécontents, dit Jaxon.

— Parle pour toi, dit Alex.

— Je pourrais parler pour Yasu aussi. Ce n'est pas comme ça qu'il imaginait sa journée. Ni Nia d'ailleurs.

— Je ne sais pas pourquoi tu es toujours si négatif !

Jaxon leva les mains en signe de reddition moqueuse.

— Je ne le suis pas.

Yasu secoua la tête.

— Calmons-nous. À quel point tout ceci est-il réel ?

— Tu veux qu'on te donne un coup de poing ? demanda Jaxon.

Nia laissa échapper un soupir exaspéré.

— C'est un pincement, Jaxon. Personne ne demande un coup de poing pour vérifier la validité de sa réalité.

— Eh bien, peut-être qu'il voulait un...

— Mais si c'est réel, pourquoi sommes-nous ici ? Comment sommes-nous arrivés ici ?

Yasu semblait inquiet.

Alex passa une main dans ses cheveux.

— Rappelle-toi, avant mon test, l'entité a dit qu'il y avait encore du travail à faire. C'est peut-être à ça qu'elle faisait référence. Peut-être qu'ils nous expliqueraient.

— "Ils" étant les entités de ce royaume, c'est ça ? demanda Nia.

— Oui.

— Mais si nous sommes ici, que se passe-t-il chez nous ? demanda Jaxon.

Ils tombèrent dans le silence, songeurs. Ils n'avaient pas eu beaucoup de temps pour parler avec le Yasu maléfique. Leur interaction avait été si brève qu'ils ne pouvaient pas juger si leur départ le plongerait dans une rage destructrice envers l'Académie. Il avait semblé déséquilibré, mais seulement légèrement.

— Combien de temps allons-nous rester ici, d'ailleurs ? demanda Nia.

— Pas longtemps.

Un étranger se tenait parmi eux, vêtu des mêmes robes blanches qu'eux. L'étranger n'avait pas de visage. Là où aurait dû se trouver son visage, il n'y avait qu'une inquiétante surface lisse. Les cheveux de l'étranger formaient un mélange éblouissant de brun, gris, roux, argenté et blond qui tombait en boucles jusqu'à ses pieds.

Terrifiés, les cadets s'éloignèrent de l'entité. Ils remarquèrent l'aura qui s'en dégageait, croyant qu'elle présentait des similitudes avec celle de l'être du test, mais sans en être sûrs.

— Je suis Paix. J'étais votre guide pendant le test. Maintenant, je suis votre guide pour cette mission, dit-il, en inclinant la tête.

Lentement, son apparence changea. D'abord, il devint le père de Nia, chauve avec une épaisse barbe noire. Puis il devint la mère d'Alex, l'Oncle Koike, et le professeur de sciences de l'école primaire de Jaxon.

— Je croyais que nous avions passé le test parce que nous n'étions pas censés être ici. Maintenant nous avons un autre test ? demanda Alex.

— Cette fois, vous êtes ici par notre choix. Ce n'est pas la même chose.

— Pourquoi sommes-nous ici ? demanda Yasu.

— À cause de Dix.

— Dix ?

— Oui. La version de Yasu Garcia de la Terre-3446.

Jaxon crut que sa tête allait exploser.

— Terre-3446 ? Combien de Terres y a-t-il ?

— Elles sont innombrables. La réalité est infinie.

C'était important, mais pas aussi important pour Yasu. En ce moment, tout ce qui l'intéressait était–

— Pourquoi Dix ?

L'être tourna son visage vide vers lui.

— C'est le début de son numéro de code. C'est le nom qu'il portait durant ses années de formation.

Yasu ne comprenait pas.

Peut-être que si l'être avait eu un visage, ses traits se seraient adoucis.

— Tu comprendras pleinement bientôt.

Il s'avança au milieu d'eux, les écarta, et forma un cercle noir sur le sol blanc. En s'éloignant du cercle, les cadets remarquèrent des couleurs qui s'y formaient comme s'il s'agissait d'un moniteur ou d'un écran de télévision.

Ils virent des images d'une guerre, d'explosions, de destruction et de personnes effrayées.

— Tous les univers ne sont pas comme le vôtre : paisible. Certains vivent sous l'ombre de l'Empire, portant le lourd fardeau d'une dictature effrayante.

Ils regardèrent les scènes changer pour montrer un quartier paisible. Yasu reconnut les murs blancs, les toits rouges et les jardins bien entretenus.

— J'ai grandi là-bas ! dit-il, légèrement excité.

Il n'avait pas visité cet endroit depuis des années. Ses proches lui manquaient.

— Dix a grandi là-bas aussi. Du moins jusqu'à ce que sa maison soit détruite.

Des missiles tombèrent sur le quartier, transformant tout en débris enflammés. Certaines personnes étaient assises au milieu de la dévastation, pleurant leurs pertes. Une version de Yasu, Dix, plusieurs années plus jeune, marchait avec un pied nu et une sandale déchirée à l'autre pied. Un soldat brandissant une arme noire et élégante le prit avec lui.

La scène changea pour montrer un Dix un peu plus âgé, maintenant vêtu d'un uniforme gris et bleu marine, se battant contre une créature couverte de fourrure.

— Dix a combattu de nombreuses années pour la Résistance, dit doucement l'être.

— La Résistance ? demanda Alex.

— Oui. Contre les forces de l'Empire. Ils voulaient la paix dans leur région et se battaient vaillamment chaque jour pour réduire leur influence.

La scène continuait de changer, montrant Dix dans diverses positions de combat. Il pilotait des vaisseaux, maniait des couteaux et était habile avec les armes à feu.

— Est-ce que ça a fonctionné ? demanda Nia.

L'être la regarda.

— Quoi ?

— Parfois, certains de ces combats sont inutiles. Est-ce que leurs efforts ont porté leurs fruits ?

Inclinant la tête, l'être dit :

— Cela dépend de votre perspective. On pourrait dire qu'accepter le règne de l'Empire était la meilleure façon d'aborder la situation. Après tout, bien que certaines personnes mourront, beaucoup d'autres vivront dans une relative prospérité. Quoi qu'il en soit, les gens se battront toujours pour la liberté. C'est dans leur nature.

Lorsque la scène changea ensuite, une nébuleuse similaire à celle que les cadets avaient rencontrée lors de leur dernière mission flottait dans l'immensité de l'espace. Le vaisseau de Dix planait à sa périphérie, puis il s'y engouffra. Son vaisseau naviguait entre les débris volants, la poussière et les amas de particules chargées. Au centre, il y avait un trou noir qui semblait absorber toute l'énergie environnante.

Le visage de Dix était résolu. Il ajusta ses paramètres et pilota l'engin vers l'intérieur.

Alex déglutit.

— Est-ce que c'est...

— Un portail vers notre royaume, oui.

— Alors, Dix était ici ? demanda Nia.

— Pour nous, cela semble s'être passé il y a quelques minutes à peine. Mais cela fait un certain temps. Il était ici.

Les images à ce stade étaient déformées, montrant des instants fluctuants où Dix entrait dans une étrange salle après l'autre, traversant de l'eau, flottant à travers des nuages, et se glissant dans un lit de boules brillantes. Il émergea dans la salle où ils se tenaient avec un orbe.

— Que vient-il de se passer ? demanda Alex.

L'être ne parla pas pendant un moment.

Dix manipulait l'orbe, et son front se plissa tandis que sa forme scintillait et se brouillait. Finalement, il sembla satisfait de ce qu'il avait créé. L'énergie jaillit de l'orbe, couvrant la salle d'une lumière aveuglante.

— Ordre a conclu un marché avec lui, dit l'être.

Jaxon se gratta la tête.

— Quoi ?

— Nous ne connaissons pas les détails. Mais il voulait la liberté. Et en échange, il a partagé une partie de notre pouvoir avec Dix.

— La liberté ? La liberté de quoi ? demanda Alex.

— De cet endroit. Cet endroit est notre foyer. Mais cet endroit est aussi notre prison. Nous avons observé le monde se former à l'aube de la réalité, mais nous ne pouvons jamais quitter cet endroit. Nous n'en avons pas le pouvoir.

Nia tenta de reconstituer le puzzle.

— Donc, en ce moment, Ordre est en liberté ?

Si Ordre parcourait le multivers, libéré de ses entraves précédentes, pourquoi le monde était-il encore si désordonné ?

— Non. Dix ne l'a pas libéré. Dix a pris le pouvoir et l'a manipulé lui-même. Il est retourné chez lui et a créé un univers selon ses propres termes.

Le cercle montrait l'énergie qui ondulait à travers l'espace, coupant à travers leur royaume et se déversant dans d'autres royaumes.

— Le fait est que Dix était plus intelligent que n'importe qui d'autre qui a trouvé notre demeure.

— Comment ?

Bien que ce soit déraisonnable, Yasu se sentit jaloux. Non seulement il y avait une version rebelle de lui-même en liberté, mais cette version était aussi tellement meilleure que de nombreuses autres formes de vie intelligentes pour débarquer dans le royaume des dieux. Cela lui donnait l'impression d'être un chewing-gum collé sous la chaussure de quelqu'un.

L'être secoua la tête.

— Contrairement à ce que le Gardien vous a dit la dernière fois, nous ne sommes pas des créateurs. Nous ne prétendons pas tout savoir. Parfois, quelque chose émerge du hasard de la vie et nous surpasse en intelligence. Dix était l'un de ces phénomènes.

La scène changea pour montrer Dix retournant dans son monde, le pouvoir reposant à l'état latent dans l'orbe qu'il tenait. Son visage arborait une expression ironique.

Alex s'agenouilla à côté du cercle et observa le retour de Dix chez lui. Son monde s'épanouissait lentement, les incendies s'éteignaient et le chaos se retirait vers les bords, jusqu'à ce que la vision s'estompe et que le cercle redevienne noir.

— Mais en quoi cela nous concerne-t-il ? Qu'avons-nous détruit ? Dix a dit que nous avions détruit quelque chose.

L'être semblait sourire dans sa voix.

— C'est vrai.

Il fit un geste vers le haut avec ses mains aux longs doigts, et le cercle au sol se divisa en six cercles plus petits. Les cercles plus petits flottèrent vers le haut, formant des images miniatures en 3D.

— N'est-ce pas l'ordinateur organique ? remarqua Jaxon, reconnaissant le portail que Safira, une cadette de l'une de leurs missions, les avait aidés à détruire.

— Et la Clé Quantique, dit Nia, pointant vers la Clé Quantique de leur première mission qui flottait sur une surface surélevée.

Il y avait d'autres objets dans les autres cercles noirs flottants. Un couteau dentelé et scintillant. Quelque chose qui ressemblait à un œil cristallisé. Une montagne couverte de plantes violettes.

— Il y a eu beaucoup d'autres effets de la manipulation de Dix. Ses effets ont traversé le temps, car il ne savait pas comment utiliser correctement le pouvoir. Ce qu'il a fait a transplanté une partie du pouvoir dans des artefacts à travers divers univers. Certains effets restent à découvrir. Cependant, voici quelques effets d'univers proches du vôtre.

Alex regarda le visage sans traits de l'être.

— Alors...

— Quand vous avez détruit la Clé Quantique et le superordinateur renégat, vous avez provoqué une déstabilisation dans son monde. Les artefacts, bien que dispersés à travers le multivers, étaient liés par les mêmes fils de pouvoir que Dix avait tissés dans son monde. Détruire l'un d'eux, c'était comme tirer un fil d'une tapisserie – cela affaiblissait l'ensemble. L'univers de Dix, déjà fragile, avait commencé à s'effilocher sur les bords.

Jaxon ferma sa bouche ouverte.

— Quoi ?

— Il a peut-être divisé le pouvoir, mais tous les pouvoirs étaient encore connectés. Tous les artefacts sont toujours liés à ce qu'il avait dans son univers.

— Et c'est pour ça qu'il nous poursuit ? Alex trouvait toute cette histoire incroyable.

L'être hocha la tête.

— Oui. C'est pourquoi.

— Mais que veut-il nous faire ? Il n'y avait aucun moyen pour nous de savoir que nos actions affecteraient son monde. De plus, s'il avait laissé votre pouvoir tranquille comme il était censé le faire, rien de tout cela ne serait arrivé, déclara Nia.

— Indépendamment de ce qui devait être et ne pas être, nous en sommes là maintenant. Vos actions ont lié votre destin à celui de Dix.

Jaxon voyait déjà une autre mission dangereuse se profiler et n'aimait pas ça.

— Je déteste votre façon de parler par énigmes. Que voulez-vous ? Pourquoi sommes-nous ici ?

L'être se redressa. Sa voix changea alors, se superposant à plusieurs autres voix, comme si les autres êtres du royaume parlaient à travers ses lèvres inexistantes.

— Nous voulons que vous nous aidiez à vaincre Dix.

Jaxon éclata de rire, se pliant en deux puis s'accroupissant quand le son refusa de cesser de sortir de lui.

— Comment ?

— Nous vous aiderons. Nous vous guiderons.

Alex tapota l'épaule de Jaxon pour le calmer.

— Mais pourquoi nous ? Vous auriez pu choisir n'importe qui d'autre ?

— Chacun a un rôle à jouer. Vos actions ont envoyé des ondes à travers le temps et l'espace, dont la plupart vous ne pourriez pas saisir correctement même si on vous donnait l'occasion de les confronter. C'est votre chance de réparer vos torts.

— Donc, ce que vous nous dites, c'est que nos actions ont conduit à d'autres instabilités au-delà de l'univers de Dix ?

Jaxon laissa échapper un rire amer.

— Et si nous n'en avions pas envie ? Et si nous décidions de prendre le pouvoir pour nous-mêmes ?

L'être tourna sa tête vers lui, et bien qu'il n'y eût pas de visage, Jaxon aurait juré qu'il lui lançait un regard compatissant.

— Vous avez réussi le test. Vous ne prendrez pas le pouvoir.

CHAPITRE 41

SANS ATTENDRE LEUR CONFIRMATION, l'entité détailla les plans de leur départ. Sa voix reprit son ton normal, un flux unique et calme.

— Dix a utilisé un fragment de l'orbe pour voyager dans votre monde. Mais il garde la majeure partie de l'orbe dans son univers. Le fragment n'était pas seulement un outil – c'était un morceau du tissu même de ce royaume, imprégné de la capacité à manipuler le temps et l'espace. Mais avec le pouvoir est venu le chaos, et l'incapacité de Dix à le contrôler pleinement a laissé des fractures à travers son univers. Chaque action se répercutait, menaçant de défaire non seulement son monde mais aussi d'autres qui y étaient connectés.

— Donc, vous voulez simplement que nous y allions et que nous le trouvions ? demanda Alex, suivant l'entité qui s'éloignait d'eux.

— Oui. Et que vous reveniez avec. Nous prendrons le relais à partir de là.

Jaxon s'allongea sur le sol blanc, gémissant d'irritation face au tournant des événements. Nia s'agenouilla à côté de lui pour lui tapoter l'épaule et le calmer.

— Tout ira bien, dit-elle, bien que sa poitrine se serrât.

Yasu ne savait pas quoi penser de tout cela.

— Mais savez-vous au moins où dans son univers il se trouve ? demanda-t-il.

— Nous ne pouvons pas accéder à son univers. C'est le problème. Nous pouvons voir partout ailleurs mais pas son univers. C'est comme un trou noir dans notre conscience.

— Ça rend tout tellement plus facile, s'écria Jaxon.

L'entité l'ignora. Elle fit un geste de la main, et un vaisseau doré, en forme de soucoupe, comme celui de Dix, apparut devant eux.

Jaxon se redressa, fixant la surface brillante. À côté de lui, Nia laissa échapper un doux soupir.

— C'est magnifique, murmura-t-elle.

— Oui. Mais doré ? Ça ne nous rendra pas trop visibles ? dit Jaxon.

Yasu hocha la tête. Un plan se formait dans son esprit.

— Si nous voulons explorer sa planète, il nous faudrait un vaisseau qui ressemble davantage au sien. Noir.

L'entité acquiesça, comme impressionnée.

— Vous en auriez besoin. Vous devrez penser comme lui si vous voulez le capturer.

Elle agita la main, et le vaisseau devint noir. Les cadets le contemplèrent avec admiration.

Alex le regarda en fronçant les sourcils.

— À quoi d'autre penses-tu, Yasu ?

— Je pense que je devrais me faire passer pour lui. Nous allons dans son univers et je prétends être lui, dit-il.

Nia estima que cela pourrait être un bon plan.

— Mais dans quelle mesure ça fonctionnera ? Nous ne pouvons pas accéder à leurs canaux de communication. Comment sauront-ils que c'est leur Dix ? D'ailleurs, nous ne savons pas pour quelle mission il a dit qu'il quittait son monde. Nous ne pouvons pas simplement nous présenter avec des trous dans notre mémoire.

— Ou peut-être que nous n'aurons pas à le faire. Peut-être qu'avec un peu de pouvoir de votre part... je pourrais accéder à ses souvenirs et voir ce dont nous avons besoin pour réussir, dit Yasu en jetant un regard appuyé vers l'entité.

L'entité pivota sur ses talons, sa crinière bouclée ondulant.

— Vraiment ?

Yasu sentait son courage s'effriter, mais il se força à dire :

— Oui. Vraiment.

L'entité l'observa, et les autres les regardaient tous les deux. Pour se racheter davantage, Yasu ajouta :

— Et vous pourrez me tuer si j'essaie quoi que ce soit de suspect.

Hochant la tête, l'entité fit apparaître une petite orbe lumineuse flottante. Elle s'approcha de Yasu et la poussa dans son crâne sans hésitation. Yasu laissa échapper un grognement douloureux, sa tête se renversant en arrière, ses yeux, sa bouche et ses oreilles émettant de la lumière.

Le cœur de Nia battait rapidement, inquiète pour son ami.

— Et maintenant ?

— Nous attendons. Et nous verrons.

Alex était submergé de questions sur ce royaume et ses autres.

— Qui sont les autres ? lâcha-t-il, tandis que Nia demandait :

— Pouvez-vous nous dire ce qui se passe chez nous ?

L'entité tourna son visage vers Alex mais répondit à Nia.

— Oui. Rien.

Alex déglutit.

— Qu'est-ce que cela signifie ?

— Le temps ne s'écoule pas de la même façon ici que là-bas. Ici, nous pouvons créer des bulles temporelles. Dans toutes nos interactions, pas un instant ne s'est écoulé depuis votre départ. Dix est figé au milieu de son rire. Les gardes regardent avec une attention soutenue. Quand vous serez prêts à bouger, tout se réinitialisera.

Cela semblait désagréable. Nia était à nouveau troublée.

— Ne viendra-t-il pas immédiatement à nos trousses ?

— Exactement. Et imagine essayer de fuir quelqu'un avec des pouvoirs divins qui commande tout un univers ! dit Jaxon.

— Les Sapiens sont tellement stressants. Le vaisseau est camouflé. Quand Dix découvrira que vous êtes partis, il viendra ici d'abord. Il ne remarquera pas que vous êtes entrés dans son monde. Et pendant qu'il sera ici, nous le retiendrons aussi longtemps que possible jusqu'à votre retour, dit l'entité.

— Et si vous ne pouvez pas ? demanda Jaxon.

— Vous nous sous-estimez.

Jaxon leva les mains en signe de fausse reddition.

— Non, pas du tout. C'est vous qui vous sous-estimez. Vous avez dit que vous ne pouvez pas quitter cet endroit. Vous avez dit qu'un humain est venu ici et vous a bernés. Mais soudainement, c'est moi qui vous sous-estime. Bien sûr.

— Tenez votre part du marché. Nous tiendrons la nôtre.

Alex s'inquiétait davantage pour Yasu maintenant. Du sang coulait de ses orifices, tachant le blanc de sa robe.

— Est-ce qu'il va...

L'orbe flotta hors de son front, et Yasu s'effondra, haletant. Ses amis se précipitèrent à ses côtés, Nia essuyant ses joues ensanglantées avec l'ourlet de sa robe.

Sa respiration se stabilisa finalement, et d'une voix basse, il dit :

— J'ai compris maintenant.

Alex et Jaxon étaient assis aux commandes du vaisseau, s'émerveillant de la technologie bizarre qu'il contenait. Jaxon avait eu un peu de temps pour se familiariser avec elle, et bientôt, il l'avait suffisamment maîtrisée pour tenter de voler.

Yasu s'assit à la console de navigation avec Nia, essuyant encore le sang de son nez. Il avait acquis une fausse cicatrice, un simple don de Paix. Elle courait le long d'une joue, semblable à celle de Dix.

Sur le vaisseau, ils disposaient d'une petite armée de soldats robots chargés de diverses tâches pour le bien-être du navire. Ils se déplaçaient à travers le vaisseau, à l'écoute des ordres de Yasu.

— Tu te sens bien ? demanda Nia.

Yasu ne savait pas.

— Je me sens responsable. Est-ce que ça a du sens ?

Comme elle n'était pas à sa place, Nia ne pouvait pas dire s'il ressentait le même sentiment de responsabilité qu'elle.

— Je ne sais pas. Je me sens aussi légèrement responsable. Je veux améliorer les choses. J'aurais juste aimé qu'on ait plus de temps.

La voix de Yasu était presque mélancolique.

— Mais nous n'en avons pas. Nous en avons à peine. Si nous n'agissons pas rapidement et de manière décisive, nous pourrions tout perdre. En voyant ses souvenirs, j'ai réalisé que...

Nia attendit qu'il termine sa pensée. Mais il resta simplement assis là, le regard perdu dans l'espace.

— Réalisé quoi ?

Il la regarda, observant ses yeux écarquillés.

— Que je pourrais être légèrement incompétent. Tout le monde est prêt ? lança-t-il.

— Oui, Seigneur Dix, dit Jaxon.

Yasu secoua la tête, en effectuant un zoom arrière sur la console.

— C'est juste Dix.

— Quoi ?

— Ce n'est pas Seigneur Dix. Son peuple l'appelle Dix.

Jaxon semblait ne pas comprendre, mais il se contenta de hocher la tête et de l'accepter.

— Qu'est-ce qui vient ensuite ?

— Nous sommes prêts ! cria Alex.

L'être se tenait devant le vaisseau, les observant. Il fit un signe de tête au signal d'Alex.

— Adieu, Équipe Alpha. Puissiez-vous réussir.

L'être fit un geste vers le haut, et un portail s'ouvrit au-dessus du vaisseau. Ils levèrent la tête pour le voir et n'aperçurent que des ténèbres.

— Vous trouverez le monde de Dix si vous passez par là. Voyagez en sécurité, dit-il.

Alex ajusta les commandes.

— Très bien, les gars. Allons-y !

CHAPITRE 42

Il n'y avait pas grand-chose à noter de l'autre côté. L'univers de Dix aurait pu être le leur. Le ciel était peuplé du bon nombre d'étoiles, et leurs consoles étaient calibrées avec les informations disponibles.

— Où allons-nous ? demanda Jaxon, le regard fixé sur sa console.

Le fonctionnement du vaisseau était incomparable avec tout ce qu'il avait eu le plaisir d'utiliser auparavant. C'était comme couper du beurre avec un couteau chauffé.

Yasu étudia sa console.

— Nous sommes actuellement quelque part près du Secteur d'Orion. Nous devons nous diriger vers le Secteur Gaia. Sa cachette est sur la planète Amateru, sur l'anneau intérieur du Secteur Gaia. Et nous devons nous dépêcher. À quelle vitesse pouvons-nous y arriver ?

— Ça dépend de ce vaisseau. Quelle est la portée des sauts luminiques ? Et combien peut-il en faire à la fois ?

Jaxon effectua quelques calculs avec Alex.

Nia et Yasu en firent aussi de leur côté.

— Est-ce que ça va ? demanda Nia, observant une autre goutte de sang tomber de son nez.

— Je vais bien. Un peu fatigué, dit-il, essuyant son visage d'un revers de main et laissant une légère traînée sanglante.

— On peut s'en occuper. Tu devrais dormir.

— Non, je ne peux pas.

— Écoute Nia. Tu as fait beaucoup jusqu'ici. Tu devrais te reposer. Sinon, tu vas t'effondrer, dit Alex en se levant avec son bloc-notes.

Maintenant qu'ils avaient parlé de sommeil, Yasu sentit tout le poids de sa fatigue s'abattre sur lui. Ses yeux se fermaient.

— Et les robots ?

Alex fit un geste vers Jaxon.

— Il les a sous contrôle. Ils reçoivent certaines instructions de toi, mais Jaxon peut contourner ça pour te donner une pause.

Jaxon lui fit un salut militaire.

— Oui, Dix. Tout est sous contrôle. Va dormir.

Yasu trouva ses quartiers et se hissa sur le lit sans se changer de ses robes noires. Ses yeux se fermèrent, et il s'évanouit dans le sommeil dès que sa tête toucha l'oreiller.

Pendant un moment, sa conscience dériva dans le néant. Puis il se retrouva dans son quartier, avec les maisons blanches aux toits rouges. Il descendit la rue, nommant les habitants des maisons qu'il voyait. Au bout de la rue, il se retrouva face à lui-même enfant.

Cette version enfantine de lui-même soutint son regard pendant ce qui semblait être des heures. Finalement, il dit :

— C'est ici que tout a commencé. C'était le point de divergence.

— Qu'est-ce que ça veut dire ? demanda Yasu en s'approchant.

— Tu poses tellement de questions. Mais tu n'as pas autant de réponses.

Yasu regarda autour de lui. Le quartier était vide, comme si tout le monde était parti.

— Il est allé acheter des œufs ce jour-là. Et quand il est revenu, ils étaient morts. Le pouvoir peut manipuler le passé, le présent et le futur.

L'enfant continuait de le fixer.

Yasu pouvait voir où cela menait, mais ça ne lui plaisait pas.

— Tu veux que je...

L'enfant sourit.

— Je ne veux pas que tu le fasses. C'est toi qui le veux. Choisis sagement. Cette option peut tout réinitialiser. Les autres options...

L'enfant se retourna et s'éloigna. Yasu continua à l'appeler, mais la distance entre eux ne cessait d'augmenter, de plus en plus de maisons surgissant le long de la rue.

Le rêve dériva vers d'autres choses inintelligibles. Il poursuivait un calmar à la plage. Il courait après un chien dans le parc. Il jouait avec ses amis à l'école.

Il se réveilla avec Jaxon qui lui secouait le bras, tenant un bol de soupe.

— Tu dois manger aussi.

Yasu se redressa, appuyant sa tête fatiguée contre le mur derrière le lit.

— Comment vont les autres ? demanda-t-il, fermant les yeux.

— Bien. Inquiets pour toi. Comment te sens-tu ?

— Mieux, mentit-il. Il n'était pas sûr que son état actuel puisse être qualifié de meilleur. C'était comme si une tempête faisait rage dans sa tête.

Au lieu de l'avouer, il demanda :

— Combien de temps avant d'arriver ?

— Environ deux jours et quelques heures.

— Est-ce que je peux parler aux autres ?

Jaxon haussa un sourcil.

— Tu es assez fort ?

— Ça devrait le faire.

Yasu sortit de la chambre en titubant et se rendit dans la salle de contrôle avec Jaxon. Les autres semblaient heureux de le voir.

— Tu as mangé la soupe ? demanda Nia, serrant sa tablette contre sa poitrine.

— Je la mangerai plus tard. Je viens juste... J'ai fait un rêve étrange.

Yasu respira profondément.

— Mange ta soupe d'abord ! Donne-lui le bol.

Nia pointa Jaxon du doigt.

Jaxon était contrarié par son ton.

— J'ai essayé. Il n'en voulait pas.

— Yasu, assieds-toi et mange. Maintenant !

Yasu voulut protester, mais il était bien trop faible. Sa vision se brouillait sur les bords, et ses genoux fléchissaient. Il trouva un siège et s'y laissa tomber. Jaxon lui apporta le bol, et il se mit à manger. La soupe avait peu de goût, mais il se dit que si c'était tout ce qu'il avait à manger, il s'en contenterait.

Quand il eut fini, Nia prit le bol vide, lui tapotant la tête en s'éloignant.

— Alors, qu'est-ce qui est si important que tu as dû te précipiter ici comme si tu avais vu un fantôme ? commença Alex.

Gardant les yeux fermés, Yasu leur raconta son rêve, exposant les faits aussi simplement que possible.

— Je pense que cet enfant était une partie de mon subconscient. Et je pense qu'une partie de moi veut juste tuer cette version de moi, pour mettre fin à tout.

Alex resta assis tranquillement, se caressant le menton. Cette révélation ajoutait une nouvelle dimension à la mission, mais il n'était pas sûr d'apprécier. De plus, Yasu n'était généralement pas celui qui suggérait des détours de cette nature. Cela semblait beaucoup venir de lui.

— Si nous nous débarrassons de lui, nous pourrions tout réinitialiser. Mais je ne pense pas que ce soit ce que les dieux veulent que nous fassions.

À côté de Jaxon, Nia acquiesça, le bol de soupe vide toujours dans sa main.

— Je suis d'accord. Nos instructions étaient d'amener Dix dans ce royaume, et ils s'occuperaient de lui. Nous ne pouvons pas prendre nos propres décisions et essayer de le gérer nous-mêmes. Et si nous gâchions encore quelque chose ?

Alex hocha la tête.

— Exactement. Et puis nous devrions faire face à de nouvelles conséquences. Je dis qu'on s'en tient au plan initial.

Yasu se tourna vers Jaxon, attendant une réponse de sa part.

— Et toi ?

— Désolé, Dix.

— S'il te plaît, ne m'appelle pas Dix.

— Désolé, Yasu. Je ne pense pas que ton rêve soit la sagesse ultime. Je suis d'accord avec les autres.

Les yeux de Yasu se fermèrent à nouveau.

— Je suis comme lui, dit-il doucement. Les mots restèrent suspendus dans l'air, plus lourds qu'il ne l'avait voulu.

Il vit ses amis échanger des regards inquiets, mais les pensées de Yasu étaient ailleurs. Combien de petites décisions avaient façonné Dix pour en faire le seigneur de guerre qu'il était devenu ? Ces mêmes choix pourraient-ils le conduire sur un chemin similaire ? Il serra les poings, essayant de chasser cette pensée glaçante. Il devait croire qu'il était différent, non ?

N'aimant pas ce qu'il entendait, Alex s'avança vers lui et lui tapota l'épaule.

— Qu'est-ce que ça veut dire ?

— Pourquoi ai-je pensé à quelque chose comme ça ? Aucun de vous n'y a pensé, mais moi si. Il s'est emparé du pouvoir parce qu'il pensait pouvoir réparer le monde. Il a peut-être créé une sorte d'utopie, mais il ne l'a pas fait assez bien. Juste quelques actions de notre part et l'équilibre qu'il avait créé a été ruiné. J'étais sur le point de faire quelque chose de similaire. Pourquoi penserais-je qu'une telle remise à zéro serait sage ?

— Je ne pense pas du tout que tu sois comme lui. Tu es prêt à demander de l'aide. Tu es prêt à recueillir d'autres opinions, dit Alex, un peu plus énergiquement qu'il ne l'avait voulu.

La voix de Nia était aiguë, mais elle a réussi à sortir les mots quand même.

— Je suis d'accord. Nous luttons tous pour comprendre toute la dynamique de cette mission. La bonne chose, c'est que tu n'as pas gardé toutes ces pensées pour toi.

Alex lui serra l'épaule.

— Tu n'es pas une mauvaise personne, Yasu.

Yasu ne partagea pas les autres pensées qu'il avait sur lui-même. Il ferma simplement les yeux, laissant le reste de leurs paroles le submerger. Bien que sa peur de la dernière partie de la mission demeurait, il était maintenant un peu plus résolu. Avec ses amis, il pourrait réussir.

CHAPITRE 43

LES CADETS OBSERVAIENT la planète Amateru qui se rapprochait.

— Donc, on atterrit, on suit Yasu ou Dix, on prend l'orbe et on s'en va, dit Alex.

Nia pouffa, se rappelant tous les autres plans de voyage qu'ils avaient échafaudés au fil des ans et dont aucun n'avait complètement fonctionné.

— Ça pourrait ne pas se passer comme ça.

— Ou peut-être que si. Pour une fois, soyons positifs.

Yasu avait besoin de la positivité d'Alex. C'était peut-être la partie de la personnalité d'Alex qu'il aimait le plus. Tout ce qu'il ressentait en ce moment n'était que de l'appréhension.

Un message de l'équipe de sécurité de la planète parvint à leur vaisseau. C'était un mélange brouillé et confus de chiffres et de symboles. Les cadets fixaient l'écran, essayant de le déchiffrer.

— Est-ce que ça te dit quelque chose ? demanda Alex à Yasu.

Bien qu'il voulût immédiatement le rejeter comme un charabia incompréhensible, quelque chose lui semblait familier. Il saisit un bloc-notes sur une surface et le griffonna.

— J'ai compris, marmonna-t-il.

— Vraiment ?

Rien de tout cela n'avait de sens pour Jaxon.

— C'est un jeu auquel mon oncle jouait avec moi quand j'étais petit. C'est juste... je ne peux pas l'expliquer.

Il s'assit devant la console, ses doigts volant sur le clavier pour taper une réponse.

Derrière ses épaules, les autres regardaient avec confusion.

— Ça n'a aucun sens.

Jaxon secoua la tête, décidant que c'était quelque chose qu'il ne comprendrait jamais.

Ce nouveau tournant des événements apporta de la joie à Yasu. Il rit doucement en regardant les autres.

— Ça peut sembler être le cas. Mais pour moi, c'est très logique.

Il appuya sur envoyer.

Un message revint.

— Bon retour parmi nous, Dix.

Les cadets laissèrent éclater leur joie. Une partie de leur infiltration était terminée. Mais maintenant qu'ils étaient entrés...

— Je ne veux pas jouer les rabat-joie, mais comment va-t-on atterrir ? demanda Jaxon au milieu des rires.

Ses paroles jetèrent effectivement un froid. Tout le monde se tut et ils se regardèrent les uns les autres.

— Je suis sûr qu'on peut trouver une solution, dit Yasu, fouillant dans sa mémoire pour tout ce qui s'y rapportait.

— Mais nous devons atterrir bientôt. Dans quelques minutes. Où atterrissons-nous ?

L'insistance de Jaxon irritait légèrement Yasu.

— On va trouver !

Jaxon leva les mains.

— D'accord. Vas-y.

Tout en forçant sa respiration à ralentir, Yasu s'assit à côté d'Alex au poste de commande. Il ouvrit le navigateur sur le panneau et examina la disposition de la planète.

— C'est ici. C'est là qu'on atterrit, dit-il en désignant une portion de la planète.

— Comment le sais-tu ? demanda Jaxon derrière lui.

— Je le sais, c'est tout. Ça ressort dans les souvenirs que j'ai récupérés.

Le spatioport mis en évidence sur le navigateur était immense, couvrant une superficie bien plus grande que leur académie. Alex zooma pour examiner les bâtiments, les tours de contrôle et les pistes d'atterrissage.

— Mais où se trouve l'orbe proprement dit ?

— Ce n'est pas loin. Dix a construit le port de manière à avoir facilement accès à l'orbe. Il est dans un repaire secret souterrain.

Satisfait de l'explication de Yasu, Alex applaudit, prêt à commencer la séquence d'atterrissage.

— Allons-y. Attachez-vous tout le monde.

Les cadets se préparèrent pour l'atterrissage, regardant le spatioport se rapprocher de plus en plus. Les bâtiments étaient variés et uniques, avec des alliages d'acier étincelants et des composites transparents flexibles. Des lumières scintillaient depuis diverses lampes, illuminant adéquatement toutes les surfaces. Même la piste d'atterrissage était éclairée de lumières blanches brillantes, projetant une lueur froide sur leur vaisseau.

Ils sortirent du vaisseau par un escalier descendant. Dehors, un petit public composé de multiples espèces attendait, portant des fleurs, de la nourriture, et une musique tintinnabulante aiguë.

Un homme au premier rang, une créature que Yasu reconnut comme venant du Secteur d'Orion, s'inclina profondément. Sa peau était d'un bleu profond presque noir à texture écailleuse, et il portait un uniforme blanc avec une cape violette.

— Bienvenue chez vous, Dix.

Yasu se redressa et marcha vers l'homme. En marchant, il essaya de se rappeler son nom, mais sans succès. Maladroitement, il arriva aux côtés de l'homme, s'inclina en retour et dit :

— Merci !

L'homme lui jeta un regard curieux, surpris par son comportement, mais il ne dit rien d'autre. Il observa les autres cadets vêtus d'uniformes blancs, sans cape et avec des expressions neutres, qui le suivaient.

— Vous êtes revenu avec de nouveaux amis, à ce que je vois. Comment s'est passé votre voyage, Dix ? demanda-t-il, sa voix éraillée.

Sans ralentir le pas, Yasu fit signe à l'homme de s'approcher et lui donna une réponse désinvolte.

— Inattendu. Ce voyage était différent de tous les autres. Et oui, je suis revenu avec de nouveaux amis. Ce sont les amis de mon alter ego.

Les bottes claquant, l'homme se dépêcha de marcher à côté de lui. La musique continuait de tintinnabuler autour d'eux, et ils se dirigèrent vers le bâtiment principal avec une suite d'officiels accueillants.

— Nous avons préparé un festin pour votre retour, Dix, dit l'homme, et entendant le ton suppliant dans sa voix, Yasu s'en empara immédiatement.

— Me croyez-vous mécontent ? demanda-t-il, s'arrêtant et pivotant pour regarder l'homme.

Le nom lui revint alors, Kaida.

Une boule descendit dans la gorge de Kaida.

— Oui, Dix. Vous semblez... différent. Froid. La mission a-t-elle échoué ? Avez-vous bien détruit la planète du garçon, n'est-ce pas ?

Yasu fit un geste vers les cadets avec un air délibérément dédaigneux.

— Oui, en effet. Mais je m'inquiète.

Kaida força un sourire.

— De quoi, Dix ?

— L'orbe.

Le front de Kaida se plissa.

— Oh, mon Dieu.

— Dans ma colère, je crains d'avoir exagéré. Il semble que j'ai endommagé quelque chose.

— Oh, mon dieu.

Yasu baissa les yeux, détestant à quel point il avait l'air prétentieux.

— Je dois vérifier si ce que j'ai ici est intact.

— Certainement, Dix ! Par ici !

Kaida accéléra le pas et prit les devants. Il salua le personnel de sécurité à la porte, qui s'inclina également profondément devant Yasu et observa ses amis avec curiosité. En entrant dans le bâtiment, leurs pas résonnant tout autour, Kaida demanda :

— Allez-vous amener ses amis avec vous, Dix ?

— Certainement ! Ils doivent voir ce que je compte faire d'autre avant que je ne me débarrasse d'eux.

Leur voyage se poursuivit le long d'un couloir blanc stérile éclairé par des tubes fluorescents alignés au plafond. Plusieurs membres de leur entourage se séparèrent du groupe, entrant dans différentes pièces sur le côté. Les cadets absorbaient l'organisation des lieux, s'émerveillant de la diversité des membres du bâtiment et de leur cohésion alors qu'ils vaquaient à leurs occupations.

Alex voulait travailler ici. Ce port, avec ses activités bourdonnantes et les diverses cultures qui s'y croisaient, semblait être un environnement passionnant.

— Maintenant que le voyage est terminé, Dix, seriez-vous capable de résoudre les anomalies ?reprit Kaida alors qu'ils tournaient à un virage et qu'il ne restait que deux gardes supplémentaires dans leur suite.

Yasu resta silencieux, et ils continuèrent à marcher.

— Dix ?

— Ça, je ne le sais pas. Il semble que j'ai enfin trouvé quelque chose capable de me renverser.

— Sûrement pas, Dix ! Je suis certain qu'en tant que sage et pacifique dirigeant que vous êtes, vous trouverez la solution à ce problème. Bientôt, s'écria Kaida.

Bien que Yasu aurait aimé savoir quelles anomalies leurs actions avaient causées dans cet univers, il ne put que hocher la tête. C'était quelque chose qu'il pourrait découvrir dans le royaume des dieux. Et seulement après que leur mission soit terminée. Après tout, les dieux n'avaient auparavant aucun accès à ce monde en raison de la protection de Dix.

À présent, ils arrivèrent à une porte secrète. Kaida pressa son pouce sur le scanner biométrique à la porte, et celle-ci s'ouvrit avec un sifflement.

— Entrons, dit Yasu, faisant signe à tout le monde d'entrer.

Ils entrèrent et se dirigèrent vers une autre porte à l'autre bout. Kaida pressa à nouveau son pouce contre le scanner. De la brume s'échappa de derrière la porte quand elle s'ouvrit. Quand la brume se dissipa, une petite chambre fut révélée.

Yasu la regarda avec une légère confusion.

— Dix, tout va bien ? Entrez.

Yasu le regarda, son front se plissant.

— Je me rappelais simplement certaines parties de mon voyage. Entrons.

Ils s'engouffrèrent dans la chambre, et Yasu reconnut qu'il s'agissait d'un ascenseur. Il se souvint également de quelque chose de crucial. Son empreinte digitale était la seule qui pouvait le faire démarrer. Il s'approcha du scanner biométrique, retira son gant et pressa son pouce contre le scanner. La porte se ferma avec un sifflement, et l'ascenseur descendit.

Ils le prirent en silence, et en bas, il s'ouvrit à nouveau, révélant un long couloir sombre. Yasu s'avança dans le couloir devant les autres, tapa des mains et appela :

— Raito !

Les lumières s'allumèrent, remplissant le couloir d'une lueur jaune-orangée.

Pour une raison étrange, il ressentait cette urgence d'aller plus vite. Il marcha en avant, se précipitant vers la chambre au bout. Il semblait qu'il pouvait entendre les questions dans les pas de ses amis.

— Pourquoi êtes-vous si pressé, Dix ? demanda Kaida, presque à bout de souffle.

Yasu ignora la question et courut les derniers pas vers la chambre.

Il pressa son pouce dans le scanner biométrique et baissa les yeux pour un scan rétinien. Les lourdes serrures sur la porte se défirent d'elles-mêmes, tournant avec de forts gémissements et clics. Puis le silence.

La porte s'ouvrit, une brume douce et froide s'échappant de l'intérieur. Des lumières rouges ternes illuminaient le décor austère, montrant l'orbe dans son étui protecteur au centre. L'énergie bourdonnait autour de la chambre, indiquant la présence d'une puissance supérieure.

Yasu entra, marchant avec précaution, comme s'il avait peur que le sol soit piégé. Il toucha l'étui protecteur avec révérence, plein de respect pour son alter ego.

Derrière lui, ses amis entrèrent, leurs yeux parcourant la pièce sombre. Le plafond élevé était bordé de capteurs clignotants, et sur le sol, une brume froide tourbillonnait. Ils s'imprégnèrent de l'énergie dans la pièce, pensant à toutes les possibilités qu'un artefact de cette ampleur pourrait leur ouvrir.

Plein de révérence, Yasu pressa ses paumes contre les scanners sur les côtés de l'étui protecteur. L'étui glissa vers le haut et s'éloigna sans bruit. Yasu toucha l'orbe, fermant les yeux pour se préparer à la vague d'énergie qui le frappa.

Un fort boom éclata à l'extérieur de la chambre derrière eux.

Tout le monde sauf Yasu, qui était encore sous l'influence du pouvoir, se retourna pour regarder.

Dix se tenait là, torse nu et entouré d'une lueur éthérée. Son rire parcourait le couloir, résonnant comme quelque chose sorti d'un cauchemar, envoyant une chair de poule sur leur peau.

Confus, Kaida resta là, tournant la tête des cadets dans la chambre vers le Dix qui descendait le couloir.

— Yasu ! C'est le moment idéal pour sortir de l'état dans lequel tu te trouves en ce moment, cria Alex.

Les mots atteignirent Yasu à travers un épais brouillard. Il comprit l'urgence mais ne pouvait pas se presser. S'il devait affronter cette version de lui-même dans un combat, il le ferait. Et il gagnerait.

Il divisa une partie du pouvoir, l'enroula autour de ses amis comme des attaches rusées, et les projeta à travers un portail de sa création. Il imagina l'endroit d'où ils avaient émergé, les halls blancs et les robes blanches, et les envoya directement dans les bras de Paix.

À présent à l'aise, il se retourna et fit face à Dix.

Sa voix le surprit quand elle sortit.

— Allons jouer quelque part où personne ne peut nous arrêter.

CHAPITRE 44

CE POUVOIR ÉTAIT ÉTRANGE. Yasu aurait dû être terrifié, mais il ressentait un calme soudain. Cette version de lui-même était pleine d'énergie, bouillonnante d'une capacité céleste à laquelle il n'aurait pas dû avoir accès, pourtant Yasu n'avait pas peur. L'énergie remplissait chaque cellule de son corps, le rendant hyperconscient de son environnement. Il pouvait voir les particules flottant dans l'air avec une clarté parfaite, entendre le fonctionnement lointain des équipements à la surface, et percevoir la sueur émergeant d'un pore sur la peau sombre de Kaida.

Surtout, il était empli d'une confiance presque surnaturelle. Il pouvait gagner. Il avait besoin que ses amis travaillent avec les dieux pour saisir Dix au bon moment, et il avait confiance qu'ils ne le décevraient pas.

Dix avançait d'un pas déterminé dans le couloir vers lui. Les gardes et Kaida se plaquèrent contre le mur pour échapper à la chaleur qui émanait de son corps.

Lorsque Dix fut assez proche de la porte, Yasu ouvrit un portail sur le sol et sauta dedans. Dix le suivit.

———◆———

Alex, Nia et Jaxon s'écrasèrent sur le sol blanc et froid de la grande salle céleste. Ils étaient de retour dans leurs robes fluides, leurs esprits se brisant sous le poids de ce qu'ils venaient de voir. Si Dix était apparu dans leur univers, alors... ?

— Il s'est échappé, dit une voix.

C'était Paix. Il paraissait identique, calme et nullement dérangé par les récents changements de situation.

— Comment est-ce arrivé ? demanda Alex, levant les mains en l'air.

— Il nous a surpassés en intelligence.

Jaxon laissa échapper un rire amer.

— Très pratique comme excuse. Il vous a surpassés en intelligence. Et si nous étions morts ? Nous étions vulnérables là-bas !

Alex s'avança vers l'être, toute prudence abandonnée.

— Nous avons respecté notre part du marché. Vous étiez censé garantir notre sécurité. Et vous ne l'avez pas fait.

La poitrine de l'être se souleva comme s'il prenait une profonde respiration.

— Mais vous êtes en sécurité maintenant, n'est-ce pas ?

Avec un éclat de rire nerveux et angoissé, Jaxon fit un geste devant lui.

— C'est pour ça qu'on peut voir Yasu juste là. Debout ici. Nous regardant. Très en sécurité.

— D'accord, les gars. Calmons-nous.

La voix de Nia tremblait, mais elle poursuivit malgré tout.

— Me calmer ? La situation est catastrophique !

— Cette fois, je suis d'accord avec Jaxon. Je ne vois pas d'issue à tout ça.

Nia se frotta le nez et se balança d'un pied sur l'autre.

— Eh bien, moi non plus. Mais travaillons avec Paix pour voir...

Nia fit un pas en avant, sa voix ferme malgré le tremblement de ses mains.

— Nous avons besoin d'un plan. Paniquer n'aidera pas Yasu. Il nous a fait confiance pour accomplir cette mission, et je refuse de le laisser tomber, dit-elle avec conviction, son regard croisant celui de chacun de ses amis.

Sa détermination trancha à travers la tension montante, les ancrant tous dans le moment présent.

Jaxon balaya ses paroles d'un vigoureux hochement de tête.

— Ça suffit ! Regardez comment ils ont bâclé leur part du marché. Nous leur avons fait confiance !

— Et peut-être qu'une erreur s'est produite.

Le cœur de Nia battait à toute vitesse.

Alex haussa un sourcil.

— Quelle erreur et comment ? Nous n'avons pas fait d'erreurs. Même Yasu n'a pas fait d'erreurs. Pourquoi en auraient-ils fait ?

Les mains plaquées contre ses oreilles, Nia hurla :

— Calmons. Nous. Tous. Maintenant.

Les deux autres la regardèrent avec des expressions identiques d'inquiétude. Paix inclina la tête dans sa direction, comme impressionné par la stridence de son cri.

— Yasu fait de son mieux pour arrêter ce qui se passe. Ne gâchons pas les choses de notre côté. Nous devons découvrir ce que nous pouvons faire ici. Que pouvons-nous faire pour aider ?

Nia regarda Paix, les larmes au bord des yeux.

Une fois de plus, la poitrine de l'être bougea comme s'il prenait une profonde respiration.

— Il n'y a pas grand-chose à faire. Nous devons nous concentrer ou nous n'aurons peut-être jamais d'autre chance.

Yasu fouilla dans les souvenirs d'un million d'alternats, allant même jusqu'à se propulser dans des univers plus avancés sur la ligne temporelle. Là-bas, il était plus âgé et plus sûr de lui. Il enveloppa Dix de son énergie, l'entraînant avec lui. Il pouvait entendre la détresse de Dix, son irritation d'être contrecarré par quelqu'un qu'il considérait moins capable que lui-même.

Un univers se démarqua pour Yasu. C'était plus loin dans le passé, avec une version de Yasu se promenant en short dans le quartier. Yasu s'y accrocha et attira Dix avec lui.

Incapable de rester immobile, Jaxon faisait les cent pas pendant que Paix expliquait ce qu'ils devaient faire. Il ne pouvait pas voir les liens que Yasu avait attachés à eux, mais Paix affirmait que tous les célestes le pouvaient.

— Donc, ça mène à Yasu ?

L'être hocha la tête.

— Et quand Dix baissera sa garde, il donnera le signal.

Nia chercha les liens dans son corps mais ne trouva rien.

— Ça me semble être un bon plan.

— Qui va le ramener, alors ? demanda Alex, les bras croisés sur sa poitrine.

La voix de Paix devint à nouveau multicouche, tous les autres dieux parlant à l'unisson.

— Nous le ferons.

Yasu et Dix sortirent violemment du vortex de souvenirs que Yasu avait créé et tombèrent dans une pièce. Yasu atterrit facilement sur le plancher en bois, et Dix tomba sur le lit avant de se relever, mécontent. Ses yeux flamboyaient, du sang en coulait.

— Toi, grogna Dix.

— Moi, répondit Yasu, semblant presque s'ennuyer.

Il ne savait pas pourquoi il avait jamais craint Dix. Ici et maintenant, son double paraissait presque pitoyable, les yeux rouges et épuisé par l'effort.

— Pourquoi ? Pourquoi ne pouvais-tu pas simplement rester tranquille ?

Dix avait presque l'air de supplier, pourtant, le feu qui brûlait dans ses yeux racontait une autre histoire.

— Rester tranquille ?

— Je ne faisais de mal à personne. Je voulais seulement que mon peuple soit en sécurité.

— Tu as pris un pouvoir qui ne t'appartenait pas.

Le rire de Dix était froid et moqueur.

— Comme si tu n'aurais pas fait pareil.

— Si je l'avais fait, je serais aussi traqué et j'en subirais les conséquences.

Maintenant, la confiance de Yasu s'évanouissait. Contenir autant d'énergie en lui-même drainait sa propre force. Il savait que s'il ne terminait pas rapidement, il perdrait conscience. Et tout perdrait.

Dix continuait de rire, rejetant la tête en arrière.

— Tu as encore le temps. Rends-moi mon pouvoir et je te laisserai partir avec une légère punition.

Yasu haussa un sourcil.

— Ton pouvoir ?

Dix se jeta sur lui, de la chaleur jaillissant de ses pores. Anticipant l'attaque, Yasu s'écarta, le laissant foncer dans le mur. Mais juste avant l'impact, Yasu créa un coussin d'énergie, transformant la collision en un bruit sourd. Assez fort pour avoir un impact débilitant sur Dix, mais suffisamment atténué pour réduire le bruit.

Yasu retint son souffle, attendant.

Oncle Koike ouvrit la porte de la chambre, tenant fermement une batte de baseball. Il se tenait là, l'expression confuse.

— Qui êtes-vous ? demanda-t-il en japonais.

Le moment était arrivé. Yasu avait raison. Voir Oncle Koike suffisait. Dix s'immobilisa momentanément, sa garde baissée, les yeux embués de larmes. Yasu s'accrocha alors à lui, tordant son essence dans l'esprit de Dix et s'infiltrant sous sa peau pour le mettre à nu.

Il ouvrit un autre portail sur le sol, saisit la main de Dix, et tomba à travers dans l'obscurité.

— Quel sera le signal ? demanda Jaxon, regardant le cercle sombre et trouble sur le sol de la salle.

Autour d'eux se trouvaient des énergies inconnues. Jaxon devina qu'il s'agissait d'autres entités célestes, venues s'asseoir autour, attendant le moment où on aurait besoin d'elles.

— Aucune idée. Mais je suis sûre qu'ils sauront, dit Nia.

— Mais est-ce que Yasu va bien ? Je pense que c'est plus important.

Alex était concentré sur l'écran circulaire de fortune, mais il ne pouvait pas voir Yasu ni savoir s'il allait bien.

— C'est l'heure, dit Paix.

Les cadets sentirent une traction autour de leurs centres. Leurs yeux se révulsèrent et ils lévitèrent au-dessus du sol blanc.

L'esprit de Dix était un fouillis de pensées hurlantes et chargées d'émotions, enfermées derrière des cages. C'était comme s'il remarquait une pensée menant à une émotion qu'il ne voulait pas affronter, et l'enchaînait pour la garder cachée.

Ses souvenirs d'Oncle Koike étaient traités de la même façon. Yasu luttait pour trouver le visage de l'homme, sa voix, et la sensation de sa main caressant les cheveux soyeux de Dix. C'était comme un fichier corrompu, composé d'images fragmentées et de pixels déchiquetés.

Il en allait de même pour les souvenirs du reste de sa famille. Sa mère, son père et ses sœurs. Il ne restait presque rien d'eux, et ce qui restait était souillé, comme s'il était entré dans son cerveau pour réécrire les souvenirs encore et encore jusqu'à ce qu'il ne reste rien de déchiffrable.

Dix détestait cette intrusion. À mesure que Yasu découvrait un souvenir, il sentait l'irritation de Dix, sa lutte pour brouiller les souvenirs et les laisser dans un état pire qu'avant. Mais Yasu était implacable.

Yasu s'enfonça profondément en lui, trouvant le jour où ses parents étaient morts. Il observa à travers les yeux de Dix comment il était allé acheter des œufs. À travers les fenêtres, ils virent les missiles tomber du ciel et surent où ils s'étaient abattus. Ils lâchèrent les œufs et se précipitèrent vers la maison, ne prêtant pas attention à la sandale qui avait glissé de leur pied. Ils coururent, coururent, et coururent encore.

— Je me détestais tellement. J'aurais dû être à la maison. Mon cœur... j'avais l'impression de pouvoir l'arracher. Je voulais l'arracher, dit Dix, sa voix faible.

Yasu comprenait. D'une certaine façon, il avait l'impression d'avoir vécu cette perte aussi.

— Je voulais un monde où cela n'aurait jamais à se produire. Où tout le monde pourrait être en sécurité. Où tout le monde vivrait en paix. Bien sûr, je serais dieu, mais j'étais prêt à porter ce fardeau. Je savais que c'était mal, mais j'étais prêt à l'assumer.

— Je comprends, dit doucement Yasu.

Il tendit la main vers Dix, et Dix ne recula pas. Il enveloppa l'énergie autour de lui, tira sur le lien qu'il avait placé autour de ses amis, et attendit d'être extrait de cette réalité.

CHAPITRE 45

ALEX SE RÉVEILLA dans un lit blanc et moelleux, dans une chambre blanche avec trois grandes fenêtres donnant sur le néant. Trois autres lits se trouvaient dans la pièce, et ses amis y reposaient paisiblement. Ils ronflaient tous, la bouche légèrement entrouverte.

— C'est paisible, n'est-ce pas ?

Paix avait pris l'apparence de sa mère à nouveau. Elle portait une robe à motifs floraux avec des manches bouffantes, ses cheveux coiffés en hauteur.

Alex acquiesça, contemplant la blancheur au-delà des fenêtres.

— Paisible. Calme. Que s'est-il passé ? J'espère que nous avons réussi.

Il regarda ses amis endormis.

L'être entra dans la pièce, ses pieds nus claquant sur le carrelage.

— Nous avons réussi. Nous avons emprisonné Dix.

Alex laissa échapper un léger soupir, rapidement suivi d'un bâillement sonore.

— C'est bien. C'est très bien.

Paix hocha la tête.

— Que se passe-t-il ensuite ? Allez-vous nous renvoyer chez nous ?

L'être rit, ses yeux se plissant.

— Vous êtes déjà chez vous. Ceci est un rêve. Un rêve que vous faites tous.

Alex regarda les autres avec confusion. Il essaya de se pincer et se sentit encore plus confus quand il ne put saisir sa chair.

— Tu vois, un rêve, Paix rit.

— Alors, où sont nos corps ?

— Dans votre monde. Dans l'infirmerie de votre Académie.

Il se tourna pour regarder Yasu et ajouta :

— Il faudra peut-être un moment avant que celui-là se réveille. Ce qu'il a fait l'a beaucoup affaibli.

Alex hocha la tête. Il essaya d'imaginer comment Yasu avait supporté tant de pression sur ses seules épaules, mais il ne pouvait pas y réfléchir davantage. Il était fou de joie que tout soit terminé.

— Plus de missions multiverselles. Je pense que nous avons eu notre lot d'aventures extraterrestres pour toute une vie, dit-il, laissant échapper un autre soupir.

L'être rit, se retournant pour s'éloigner.

— Je n'en suis pas si sûr.

Sa voix résonna dans la pièce, remplissant la conscience d'Alex d'une légèreté étrange et agréable. Ses yeux s'ouvrirent, et il se retrouva à l'infirmerie.

Jaxon était assis dans le lit en face du sien, vêtu d'une blouse d'hôpital, le visage froissé de mécontentement.

— Tu es réveillé, dit-il.

— Pourquoi es-tu si grincheux ? Nous sommes de retour chez nous. Tout le monde est sain et sauf. N'est-ce pas une bonne chose ? demanda Alex.

Jaxon se gratta la tête.

— Je n'en suis pas si sûr. J'ai demandé des nouvelles de Yasu quand je me suis réveillé. Et ils ont dit qu'il est dans un état critique.

Une douleur aiguë traversa le cœur d'Alex.

— Tu ne peux pas être sérieux. Le dieu a dit...

— Qu'il était stressé, mais qu'il allait bien. C'est ce qu'ils m'ont dit aussi. Mais quand je suis arrivé ici et...

Le front d'Alex se plissa.

— Espérons qu'il ira bien, alors.

Ils restèrent assis en silence. Alex remarqua bientôt le lit de Nia à côté du sien. Elle était allongée sur le dos, son visage paisible dans son repos.

— Elle est si belle quand elle dort, tu ne trouves pas ?

Un petit sourire illumina le visage de Jaxon tandis qu'il la regardait dormir.

— Peut-être que quand elle se réveillera, tu pourras enfin l'inviter à sortir, dit Alex.

— Absolument pas !

— Pourquoi pas ? Il y a quelques mois, tu t'inquiétais pour elle et Kel. Tu devrais l'inviter avant qu'elle ne commence à fréquenter quelqu'un d'autre et que tu t'inquiètes à nouveau.

Jaxon ouvrit et ferma la bouche, incrédule.

— Ne devrais-tu pas te concentrer davantage sur tes livres ? Pourquoi te préoccupes-tu de la vie personnelle de Nia et moi ?

Alex rit longuement et bruyamment. Jaxon n'arrêtait pas de lui demander ce qui était si drôle, mais Alex n'avait pas de réponses. Il était simplement euphorique à propos de tout ce qui s'était passé. Naturellement, il s'inquiétait aussi pour Yasu, et peut-être que cette anxiété se cachait sous le rire, attendant de le transformer en un tas de nerfs plus tard. Pour l'instant cependant, il était plus heureux qu'ils soient rentrés chez eux. Il n'aurait jamais pu imaginer qu'ils traverseraient toutes ces épreuves après leur première mission. Ils avaient combattu des dirigeants renégats et des phénomènes interstellaires incontrôlables, et pourtant, ils étaient toujours en vie. Il ne savait pas ce que l'avenir leur réservait, mais il savait qu'ils étaient plus sages maintenant, et mieux équipés pour y faire face.

ÉPILOGUE

Pendant des semaines, Yasu n'a pas repris connaissance. Les autres cadets se rendaient quotidiennement dans sa chambre, apportant des fleurs et leurs notes. Ils parlaient de l'école et des progrès réalisés dans la recherche. Les voyages multiversels étaient toujours suspendus, bien que les scientifiques faisaient des progrès significatifs pour garantir que les officiers plus âgés puissent participer aux futurs voyages. Ils étaient aussi toujours des parias d'une certaine façon à l'Académie. Certains cadets pensaient qu'ils étaient courageux d'avoir affronté un méchant d'un autre monde et d'être revenus, tandis que d'autres s'en moquaient.

— Et s'il meurt ? demanda Jaxon.

Ils allaient de sa chambre à un cours.

Nia s'arrêta au milieu du couloir et lui frappa l'épaule.

— N'ose même pas penser à ça !

— Aïe.

Les yeux de Nia étaient embués.

— Il ne peut pas mourir.

Jaxon secoua vigoureusement la tête.

— Non, il ne peut pas.

— Ce n'est pas une blague, Jaxon. S'il meurt, ce serait terrible.

— Je sais, Nia. Je suis désolé, dit-il.

Il ouvrit les bras pour un câlin et elle se blottit dans son étreinte, reniflant.

Alex les observait avec un regard entendu.

Ils allèrent en cours, se concentrant du mieux qu'ils pouvaient sur le sujet de mécanique quantique qui leur était présenté. C'est au milieu de ce cours qu'un assistant se précipita dans l'amphithéâtre, le visage rayonnant.

— Yasu Garcia s'est réveillé ! s'écria-t-il.

Les cadets n'attendirent pas la permission de partir. Ils laissèrent leurs livres sur les pupitres et s'envolèrent de l'amphithéâtre, dévalèrent le couloir jusqu'à l'ascenseur, descendirent au rez-de-chaussée, et coururent jusqu'à l'infirmerie.

Yasu était allongé sur le lit, les yeux fixés sur un point précis dans un coin du plafond. Il entendit les pas et regarda vers la porte avant qu'elle ne s'ouvre.

— Salut, dit-il, sa voix n'étant qu'un faible croassement.

— Yasu ! crièrent-ils tous, se rassemblant autour de son lit dans un bonheur larmoyant.

— On a cru t'avoir perdu, dit Jaxon.

Yasu rit faiblement.

— Malheureusement, il vous faudrait plus que ça pour vous débarrasser de moi.

Jaxon écarta maladroitement ses cheveux noirs et doux de son visage. Alex ajusta sa couverture. Nia demanda, en tenant doucement sa main :

— Comment te sens-tu ?

— Fatigué. Ne refaisons jamais ça, dit Yasu.

Tout le monde se mit à rire. Ils ne savaient pas pourquoi, mais cela semblait être tout ce qu'ils pouvaient faire. Les larmes coulaient sur leurs visages, et ils pensaient au stress qu'ils avaient subi ces dernières semaines. Ils espéraient entrer dans une période plus calme de leur vie, remplie de calculs mathématiques et de promenades tranquilles autour du campus.

Fin

Avez vous apprécié les *Chroniques des cadets intersellaires*?
Merci de laisser une note ou un commentaire sur Goodreads ou votre libraire préféré. Les avis m'aident à atteindre de nouveaux lecteurs.

Vous voulez plus d'histoires dans la série *Chroniques des cadets interstellaires* ? Dès que j'aurai plus de 20 avis, je publierai les 5 suivantes !

Avez-vous lu l'histoire préquelle ***Confluence des destins***?
Je vous l'offre gratuitement!

À PROPOS DE L'AUTEURE

Des histoires positives et inspirantes.

Des histoires positives et inspirantes.
Marie-Hélène vit à Sherbrooke, au Québec. Enseignante à la retraite,
elle consacre désormais ses journées à l'écriture et à la promotion de
ses oeuvres. Elle aime lire, voyager et aller à la plage. Chaque année,
elle part un mois en solo vers une nouvelle partie du monde.
www.mhlebeault.com

Suivez-la sur les réseaux sociaux !

facebook.com/mhlebeaultauthor

x.com/mhlebeault

instagram.com/mhlebeault

amazon.com/author/mhlebeault

bookbub.com/authors/marie-helene-lebeault

goodreads.com/mhlebeault

linkedin.com/in/mhlebeault

tiktok.com/@mhlebeaultauthor

AUTRES LIVRES DE L'AUTEURE

La série Evers - Littérature jeunesse fantastique

La clé des ancêtres

L'académie

La marcheuse du temps

Le voyageur des mondes

La clé perdue

Magie de sang - Littérature jeunesse fantastique

Mage de sang

Magie de sang

Héritage de sang

Il était une malédiction - Romance fantastique

Une malédiction de neige et de cendres

Une malédiction d'épines et de torpeur

Une malédiction de verre et d'ombres

Une malédiction d'argent et de blessures

Université du Pôle Nord - Romance paranormale

Métamorphes de Noël

Le gardien du serment (Gratuit)

Givre de Noël

Solstice de Noël

Malédiction de Noël

Étincelle de Noël

Félicité Conjugale

Inadaptés du gui

Hors série

Les douze vies de Clare - Réalisme magique

Utopie - Science fiction

Chroniques des cadets interstellaires - Science fiction

Frissons Nocturnes - Suspense/Horreur

Défenseurs du Royaume

Le combat de la flamme sacrée (Gratuit)

L'éveil du pouvoir

La quête du crotale d'émeraude

Un été de révélations

La quête de l'arbre primordial

Un été des contraires

La quête de la plume spectrale

Un été d'épreuves

La quête de l'encre du Kraken

Un été de prophétie

La quête des miroirs ensorcelés

Un été d'alliance

Fée grand-mère - Albums jeunesse pour les 3 à 7 ans

Mimi visite l'Antarctique

Mimi visite le Pôle Nord

Mimi visite la Chine

Mimi visite l'Afrique